As de corazones negros

Faridah Àbíké-Íyímídé

As de corazones negros

Obra editada en colaboración con Editorial Planeta – España

Título original: *Ace of Spades*

Bajo el sello editorial CROSSBOOKS M.R.
Avenida Presidente Masarik núm. 111,
Piso 2, Polanco V Sección, Miguel Hidalgo
C.P. 11560, Ciudad de México
www.planetadelibros.com.mx

Primera edición impresa en España: octubre de 2022
ISBN: 978-84-08-26051-6

Primera edición en formato epub en México: febrero de 2023
ISBN: 978-607-07-9748-4

Primera edición impresa en México: febrero de 2023
ISBN: 978-607-07-9690-6

As de corazones negros es una obra de ficción, pero trata muchos temas reales, como el racismo, la homofobia, el acoso escolar y los pensamientos suicidas. Para consultar más advertencias sobre el contenido, visita <faridahabikeiyimide.com/ace-of-spades-content-warnings>.

Impreso en los talleres de Litográfica Ingramex, S.A. de C.V.
Centeno núm. 162-1, colonia Granjas Esmeralda, Ciudad de México
Impreso en México – *Printed in Mexico*

A todos los niños negros que se ahogan en los rincones hundidos mientras intentan desesperadamente salir a la superficie. Este libro es para ustedes.

Y a mi madre, por ser la primera en creer en mí y regalarme el amor por las fábulas

Dicen que la vida está llena de sorpresas. Que nuestros sueños pueden hacerse realidad. Aunque, claro, nuestras pesadillas también.

GOSSIP GIRL

Yo solo sé que, a veces, cuando hay demasiados blancos, me pongo nervioso.

DÉJAME SALIR

HORARIO DE CLASES

Chiamaka Adebayo

DÍA/ HORA	LUNES	MARTES	MIÉRCOLES	JUEVES	VIERNES
7:45-8:00	REGISTRO	REGISTRO	REGISTRO	REGISTRO	REGISTRO
1 8:00-9:00	MATEMÁTICAS AVANZADAS	FRANCÉS	LENGUA	MATEMÁTICAS AVANZADAS	BIOLOGÍA
2 9:00-10:00	HORA LIBRE	BIOLOGÍA	HORA LIBRE	FRANCÉS	HISTORIA
3 10:00-11:00	QUÍMICA	MATEMÁTICAS AVANZADAS	BIOLOGÍA	HORA LIBRE	MATEMÁTICAS AVANZADAS
4 11:00-12:00	LENGUA	MATEMÁTICAS AVANZADAS	MATEMÁTICAS AVANZADAS	BIOLOGÍA	LENGUA
5 12:00-13:00	COMIDA	COMIDA	COMIDA	COMIDA	COMIDA
6 13:00-14:00	FRANCÉS	HISTORIA	FRANCÉS	LENGUA	QUÍMICA
7 14:00-15:00	HISTORIA	QUÍMICA	QUÍMICA	QUÍMICA	HORA LIBRE

Devon Richards

DÍA/ HORA	LUNES	MARTES	MIÉRCOLES	JUEVES	VIERNES
7:45-8:00	REGISTRO	REGISTRO	REGISTRO	REGISTRO	REGISTRO
1 8:00-9:00	MÚSICA	LENGUA AVANZADA	MÚSICA	MÚSICA	LENGUA AVANZADA
2 9:00-10:00	LENGUA AVANZADA	MATEMÁTICAS	HORA LIBRE	LENGUA AVANZADA	MÚSICA
3 10:00-11:00	HORA LIBRE	ESPAÑOL	HORA LIBRE	LENGUA AVANZADA	CIENCIAS POLÍTICAS
4 11:00-12:00	MATEMÁTICAS	MÚSICA	MATEMÁTICAS	ESPAÑOL	HORA LIBRE
5 12:00-13:00	COMIDA	COMIDA	COMIDA	COMIDA	COMIDA
6 13:00-14:00	ESPAÑOL	HORA LIBRE	ESPAÑOL	HORA LIBRE	MATEMÁTICAS
7 14:00-15:00	CIENCIAS POLÍTICAS	CIENCIAS POLÍTICAS	LENGUA AVANZADA	MATEMÁTICAS	ESPAÑOL

Parte uno

La torre de marfil

1

Devon

Lunes

Las asambleas del primer día de clase son la actividad más inútil que existe.

Lo cual ya es mucho decir, dado que la Academia Niveus es un centro que se rige por la inutilidad.

Estamos en el auditorio Lion, que lleva el nombre de una de las típicas vacas sagradas que dan dinero a centros educativos privados que no lo necesitan, mientras esperamos a que el director aparezca para darnos el discurso de siempre:

1. Bienvenidos a otro año más; me alegra que nadie haya muerto este verano.
2. Estos son los prefectos de último año y el prefecto mayor.
3. Los valores de la escuela.
4. Fin.

Que nadie me malinterprete, me encanta la buena organización. Pregúntenle a cualquiera de mis amigos. Bueno, a mi único amigo. A pesar de que llevo aquí casi cuatro años, estoy bastante seguro de que, aparte de Jack, nadie sabe que existo, y él por lo general se comporta como si me pasara algo raro. Aun así, lo considero mi amigo, porque nos conocemos desde siempre y la idea de estar solo me parece muchísimo peor.

En fin, volvamos al tema de la organización. Me gusta. Jack conoce todos los rituales que llevo a cabo antes de sentarme ante el piano. Sin ellos, no toco igual de bien. Ahí radica la diferencia entre mis rituales y estas asambleas: sin ellas, la vida en Niveus seguiría siendo el mismo torbellino interminable de chismes, dinero y mentiras.

El micrófono rechina muy fuerte y me obliga a levantar la cabeza. Veinte minutos de mi vida están a punto de desperdiciarse en un evento que se podría haber resumido en un simple correo electrónico.

Me recuesto en la silla mientras un tipo alto y pálido, de ojos negros y apagados, se sitúa detrás del atril. Tiene el cabello negro y aceitoso, peinado hacia atrás con lo que calculo que será un bote entero de gel, y trae un abrigo largo oscuro que casi barre el suelo. Nos mira como si fuéramos un puñado de alimañas y él, un gato.

—Soy el señor Ward, pero deberán dirigirse a mí como director Ward —dice el gato, con una vocecita líquida y serpenteante.

Lo miro con los ojos entrecerrados. ¿Qué demonios le pasó al director Collins?

La sala se llena de murmullos confusos y expresiones de indiferencia.

—Como estoy seguro de que algunos ya sabrán, el director Collins renunció justo antes de las vacaciones de verano, por lo que acepté la tarea de guiarlos a todos en su último año en la Academia Niveus —termina el gato, y frunce los labios.

—Así que los rumores eran ciertos —susurra alguien cerca de mí.

—Eso parece. Aunque se comenta que hoy en día las clínicas de rehabilitación son muy elegantes.

Ni siquiera me había enterado de que al director Collins le pasaba algo. Antes del verano, parecía estar bien. A veces siento que me pierdo en mi propio mundo y no me doy cuenta de cosas que a los demás les resultan obvias.

La voz de Ward se eleva por encima de las demás:

—Sin más dilación, mantengamos la tradición de Niveus de comenzar la asamblea de hoy con los anuncios de los prefectos de último año y el prefecto mayor.

Se da la vuelta expectante cuando un profesor con un traje rígido se adelanta y le entrega un sobre de color crema. Ward lo abre en silencio y el crujido del papel se amplifica hasta sonar como un chillido por las bocinas. Saca una pequeña tarjeta y la coloca en el atril que tiene delante. Empiezo a desconectarme.

—Los cuatro prefectos son... —Hace una pausa y sus pupilas se pasean de un lado a otro como moscas negras atrapadas en un frasco—. La señorita Cecelia Wright, el señor Maxwell Jacobson, la señorita Ruby Ainsworth y el señor Devon Richards.

Al principio, creo que se equivocó. Nunca pronuncian mi nombre en las asambleas oficiales. Más que nada, porque estos eventos suelen centrarse en personas a las que el alumnado conoce y aprecia; si Niveus fuera el escenario de una película, lo más probable es que yo fuera un extra sin nombre.

Jack me da un codazo que me saca de mi asombro y me levanto de la silla. El crujido de los asientos de madera llena el salón mientras las caras se voltean para observar mi patético intento de arrastrar los pies entre las filas. Murmuro un «Lo siento» después de pisarle a un chico unos zapatos de diseñador, que seguro cuestan más que la renta de mi casa, y me dirijo a la parte delantera, donde esperan los profesores de último año. Mis tenis rechinan al rozar con la madera casi negra del suelo. El corazón me late con fuerza y los escasos aplausos se detienen con incomodidad.

Reconozco a los otros tres, aunque nunca he hablado con ellos. Max, Ruby y Cecelia son como clones: altísimos, pálidos y de cabello claro; a su lado, mi baja estatura y mi piel negra sobresalen como un pulgar hinchado. He aquí el elenco principal de la película.

Me coloco al lado del director Ward, que resulta aún más aterrador de cerca. Para empezar, es exageradamente alto y las piernas le empiezan a la altura de mi pecho. Desliza las pupilas hacia mí y me observa con atención, a pesar de que su cabeza sigue orientada al frente.

Aparto la mirada y finjo que el gran gigante bonachón no tiene un temible hermano emo que se llama Ward.

—Me han hablado muy bien de nuestra prefecta mayor de este año. —El director arrastra la voz y convierte lo que estoy seguro de que pretendía ser una frase positiva y animada en algo tan poco convincente como un elogio—. Por lo tanto, no debería sorprender a nadie que sea nada menos que Chiamaka Adebayo.

Los ruidosos vítores llenan la oscura sala de paredes de roble cuando la aludida camina hacia el frente. Me fijo en que su ejército de clones está sentado en primera fila y aplaude al unísono, todas igual de lindas y con el mismo estilo de muñecas que su cabecilla. Cuando se une a nosotros, lo hace con una expresión de suficiencia en el rostro. Casi pongo los ojos en blanco, pero es la chica más popular de la preparatoria y no tengo ganas de morir.

Me remuevo incómodo y me siento aún más fuera de lugar. Si Max, Ruby y Cecelia son el elenco principal, Chiamaka es la protagonista. Es lógico que estén aquí arriba. Pero ¿qué hago yo aquí? Tengo la sensación de que, en cualquier momento, unos tipos con cámaras van a aparecer de la nada para decirme que todo es una broma. Tendría más sentido.

Soy consciente de que la elección de los prefectos es un concurso de popularidad. Los profesores votan por sus favoritos cada año y siempre eligen al mismo tipo de personas. Gente popular, cosa que yo no soy. ¿Tal vez el de música les ha hablado bien de mí? Ni idea.

—Como todos saben, las funciones de los prefectos veteranos y de la prefecta mayor no deben tomarse a la ligera. Un gran poder conlleva una gran responsabilidad. No se trata solo de asistir a las reuniones del consejo conmigo, organizar los eventos importantes e impresionar a la universidad que elijan. También implica ser un estudiante modelo durante todo el año, lo que estoy seguro de que los cinco seleccionados han sido durante su paso por Niveus y, con suerte, seguirán siéndolo mucho después de dejar la Academia.

El director fuerza una sonrisa tensa.

—Por favor, demos otro fuerte aplauso a nuestro consejo de prefectos de este año —dice, y provoca una nueva ovación del mar de paliduchos que tenemos delante.

Siento que algunos ojos me miran y los evito mientras me concentro en buscar algo interesante en el suelo para no pensar en que hay filas y filas de gente mirándome.

Odio sentirme observado.

—Ahora, pasemos a los valores de la escuela.

Todos volteamos hacia la pantalla gigante que tenemos detrás, como siempre, dispuestos a contemplar cómo los principios morales del centro se desplazan como los créditos finales de una película mientras suena el himno nacional de fondo. En las asambleas normales, nos limitamos a jurar lealtad a la bandera, pero, como se trata de la primera del año, Niveus hace lo que mejor se le da: amplificar el dramatismo.

La pantalla es enorme y negra y cubre la mayor parte del ventanal de doble acristalamiento que hay detrás del escenario. La Academia es un edificio con paredes de madera oscura, suelos de mármol y enormes ventanales. Por fuera, es antiguo y da la idea estar embrujado, mientras que el interior es nuevo, moderno y apesta a riqueza excesiva. Da la sensación de querer tentar al mundo exterior para que eche un vistazo.

Se oye un fuerte clic y una imagen llena la pantalla, un naipe rectangular con la palabra «as» en cada esquina y un enorme símbolo de una pica en el centro.

Eso es nuevo.

Me doy la vuelta para buscar a Jack entre el público y lanzarle nuestra mirada de «¿Qué diablos pasa?», pero mi amigo observa la pantalla como si nada lo perturbara. El resto de los espectadores parecen igual de indiferentes. Es raro.

—Parece que tenemos un problemilla técnico —anuncia la señora Blackburn, mi antigua profesora de Francés, desde la parte de atrás.

Después de una serie de clics, todo vuelve a la normalidad. El himno nacional suena por las bocinas y lo cantamos con las palmas de las manos en el pecho mientras contemplamos los valores. **Generosidad, elegancia, osadía, sinceridad, desinterés, nobleza, excelencia, respeto y presteza**.

Nueve cualidades de las que carecen la mayoría de las personas de este instituto. Entre las que me incluyo.

—Ahora, nuestra prefecta mayor dará un discurso. Adelante, Chiamaka.

El cuerpo estudiantil enloquece al oír su nombre y aplaude aún más fuerte que antes mientras la vitorea como si fuera una diosa, lo cual, según los estándares de Niveus, es lo que viene a ser.

—Gracias, director Ward —dice mientras se sube al podio—. En primer lugar, quiero darles las gracias a los profesores por elegirme prefecta mayor; nunca me lo habría esperado.

Lleva ejerciendo el cargo tres años seguidos, así que el nombramiento es de todo menos sorprendente. El mío, sin embargo...

Vuelve a mirar a los profesores con la mano aún puesta sobre el corazón. No la ha movido desde que cantamos el himno nacional y finge sorpresa, como todos los años.

Tengo muchas ganas de poner los ojos en blanco.

—Como prefecta mayor, me esforzaré para asegurar que este último año en Niveus sea el mejor, empezando por el Baile de la Nieve benéfico de los alumnos veteranos que tendrá lugar a finales de mes. El consejo de prefectos se asegurará de que sea una noche de la que todo el mundo hable durante años.

La gente empieza a aplaudir, pero Chiamaka no ha terminado. Arrastra el micrófono hacia delante para continuar con el soliloquio.

—Por encima de todo, prometo asegurarme de que la mayor parte del financiamiento que recibimos vaya a parar a los departamentos adecuados. No me gustaría que se desperdiciara la generosidad de los donantes. Me aseguraré de que se le dé prioridad a las personas adecuadas, a los estudiantes que ganan los campeonatos de matemáticas y a los que compiten en las ferias de ciencias, a aquellos que de verdad contribuyen a la institución. Gracias.

Chiamaka termina y muestra una sonrisa maliciosa mientras la sala estalla en aplausos una vez más.

Esta vez, no me contengo y pongo los ojos en blanco. Estoy bastante seguro de que una chica de la primera fila, la de los listones rojos en el cabello, me mira con desdén.

Todos los prefectos se quedan para recoger sus insignias mientras los demás alumnos salen de la asamblea y se van a la primera clase. Observo sus uniformes nuevos y brillantes, sus bolsas de piel de cocodrilo y sus caras de plástico. Cuando bajo la mirada a mis tenis maltratados y a mi chamarra con hilos sueltos, noto una punzada en el pecho.

Hay muchas cosas que detesto de Niveus, como que nadie, aparte de Jack, venga de mi vecindario y todos vivan en casas enormes con vallas blancas, cocineros que les preparan el desayuno, choferes que los traen a clase y tarjetas de crédito sin límite guardaditas en mochilas y bolsas de diseñador. En ocasiones, al verme rodeado de todo eso se me retuercen las entrañas y siento que se agrietan y se rompen. Sé que no debería compararme con ellos, pero ver todo ese dinero y privilegios, cuando no tienes nada, duele. Intento convencerme de que ser un alumno becado no importa, de que no debería afectarme.

A veces, me funciona.

Las insignias son de diferentes colores. La mía es roja y brillante, con mi nombre grabado bajo el cargo. Los prefectos del último año siempre tienen un buen promedio y, como resultado, automáticamente pasan a ser los principales candidatos al mejor alumno de la generación. Lo más seguro es que ese honor se lo lleve Chiamaka, pero me hace feliz que al menos se me haya tenido en cuenta. Quién sabe, si he conseguido ser prefecto, a lo mejor al universo le da por concederme un deseo más y me convierte en el estudiante con las notas más altas.

En circunstancias normales, no me permito soñar así; la decepción es dolorosa y me gusta controlar las situaciones más factibles. Sin embargo, los profesores nunca se habían fijado en mí antes. En realidad, ni ellos ni nadie. Se me da de lujo pasar desapercibido, que nunca me inviten a fiestas y todo eso. Ahora que estoy aquí y que esto ha sucedido de verdad, no puedo evitar sentir que es una señal de que me irá bien en el año o, al menos, mejor que los últimos tres. Quizá signifique que entraré en la universidad y haré que mi madre se enorgullezca de mí.

Ward por fin nos despide y salgo a toda prisa del salón de actos. Atravieso una pequeña multitud de estudiantes que todavía merodea por allí y entro en un pasillo más vacío, de mármol y con hileras de casilleros de color gris oscuro en la pared. Solo reduzco la velocidad cuando una profesora dobla la esquina y me regaña con la mirada. El elegante corte de cabello *bob* le da a su rostro el aspecto tenebroso y crítico de Edna Moda de *Los Increíbles*. Cuando pasa, vuelvo a respirar con normalidad.

El ruido de la puerta de un casillero al cerrarse de golpe me llama la atención y volteo la cabeza en busca del origen. Un chico de cabello oscuro con los ojos muy maquillados y cara de pocos amigos me fulmina con la mirada. ¿Josh? ¿Jared? No recuerdo cómo se llama, pero sé quién es.

Es el que salió del clóset el año pasado en el baile de fin de año al entrar de la mano de su acompañante. Su acompañante masculino. Y no supuso ningún problema. La gente se alegró por él. Sin embargo, lo único que recuerdo fue mirarlo con su pareja, de la mano, y sentir unos celos abrumadores.

El baile de fin de año es uno de los muchos eventos inútiles y obligatorios que se celebran en Niveus, así que, como un masoquista, pasé toda la noche mirándolos desde las gradas del lateral del pabellón. Bailaron canciones lentas, abrazados el uno al otro como si se sintieran seguros allí. Como si nada malo les fuera a suceder. Como si ninguno de sus amigos fuera del instituto fuese a hacerles daño ni a burlarse de ellos.

Como si sus padres no fueran a dejar de quererlos ni a abandonarlos. Como si todo les fuera a salir bien.

Se me encogió el pecho mientras me aferraba a ese pensamiento. Se me nubló la visión y las luces de la sala se convirtieron en círculos radiantes. Parpadeé para contener las lágrimas y me apresuré a limpiarme las mejillas con la manga del esmoquin negro rentado mientras seguía observando cómo bailaban, como un auténtico acosador; solo apartaba la mirada cuando me empezaba a doler demasiado.

—¿Qué? —Una voz profunda atraviesa el recuerdo como un cuchillo.

Parpadeo y miro al chico, que me observa desde el casillero, con cara de estar aún más enojado que antes.

Me doy la vuelta a toda prisa y empiezo a caminar en dirección contraria sin atreverme a mirar atrás. Porque ¿Jared? ¿Jim? Ese tipo me da un miedo increíble y, además, mi cabeza vuelve a recordar el baile de fin de año, sus dedos enlazados y sus sonrisas. Cierro los ojos con fuerza y me obligo a pensar en otra cosa. En la clase de Música.

Subo los escalones hasta el primer piso, donde está el salón de ensayo, mientras quemo el deprimente recuerdo y arrojo las cenizas fuera de mi cráneo. Siento un cosquilleo en el cuerpo cuando distingo la puerta de roble oscuro con la placa grabada, «Salón de Música», y la tristeza se desvanece. Es mi clase favorita, el único lugar del edificio en el que me he sentido como en casa. Hay otras salas de ensayo, la mayoría se usan para grabar o practicar en solitario, pero esta es la que más me gusta. Es más abierta y menos solitaria.

—¡Devon! Bienvenido de nuevo y felicidades por tu nombramiento —dice el señor Taylor cuando entro. Es mi profesor preferido; me ha dado Música desde primero y es el único con el que hablo fuera del salón. Siempre tiene el rostro iluminado y una sonrisa en la cara—. Cuando quieras, ponte con el proyecto de graduación, como los demás.

El resto de mis compañeros están sumergidos en su propia música, algunos trabajan con el teclado y otros sujetan lápices con firmeza en la mano mientras componen melodías en partituras blancas y nítidas. Deberíamos haber empezado a planificar los proyectos durante el verano y tenerlos listos para presentarlos a la vuelta, pero pasé la mayor parte de las vacaciones ocupado con la obra de la audición para la universidad, además de con otras cosas menos académicas.

Localizo mi sitio al fondo, junto a una de las ventanas, con un teclado en la mesa y mis iniciales, DR, grabadas en oro en la madera. No hay muchos alumnos que elijan Música, así que tenemos asientos asignados. Siempre me ha gustado este salón porque me recuerda a las salas de conciertos de música clásica que veo en internet, ovaladas y con paredes de paneles cafés. Estar aquí me hace sentir que soy algo más que un becado. Como si este fuera mi sitio, como si perteneciera a este lugar, a esta vida, a esta gente.

Aunque sé que no es cierto.

—Gracias —digo antes de acercarme al teclado con el que he soñado todo el verano.

No tengo uno en casa porque no tenemos espacio y son mucho más caros de lo que parece. No me cabe duda de que mi madre me compraría uno si se lo pidiera, pero ya hace muchísimo por mí y siento que soy una carga para ella. Por tanto, cuando no estoy en clase, improviso; tarareo melodías, garabateo notas y escucho y veo toda la música que puedo. De todos modos, la composición es mi parte favorita de la materia. Aun así, sienta bien tener un instrumento de verdad frente a mí.

Enchufo el teclado a la corriente y cobra vida; la pequeña pantalla cuadrada de la esquina parpadea. Me pongo los audífonos, paso los dedos por las teclas de plástico blancas y negras, pulso algunas y dejo que salga una melodía desordenada. Después, me siento, cierro los ojos e imagino el mar. Un mundo verde azulado con peces que nadan y algas brillantes. Me sumerjo en el agua.

La sensación familiar de paz surge en mi interior y estiro las manos hacia el piano.

Me pongo a tocar.

2

Chiamaka

Lunes

La preparatoria es como un reino, solo que, en lugar de monarcas temperamentales, tronos dorados y trajes de diseñador importados de Europa, los pasillos están plagados de ruidosos adolescentes pospúberes, salones con hileras de pupitres de madera y estudiantes vestidos con feas faldas a cuadros, pantalones oscuros y rígidos sacos azules.

En este reino, la soberana no hereda la corona. Para llegar a la cima, tiene que destruir a quien haga falta. Aquí, cada momento es crucial; no hay segundas oportunidades. Un error puede enviarte al final de la cadena alimenticia, con las chicas que se inventan novios imaginarios y usan ropa de poliéster. Suena dramático, pero así son las cosas y así serán siempre.

Los que están en la cima en la preparatoria entran a las mejores universidades, consiguen los mejores trabajos, llegan a dirigir el país y a ganar premios Nobel. El resto acaba en trabajos sin futuro, con insuficiencia cardiaca y teniendo que involucrarse con su ayudante para darle una pizca de emoción a su vida, que de otro modo sería aburridísima.

Solo porque no estuvieron dispuestos a esforzarse en la preparatoria.

Mantener la popularidad en un lugar como Niveus no tiene nada que ver con cuántos amigos tienes. Se trata de guardar las apariencias, sacar las mejores calificaciones y juntarte con la gente adecuada. Tienes que lograr que todo el mundo desee ser tú y tener tu vida. Provocar que se sientan inseguros, alimentar su envidia y destruir a cualquiera que se interponga en tu camino; sé que para una persona de fuera sonará horrible, pero aprendí muy pronto que aquí es matar o morir. Si tuviera que sentirme mal cada vez que tengo que pisar a alguien para mantener la corona, me aburriría mucho.

Además, sin importar si soy yo u otra persona, siempre habrá un reino, un trono y una soberana.

Observo la insignia de prefecta mayor, con el nombre de Chiamaka grabado en el brillante metal dorado. Resulta extraño que, después de tres años de luchar para llegar a lo más alto del escalafón, todo se resuma en algo tan pequeño y aparentemente insignificante. Sonrío mientras paso el pulgar por la fría superficie. Aunque sea diminuto en el gran esquema de las cosas, es lo que he querido desde que estaba en primero, y ahora lo logré.

—La insignia es muy bonita, Chi. Felicidades —dice Ruby cuando salgo del auditorio.

Me espera junto a la puerta con Ava, la otra chica con la que ando casi siempre. El pasillo sigue lleno de estudiantes que platican y matan el tiempo antes de que suene el timbre. Ward me pidió que me quedara un poco más que los demás prefectos para presentarse como es debido.

Espero haberle causado una buena impresión. La primera imagen que alguien se forma de ti se graba en la mente para siempre, pero el nuevo director no parecía muy entusiasmado. Se limitó a mirarme con frialdad, como si hubiera insultado su traje horroroso o le hubiera dicho que la corbata no le hacía juego con los zapatos. No hice nada de eso, fui educada. Aun así...

Me meto la insignia en el bolsillo del saco y deshago la sonrisa mientras me encojo de hombros; no quiero parecer demasiado ansiosa.

—Gracias. —Miro la insignia de Ruby, de color azul oscuro, que luce con orgullo en el pecho—. Lo mismo digo.

Me dedica una sonrisa amplia y vacía, con los ojos verdes muy abiertos.

—Gracias, Chi.

Levanto una ceja. Lo que suele suceder con Ruby es que la cosa no quede ahí y suelte alguna broma sutil que le suene inofensiva a la mayoría, pero que yo sé que no lo es.

—O sea, es una pena que no siempre se les concedan ciertos títulos a quienes los merecen, pero vas a salir guapísima en las fotos de fin de año.

Ahí está.

Sonrío otra vez mientras avanzamos por el pasillo en dirección a mi casillero.

—Lo sé. Me alegro de que por fin vayas a estar conmigo en la foto. ¿Cuánto te costó? ¿Tres años?

Sigue enseñando los dientes cuando asiente.

—Así es.

Ava carraspea.

—¿Qué opinan del nuevo director? —pregunta cuando llegamos a mi casillero.

Es evidente que busca bajar la tensión y parar el extraño juego de poder que Ruby empezó el año pasado.

Algunos días, parece desear verme caer; otros, se muestra satisfecha con su posición en Niveus. Así es Ruby: la maliciosa y mimada hija de un senador. Aunque la conozco desde hace años, solo empezamos a hablar en la preparatoria; cuando me convertí en alguien con quien valía la pena relacionarse, supongo. Sea como sea, siempre ha sido una zorra, aunque tal vez por eso gravitamos la una hacia la otra. Las chicas como nosotras, que no tienen miedo de decir lo que piensan, tienden a llevarse bien.

Conocí a Ava en segundo, cuando se mudó aquí desde una escuela privada fresa de Inglaterra. Es una rubia despampanante a la que todo el mundo le tomó cariño casi al instante, con su acento británico y su carácter sincero. La verdad es que no me importa pasar tiempo con ella. A diferencia de Ruby, es agradable y honesta. Casi siempre.

—Da un poco de miedo. ¿De dónde se supone que es? —pregunto mientras guardo la bolsa en el casillero, feliz de no tener que seguir con el jueguito agotador de Ruby tan temprano por la mañana. Me muero por irme a clase y librarme de sus comentarios sarcásticos.

La mayoría cree que las tres somos amigas, ya que siempre nos ven juntas.

Pero no.

Nuestra relación es una transacción. Necesito un círculo cercano y atractivo. Pequeño, porque cuanto más reducido es tu grupo, menos sabe la gente de ti y más interés suscitas. A cambio, ellas disfrutan de lo poderosas que somos las tres juntas.

Ruby se anima, como siempre que posee información que yo desconozco. Sus rizos de fuego se iluminan cuando sonríe y se inclina hacia delante.

—Escuché que es de Inglaterra, que era director en un internado privado muy estricto.

—Ni siquiera sabía que Collins iba a renunciar —admito, molesta por tener que volver a empezar el trabajo que había hecho con él en los últimos tres años. Sobre todo después de ver el comportamiento poco amable y gélido de Ward.

Saco un bálsamo labial del bolsillo justo cuando alguien me toca el hombro. Al voltearme me topo con una estudiante de segundo de ojos brillantes que reconozco y que lleva un portavasos con dos bebidas.

—Buenos días, Chi. Te traje un café con leche de soya y otro con canela. No estaba segura de cuál preferirías. Me acordé de que el año pasado te gustaban los dos, pero, si ya cambiaste de opinión, puedo comprarte otra cosa mañana —dice, con las mejillas sonrojadas mientras divaga.

Tomo el de canela y el alivio se extiende por su rostro.

—Gracias, Rachel —digo mientras doy un sorbo del café y me volteo hacia Ruby y Ava.

—En realidad, soy Moll...

—Parecía estar bien antes del verano —continúo.

—Escuché que tuvo una especie de crisis nerviosa —comenta Ava, y le lanzo una mirada que la hace retroceder un poco.

Entiendo que Ruby sepa cosas que yo no; siempre tiene las garras metidas en los asuntos de los demás. Pero ¿Ava también? Es evidente que me relajé durante las vacaciones.

Antes de que me dé tiempo de indagar más, me quedo a oscuras cuando unas manos me tapan los ojos. No me hace falta mirar para saber que es Jamie.

—Adivina quién soy —dice con voz grave.

Una parte de mí desea que todo el pasillo nos mire. Casi oigo lo que piensan. «¿Chiamaka y Jamie empezaron a salir este verano? Serían la pareja perfecta. Mataría por ser ella.» Se morirían de envidia. Sonrío por la posibilidad.

—Veamos. ¿Alto, moreno, guapo y con solo media neurona? —bromeo.

Las manos se apartan y recupero la vista. La cara de Ruby es de indiferencia y Ava me dedica una sonrisa pícara.

—Exacto —responde él.

Me da un beso en la cabeza y me revuelve el cabello como a un perrito o una hermana pequeña. Espero que eso no lo haya visto nadie. Me peino y evito las miradas de las chicas.

—Deberíamos irnos a clase —dice Ruby, y percibo el placer en su voz.

Disfruta de todo momento de debilidad y supongo que mi único punto débil, a pesar de todo lo que me he esforzado para ser perfecta, es que Jamie siga siendo mi mejor amigo y no mi novio.

Al menos, por ahora.

Fuerzo una sonrisa.

—Ruby tiene razón. No quiero causarle una mala impresión al nuevo director, sobre todo ahora que me nombraron prefecta mayor de los veteranos, lo que tampoco es que haya sido una sorpresa.

Jamie se ríe y niega con la cabeza.

—Presumida... ¿Por qué estabas tan segura de que este año te elegirían?

Me encojo de hombros, aunque la razón es obvia. Todos los años desde segundo, porque los de primero no pueden ser prefectos, he ostentado el cargo. No es suerte, es ciencia. Me lo merezco, digan lo que digan los demás.

Saco todo sobresalientes, soy la presidenta del Club de Debate, de Jóvenes Médicos y de la Asamblea de las Naciones Unidas. Hablo cuatro idiomas, cinco si contamos el inglés, y voy a ir a Yale a estudiar Medicina. Al menos, ese es el plan. No hay nadie mejor para el puesto de prefecta mayor, ni nadie que se haya esforzado más para conseguirlo.

Ser prefecta mayor es la cereza del pastel. Le comunica a las universidades como Yale que me preocupo por Niveus, lo que es verdad, y que soy una líder nata, que también lo es. Estoy más que cualificada para el cargo. Aunque sé que no debería importarme, me molesta que, cuando las chicas saben lo que quieren y cómo conseguirlo, se les considere engreídas. En cambio a los chicos que saben lo que quieren se les describe como seguros de sí mismos y fuertes. La razón por la que debería ser prefecta mayor es porque me lo he ganado, y Jamie, más que nadie, debería saberlo.

Es probable que no tuviera esa intención, así que olvido el comentario mientras avanzamos por el atestado pasillo. Como de costumbre, el mar de uniformes azules se separa a mi paso; la gente se aparta y se empapa de nuestros rostros, ropa y cabello. Siempre opto por un aspecto sencillo. Hoy llevo unas medias negras hasta el muslo, un saco de terciopelo de Dolce & Gabbana y unos zapatos de ante de Jimmy Choo. Cuanto más parezca que no te esforzaste, mejor. Meto la mano en el bolsillo del saco y palpo de nuevo la insignia, la única muestra de mis logros. De todo lo que he superado.

Siento que la energía me llena y la emoción bulle dentro de mí. No estoy segura de lo que es, quizá se trate de que por fin estoy en el último año, o tal vez sea que soy una presumida, pero algo me dice que este año será diferente a los demás.

Este será el año en el que por fin todo encaje; en el que toda la sangre, el sudor y las lágrimas den sus frutos.

3

Devon

Lunes

Una de las pocas ventajas de Niveus es que me permiten faltar a algunas clases para preparar la audición de Juilliard.

Desde que mencioné la posibilidad de solicitar plaza, el señor Taylor me ha ayudado a «solucionar el problema» de mi asistencia. Entrar en las mejores universidades es una prioridad para los estudiantes de la Academia, por lo que no es inusual que los alumnos de años superiores se salten algunas clases para recibir lecciones adicionales en sus carreras elegidas.

Como ahora. Después de la primera hora, el señor Taylor me deja meterme en uno de los salones de ensayo más pequeñas. Debería estar en la clase de Matemáticas, pero, en lugar de eso, pulso notas al azar en el teclado. Me doy la vuelta en la silla para buscar más partituras en blanco en el armario que tengo detrás, pero cuando jalo el cajón, no cede. Suspiro y me levanto. Guardo unas cuantas en el casillero para cuando necesito garabatear ideas de nuevas melodías.

Bajo corriendo los escalones y atravieso las puertas que conducen al pasillo donde está mi casillero, pero me detengo en seco cuando los alumnos se me quedan mirando. Todos. Algunos sonríen enseñando los dientes y otros me dedican miradas penetrantes. Como si me conocieran. La gente suele ignorarme, como si mi cuerpo estuviera cubierto por una capa de invisibilidad. Es raro que no estén en clase, aunque no estoy en posición de juzgar a nadie, ya que yo tampoco lo estoy.

Me acerco al casillero, confundido y desorientado.

—¿Es él? —susurra alguien.

Me volteo y me encuentro con que algunos ojos siguen clavados en mí.

Intento concentrarme en poner la combinación y no en que alguien suelta un jadeo ni en lo que percibo como miradas críticas clavadas en la espalda.

Uno, ocho, seis, empiezo, pero alguien me toca el hombro y me interrumpe. Bajo la mano y me volteo hacia Mindy Lion, una chica de la clase de Música con la que he hablado alguna vez, cuya melena y labial del mismo color púrpura son imposibles de ignorar, aunque quieras.

—Hola, Devon. ¿Estás bien? —pregunta con pena, lo cual es muy raro.

Para empezar, no suelo tener mala cara sin pretenderlo, así que no debería verme tan mal. En segundo lugar, Mindy y yo somos, por mucho, conocidos.

—Sí, ¿y tú? —pregunto, porque se ve que ahora nos preocupamos el uno por el otro.

—Sí, claro. Solo quería hablar contigo. Imagino lo duro que será que esa foto ande circulando por ahí.

—¿Qué foto?

Se queda con la boca abierta.

—¿No la has visto? —pregunta.

Niego con la cabeza e intento permanecer impasible. Cuando levanto la mirada, las personas que están detrás de Mindy nos miran con descaro.

—¿Qué foto? —repito, con la voz un poco quebrada.

Es como si mi cuerpo lo supiera antes que mi mente . Sea lo que sea de lo que habla, no es bueno.

Mindy busca en su bolsa roja de diseñador y saca el celular. Toca la pantalla y me la enseña.

Parpadeo y la miro con atención. Es una imagen de dos chicos. Vuelvo a mirar a Mindy, porque no entiendo qué tiene que ver eso conmigo. Entonces, un pensamiento extraño hace que vuelva a fijarme en la foto. No son dos personas cualquiera, sino dos figuras que reconozco, una con el cuello lastimado y la otra con una cara que me resulta demasiado familiar. La veo todos los días en el espejo. Están en una habitación, con los labios unidos.

El estómago me da un vuelco y se me sale por la boca. El corazón deja de latirme por completo.

«Me lleva la mierda.»

4

Chiamaka

Lunes

Me duele todo.

No es dolor del malo, sino el que sientes cuando te ríes demasiado y todo el cuerpo te arde.

Intento apartar la mirada de Jamie, el causante de mi desgracia. La única desventaja de que mi mejor amigo sea mi compañero de laboratorio son los ataques de risa dolorosos y las constantes distracciones de la tarea en cuestión.

Arranca un trozo de una página de su libreta, la enrolla en un fino cilindro y acerca uno de los extremos del papel a la llama del mechero Bunsen. Se lo lleva a los labios y finge dar una calada.

—Soy un alma atormentada. Escucho a The 1975. Me tiño el cabello de rosa irónicamente porque, como sabes, mi corazón es negro; mi nombre de pila es Peter, pero en el clan me llaman Piedra Torturada, porque es evidente que sufro mucho y soy un malote.

Levanto la mano.

—Quiero cambiar de compañero de laboratorio —digo mientras me seco los ojos con la manga de la bata blanca.

Jamie me baja el brazo.

—Valora las opciones, Chi. —Señala a las otras mesas—. Podrías sentarte con Lance, que rompe todos los aparatos que le dan, con Clara, que se los come, o conmigo, la perfección absoluta.

Pongo los ojos en blanco. Nada de eso es verdad. Salvo, quizá, lo último.

Jamie levanta una ceja y entrecierra un poco los ojos, como si me desafiara a llevarle la contraria a su inflado ego. Y se atreve a llamarme presumida a mí. Las pecas doradas bailan por sus mejillas cuando ensancha la sonrisa.

—Supongo que tienes razón —claudico.

—Buena elección, Chi —dice con gesto triunfante.

Cambia la llama de naranja a azul, como dice en las instrucciones, con las muñecas cubiertas de las pulseras de hilos de colores que le trajo su mamá de su viaje a la India el verano pasado.

Me llevo la mano a la panza, que todavía me duele de reír.

—Empiecen a recoger, quedan cinco minutos para que acabe la clase —indica el señor Peterson.

Jamie gime y hace un puchero ante el mechero Bunsen como un niño.

Apago el gas y coloco el equipo en la bandeja blanca de la que salió, para disgusto de mi amigo. Le encanta controlar todo lo que tenga que ver con el fuego en los experimentos. Creo que su piromanía comenzó en segundo, después de un largo verano en el campamento al que invitan todos los años a unos pocos estudiantes de Niveus. Yo nunca he ido, pero me da igual. Todo el mundo sabe que los herederos son los únicos invitados a esa clase de eventos.

Los herederos son estudiantes de Niveus con padres superpoderosos y varias generaciones de familiares que han asistido a la Academia. Es decir, como la familia de Jamie, desde el principio de los tiempos. Mis padres no son estadounidenses y no tienen raíces monetarias aquí, solo en Italia, así que no recibo los mismos privilegios. Lo cierto es que todo sería mucho más fácil para mí si fuera una heredera. Tendría un futuro más claro y no tendría que esforzarme tanto.

Jamie ha tenido claro desde que usaba pañales que entraría en una universidad de la Ivy League, que heredaría la empresa multimillonaria de su papá, que tendría contactos en cualquier organización importante del país y que no tendría que trabajar ni un día en toda su vida. Me gustaría que mi futuro fuera tan impecable como el suyo y que en mi vida todo estuviera organizado a la perfección. El dinero solo puede llevarte hasta cierto punto; hace falta poder e influencia para acompañarlo, y los Fitzjohn, la familia de Jamie, disponen de las tres cosas.

—Tengo que decirte algo a la hora de la comida —me susurra.

La intensidad de su voz hace que me sobresalte un poco. Asiento, y me acaricia el hombro con el suyo. A Jamie le encanta la atención. Cada contacto, cada roce de mano, cada codazo, todo es intencionado. Sabe cómo asegurarse de que es la única persona en la que piensas. Sumado a su sonrisa de anuncio, es irresistible; lo he visto usar su encanto para librarse de las tareas y de multas de tráfico. Estoy bastante segura de que coquetearía con la mismísima muerte si no existiera la posibilidad de que falleciera y dejara de ser el centro de atención.

—Claro. ¿En Lola's? —pregunto, e intento sonar indiferente.

Lola's es un sitio imaginario. Cuando estábamos en primero, nos pareció que sonaba como una cafetería extravagante que se encontraría en el centro de un pueblo antiguo, donde las amas de casa se reunirían para chismear y fumar. Al hacernos mayores, nos dimos cuenta de que suena más bien al nombre de un bar de *striptease* de mala muerte. A pesar de las connotaciones, no dejamos de usarlo. Es nuestra manera de decir que queremos hablar en privado.

Puede ser cualquier sitio en el que estemos a solas. En primero, el día que nos conocimos, un profesor nos emparejó y Jamie se presentó como el tipo que iba a arruinarme la vida, a lo que yo le respondí que tenía un concepto demasiado elevado de sí mismo.

Entonces, Lola's era un rincón en un salón vacío. Íbamos allí a la hora de la comida a quejarnos de nuestros compañeros de año o a hablar de cómo queríamos ser cuando fuéramos mayores. Yo pretendía ser la mejor. Tener las mejores calificaciones, la mejor apariencia, el mejor cabello, el mejor novio... Sobresalir en todo, ser la persona a la que todo el mundo envidia. Jamie me dijo que quería ganarse el respeto de sus padres.

Después, durante todo tercero, siempre que no estábamos en clase, Lola's era su dormitorio y su cama, bajo las sábanas.

—Sí. —Sonríe y me guiña un ojo—. En Lola's.

Un montón de timbres de notificaciones llenan el aire. El teléfono me vibra en el bolsillo. Lo saco.

1 mensaje nuevo de desconocido:
Hola, Academia Niveus. ¿Quién soy?
Eso no importa. Lo único que tienen que
saber es que vine para dividir y vencer.
Como todos los grandes tiranos.
Firmado: Ases.

¿Dividir y vencer? ¿Quién habla así? ¿Qué demonios es eso de Ases?

El teléfono vuelve a vibrar.

Esta vez, una foto acompaña al mensaje. Dos chicos besándose. Uno con el cuello muy lastimado. Los grititos de sorpresa y las risas se extienden por el salón. Pongo los ojos en blanco. Estamos en el siglo XXI, por favor. ¿De verdad es algo digno de asombro? Pero entonces, leo el mensaje que hay debajo.

> Ya está, la foto lo dice todo. Sin duda,
> el arte dramático y la música combinan
> muy bien. Firmado: Ases.

¿Es... Scotty? ¿Con Devon Richards?

Una carcajada colectiva hace que aparte la mirada de la imagen por un segundo. Los demás miran con atención sus teléfonos.

—¿Ese es Scotty? —pregunta Jamie.

Asiento.

Se trata de uno de mis exnovios. Supongo que por eso preguntó, aunque no es a él a quien miro, sino a Devon. No es que me interese, ni siquiera me hablo con él, pero cuesta no fijarse en la única otra persona negra de la preparatoria. Lo que es todavía más raro que esta foto es que, hasta hoy, creo que nunca había oído hablar de Devon. Entonces, de repente, de la nada, lo nombran prefecto de último año, ¿y ahora esto?

¿Me perdí algo?

—Entonces ¿Scotty es gay? ¿Los jugadores de futbol americano pueden ser gays? Bueno, también hace teatro, así que supongo que...

—Jamie, los jugadores de futbol pueden ser gays y los chicos de teatro pueden ser heteros. No seas el típico machito blanco que solo dice tonterías —digo—. Además, Scotty podría ser bi.

—Es solo que me sorprende —se justifica, y lo entiendo. A mí también.

Me siento una hipócrita. Le digo a Jamie que no se base en estereotipos a pesar de que una parte de mí se cuestiona si el hecho de que me sorprenda tanto ver a Devon se debe a que sea negro y esté besando a Scotty.

La gente termina de recoger, con los ojos todavía pegados a las pantallas. Soy la encargada de Ciencias del curso, así que ayudo a los técnicos a asegurarse de que todo el equipo se ha devuelto sano y salvo. No es glamuroso, pero haré lo que sea para que mi candidatura a Yale sea la mejor. Esto supone que no iré a la siguiente clase con Jamie.

—¿Nos vemos en la comida? —pregunto.

Asiente y me besa la frente.

—En Lola's.

El beso es premeditado.

Se aleja y nos miramos durante un breve instante. Sonrío, pero soy la primera en apartar la vista.

—Hasta luego —dice.

—Hasta luego —respondo.

Lo observo mientras sale del salón. Todavía tengo la cabeza caliente donde me dio el beso y el corazón me late errático; su mirada me dice todo lo que necesito saber.

Tengo a Jamie justo donde lo quiero.

Llevamos años jugando este juego, pero creo que hoy es el día en que por fin se va a rendir.

Es la hora previa a ir a Lola's y estoy en clase de Lengua. No me concentro en nada más que en la perspectiva de ser por fin la novia de Jamie Fitzjohn.

He esperado mucho para que me viera como algo más

que su mejor amiga, tres años, para ser exactos. He visto cómo las chicas caían a sus pies y lo he escuchado hablar de su hipotética novia perfecta mientras esperaba el momento en que se volteara hacia mí y se diera cuenta de que yo podía ser esa chica. Ha sido frustrante. Por norma general, no me asusta dar el primer paso en las relaciones, pero con Jamie es diferente.

La mayoría de los chicos son muy predecibles. Los calo enseguida, conozco sus deseos, sus anhelos, lo que los mueve. Mi primer novio se llamaba Georgie Westerfield. Era el típico rompecorazones: alto, rubio y tataranieto del dueño de calcetines Westerfield, es decir, que nadaba en miles de millones de dólares. Sin embargo, lo más importante para mí, que era una chiquilla de primero, era que estaba en el penúltimo año y todas lo deseaban. Ser la novia de Georgie me hizo destacar y dejar de ser la chica invisible, sin importancia y miserable que había sido en el colegio. Cuando entré en Niveus, supe que quería convertirme en todo lo que no había sido antes. Salir con Georgie no solo me convirtió en alguien que la gente quería conocer, sino en quien yo quería ser.

Descubrí que acercarme a Georgie no era complicado. En primer lugar, Jamie era su amigo y protegido gracias al equipo de futbol y, en segundo lugar, le gustaba que fuera «diferente», o, dicho de otro modo, que fuera negra le parecía genial. Ignoré esa parte, ya que sabía que nunca llegaría a enamorarme de alguien como Georgie, y así conseguí ser Chiamaka, la novata que había conquistado al chico más preciado de la preparatoria; luego fui también la primera en romperle el corazón y pasar a salir con el siguiente soltero de oro de Niveus.

Siempre los estudio antes de atacar. Su valor social. Cada uno aporta algo nuevo. Georgie me hizo destacar y Scotty, el chico guapo y con acceso a múltiples círculos sociales, me volvió más agradable a ojos de los demás. Jamie es el único que de verdad me ha gustado, el único al que no he odiado en secreto. El único con el que siento que podría tener un futuro. Sin embargo, no es fácil de leer. Es mi mejor amigo, pero juro que la mayoría de los días no tengo ni idea de lo que le pasa por la cabeza. Por eso decidí esperar, dejar que fuera él quien diera el primer paso.

Como siempre, mi plan funcionó.

Por fin, a principios del año pasado, en penúltimo curso, cuando todavía salía con Scotty a pesar de que estaba desesperada por que Jamie se fijara en mí, lo hizo. Había organizado la que iba a ser la fiesta del año. Los dos nos habíamos emborrachado mucho, hasta el punto de que esa noche es casi por completo una laguna en mi memoria. Lo que sí recuerdo es cómo él me miró y vio algo más que una relación platónica. Me sonrió, me colocó un mechón de cabello detrás de la oreja y me preguntó si quería subir al piso de arriba.

Le dije que sí. Me pidió que me reuniera con él en su habitación y, aunque esa noche solo nos besamos, fue el catalizador de lo que vino después. Jamie me besaba a escondidas, me susurraba cosas al oído, me pedía que fuera a su casa...

No soy una ingenua y sé que acostarse con alguien no implica que le gustes, pero las cosas son distintas entre Jamie y yo. A veces lo sorprendo mirándome, siempre trata de irritarme a propósito y sonríe de oreja a oreja cuando lo logra. Me hace reír y me mira como si fuera especial.

He pasado los últimos tres años preparándome para ser la chica más popular de la preparatoria, la que lo tiene todo. He hecho todo lo posible para asegurar un colofón perfecto a mi paso por Niveus. Ahora que soy la prefecta mayor de último año, solo faltan las piezas finales: la corona del Baile de la Nieve, una carta de aceptación de Yale y Jamie.

Noto un codazo de Ava, con quien me siento en clase de

Lengua. A veces nos burlamos de las conspiraciones que se le ocurren a nuestra profesora, la señora Hawthorne. Como la vez que nos dijo que F. Scott Fitzgerald era en realidad la reencarnación de William Shakespeare, a lo que Ava respondió: «Y yo soy la reencarnación del trasero de Jane Austen». Me reí tanto que Hawthorne amenazó con separarnos. Admito que la clase es más entretenida con ella a mi lado.

Tal vez, si las jerarquías no fueran tan importantes y la gente no se pasara la vida intentando destronarme, confiaría más en la gente y Ava y yo no solo seríamos dos chicas que se utilizan mutuamente para sobrevivir a la prepa. Sin embargo, la realidad es que Niveus siempre será Niveus. Además, no fui yo la que inventó este sistema retorcido que nos enfrenta y nos obliga a hacer todo tipo de barbaridades en nombre del estatus, pero lo navego muy bien.

De todas formas, tengo a Jamie; no necesito más amigos aquí.

—Ni siquiera intentas fingir que prestas atención —susurra Ava.

—Creo que Jamie me va a pedir salir en la hora de la comida —digo, y la miro.

Abre mucho los ojos.

—Guau, qué noticia. De todas formas, siempre creí que tenían algo en secreto.

Eso me hace sonreír por dentro. Una cosa es convencer a Jamie de que somos la pareja perfecta, y otra lograr que los demás también lo crean.

—Pues pronto será oficial. Espero.

Jamie siempre habla de encontrar a «la adecuada». Nunca ha salido con nadie porque siempre dice que aún no la encuentra. Antes, la gente pensaba que no le gustaban las chicas, pero luego se metió en el equipo de futbol americano, que al parecer es una confirmación de heterosexualidad.

En cierto modo, también creo en lo de encontrar al adecuado, una persona que te haga relucir por dentro y sentir que pierdes el control, pero no de la misma manera ñoña que él. Jamie actúa como si fuera algo predeterminado que Dios o Santa Claus decidieron en el momento en que nació.

Yo creo que somos dueños de nuestro propio destino. Elegimos de quién nos hacemos amigos, a quién besamos y con quién salimos; supongo que yo escogí a Jamie.

Suena el timbre y me levanto. Aviento el cuaderno dentro de la mochila y salgo a toda prisa de la clase, sin perder tiempo en despedirme de Ava. La veré más tarde en la cafetería.

Jamie tenía Historia, así que lo espero fuera. No tarda en salir, con una amplia sonrisa en el rostro pecoso. A sus rizos castaños y sueltos les hace falta un saneado, pero a mí me gusta así. Parece salido de una banda de música pop de las que fingiría que no me gustan.

—¿A las bancas? —pregunta, y enlaza el brazo con el mío.

Asiento e intento serenarme mientras nos dirigimos al patio.

Me contó cómo piensa invitar a salir a la elegida. Dice que será romántico, con chocolates y quizá un poema si se atreve, lo cual me parece un cliché, pero me muero por ver cómo lo lleva a cabo.

El resto del alumnado sale de los salones mientras pasamos por delante y algunos nos miran como si lo supieran. Primero me eligen prefecta mayor y ahora esto. Solo ha pasado la mitad del primer día de clase y ya sé que va a ser el mejor año de toda la prepa.

Nos sentamos en lados opuestos de una de las mesas de madera. Apoyo la barbilla en las manos y él hace lo mismo. Dondequiera que vayamos a Lola's, aunque sea en público, siempre es íntimo.

—Bueno —empieza.

—Bueno —respondo.

—Creo que la encontré.

—Ah, ¿sí? —digo, un poco ansiosa.

—Sí. Es inteligente, despampanante, me hace reír...

—Parece increíble —interrumpo, con el corazón rebotando en la caja torácica.

—Creo que la conoces.

Ahí viene.

—Se llama Belle Robinson.

Espera, ¿qué?

—La he visto por aquí durante años y siempre he creído que estaba fuera de mi alcance. —Me sonríe con timidez y se pone un poco rojo—. Pero entonces empezamos a hablar y supe que era especial.

Las palabras se desvanecen y me sobrevuelan mientras habla. No tenía que ser así. Me duele el pecho y siento como si empezaran a abrírseme grietas. Parpadeo y me caen lágrimas de rabia. Me limpio los ojos a toda prisa y procuro no correrme el maquillaje.

—Esperaba que te alegraras por mí, pero no tanto —bromea, a pesar de la preocupación de su rostro.

Soy incapaz de contenerme.

—Pensaba que ibas a decirme otra cosa.

Frunce el ceño.

—¿Qué?

Me siento estúpida.

—Que te gustaba yo —digo con un hilo de voz.

Pasan unos segundos de completo silencio solo roto por el viento y las conversaciones lejanas en el interior del edificio.

La cara de Jamie se retuerce, como si salir conmigo estuviera mal.

—Eres mi mejor amiga, Chi. Sabes que no te veo de esa manera.

Las imágenes se abren paso por mi cerebro. La noche que me pidió que fuera a su habitación al principio del año anterior, todas las veces posteriores, la conexión que creía que compartíamos. Estábamos destinados a ser los reyes, juntos y en la cima. Iríamos a la universidad juntos, nos casaríamos, tendríamos éxito, dos hijos triunfadores y moriríamos juntos.

—Estoy saliendo con Belle. Creí que te alegrarías por mí.

Belle. La estúpida Belle Robinson, rubia y de ojos azules.

La conozco de algunas clases del año pasado y de que está en el equipo de *lacrosse* femenino. Es más o menos popular, no porque se haya esforzado, sino porque es guapa. A la gente le encanta premiar a la gente convencionalmente atractiva.

Me toma la mano.

—Eres increíble —dice. «Pero no eres Belle», termino por él—. No creo que te guste de verdad, Chi. Creo que te gusta la idea que tienes de mí.

Las palabras se mezclan con el ruido de fondo. Usó esa frase con montones de chicas; las ignora con mucho tacto y les dice que la idea de estar juntos solo es una utopía. No puedo creer que haya caído en esa fantasía. Soy una idiota. Creí que estaba por encima de todo eso. Que era mejor que las chicas como Belle. Por lo visto, no lo soy.

Siempre he pensado que Jamie las rechazaba porque quería estar conmigo. Supongo que me equivocaba.

Se le da de maravilla convencer a la gente para que crea todo lo que dice; incluso a mí. También es el mejor a la hora de fingir que no pasa nada cuando todo se va a la mierda. Luego me toca a mí lidiar con las consecuencias.

De repente, aunque no quiera, los recuerdos empiezan a amontonarse en mi cabeza. Las vacaciones de invierno de tercero. La noche que he intentado olvidar desde entonces. El rechinido de las llantas , más fuerte que nuestras voces, que momentos antes cantaban a todo pulmón *Livin' on a Pra-*

yer. Un grito agudo que hace que Jamie dé un volantazo y choquemos con un árbol y rebotemos hacia delante. Mi cabeza que choca con el tablero.

♠

—¡Mierda! —grita Jamie—. ¡Mierda! ¡Carajo! ¡Mierda! Creo que le di a algo.

Me tiembla todo el cuerpo y el pecho me oprime los pulmones mientras intento respirar, pero no lo logro. El sonido de la puerta al abrirse me provoca una oleada de náuseas mientras Jamie sale tambaleándose a la carretera.

—¡MIERDA! —grita.

Retrocede a tropezones y se jala el cabello. El sonido de la radio lo silencia. Aprieto con desesperación el botón de apagado.

—¡Me lleva la mierda, Chiamaka! ¡Atropellamos a una chica!

La vuelvo a oír gritar en la cabeza. Voy a vomitar.

Jamie se apoya en el coche, con el cabello mojado por la lluvia y pegado a la pálida frente. Respira rápido, como si acabara de terminar un maratón. El olor de los asientos de piel mezclado con su loción almizclada me abruma y me adormece el cerebro.

—Chiamaka, tenemos que hacer algo. Mi papá no se puede enterar —suplica.

La lluvia rebota en la carretera mientras miro el cuerpo por la ventana. El cuerpo de la chica. Entre los regueros de agua, veo su cara. Rizos rubios, piel pálida, un charco oscuro que forma un halo alrededor de su cabeza. Siento náuseas, me agarro al frío y duro tablero y cierro los ojos.

Me encuentro muy mal.

Debería salir a revisar si respira, pero soy incapaz de moverme; tengo las extremidades bloqueadas.

—Deberíamos revisar si respira. Hay que llamar a una ambulancia y a la policía —digo mientras saco el teléfono del abrigo, con dedos temblorosos.

Jamie me mira desesperado mientras me arrebata el celular de las manos y se lo guarda en el bolsillo del pantalón.

—¡No podemos! ¡Mi papá me matará! —levanta la voz. Salto en el asiento cuando le da una patada con fuerza al costado del coche—. Me va a matar, carajo.

Se encorva y la lluvia le cae por la cara. Apoya las manos en las rodillas y respira más deprisa que antes.

Niego con la cabeza. La figura de Jamie se vuelve borrosa cuando las lágrimas me nublan la vista.

—Tenemos que hacerlo. Parece que está grave. —Las palabras me salen con torpeza. Tengo que salir del coche.

—Todo saldrá bien. Si no llamamos a la policía, todo irá bien —dice Jamie, y se le quiebra la voz—. No podemos ir a la cárcel. Tenemos que hacer algo. Mi papá no debe enterarse.

¿La cárcel? No había pensado en eso.

Las palabras me apuñalan el pecho e impiden que los pulmones me funcionen como deberían. Cada vez que trato de respirar, no me llega suficiente aire; cuando intento tragar, siento que tengo algo alojado en la garganta.

Me oigo llorar, pero es casi como si fuera otra persona. No siento las lágrimas, aunque sé que son mías. El rostro de la chica, como el de una muñeca, se me graba en una imagen distorsionada.

Debería asegurarme de que está bien. Alcanzo la manija de la puerta. Tengo que comprobar que sigue viva. No se mueve. La sangre. Le dimos muy fuerte.

Lo siguiente pasa muy deprisa. Oigo el fuerte golpe de la puerta del conductor y Jamie reaparece de repente a mi lado. El rechinido de las llantas en la carretera mojada cuando da marcha atrás. Hay una pausa y lo miro.

Tengo que salir.

Se oye un clic cuando las puertas se cierran. Muevo la manija en vano.

—¡¿Qué haces?! —grito, y golpeo la ventanilla.

No podemos irnos. No podemos dejarla.

Jamie me mira un instante con los ojos vidriosos. Luego, con un rápido movimiento, rodea el cuerpo de la chica y acelera sin mirar atrás.

—¿Chi? —dice Jamie, y me arrastra de nuevo al presente.

—Tienes razón —contesto mareada.

Me agarro a la banca mientras las conversaciones de la gente vuelven a llenarme los oídos.

Sonríe.

Se le da bien racionalizarlo todo y dar sentido a las grietas de la realidad.

En especial cuando se trata de las cosas que queremos olvidar.

Desde el accidente, todos los sueños empiezan igual. El agua me entra en el cuerpo de todas las maneras posibles, me inunda los órganos y me aprieta poco a poco mientras grito para pedir ayuda, pero solo consigo anegarme más. Me quema los pulmones y la garganta, me arde la piel. Me volteo y Jamie está a mi lado en el coche, congelado, con la mirada perdida en la carretera. Agito los brazos para alejarme nadando, pero ya no estoy sumergida. Estoy seca y vuelvo a encontrarme en el asiento del copiloto; la oigo gritar, con los ojos muy abiertos mientras frenamos y ella cae al suelo. En sueños, salgo a tropezones del coche negro de Jamie y las palmas de las manos me arden al caer en la grava. Intento levantarme, pero no puedo. Me arrastro hacia el cuerpo y observo cómo la sangre se filtra por los agujeros de la carretera, a través de sus rizos rubios. Todo está en silencio. Su cara es lo último que veo. Una cara que nunca olvidaré.

Entonces despierto sobresaltada y sin aire mientras boqueo para respirar.

Me pasa todas las noches, en mi oscura habitación, entre sudor y jadeos. Algunas veces incluso se repite en varias ocasiones. Otras, va acompañado de otro igual de perturbador. Estoy atrapada en una sala oscura, borracha y desorientada. Cientos de muñecas rubias y ensangrentadas me rodean mientras la chica a la que Jamie atropelló está delante de mí, con una sonrisa prefabricada en el pálido rostro.

Me levanto con la vista borrosa y corro hacia el baño para vomitar todo el contenido de mi estómago.

En algunos sueños, no soy una cobarde. No permito que nos vayamos y la dejemos morir. Salgo. La toco. Noto su sangre en las manos. En otros, tampoco la ayudo. Me arrodillo en el suelo para mirarla a la cara. Le miro los ojos cerrados mientras la sangre rezuma, hasta que mi mente ya no lo soporta más.

Por las noches, cuando estoy sola, me acuerdo de las cosas que escapan a mi control. Cuando estoy en clase, soy otra persona. Alguien que agrada a los demás. Sin embargo, aquí, sentada en la oscuridad, tiemblo mientras la misma historia se repite una y otra vez, mientras su cara se convierte en una mancha de sangre permanente, y recuerdo que la persona que interpreto en la preparatoria no se parece en nada a mí. Tal vez la Chi que se presenta en Niveus todos los días no tenga miedo de herir los sentimientos de la gente y de hacer lo que haga falta para conseguir lo que quiere, pero nunca haría lo que yo hice.

Es una buena persona. Alguien que se merece ser prefecta mayor e ir a Yale para estudiar Medicina.

Me agarro a la taza del inodoro y dejo que mi cuerpo se estremezca mientras sollozo en silencio.

En cambio, yo...

Soy un monstruo.

5

Devon

Martes

Estoy a unas cuadras de la Academia e intento prepararme para las miradas y los susurros antes de entrar.

«No es para tanto.»

«No es para tanto.»

Pero sí lo es. Ni siquiera se lo he dicho a mi madre y ahora toda la prepa lo sabe. No tenía planeado contarlo aquí. No porque me preocupase que me acosaran, sino porque... Cuando salía con Scotty, él quería mantenerlo en secreto porque no estaba fuera del clóset y supuse que temía perder a sus amigos del equipo de futbol. Luego, cuando cortamos, pensé que a nadie le importaría mi vida sentimental, porque tampoco es que fuera asunto de nadie. En todo caso, lo que más me preocupaba era que la información llegara a mi vecindario, y a mi madre.

Es lo que más miedo me da. Solo pienso en cuánto la decepcionaría. Esa idea me quita el sueño y me da ganas de vomitar. Primero, dejaría de mirarme a los ojos; luego, de hablarme. Después, quién sabe. Me acuerdo de cuando el tipo de *Prison Break* salió del clóset. «Qué pena», dijo mientras negaba con la cabeza, como si ser gay fuera algo que hubiera que lamentar. No sé qué es lo que espero. Tal vez que, de alguna manera, le parezca bien, a pesar de que adora la Biblia más que a nada en el mundo.

Doy unos pasos, me detengo, retrocedo y vuelvo a avanzar. Cuanto más me acerco a la preparatoria, más mareado me siento, como si estuviera a punto de desmayarme. Creía que al menos entraría con Jack, como siempre, pero no me ha respondido los mensajes. Hasta pasé por su casa antes de venir, pero su tío me dijo que ya se había ido.

No me sentiría tan ansioso si Jack estuviera conmigo. Espero que no me evite también.

Me llevo las manos a la cara y me froto los ojos una y otra vez. Respiro hondo.

No es para tanto.

Los chicos de mi vecindario, con los que iba a clase antes de entrar en Niveus, me matarían si vieran esa foto. Tirarían mi cuerpo a un triturador de basura una vez hubieran acabado conmigo. Esos me miran de camino a casa, me observan fijamente y sonríen. A veces me gritan insultos. Otras me empujan al suelo y se largan riendo. La foto empeoraría la situación.

Sé que la posibilidad de que la vean es mínima, porque la Academia es un mundo muy diferente a mi vecindario, pero me es imposible evitar la paranoia.

Cuanto más tiempo paso parado y pensando, más retortijones siento y más crece el nudo que tengo en el estómago. Miro arriba, tomo aire y camino sin detenerme hasta que llego al portón de hierro negro que se abre todas las mañanas. Las dos enormes columnas y las puertas dobles de roble del gran edificio blanco se ciernen ante mí. Dudo antes de subir los escalones mientras el corazón me late con tanta fuerza que lo oigo perfectamente. Se me acercan desde atrás los pasos de otros estudiantes. Si no abro yo la puerta, lo harán ellos, y prefiero ser quien controle el momento en que todos me vean.

Odio todo esto. Detesto sentirme como si fuera a dejar de respirar en cualquier momento.

Sin permitirme darle más vueltas, empujo la puerta y entro.

Como era de esperar, el abarrotado pasillo se queda en silencio cuando me ven entrar; hay sonrisas y susurros en los labios rosados. Si no fuera por Scotty y esa foto, no mostrarían ningún interés en mí, como cualquier otro día. Cuando me fui a dormir anoche, lo único en lo que pensaba era en que tenía que encontrarlo y preguntarle por qué lo hizo, por qué filtró esa imagen después de meses de convivir en semiarmonía.

Si todavía tuviera su número, no tendría que hablar con él cara a cara.

Nota mental: no borres los números de las personas a las que odias. Tal vez te sean de utilidad algún día.

Agacho la cabeza y me dirijo lo más rápido posible hacia el Departamento de Teatro. Los chicos de arte dramático suelen reunirse detrás del escenario, en el auditorio Crombie, que lleva el nombre de otro donante rico. Ese lugar es el más indicado para encontrar a Scotty, porque ya no me sé sus horarios de memoria, como en primero. Unas semanas antes de que empezáramos a salir, cuando lo veía como el chico blanco y guapo que tocaba la trompeta en la banda, me aprendí todo su horario, incluso adónde iba antes y después de clase. Quería asegurarme de que nos encontrásemos «por accidente». Más tarde, después de una relación tóxica que duró un año, desde finales de primero hasta principios de tercero, de muchas lágrimas y mal de amores, aproveché los conocimientos que conservaba de su rutina diaria para evitarlo en la medida de lo posible. Por tanto, ya casi nunca me acerco por aquí. Hasta se me había olvidado lo grande que es Crombie. Aunque todo en la Academia es innecesariamente enorme.

Subo los escalones del espacioso escenario de roble oscuro y me deslizo por un hueco en las gruesas cortinas verdes. Me encuentro con un círculo de estudiantes al otro lado, todos sentados en sillas metálicas negras, con guiones blancos en el regazo. Aparte de una chica que me mira con expresión ofendida, nadie más se fija en mí, en un extraño contraste con respecto al pasillo.

—Esto es un ensayo a puerta cerrada —dice la chica, cuya falda a cuadros es la única prenda que se ajusta al reglamento. El resto de su cuerpo está cubierto de negro: chamarra de piel negra, medias de rejilla negras, camiseta negra de un grupo, botas negras. El primer día de clase es el único en el que todo el mundo se ciñe al código de vestimenta. Después, pasa a ser más una sugerencia que una regla impuesta. Supongo que es una de las muchas licencias que se permiten en Niveus, pero nunca he tenido dinero para personalizar mi uniforme más allá de los destartalados Vans que uso casi todos los días.

—Vine a hablar con Scotty —digo.

Nos volvemos hacia donde está sentado y hojea el guion como si yo no existiera. El corazón se me estremece un poco cuando le veo la cara, solo porque no lo he visto desde antes de las vacaciones de verano, en el baile de fin de año. Fue con una chica del equipo de *lacrosse* y se pasó la mayor parte de la noche intentando no mirarme de manera muy evidente. Ha pasado incluso más tiempo desde la última vez que hablamos; de hecho, creo que fue cuando corté con él.

Tiene el cabello más largo y lleva una parte recogida en un chongo despeinado, mientras que el resto le cae por los hombros. Al igual que la chica que frunce el ceño, se personalizó el uniforme. Como siempre, tiene un aspecto elegante y lleva unos zapatos de diseñador que anuncian «niño rico» con carteles de neón.

Cuanto más lo miro, más me enojo. Ni siquiera se ha dado cuenta de que entré distraído con el guion de mierda.

La chica me mira otra vez con los ojos entrecerrados y entonces se le nota en la cara que se da cuenta de quién soy.

—Mierda, Scotty.

Por fin levanta la vista para mirarla, luego a mí, y abre los ojos azules como platos.

—¡¿Qué carajos hiciste?! —exclamo.

—¿Vamos fuera? —pregunta, y deja el guion en la silla mientras se levanta.

Todos los demás bajan la vista a los papeles, como si las páginas se hubieran vuelto de repente lo más interesante del mundo, como si no estuvieran atentos a cada palabra. Empujo el telón y bajo del escenario para esperarlo. Sale unos instantes después y lo recibo con un empujón.

—¡Oye! —Levanta las manos a la defensiva—. Antes de que me mates, deberías saber que no fui yo. No le mandé esa foto a nadie —asegura, y se coloca la chamarra.

—¿De verdad esperas que te crea?

Por descontado, no pienso confiar en nada que salga de su boca. En especial después de que me pusiera el cuerno y de que copiara en el examen de admisión.

—Ya ni siquiera tengo fotos tuyas; cambié de celular. —Lo agita delante de mí. Último modelo, cómo no—. Además, ¿para qué iba a salir del clóset? Y nada menos que en Niveus. Ya sabes cómo se toman las noticias así. Ahora me tratan como si fuera famoso, no dejan de pedirme detalles. —Sonríe.

Está disfrutando, lo cual no me sorprende. A Scotty le encanta que hablen de él y, a diferencia de cuando éramos novios, cuando estaba bien asentado en el clóset, su sexualidad es ahora un secreto a voces entre los estudiantes de arte. Incluso a mí me han llegado los rumores de sus rollos. Por eso, siento que la publicación de la foto es un ataque dirigido más a mí que a él. También por eso sospecho que es cosa suya.

—La verdad es que es incómodo. No sé cómo voy a presentarme en el entrenamiento de futbol sin que los del equipo me acosen con preguntas.

Ni siquiera me sorprende que esa sea la única preocupación de Scotty. No tiene que pensar en cómo reaccionarían los chicos de su vecindario si lo descubrieran.

Odio muchísimo a mi yo del pasado por fiarse de él. Lo detesto por confiar en su palabra. Ya me siento agotado y ni siquiera ha empezado la primera clase.

—Scotty, te juro que si me mientes sobre haberlo borrado todo, te mato.

—No te miento. Ojalá. Éramos bastante fotogénicos, ¿no te parece? —Se acerca a mí—. Y videogénicos, si la memoria no me falla. Qué pena no tener esos archivos.

Mi ex es un psicópata. Siempre me olvido de eso cuando pienso en las razones por las que terminamos. Aprieto los párpados y espero a que las lágrimas que se mueren por caer no lo hagan. Si me viera llorar, sería otra victoria para él y una derrota para mí.

—Aléjate de mí, ¿sí? —Me aparto—. No me metas en tus juegos.

Me doy la vuelta, salgo furioso de Crombie y me dirijo al casillero de Jack. Me siento raro por no haberlo visto todavía. Lo normal sería que ya hubiéramos pasado un rato juntos, incluso en los días en los que viene temprano a clase. Necesito a alguien con quien hablar.

Siempre es fácil encontrarlo entre la multitud. Es el único chico de Niveus con el cabello rapado.

—Hola.

Se pone rígido al oír mi voz. Hace una pausa y luego sigue buscando lo que sea que necesite de su casillero.

—Hola —dice en voz baja.

—No estabas en casa esta mañana. Tu tío me dijo que habías salido temprano.

Asiente y la piel pálida se le tiñe de rosa.

—Sí, tenía que hablar con el de Mate.

—Bueno. —Siento un ligero alivio. Al menos no quería evitarme por lo de la foto.

Noto que nos miran. Jack no parece darse cuenta.

—¿Estás bien? —pregunta mientras se guarda unos papeles en la mochila.

Asiento.

—Sí.

Alguien suelta una risita y Jack cierra el casillero de golpe para buscar la fuente del sonido.

—Búscate un puto *hobby* —le suelta a una chica al azar a la que la sonrisa le desaparece de inmediato. Se pone la mochila y se da la vuelta sin despedirse.

—Espera.

—¿Qué? —pregunta, y se da la vuelta sin mirarme a los ojos.

Se me revuelve el estómago. Tal vez sí me estuviera evitando.

—¿Cómo que «qué»?

—¿Qué quieres? Tengo que llegar al registro. Empieza en diez minutos.

Por fin me mira y me doy cuenta. Está enojado.

—¿Viste esa foto que circula por ahí?

Al principio no dice nada. Solo me mira, con los ojos cafés ilegibles.

—Te van a matar. No te dejarán volver a pasar.

El corazón no ha dejado de latirme a toda velocidad desde ayer.

—¿Quiénes? —pregunto, haciéndome el tonto.

—Ya sabes quiénes.

No digo nada.

Jack suspira.

—No sé en qué andas metido, amigo, pero no quiero tener nada que ver. No quiero que mis hermanos se conviertan en objetivos.

Lo agarro del brazo cuando intenta darse la vuelta. Lo aparta y mira alrededor incómodo.

—Hablaré con Andre. Le pediré que lo arregle.

—Claro que sí —dice, y la mirada de asco en su cara no me sorprende, pero me duele. Ojalá no me mirara así cada vez que lo menciono—. Ahora no puedo lidiar con esto. —Se aleja un poco y me mira por última vez—. Lo siento.

Se va.

Me quedo allí parado y me siento aún peor que ayer cuando vi la foto.

Todavía oigo los susurros a mi alrededor, porque es lo único que la gente hace aquí: hablar de los demás.

Las palabras de Jack me resuenan en los oídos.

«Ahora no puedo lidiar con esto.»

Intento que no me afecte. Tiene que pensar en sus hermanos; el lugar del que venimos no funciona como Niveus. Aquí, susurran a tus espaldas. En el vecindario... Si llegan a recibir o siquiera a oír hablar de la foto y luego ven a Jack conmigo, podrían hacerle algo a él y a sus hermanos menores, y por descontado a mí.

No sería la primera vez que la pasa mal por culpa de la gente que me molesta. Solo espero que no se hayan enterado todavía.

Al darme la vuelta, me encuentro con tres chicas, todas rubias y con carita de ángel, que me miran como si me conocieran, aunque no tengo ni idea de quiénes son.

—¿Es cierto que Scotty te puso el cuerno con Chiamaka? —pregunta la del medio.

Lleva un enorme listón azul en el cabello y una paleta de colores arcoíris en la mano. Sé que no está bien empujar a una chica, pero me muero por hacerlo. Me clavo las uñas en las palmas de las manos para no apartarlas del medio.

Sabía lo de Chiamaka, lo creas o no. Scotty me engañó con otros chicos en las fiestas a las que iba. Lo que tenía con ella, según me explicó, era un contrato de popularidad, no una relación real. Fui lo bastante tonto como para creerme esa excusa.

—Perdonen —digo, y paso por delante de ellas.

Necesito llegar al salón de música, aislarme y tocar. Jack bromeó una vez con que la música para mí es como la nicotina para un fumador empedernido. No fumo, así que no podría asegurarlo, pero a veces siento que me moriría sin ella.

Mientras subo la escalera hacia el salón de ensayo, noto una vibración en el pantalón. Dejo de caminar y cierro los ojos para concentrarme en calmar la respiración, lo cual no es fácil cuando el corazón no deja de golpearme en el pecho. Me meto la mano en el bolsillo muy despacio y, entre envolturas viejas de dulces que se me ha olvidado tirar, palpo el plástico cálido y suave del teléfono.

Podría ser cualquier cosa. Podría ser cualquiera.

Podría ser suyo. Podría hablar de mí otra vez.

Aunque también podría ser un mensaje de Andre o de mi mamá.

1 mensaje nuevo de desconocido:

Se me para el corazón.

Noticias frescas...

Escudriño la pantalla.
Los nervios me estallan cuando alguien dice:
—Ni de broma.

6

Chiamaka

Martes

En los casi cuatro años que he pasado en Niveus, me he encontrado con muchos secretos, susurros y rumores. Aunque algunos han sido sobre mí, nunca fueron ni de cerca lo bastante grandes como para arruinar mi reputación. Los peores chismes siempre trataban sobre alguna otra pobre desgraciada que terminaba por dejar la Academia por el peso de tener que enfrentarse a sus errores todos los días o que sufría una crisis nerviosa, faltaba a clase durante una semana y volvía con una nariz o una bolsa nuevas. Si algo he aprendido, es a perfeccionar el arte de hacer que un rumor juegue a tu favor y salir indemne.

Por eso me sorprendo cuando atravieso las puertas dobles, un poco más tarde de lo habitual porque la plancha del cabello se me descompuso, y todos me miran como si tuviera algo de lo que avergonzarme.

Se me revuelve el estómago cuando me acerco a Ruby, que contempla la pantalla del celular junto a mi casillero.

—Hola.

Me mira y esboza una sonrisa muy despacio. Lleva la melena pelirroja recogida alrededor de la cabeza en una trenza en forma de corona.

—Hola, Chi. —Tiene un brillo pícaro en los ojos, como la mirada de un lobo cuando sale de caza.

Abro el casillero y meto la mochila.

—¿Hay alguna razón para que todo el mundo me mire esta mañana, aparte de la envidia de siempre? —bromeo, y trato de mostrar indiferencia. Finjo que busco algo para no tener que mirarla—. Pareciera que me rasuré las cejas o algo así.

Ladea la cabeza.

—Será por lo de Jamie.

Cierro el casillero y la miro a los fríos ojos verdes.

—¿Qué de Jamie? —pregunto. Podría ser cualquier cosa...

Ensancha la sonrisa.

—Todo el mundo dice que te rechazó ayer en la comida.

Ah.

—Pues oíste mal, Rubes —aseguro, y le dedico una sonrisa tensa.

Forma un círculo con los labios pintados de rojo.

—Las mentiras están a la orden del día —comenta, y se encoge de hombros.

Frunzo el ceño.

—¿Quién te lo dijo? —pregunto, porque es evidente que sabe más de lo que dice.

—Bueno, no lo oíste de mi boca, pero... —Se inclina—. Ava ha estado diciendo por ahí que pensabas que Jamie iba a pedirte salir, aunque todo el mundo sabe que está con Belle. Por supuesto, le dije a la gente que es solo un rumor.

¿Ava sabía que Jamie estaba con Belle cuando le confesé que creía que se me iba a declarar? Tendría que haber sabido que no debería comentar detalles personales con nadie. Me siento muy perdida, como si hubieran pasado un montón de cosas que debería saber pero desconozco. Pasé todo el verano ocupada con los preparativos para el ingreso a Yale, así que me perdí los acontecimientos sociales. Que deben de haber sido muchos.

—¿Tú sabías que estaba con Belle? —pregunto. Ruby pierde un poco la sonrisa.

—Me acabo de enterar.

Asiento. Qué mal miente.

—Gracias, Ruby. Sé que puedo contar contigo —digo mientras pienso en formas de vengarme de Ava.

—Siempre te apoyaré, Chi.

Estas chicas son leales como escorpiones. Cuando levanto la vista, Ava camina hacia nosotras. Está blanca como una sábana y tiene el miedo dibujado en los rasgos. A veces, la amenaza constante de vengarse de alguien es mejor que poner un plan en marcha. Le sonrío y la saludo con la mano.

—Hola, Chi... —empieza, pero la interrumpo.

—Saluda a Sam de mi parte —digo con desprecio, antes de irme por el pasillo hacia el casillero de Jamie.

A Ava le cuesta confiar en su novio. Además, siempre la ha puesto nerviosa que Sam y yo tuviéramos algo en primero, mucho antes de que ellos empezaran a salir. Le he dicho mil veces que no significó nada, pero sé que sacarlo a relucir la atormenta. A lo mejor hasta le escribo un mensaje al pobre chico, porque sé que ella le va a revisar el celular sin parar el resto del día. No es elegante, pero intentó hacerme quedar como una desesperada, así que es justo.

—Jamie. —Llego a su casillero justo cuando se da vuelta y revela a Belle detrás de él. Van tomados de la mano.

—Hola, Chi.

La miro. Lo guapísima que es me cae como una puñalada en el estómago. La he visto en alguna clase, pero nunca me había detenido a mirarla. Parpadeo, la borro e ignoro el hecho de que está presente.

—¿Por qué piensa la gente que me rechazaste? —Esbozo una sonrisa simpática y dejo que todos los que nos escuchan sepan que no me importa y que desde luego nadie me hizo el feo.

Jamie me mira un poco confundido, pero espero que me lea la mente a través del canal de telepatía que comparten los mejores amigos y me siga el juego. Se le da bien enterrar secretos; ¿qué más da añadir uno más a la lista?

—Lo dijeron en uno de esos mensajes anónimos. Ases —responde Belle.

¿Ases? ¿La persona que envió la foto de Devon y Scotty?

Vuelvo a mirarla. Trae el cabello rubio sujeto con una diadema azul a juego con el uniforme, tiene la piel clara y brillante y los labios rosados. Odio lo perfecta que es y que al parecer sea «la adecuada».

—Ah. Pues es mentira, ¿verdad, Jamie?

—Sí —confirma, y me mira con picardía.

—Será algún imbécil que se inventa rumores para entretenerse —añade Belle con una sonrisa.

Pongo los ojos en blanco. No pedí su opinión.

Me pregunto quién será esa persona, o personas, anónima que envía mensajes a todo el mundo. Si es inteligente, no volverá a hablar sobre mí.

—Hola, Chi —me saluda una chica que me tiende un vaso alto de Starbucks—. Aquí tienes tu café con leche y canela.

Es la misma estudiante de segundo de ayer.

—Gracias, Miranda —digo, y me llevo la bebida a los labios.

Abre la boca y la cierra como un pez. Casi me siento mal por no decirle que todo esto, el hacerme la barba y traerme un café antes de que empiecen las clases, no sirve de nada. Si quieres darte a conocer, tienes que abrirte paso por ti misma, no intentar hacerle la barba a las populares con café con leche frío.

Por otra parte, ¿cómo voy a rechazar un café gratis? Sobre todo, después de la mañanita que llevo.

La chica se va justo antes de que suene el primer timbre de aviso. Jamie se inclina para besar a Belle. Aparto la mirada; me da igual que así dé a entender que me gusta.

—¿Nos vemos después? —le pregunta.

—Hasta luego —dice ella antes de irse.

Me fuerzo a sonreír y le doy un codazo.

—Alguien está enamorado.

—¡Muy enamorado! —grita.

Lo mando callar y hace el gesto de cerrarse la boca con cierre, pero sonríe.

—Vamos a clase, chico enamorado.

Siempre se me ha dado bien interpretar el papel de mejor amiga. Me pongo la ropa, le sonrío, salgo de su habitación y de su casa, y al día siguiente vengo a clase y actúo como si nada. Ese ha sido siempre mi rol. La mejor amiga que finge.

Sin embargo, este año voy a conseguir todo lo que quiero y Belle pronto será cosa del pasado. Solo necesito una oportunidad para demostrarle a Jamie que no es nada adecuada para él.

Saco el celular y busco en la lista de contactos el número de Sam. Le mando un mensaje sobre lo bien que se le ve el nuevo corte de cabello.

En cuestión de segundos, recibo una respuesta.

Con una sonrisa, cruzo el pasillo con la cabeza alta. Como dije, siempre me salgo con la mía.

♠

—¿Regaliz agridulce o setas de azúcar? —pregunta Jamie, que sostiene los dos paquetes.

Ya terminaron las clases y estamos en la tienda de dulces que hay a pocos minutos del campus, donde siempre vamos los martes, antes de hacer una parada en el Waffle Palace que abre las veinticuatro horas y que está al otro lado de la calle. Es como si lo de ayer en las bancas nunca hubiera pasado.

—Las setas se ven raras.

—¿Y el regaliz?

—Es como rogarle a Dios que te dé diabetes —suelto sin pensar.

Deja la bolsa y se dirige en silencio hacia otra sección.

—No quería decir eso —digo.

—Lo sé.

Hace una pausa para examinar lo que parecen minipizzas de caramelo.

Me muerdo el labio y me siento fatal. Lo diagnosticaron hace unos meses y siempre me olvido de evitar soltar burradas insensibles. Se hundió cuando se lo dijo el médico, porque pensó que significaba que no volvería a comer dulces, que era, por supuesto, lo que más le preocupaba. Cuando se dio cuenta de que no tenía que dejarlos para siempre, se hizo un tatuaje horrible de un caramelo envuelto en papel de aluminio rojo en el tobillo.

Los martes pasaron a ser los días en los que se permitía darse un capricho.

—Tranqui, estoy bien —dice, y recupera la sonrisa—. Si quieres sentirte mal, que sea porque no quedan bastones de caramelo.

—Qué pena —digo con sarcasmo, y me da un zape de broma.

Detesto los bastones de caramelo.

—Creo que voy a comprar regaliz y una de esas minipizzas.

Me enseña lo que eligió como si la decisión fuera igual de importante que elegir universidad; conociendo a Jamie y su amor por los dulces, tampoco me sorprendería que lo fuera.

—Como quieras —digo.

Lo único que se me antoja es salir de aquí. Mis ansias de dulce murieron en segundo, pero esta tradición hace feliz a Jamie y a mí me gusta verlo feliz.

Echo un vistazo a la tienda. Está llena sobre todo de padres con niños y personas mayores. Miro las paredes, repletas de tarros de caramelos. Regalices de todos los colores, que brillan como joyas por el azúcar que los recubre, y otros que parecen aburridos en comparación. Hay botellas de refresco, grandes y pequeñas, reales y falsas, gomitas con forma de huevo, paletas con envolturas brillantes.

—Vamos a pagar —digo.

Nos acercamos al mostrador y Jamie coloca los paquetes frente al dependiente, que, en lugar de hacer caso a los caramelos y al billete de veinte dólares, se me queda mirando, luego ojea mi uniforme y después mi cara de nuevo.

Pone una mueca mientras se mueve para sacar algo, un teléfono, y lo deja en el mostrador junto a los dulces sin pagar de Jamie.

—¿Qué agarraste? —pregunta, y al principio creo que oí mal.

—¿Perdón?

—¿Qué agarraste? —repite, y me señala con el dedo índice.

Miro detrás de mí. No hay nadie.

Me habla a mí.

—No he agarrado nada.

—¡Te vi! —grita, lo que me sobresalta—. ¿Qué agarraste?

—Nada —aseguro, y levanto también la voz.

Hay una pausa y luego se dispone a salir de detrás del mostrador.

Las piernas me tiemblan un poco, listas para salir huyendo.

—¡Enséñame los bolsillos! —grita.

«¿Cómo se atreve a tratarme como a una ladrona?»

—No he robado ningún puto dulce. Si quisiera algo, lo compraría.

Jamie me jala del brazo y me volteo para mirarlo. Hay duda en su mirada. El corazón me late más deprisa; lo noto en los oídos.

—Enséñale los bolsillos y ya está, Chi.

Trago saliva y me muevo para mirar al dependiente.

Se adelanta y me mete la mano en el bolsillo del abrigo.

—¿Lo ves? —empiezo, pero me callo al oír el ruido de un papel arrugado. Sostiene un paquete de regaliz en la mano levantada.

—Voy a llamar a la policía —dice, y niega con la cabeza mientras vuelve al otro lado del mostrador.

Me lloran los ojos.

—No sé cómo llegó ahí —susurro con la voz quebrada de una manera patética que desearía que Jamie no tuviera que escuchar. ¿Cómo pudo suceder esto?

El tipo pulsa el nueve.

—No lo lo agarré —insisto.

Uno.

—Lo pagaré todo, ¿de acuerdo? —Oigo decir a Jamie, que empuja el billete de veinte por el mostrador.

El hombre vuelve a marcar el uno.

—Por favor, quédese con el cambio —añade.

El dependiente se detiene, nos mira antes de colgar el teléfono y toma los veinte dólares. La tienda está en silencio y los clientes observan la escena. Me arde la cara mientras examina el billete.

—Gracias, señor —dice Jamie.

El hombre me mira y vuelve a señalarme.

—Estoy harto de que se crean con derecho de hacer lo que les dé la gana. No vuelvas por aquí, ¿entendido?

Asiento y me largo a toda prisa de la tienda, seguida por el sonidito de la canción infantil que se activa al abrir la puerta. Jamie me agarra del hombro cuando bajo corriendo los escalones de piedra y me volteo para mirarlo; parpadeo deprisa para contener las lágrimas. ¿Qué acaba de pasar?

—Vámonos a casa —dice con un suspiro. Frunce el ceño mientras se guarda los caramelos en el bolsillo—. Ya iré al Waffle Palace otro día con Belle.

Siento una punzada en el pecho.

—Sí —respondo.

—De acuerdo —dice.

No sé por qué lo repito después de haberlo dicho tantas veces en la tienda, pero me siento obligada a hacerlo. No me gustó la cara que puso cuando el dependiente me acusó.

—No agarré el regaliz.

Jamie no dice nada, solo asiente sin mirarme a los ojos y luego avanza con el celular en la mano y la cabeza baja mientras escribe.

¿Por qué actúa como si hubiera hecho algo malo?

Vuelvo a echar un vistazo a la tienda de golosinas. El dependiente me sigue mirando a través del escaparate. Figuras sombrías se mueven por el interior, caras que no reconozco. Alguien tuvo que meterme el regaliz en el bolsillo. Miro a Jamie, que sigue caminando despacio.

Pero ¿quién? Y ¿por qué?

7

Devon

Miércoles

En esta casa de sofás de piel desgastados, mesas con los bordes agrietados, sillas disparejas y tuberías expuestas hay mucho amor.

Aunque sea un amor dedicado a una versión de mí que no existe.

Lo siento cada vez que miro a mi mamá por las mañanas, mientras me como un pan tostado y ella se prepara para su primer trabajo del día, de limpiadora en la escuela local. La observo rezar con fe a Dios para que le dé respuestas antes de calentarse la avena en el microondas.

Termino el último pan tostado y la abrazo por detrás, con la esperanza de que el gesto le transmita todo lo que pienso de ella. Espero que, si se entera de lo de la foto, esto le recuerde que sigo siendo yo, y que la quiero.

—Me voy a clase, mamá —digo, y me dirijo hacia la silla en la que dejé la mochila.

—¿Tan temprano? —pregunta. El microondas emite un sonido.

Abro el cierre y finjo meter algo para darle la espalda antes de mentir.

—Sí, me cité con Jack para hacer tareas.

Me rodea con un brazo y me besa la frente.

—Estoy muy orgullosa de ti. Nos vemos más tarde.

Se acomoda en una de las sillas de jardín que hacen las veces de sillas de comedor. Lleva diciéndome que está orgullosa de mí desde que le enseñé la insignia el lunes, cuando volvió del trabajo. Pensé que iba a llorar, pero no. Se frotó la cara y me abrazó. «Estoy muy orgullosa de ti, Von», me susurró.

—Hasta luego —digo, y la culpa me pesa mientras salgo corriendo.

Doy un portazo y me encojo al pensar en el ruido que hizo y en que seguro me ganaré un sermón más tarde. Sin embargo, eso será después, ahora tengo cosas más importantes en las que pensar.

Paso por delante de otras casas como la mía, destartaladas, con la pintura descascarada y puertas que apenas aguantan en las bisagras, y me meto en una parte del vecindario que la mayoría evita. La zona en la que hay un enorme bloque de departamentos, delante del cual unos chicos con la piel tan oscura como la mía pasan el rato. Algunos llevan el cabello trenzado, estilo que no se me permite llevar en Niveus, y pantalones que les cuelgan flojos de la cintura. Unos pocos están sentados en el cofre de un coche verde destartalado que hay estacionado delante, otros, en el techo, y otros se apoyan en las paredes del edificio. Me pregunto cuándo duermen. Parece que siempre están despiertos y a la espera, sin importar la hora del día.

Paso por delante y las piernas me tiemblan cuando me acerco a un tipo grande con trenzas y los brazos cruzados que está apoyado junto a la puerta. No sé si lo conozco de secundaria o si trabaja con Dre. No guardo muchos recuerdos de esa época. Hacia el final, el acoso escolar empeoró muchísimo, así que mi mamá tomó cartas en el asunto. Por otra parte, visito tanto a Dre que las caras me resultan cada vez más familiares.

—Vengo a ver a Andre —digo.

Aunque es más que probable que me hayan visto antes, siempre actúan como si no pasara por aquí varias veces por semana.

El grandulón me mira desde arriba y hace que me sienta pequeño, luego chasquea la lengua y se aparta de la pared.

—Vigílalo —le dice a otro tipo, que asiente y ocupa su lugar cuando entra en el edificio.

Detrás de la puerta oigo unos pesados pasos y luego otro portazo en el interior. Intento quedarme quieto y no llamar la atención. Unos instantes después, el tipo abre de un jalón y me dice que entre. Camino por el vestíbulo poco iluminado y subo la escalera alfombrada hasta el segundo piso, donde está el apartamento de Dre.

El sitio encaja con su personalidad: tranquilo y hogareño, espacioso y decorado en tonos cafés, verdes y rojos. Como de costumbre, abro la puerta, cruzo la sala y entro en su habitación, donde lo encuentro sentado detrás de un escritorio. Tiene la cabeza inclinada hacia arriba y los ojos cerrados. Por un momento, lo observo. El cabello negro recortado y la cara rasurada me sorprenden. La semana pasada, tenía barba. Sin ella, parece un chico de dieciocho años. El chico con el que crecí.

Cierro la puerta con un estruendo y abre los ojos con flojera. Esboza una sonrisa.

—Von —murmura, y se levanta de la silla para acercarse despacio hasta que estamos a centímetros el uno del otro.

En el silencio me sudan las palmas de las manos, y el corazón se me desboca, como siempre que lo tengo cerca.

Entonces, como siempre, me besa. Lo rodeo con los brazos y siento que sonríe; sube la mano con avidez para acariciarme la cara y acercarme a la cama. Retiro los brazos y los aparto para apoyar con delicadeza mi cabeza en la suya.

—Vine para hablar, Dre, no para eso.

—Pero me gusta eso —replica, y me besa la frente.

Intento no sonreír.

—Tengo que ir a clase y necesito hablar contigo de un tema.

Asiente y retrocede.

—¿Es por lo de la foto con ese tipo? Scotty, ¿verdad?

Las palabras me toman desprevenido y el corazón me da un vuelco. Dre conoce la historia del niño rico de la prepa que me rompió el corazón. Sin embargo, ¿cómo viajó la noticia tan rápido? Apenas han pasado dos días. Iba a pedirle que intentara enterrarla antes de que alguien más la viera. Se le da bien hacer desaparecer cadáveres. Creo que en parte por eso nadie pestañea ante el hecho de que venga a verlo tres o cuatro veces por semana desde hace un par de meses. Les dice a su gente que se ocupen de sus asuntos, y obedecen.

Asiento.

—¿Cómo te enteraste?

Al principio no dice nada, solo me observa.

—Recibí un mensaje...

«¿Qué?»

—¿De quién? —pregunto rápidamente.

Dre se encoge de hombros.

—Solo me llegó la foto con el texto, nada más. No había ninguna identificación.

Empiezo a entrar en pánico y los pensamientos se me disparan. ¿Dre es la única persona fuera de la Academia que recibió el mensaje o lo sabe todo el vecindario? ¿Están hablando de mí? ¿Planean estar tras de mí como antes?

Andre me toma la mano y la aprieta; me jala otra vez y me rescata del agujero mental en el que he caído.

—Creo que soy el único que la recibió. Nadie ha dicho nada, así que estás bien.

No estoy convencido. Si una noticia viaja tan rápido desde Niveus hasta el vecindario, todavía cabe la posibilidad de que llegue aquí. Puede que mi mamá se entere y no estoy preparado para lidiar con ese estrés.

—Yo me encargo —asegura.

—¿Cómo?

«Encargarse» podría significar cualquier cosa. Por ejemplo, encontrar una manera de deshacerse del problema, incluido Scotty, quien ahora de repente me preocupa. A Dre y a su banda les gusta arreglar las cosas con los puños; así es como suelen conseguir respeto. Si te metes en una pelea, alguien lo graba y se corre la voz, la gente te deja en paz. Supongo que por eso yo era un objetivo tan fácil. No podría pelearme con nadie, aunque me esforzara muchísimo. Tengo los brazos y las piernas como fideos. Temo el día en que Dre salga herido en uno de esos sucesos.

Pone los ojos en blanco.

—No voy a hacerle nada a tu ex, tranquilo —dice.

—Bien, gracias.

Me alejo, pero me detiene. Me mira muy serio.

—No dejes que nada más salga a la luz. Tengo que responder ante mi jefe y si se entera de esto dejará de gustarle que vengas por aquí.

Asiento. Quiero tranquilizarlo, pero no sé cómo contener algo que escapa a mi control. Su jefe es un hombre del vecindario. Un tipo que delega en gente como Dre, que no hace preguntas. Solo lo he visto unas cuantas veces, pero he oído lo suficiente para saber que no es una buena persona.

Se alarga el silencio.

Sin poder evitarlo, sonrío. Me hace gracia cuando Dre intenta ponerse serio. Parece que le duele el estómago o algo.

Me acerco y me inclino de nuevo para besarlo. Apostaría la mano derecha, la dominante, a que también sonríe. Extraño el verano pasado, cuando iba a su casa cada dos días y compartíamos momentos en los que el mundo se desvanecía, todos los problemas se disolvían y solo estábamos los dos.

—Te quiero —dice en voz baja, y se aleja.

Me detengo y lo miro durante unos instantes mientras me guardo el recuerdo para más adelante; para cuando me despierte por la noche con el cerebro lleno de preocupaciones y dudas, para cuando me haga falta recordar que alguien me quiere.

—Y yo a ti —respondo, y siento calor dentro de mí.

Espero que Ases no consiga quitarme esto.

Como llego temprano a la Academia, no hay mucha gente, así que no es tan horrible como ayer, cuando cientos de caras me juzgaron y susurraron en el pasillo. Tal vez debería empezar a venir siempre temprano, ya que parece que Jack no me va a acompañar de momento.

Saco algunas partituras del casillero y me dirijo al salón de música, donde ya está el señor Taylor, como siempre, junto al piano, que le funciona como escritorio. En ocasiones vengo aquí en lugar de pasar por el registro. De todos modos, se puede hacer de forma electrónica, así que me apunta.

Asiente con una sonrisa amistosa y me dirijo a mi rincón;

enciendo el teclado, conecto los audífonos y cierro los ojos mientras imagino el color azul.

Una vibración.

El corazón me da un vuelco cuando me meto la mano en el bolsillo.

«No dejes que nada más salga a la luz.» Las palabras de Dre me resuenan en los oídos.

1 mensaje nuevo de Desconocido:
Noticias frescas. Parece que Chi no es
tan dulce como creíamos. Mis fuentes
me cuentan que la atraparon intentando
robar dulces. Cuidado, Chi, no querrás
que Yale tenga que consultar
tus antecedentes. Firmado: Ases

El corazón se me relaja un poco.

¿Chiamaka Adebayo es una ladrona? ¿Por qué iba a robar algo? Como casi todo el mundo, tiene suficiente dinero en la alcancía para comprarse dos deportivos, y aún le sobraría para varias vidas.

Además, parece demasiado engreída para robar. Aunque no la conozco.

Y me da igual.

Vuelvo a mirar el mensaje y me guardo el celular en el bolsillo.

Reviso que llevo bien puestos los audífonos y respiro.

Me sumerjo.

Toco.

8

Chiamaka

Miércoles

—Lo sabe toda la prepa —le susurro a Jamie en Biología.

Gracias a Dios, solo quedan un par de clases más; la gente lleva mirándome y murmurando sobre mí toda la mañana.

—Qué mierda —dice, como si le hubiera comentado que no quedan papas fritas en la cafetería.

—Pero nadie lo cree. No hace falta ser un genio para saber que no eres esa clase de persona —interviene Belle.

La miro con los ojos entrecerrados. «¿Qué es lo que pretendes?» Seguro que intenta quedar bien con Jamie, pero la tengo calada.

Como ayer, mi amigo no dice nada, y eso hace que me sienta rara. Como si debiera sentirme culpable por una ofensa que no cometí.

—Estoy segura de que se olvidará pronto —me tranquiliza Belle.

De nuevo, la ignoro.

—Ayer por la tarde, uno de los técnicos del laboratorio se dio cuenta de que el almacén de Ciencias estaba abierto y, por desgracia, se habían llevado algunos materiales que nos hacen falta para el experimento de hoy —nos comunica la señora Brown.

Es imposible. Siempre cierro la puerta del almacén.

—Por fortuna, Niveus dispone de mucho material de reserva. Sin embargo, no vamos a ignorar el robo de estos artículos ni el descuido demostrado por parte de nuestra encargada de Ciencias, y habrá repercusiones importantes. —Hace una pausa—. Queremos que todo el mundo sepa que nos tomamos este tipo de cosas muy en serio —termina, y me lanza una breve mirada severa.

Siento que me arde la cara cuando los demás dirigen sus ojos a mí.

—¿No eres tú la encargada? —susurra Jamie, sin ninguna sutileza.

Lo ignoro.

Es imposible que no haya cerrado el almacén. Alguien tiene que haber conseguido una llave y haberlo abierto. Llevo años siendo la encargada de la clase de Ciencias y ni una sola vez he dejado el cuarto sin cerrar. Empiezo a levantar la mano, dispuesta a limpiar mi nombre, pero me interrumpe la viscosa voz de Jeremy Hearst, el vástago del diablo, desde la esquina.

—Más vale que Chiamaka no se acerque a los materiales de repuesto, ya que son tan escasos. No queremos que desaparezcan también —suelta, y provoca unas cuantas risitas incómodas.

Jeremy es imbécil, eso lo sabe todo el mundo. Compartimos clases desde primero y siempre se ha creído el más gracioso del instituto. Lo único que provoca risa es su cara.

Va a hacer falta algo más que falsos rumores para quitarme de la cima. Después de tres años, ya debería saberlo.

—Empiecen con el experimento. Chiamaka, ven aquí, por favor —dice la señora Brown.

Me levanto del asiento e ignoro las miradas entrometidas que me siguen.

—Chiamaka —comienza la profesora cuando llego a su mesa, con voz grave y seria—. Solo te lo voy a preguntar una vez. ¿Agarraste los materiales?

Me ofende.

—No, y tampoco dejé el almacén sin cerrar.

Asiente, pero, al igual que Jamie, me mira como si fuera una delincuente.

—Sabes mejor que nadie lo grave que es esto. He hablado con otros profesores y creen que lo mejor es que devuelvas la llave.

—Pero si no...

—Te oí. Por desgracia, no podemos ignorar un descuido de este calibre. Algunos de los materiales, si terminan en las manos o en el lugar que no deben, podrían suponer un verdadero problema para la escuela. Te escribiré la recomendación para Yale, pero creo que es mejor que se encargue otra persona de gestionar el almacén de Ciencias. Lo siento.

«Sí, ya, claro.»

Asiento, porque si me pongo a discutir atraeré más la atención y no es lo que quiero.

—Lo entiendo —digo.

—Bien. Devuelve la llave antes de que termine el día. Estaré aquí o en la biblioteca de Ciencias.

«¿Por qué no de inmediato, si soy una criminal, como todos dicen?»

Me indica que vuelva con el grupo y me doy la vuelta. Intento mostrarme lo más inexpresiva posible, a pesar de que tengo ganas de gritar.

—¿Estás bien? Te pusiste roja —dice Belle cuando me vuelvo a sentar.

Le miro la cara bonita en forma de corazón y los ojos

amables, luego aparto la mirada, tomo las instrucciones del experimento y me concentro en ellas.

Jamie empieza a contar un chiste malo y Belle se ríe; tengo muchas ganas de darle un puñetazo a algo.

Ni siquiera debería estar aquí. Jamie es mi compañero de laboratorio, pero, por supuesto, en línea con la suerte que he tenido los últimos días, a Belle la cambiaron a nuestra clase. Su profesor se tomó un semestre sabático, así que nos reorganizaron.

—El oxígeno y el potasio tuvieron una cita.

«Por Dios, que pare.»

—Pregúntame cómo les fue.

—¿Cómo? —interviene Belle.

Contó el mismo chiste cuando cumplí dieciséis. Nadie se rio.

—Les fue... OK.

Jamie se ríe. Ella sonríe y me mira de reojo.

Me centro en el cuaderno y repaso las palabras escritas en la hoja de instrucciones. No quiero compartir miradas burlonas. No quiero que seamos amigas. Ya tengo un mejor amigo.

Solo debo esperar a que terminen, como sin duda sucederá. No sé cómo, pero lo sé. Belle es muy guapa, pero no es yo. No lo conoce tan bien. Jamie me necesita tanto como yo a él.

El coqueteo continúa durante la mayor parte de la clase, como una lenta tortura hasta la muerte. El alivio me inunda cuando el reloj indica que casi es la hora de que suene el timbre, porque me faltaba poco para llegar al límite de mis fuerzas.

—Jamie, ¿después vamos a mi casa caminando o en tu coche? —pregunto, aunque no necesito que responda. Solo quiero que se detengan—. Para el maratón de Marvel.

El segundo miércoles de cada mes vamos a casa del otro

a llenarnos de comida chatarra y ver películas de superhéroes.

Belle frunce el ceño.

—Creía que hoy íbamos a salir.

La miro con los ojos entrecerrados.

Jamie nos observa a las dos, con una expresión desgarrada en el rostro.

—Es una tradición que tengo con Chi. Lo siento, cariño.

«Cariño.» Eso es nuevo.

Suena el timbre.

—¿Cálculo Avanzado te toca con Duncan o con Calhoun? —pregunta a Belle.

—Con Duncan —responde.

Sonrío.

—Chi y yo estamos con Calhoun.

Qué pena.

Se besan y vuelvo a apartar la mirada.

—¿Nos vemos a la hora de la comida? —pregunta Belle. Mira a Jamie y luego a mí.

—Claro.

No digo nada, me estudio las uñas en busca de imperfecciones. No encuentro ninguna.

—Vaya tortolito estás hecho —digo cuando la chica se va.

Caminamos por el pasillo de mármol.

—Es genial, ¿verdad?

A Jamie casi se le ven los corazones en los ojos mientras habla. Por cómo actúa, parece que llevan saliendo mucho más que unas pocas semanas.

—Genial es un adjetivo, sí.

Me pasa el brazo por los hombros y lo miro de reojo.

«¿A qué juegas?»

Me besa la frente. Le doy un manazo.

Se limpia la boca.

—¿Por qué tienes agua en el cabello?

Resoplo.

—Es aceite de coco.

—Huele bien —comenta, y sonríe.

Le sostengo la mirada un momento. Empiezo a trazar un plan.

—¿Qué te parece si invitamos a Belle? —propongo.

Abre los ojos como platos y levanta las cejas.

—¿De verdad? —Suena muy emocionado.

—Sí, me encantaría.

—Eres la mejor, Chi —dice cuando entramos en el salón de Calhoun.

«Lo sé», pienso, aunque no sé hasta qué punto me lo creo. Si fuera la mejor, Jamie me habría elegido a mí.

Hace tiempo aprendí que la clave está en hacer creer a los demás que eres la mejor. Sin embargo, ¿qué pasa cuando empiezan a notarse las grietas; cuando los que te rodean no siempre se creen lo que les dices? ¿Cómo van a hacerlo, si ni siquiera tú te lo crees del todo? Finges que no lloras a veces cuando te miras al espejo, que no observas a las demás chicas y te preguntas cómo sería ser cualquier otra persona. Cualquiera menos la verdadera Chiamaka. La persona de la que siempre intento huir.

Este año tenía que ser en el que por fin conseguiría el novio perfecto. Debía dejar una impresión duradera, asegurarme de que todo el mundo en Niveus me recordara y después pasar a metas más grandes.

No es demasiado tarde. No dejaré que un par de derrotas sin importancia me afecten.

Hay un coro de vibraciones y notificaciones, y me apresuro a sacar el teléfono; me tiemblan los dedos al agarrarlo. Un mensaje anónimo aparece en la pantalla.

Es un video.

1 nuevo mensaje de Desconocido:
Noticias frescas. Hoy en día no cuesta nada acceder al porno, ya sea en internet o porque te cae del cielo justo cuando menos te lo esperas. Firmado: Ases

No hago clic en el video. La miniatura me sirve para saber que no se trata de mí. Sin embargo, escucho el sonido procedente del celular de Jamie.

—Apaga eso, por favor —le pido antes de guardarme el teléfono en el bolsillo e ir a sentarme al sitio de siempre, en la parte delantera del salón.

Escucho las risas de la gente y me pongo nerviosa. Está claro que Ases no se anda con rodeos.

Soy una persona cuidadosa, pero no perfecta. He hecho cosas que podrían arruinarme. Cabello rubio. Mucha sangre. Y otras que no recuerdo. Una imagen inconexa de la noche en la que besé a Jamie por primera vez me atormenta.

¿Qué más saben de mí?

9

Devon

Miércoles

Desde la comida, la gente no deja de mirarme.

No hace falta ser un genio para darse cuenta de que el último bombazo de Ases fue sobre mí. La pregunta es ¿qué encontró? Y ¿por qué solo recibo los mensajes sobre otros?

Supongo que es la forma retorcida que tiene Ases, sea quien sea, de hacerme sentir lo más ansioso posible.

—¡Eh, Richards! —grita alguien mientras voy por el pasillo.

Me detengo para mirarlo. Sonríe antes de rodearse con los brazos, fajar con el aire y emitir ruidos de besos.

No ha pasado ni una semana y el último año ya está siendo una mierda.

Salir por las puertas dobles me da una sensación de paz. Al menos, la jornada escolar ha terminado y puedo volver a casa. Una mano me agarra del brazo y me empuja a un callejón junto al edificio principal. Me estampa contra la pared de ladrillos y protesto; la espalda me palpita en varios puntos por el impacto con la superficie rugosa.

—¡¿Quieres que te maten?! —grita Jack.

—No...

—Entonces ¿por qué carajos hay un puto video sexual tuyo dando vueltas por Niveus?

¿Un qué?

Mierda.

Voy a vomitar. No puedo respirar. Me tiemblan las piernas. La cabeza me da vueltas.

—Tengo que encontrar a Scotty —logro decir.

«Tengo que matar a Scotty.» Una parte de mí quiere pedirle que me enseñe el video y saber qué tan mal está la cosa, pero no sé si lo soportaría.

Jack no dice nada. Tiene el ceño fruncido y respira con dificultad. No sé por qué, pero su expresión me hace sentir como si debiera avergonzarme.

Como si tuviera que sentirme sucio.

Antes de descubrir que era gay, Jack no me miraba así. Fue la primera persona a la que se lo conté, cuando aún estábamos en secundaria. Antes de salir del clóset, la vida consistía en confiar el uno en el otro, pijamadas y jugar videojuegos mientras mi mamá estaba en el trabajo, cuando no teníamos a nadie más. Ahora, me odia por algo que no puedo cambiar, y los dos deseamos que todo vuelva a ser como antes.

Nos miramos. Tengo que evitar disculparme. ¿Por qué debería hacerlo? ¿Por existir?

Rompo el contacto visual y me separo de la pared. Las piernas me tiemblan mientras corro de vuelta a la Academia, un lugar que odio más que nunca. Las chicas se ríen al verme y ahora lo entiendo. Comprendo las burlas. Todo cobra sentido.

Me muero de vergüenza.

Se me nubla la vista y trato de recuperar el aliento, pero

todavía me falta el aire. Resoplo, salgo disparado hacia delante e irrumpo en Crombie cargado de adrenalina.

«Voy a matar a Scotty.»

Salto al escenario y atravieso el telón. La chica del martes está sentada junto a la figura encorvada de mi ex mientras le frota la espalda. Tiene la chamarra de beisbol azul colgada en el respaldo de la silla.

Intento calmar la respiración antes de hablar.

—Scotty —lo llamo.

No hay respuesta.

La chica me mira con una expresión de fastidio en el rostro semiartificial. Arruga la nariz, que ahora me doy cuenta de que está un poco ladeada, sospecho que por una operación mal hecha.

—Scotty —susurra.

Él levanta la vista y luego mira hacia otro lado.

—Mi carrera se fue al demonio —susurra.

Todavía respiro de forma acelerada.

—Todas las personas importantes hoy en día tienen videos sexuales. Esto juega a tu favor —opina la chica.

Quiero pegarle.

Scotty asiente.

—Es verdad.

Quiero pegarle a él también.

—Scotty —insisto.

—¿No ves que esto es muy duro para él? —dice la chica.

Quiero reírme.

—¿Para él? Si es el que grabó el video y el único que lo tenía.

—Apenas sales, y Scotty dice que lo había borrado. Además, ¿sabes lo fácil que es hackear la nube de cualquiera? —espeta ella.

—¿Cómo?

Estoy alucinando. ¿De qué demonios se trata? Me da igual si apenas salgo en el video. El hecho es que salgo, y si todo el mundo lo vio...

Desecho el pensamiento como si estuviera escrito en una hoja de papel mental. Si llega al vecindario, si lo ve mi mamá, se va a sentir muy decepcionada; me verá con otros ojos. Por no pensar en lo que dijo Dre.

—Bueno, a ver, se sabe que eres tú porque se te oye hablar y Scotty dice tu nombre. Son bastante escandalosos.

—Sé que es cosa tuya, Scotty —acuso, y me arde la cara—. Sé que eres tú el que manda los mensajes.

—¿Crees que soy Ases? —pregunta, y finge ofenderse.

Es la única persona que se me ocurre que tiene motivos para hacerme daño a mí y tal vez también a Chiamaka. Los dos terminamos con él.

—Tiene sentido. Ya no somos amigos y eres el único que podría haber enviado el video.

Su sonrisa vacila un poco. Debo de haberlo imaginado, porque me cuesta creer que a alguien tan egocéntrico le importe lo que piense de él.

—Es cierto, no somos amigos ni nada que se le parezca, así que ¿para qué perder el tiempo? ¿Por qué atacar a alguien que no le importa a nadie? Lo de Chiamaka todavía puede tener sentido. A la gente le interesa leer sobre ella, pero ¿por qué molestarme en arruinarte la vida a ti? ¿Qué conseguiría con eso? —pregunta.

Las palabras me provocan una leve punzada.

Scotty baja la vista al regazo y saca el celular del bolsillo. Se desplaza por la pantalla ya actúa como si yo ya no estuviera allí.

Antes sabía cuándo mentía. Cuando estábamos juntos, siempre tenía una sensación rara en las entrañas que me decía que no era sincero al cien por ciento. Cuando admitía que me había engañado, lo que más me dolía era que en el fondo lo había sabido desde siempre. Él confesaba, yo lloraba, nos besábamos y hacíamos las paces. Hasta el día en que corté el ciclo y por fin dejé de permitir que me tratara así. Ahora, sin embargo, no siento nada en la panza que me indique si miente. Si tuvo algo que ver.

—¿Te puedes largar? Ya te dije que no tengo fotos ni videos tuyos. No soy Ases. Laura y yo estamos ocupados. No tengo tiempo para hablar con insignificantes.

Las palabras me sorprenden otra vez. Sabe muy bien cómo usarlas. Me proyecta los miedos que le transmití mientras estábamos abrazados en su cama, cuando me sentía vulnerable pero seguro.

Usa las palabras en lugar de los puños, algo con lo que estoy menos familiarizado. En mi vecindario, las palabras no valen nada y las acciones lo son todo.

Sé que quiere hacerme daño porque, aunque hace tiempo que no tenemos una conversación como es debido, soy consciente de que le dolió que dejara de permitir que hiciera lo que le diera la gana, como engañarme y mentirme. Lo sé porque él también me susurraba monólogos atormentados sobre sus miedos y debilidades. Sobre cómo su familia lo ve como un fracasado que nunca llegará a nada. Sobre lo perdido que se siente, algo que teníamos en común, a pesar de venir de mundos completamente distintos.

Sin embargo, la diferencia entre los dos es que yo jamás usaría sus palabras para herirlo.

Lo miro incrédulo y en silencio. Sé que es una mala persona, así que ¿por qué me sorprendo? ¿Por qué siempre me sorprende que la gente se comporte como una mierda? Parpadeo para contener las lágrimas que quieren escapar. Me siento bloqueado. Quería que Scotty fuera Ases. Tenía un motivo claro.

Es la única conexión que tengo con Chiamaka y somos las únicas personas de las que han hablado hasta ahora. Si fuera cosa de Scotty, sería mucho más fácil evitar que saliera algo más.

No se me ocurre ningún otro sospechoso. Casi no hablo con nadie en la prepa. Aunque tal vez haya alguien que tenga una razón para querer hacerme daño.

Una buena razón.

A veces, tengo la sensación de que me olvido de cosas. Cosas importantes. Es como si tuviera algo en la memoria pero no pudiera encontrarlo; se me nubla la mente. Tal vez la persona a la que herí está perdida en ese mar embravecido de pensamientos y recuerdos.

—Scotty —digo.

Me muero por confesarle cuánto me alegro de no tener que verle la cara todo el tiempo, de haber dejado de confiar en un mentiroso compulsivo como él y de no sentir esa ansiedad al esperar que me dijera algo como «Lo siento, no volverá a pasar. Te quiero, Von».

Es una cita exacta.

Sin embargo, me callo. Porque yo no soy así. Él sí.

Cierro los ojos con fuerza y alejo los miedos, que no dejan de acecharme. El temor a lo que la gente piense de mí, en especial mi madre, a odiarme por haber estado con él tanto tiempo. Fui un idiota por no darme cuenta antes de que era un patán. Creo que pasaré el resto de mi vida juzgándome por haber considerado que era remotamente atractivo.

—Jódete —suelto en vez de todo eso, antes de darme la vuelta.

Ignoro la respuesta que me grita.

—¡Ya lo hiciste tú!

Salgo de Crombie y dejo atrás el edificio. Cruzo las puertas y vuelvo a la seguridad, donde no hay Ases, ni Scotty, ni Jack, ni chicas desagradables con la nariz torcida.

Donde no hay recuerdos que duelan.

♠

—¿Qué tal las clases? —pregunta mi mamá mientras saco el pollo y las papas del horno. Apenas la oigo por encima del ruido de mis hermanos pequeños.

Elijah canta una canción que aprendió en la escuela y James le grita que se calle.

Le doy vueltas a la pregunta.

Pienso en qué pasaría si lo descubriera y recuerdo lo que sucedió cuando una chica del vecindario salió del clóset. Mi mamá me contó que su familia la corrió de casa. Recuerdo la cara de asco que puso mientras murmuraba que no lo entendía. Recuerdo pensar que tampoco me entendería nunca a mí. Pienso en que esta semana ha sido una mierda y en que odio la prepa y no quiero volver nunca.

Sin embargo, luego la miro y veo lo cansada que está. Más tarde saldrá para ir a su trabajo nocturno, solo para que podamos vivir en este basurero y yo pueda ir a una preparatoria de fresas.

—Todo bien, mamá. Perfecto —digo mientras me doy la vuelta para servir las papas y el pollo en platos disparejos.

«Todo bien.»

«Perfecto.»

10

Chiamaka

Miércoles

La tradición de las pelis de superhéroes empezó por casualidad. Teníamos catorce años, éramos incultos y estábamos aburridos. La mamá de Jamie le regaló una canasta de Navidad de temática de superhéroes y nos pusimos a verlo todo. Pronto se convirtió en algo especial.

Ahora es casi sagrado, así que la presencia de Belle en la sala de cine de mi casa es prácticamente una blasfemia.

Estoy sentada en silencio con la película apoyada en el regazo, ya que no quiero interrumpir la historia de la vaca de Jamie de hace unos veranos. Sonrío y asiento, aunque la anécdota me parece igual de absurda que la primera vez que me la contó.

—Entonces intenté convencer a la criada de que las ubres son los genitales de la vaca...

Me parece imposible que Belle sienta verdadero interés por la historia. La veo mirarlo y su irritante cara me mantiene ocupada. Está acurrucada en el asiento blanco y negro de felpa, con el cuello largo, las mejillas sonrojadas, las pestañas infinitas y los labios carnosos. Es guapa, si es que te gustan las chicas así. Siento un extraño revoloteo en el estómago, como si estuviera a punto de gruñir, pero no lo hace.

Aparto la mirada y la sensación desaparece; será un recordatorio de mi cuerpo de cuánto detesto su relación.

—Me metí en problemas porque, al parecer, podemos comer vacas, pero no perseguirlas...

Me aclaro la garganta e interrumpo la extraña dirección que está tomando la historia.

—Hora de la peli.

Me levanto y voy hasta el proyector del fondo de la sala para meter el disco en el reproductor. Oigo la irritante risita de Belle detrás de mí. No quiero volverme y verlos comportarse como dos tortolitos, así que, cuando me doy la vuelta, me concentro en la pared de enfrente, que funciona como pantalla. La película se carga y aparecen los créditos iniciales.

—¿Cuál es el colmo de una computadora? Tener miedo a los ratones.

Siento el instinto de agarrar el objeto más pesado que encuentre y lanzárselo a la cabeza a Jamie, pero, en vez de eso, lo interrumpo con una risa seca. Antes de mirarlo, cruzo la mirada con Belle un instante y siento el mismo cosquilleo.

—Me alegra ver que sigues reciclando los mismos chistes malos de siempre —digo.

Pauso la película, porque quiero que me presten toda su atención, y vuelvo a sentarme al lado de Jamie.

—Tienes una sala de cine muy linda —comenta Belle.

No sé leer sus rasgos como los de Ruby y Ava.

—Gracias —respondo sin mirarla, más concentrada en descubrir si la estancia es en realidad un espanto.

Esta sala es mi espacio seguro, lejos del mundanal ruido. A veces, me siento aquí durante horas a ver películas sola en la oscuridad; así me despejo las ideas. Mis padres la mandaron construir para mí hace años y yo misma la decoré. El techo es negro y está lleno de decenas de luces. Representan las estrellas del universo. Hay una suave alfombra gris y tres filas de butacas de cine.

Me gusta esta habitación y si a Belle no, que se largue. La puerta está...

—¿Sabes qué? Chi tenía un peluche gigante de Winnie Pooh, pero lo tiró porque no encajaba con la imagen que quería dar en segundo —comenta Jamie.

—Ah, ¿sí? ¿Qué imagen era esa? —pregunta Belle.

Los miro con una sonrisa tensa. «Gracias, Jamie.»

—No le hagas caso, simplemente superé lo de Winnie.

—Me lo dijo ella misma. Tenía que ser más Blair Waldorf y menos Meg Griffin —continúa.

—Yo también tuve una fase en la que estaba obsesionada con Winnie, pero la superé a los siete años —dice Belle.

Jamie se ríe y a mí me dan ganas de correrlos a patadas a los dos.

—Diría que todos la superamos antes de la prepa. Chi es especial.

—Empieza la película, cállense —digo, y presiono *play* con brusquedad.

El zumbido de las voces de los personajes llena rápidamente el espacio que me separa de la parejita feliz. Intento concentrarme en el comienzo de la peli, pero con el rabillo del ojo veo cómo entrelazan las manos y cómo Belle apoya la cabeza en el hombro de Jamie, y me despisto.

—¿Quieren que traiga unas cobijas? —pregunto.

Jamie asiente, sin apartar la vista de la pantalla.

—Solo dos, Belle y yo compartimos.

El corazón se me hunde en el fondo del estómago mientras me levanto para sacar dos cobijas del clóset de atrás. Todos los planes de futuro con Jamie se desintegran ante mis ojos. El objetivo de esta noche era recordarle lo bien que encajamos juntos, no que se enamorara más de Belle. ¿Por qué no lo ve? Quiero aventarle la cobija a la cara.

—Toma —digo, y se la entrego.

Masculla un «gracias», ya absorto en la película, así que es ella quien la toma. Nuestros dedos se rozan y suelto la tela al instante.

Los latidos de mi corazón pasan de débiles a fuertes en un segundo.

♠

—¿A la misma hora el mes que viene y para siempre? —pregunta Jamie en la puerta, como todas las veces.

Una versión más joven y sonriente de mi amigo me lo preguntó después del día que descubrimos Marvel y sus maravillas.

—¿En tu casa? —pregunto.

Asiente y los rizos le rebotan por el movimiento.

—¿Necesitas que te lleven? —pregunta mi mamá desde detrás.

Casi suelto una grosería. Odio cuando se me acerca de esa manera.

Jamie niega con la cabeza.

—Traje el coche; gracias de todas formas, señora Adebayo.

Mi madre siempre sonríe cuando Jamie dice nuestro apellido. Ni siquiera la tengo delante, pero me imagino su expresión. Es porque lo pronuncia mal, como todo el mundo; dicen «Aida-bay-o» cuando en realidad es «Adeh-bay-o». En fin.

Jamie me abraza y me roza la frente con la nariz. Lo normal sería que el gesto me emocionara, pero en este momento me aburre.

—Nos vemos —me despido.

—Hasta luego, Chi. Adiós, señora Adebayo. —Acompaña la última parte con un asentimiento de cabeza.

—Hasta pronto, Chiamaka y mamá de Chiamaka —dice Belle mientras le da la mano a Jamie.

Los dos se alejan y aparto la mirada.

La puerta se cierra y me volteo hacia mi madre, sorprendida de verle el cabello trenzado recogido en un chongo y la cara maquillada.

—¿Vas a algún lugar elegante? —pregunto.

Asiente con un guiño.

—Una cita con tu padre antes de que se vaya a Italia.

Mi padre regresa a su país una vez al mes a visitar a la abuela, a quien le encanta recordarme el peso que he ganado cada vez que la veo. Antes iba mucho menos y siempre nos llevaba a mi madre y a mí con él. Mis padres vivían allí. Es donde se conocieron, en la Facultad de Medicina, en algún rincón de Roma. Siempre he pensado que era la mejor historia de amor del mundo, hasta que mi madre me contó por qué habíamos tenido que dejar de ir. A la familia de mi padre no le gusta mucho mi madre, ni su piel oscura. Y, por extensión, tampoco yo ni mi piel oscura.

Me da igual. Odiaba ir de todos modos.

—¿Era la novia de Jamie? —pregunta.

Se me encoge el pecho.

—Ajá —respondo entre dientes mientras miro la pared.

—Es guapa.

—Sí, supongo que sí.

«Es guapa.» Las palabras resuenan por la casa y en mi mente.

—Me voy arriba, mamá. Pásalo bien.

Una mano suave me toca el brazo antes de que me mueva y me recuerda los años en los que me arropaba en la cama y los abrazos apretados y asfixiantes que solo mi madre sabe dar. Le devuelvo la mirada; la piel oscura le brilla y frunce el ceño.

—¿Estás bien, Chiamaka?

«Por supuesto que sí», quiero decir, pero me quedo callada.

—Pareces un poco deprimida —insiste.

Me encojo de hombros.

—Estoy bien.

No se lo cree del todo y me parece que yo tampoco, pero relaja los hombros y toma la bolsa del perchero de la escalera.

—Si quieres pedir una *pizza*, te dejé algo de dinero —comenta mientras me besa las mejillas; el perfume fuerte y penetrante me llena las fosas nasales—. Te quiero, Chi. Hasta luego.

La puerta se cierra tras ella y durante unos instantes me resuena en los oídos. Observo su figura a través de los cristales translúcidos de color rosa y oigo el chasquido de sus tacones sobre el camino de cemento hasta que ambos desaparecen en la noche.

Suspiro y subo la escalera arrastrando los pies de vuelta a la sala de cine. Sé que ser acusada falsamente de robar dos veces y que todo el mundo crea que Jamie me rechazó no parece para tanto, sobre todo porque las revelaciones sobre Devon son muchísimo más personales. Sin embargo, una cosa es que hablen de mí y otra muy diferente que se burlen de mí. Odio las burlas, me recuerdan a la secundaria, a ser la chica a la que todo el mundo miraba por encima del hombro y le tomaba el cabello, de la que nadie quería ser amigo.

Tampoco es que ahora, o al menos antes de la aparición

de Ases, tuviera demasiados amigos, pero al menos nadie podía mirarme por encima del hombro.

Empiezo a recoger la sala de cine y quito las cobijas para ver si queda algo de basura debajo. Encuentro un papel arrugado con algo escrito con un marcador negro. Me agacho, lo recojo y reconozco la letra de Jamie. «1717.» Siempre escribe las claves y contraseñas en trozos de papel.

Me gusta molestarlo con que un día va a tocarle escribir mi nombre, para cuando se le olvide. Recuerdo que una vez me dijo, con su habitual exageración: «¿Cómo iba alguien en Niveus a olvidar a la gran Chiamaka Adebayo?».

Sonrío al recordarlo. A veces, esos momentos se me cuelan en la mente y me recuerdan que la amistad que compartimos es real. No me viene mal, sobre todo cuando hace cosas que me molestan. Como tener novia.

Me siento en una de las butacas, saco el teléfono y abro la aplicación de notas.

Titulo la página «GENTE QUE ME ODIA».

Quienquiera que esté indagando sobre mí y enviando los mensajes lo hace por puro despecho. Es alguien que nos odia muchísimo a Devon, a Scotty y a mí. Pienso averiguar quién y por qué.

Me quedo mirando la pantalla en blanco, el cursor parpadea y, antes de permitirme dudar, escribo los nombres de Jeremy, Ava y Ruby en negrita como primeros sospechosos. Jeremy, porque sé con certeza que le encantaría acabar conmigo; Ava, por la facilidad con la que difundió los rumores sobre lo de Jamie; y Ruby... En fin, es obvio. No sé si creo de verdad que Ava o Jeremy serían capaces de hacer algo así, pero sí sé que quienquiera que lo esté haciendo tiene los días contados. Lo encontraré y le haré desear no haber armado este desastre.

11

Devon

Jueves

Llovía a mares cuando me desperté a las seis. Las gotas golpeaban la ventana y luego se colaban por la rendija del fondo. La habría cerrado, pero estaba atorada.

Algunas mañanas me quedo en la cama medio dormido mientras dejo que el frío me envuelva y me abrace como hace a veces el recuerdo de mi padre, a pesar de que nunca me abrazó cuando estaba aquí. Hace años que ya no pido ir a visitarlo; mi madre solía llorar cuando lo mencionaba, así que dejé de hacerlo.

Mi hermano pequeño, Elijah, se había acurrucado conmigo por la noche y temblaba aún más que yo, así que envolví su cuerpecito con el saco de Niveus. Por eso ahora huele a plátano, el aroma de Eli.

Mientras recorro a toda prisa las cuadras que separan mi casa de la prepa, la lluvia me golpea la capucha, me gotea por la cara y me nubla la vista. Me limpio la cara, pero el agua no deja de caer. Tanto el frío como el pensamiento de quiénes habrán visto el video en el vecindario hacen que me estremezca. Mantengo la cabeza agachada hasta que llego a casa de Jack. Toco a la puerta, con la esperanza de que hoy responda.

Es su tío el que me abre. Es un tipo alto y de aspecto cansado que siempre usa la misma camiseta de tirantes manchada y la misma sudadera. De fondo, Jack discute con sus hermanos.

—¡Jack,vino tu amigo! —grita él.

Nunca se molesta en hablar de más, ni en saludar, ni en nada. Creo que la conversación más larga que he mantenido con él fue la primera vez que nos vimos, tras la muerte de la madre de Jack. Me preguntó quién era, le dije mi nombre, y eso fue todo.

Jack se materializa, con el uniforme arrugado y la corbata un poco floja. No he dejado de repetirme lo que me dijo ayer en el callejón y de analizar las palabras. No sé por qué vine. Supongo que quiero aferrarme a mi amistad más antigua como sea, a pesar de las evidentes grietas que muestra. ¿O fue por la sensación de seguridad que me produce la única cara que significa algo para mí en Niveus? No lo sé.

Jack no dice nada y se limita a caminar a mi lado en un incómodo silencio. Conozco bien esos silencios, pero aguanto, porque sé que al otro lado del mutismo sigue habiendo un amigo, mi amigo. Así ha sido siempre. Sé que todavía le importo.

La prepa no está muy lejos del vecindario. La Academia se encuentra entre dos mundos: la zona de la gente rica, y la nuestra, en la que casi nadie puede permitirse una comida caliente ni atención sanitaria. Por lo general, siempre agacho la cabeza, independientemente de dónde me encuentre. Sin embargo, desde que se difundieron la foto y el video, me siento aún más incómodo. Mientras caminamos, miro de reojo las esquinas de las calles e imagino a tipos con capuchas oscuras, objetos brillantes y afilados y los puños dispuestos para darme una paliza. La foto tardó menos de cuarenta y ocho horas en llegar a Dre, así que no quiero imaginar cuántos habrán visto el video y deducido que era yo, y ahora me esperan junto al 7-Eleven. Listos para recordarme que no hay lugar para mí aquí. Aunque Dre me dijo que se ocuparía, si le llegó a él, podría haberlo recibido cualquiera.

Sin embargo, tener a Jack conmigo hace que me sienta un poco más seguro.

Me estremezco y vuelvo a limpiarme la cara. Me gusta el sonido de la lluvia, pero caminar bajo el agua es lo peor, así que, por primera vez en toda la semana, me alegro cuando vislumbro los ladrillos blancos y el gigantesco portón negro de Niveus.

Subimos la escalera y atravesamos las puertas del vestíbulo, donde la conversación estaba muy animada antes de que entráramos. De repente, soy muy consciente de lo grande que me queda el uniforme y de las gotas de agua que salpican el suelo de mármol.

—Me voy a clase —dice Jack en voz baja, y me deja solo en la entrada.

Desaparece por el pasillo y me siento menos seguro ahora que se ha ido.

Comienzo a notar los mismos retortijones que toda la semana al cruzar el pasillo. Ases me ha hecho destacar como si tuviera un tatuaje en la cara, y el molesto rechinido de los tenis en las lozas no ayuda.

Subo a toda prisa la escalera hacia las salas de música.

—Hola, Devon —dice el señor Taylor con una sonrisa cuando entro.

Dirige la atención de los demás estudiantes hacia mí y recibo miradas de desaprobación.

—Hola, señor Taylor —saludo.

El pan tostado que desayuné quiere salir disparado mientras el estómago se me retuerce sin parar.

Me dirijo a mi puesto. Me siento muy cansado mientras me dejo caer en la butaca con pesadez y enciendo mi teclado.

—Eh, Richards, ¿qué te cuentas? —dice una voz.

Me sobresalto.

Es Daniel Johnson, *quarterback*, cabello castaño, ojos cafés, normativo. Daniel Johnson, que nunca en su vida me había hablado.

—Eh, Johnson. Cuentos —respondo.

Hace una pausa y ladea la cabeza hasta que lo entiende. Antes de lo que esperaba, la verdad. Se ríe.

—Qué bueno.

Hay otra pausa y luego se sienta a mi lado.

—Escucha, estamos en el siglo XXI. Ya nadie odia a los gays. —No me había llegado la circular—. Así que me parece bien, siempre que no te enamores de mí ni nada, ¿entiendes?

—Entiendo —respondo.

Me da una palmadita en la espalda y se detiene con un guiño.

—Sin mariconadas.

Quiero que recoja sus cosas y se vaya a molestar a otro, pero parece decidido a fastidiarme.

—¿Cómo es Scotty? Se comporta como si fuera un dios, pero, créeme, sé lo que es ser un dios. Las chicas me lo dicen a diario, ¿sabes?

Daniel habla sin inmutarse sobre su habilidad en la cama y se encoge de hombros en lo que estoy seguro que piensa que es un gesto humilde.

—Sin embargo, ninguna de sus conquistas me cuenta nada. Intenté preguntarle a Chiamaka, porque, aunque sea gay, ¿quién no querría tirársela?

Yo.

—Y bien, ¿cómo es Scotty?

Para alguien empeñado en dejar claro que no le gustan «las mariconadas», empieza a hacerme dudar.

Me recuesto en la silla y levanto la vista como si lo estuviera meditando.

—Scotty es un dios, Daniel —aseguro, y me doy cuenta después de hablar de que probablemente no capte ninguna forma de sarcasmo.

Asiente despacio mientras procesa las palabras.

—Vaya, tal vez no debería haber dudado de él —dice.

—Tal vez no.

Se da la vuelta y me da otra palmadita en la espalda.

—En realidad eres buen chico, Devon.

Creo que pretende ser un cumplido, pero no estoy seguro de hasta qué punto debe alguien sentirse halagado por Daniel. Por fin, por fin se escuchan mi plegarias y se aleja.

Me vibra el teléfono. Un mensaje de Desconocido. Un texto brillante y llamativo que me llama la atención.

> Noticias frescas. Nuestro merodeador de callejones favorito, Jack McConnel, tiene un problema con las drogas. Espero que su promedio de sobresaliente no se resienta por ello ni por sus nuevos y flamantes amigos... Firmado: Ases

El mensaje me abre un vacío dentro. Como si me hubieran sacado todos los órganos y solo quedara una carcasa. Jack jamás tocaría las drogas. Son la causa de la muerte de su madre, de la condena de su padre y de que tenga que cuidar a sus hermanos.

Jamás haría algo tan estúpido ni se arriesgaría a perder la beca por algo así.

Abro los mensajes y dudo.

Que estén tras de Jack no tiene ningún sentido. Al menos Chiamaka y yo teníamos relación con Scotty, pero ahora nada encaja.

Le mando un mensaje:

¿Estás bien? Sé que los rumores no son ciertos.

En cuestión de segundos, una respuesta me vibra en la palma.

¿Lo sabes?

El vacío crece, como si un hombre invisible me cavara un agujero en el estómago.

Estudio sus palabras y respondo:

El Jack al que conozco no haría algo así.

El Jack al que conozco juró sobre la tumba de su madre que nunca se acercaría a esa mierda. Mientras la bajaban al hoyo y arrojaba un puñado de tierra sobre el ataúd de madera, le prometió a su cadáver que no se metería en ese mundo.

Tal vez no me conozcas tan bien como crees.

Conozco a Jack desde que me conozco a mí mismo. El hombre invisible deja de cavar y me apuñala en el corazón.

Levanto la vista de nuevo y me volteo para observar al grupo. Una chica me mira, se tapa la boca y se voltea en la silla. Los hombros le tiemblan mientras se le escapa una risita silenciosa. Siento la presión de unos ojos y descubro que el señor Taylor me está mirando. Sonríe.

Sigo con el celular en la mano porque una parte de mí espera que Jack me diga que está bromeando y que Ases se equivoca. La pantalla se atenúa, se apaga y se bloquea. Otra parte de mí sabe que el mensaje no va a llegar y que, a pesar de lo mucho que quiero ignorar ese pensamiento, tal vez no lo conozca tan bien como creía.

Me quedo mirando el teclado. El hombre invisible me susurra al oído: «Ni siquiera tu mejor amigo se preocupa por ti. No quiere tenerte cerca; nadie te quiere».

Estoy solo, sin amigos en los que confiar. Cada día, siento que Jack se aleja más y más. Noto que hay algo malo en mí. Si mi padre estuviera aquí, acallaría esos pensamientos. Me diría que las cosas se arreglarían. O que terminaría por conseguir otros amigos.

Sueño con que vuelva a casa. Con salir con él a comer *pizza* y que me dé un montón de lecciones de vida. Con ponernos al día del tiempo perdido. Imagino que le hablo de Ases, un acosador anónimo que me odia sin razón, y él sabe qué hacer, porque para eso están los padres. Saben todas las cosas que tú desconoces. Sueño que mi madre está menos ocupada y tiene tiempo para escuchar, para hablar y para platicar sobre todas las cosas que le he ocultado durante años.

En sueños, me escucha y me sigue queriendo cuando termino de revelárselo.

Sin embargo, los sueños son peligrosos, dan demasiadas falsas esperanzas. Sé que, aunque mi padre no estuviera en la cárcel, no estaría a mi lado.

Cierro los ojos con fuerza mientras el corazón me da un vuelco tras otro. Los sueños son tóxicos.

Sé que seguiría solo.

Pienso en mandarle un mensaje a Dre para preguntarle si puedo ir a su casa esta noche o algo, pero me da miedo saber qué otras cosas le habrán contado sobre mí. Qué más habrá salido a la luz.

Me limpio los ojos con disimulo y me guardo el teléfono en el bolsillo. Necesito concentrarme en otra cosa.

Toco una nota del teclado con un dedo tembloroso y empiezo a calentar mientras dejo que el ruido bloquee los pensamientos que se filtran entre las grietas.

12

Chiamaka

Jueves

—Qué estupidez.

—Esa boca, Chi —me reprende Jamie con una sonrisa.

—En serio, es una estupidez.

Le da un mordisco al sándwich y niega con la cabeza.

—De verdad que no, créeme. Billy se lo contó a Maggie, que me lo contó a mí. Cecelia Wright y Peterson tienen algo.

Pongo los ojos en blanco. Cuando le dije que quería hablar de «cualquier cosa» no me refería a esto. Sin embargo, me pregunto por qué Ases va contando tonterías sobre mí y esos chicos pero no difunde una noticia como esta, que es mucho más interesante, en mi opinión.

Estamos en Lola's, en un salón vacío cerca de la cafetería. Vine porque necesitaba una excusa para alejarme de los demás. Sobre todo de la gente como Ruby, a quien le encantaría presenciar el comienzo de mi caída.

También quería hablar de temas más urgentes, como, por ejemplo, quién cree Jamie que es Ases.

Saco el celular y reviso si me ha llegado alguna notificación.

No hay nada. Suspiro.

—¿Revisas si ha salido a la luz algún nuevo secreto? —pregunta mientras envuelve lo que le queda de sándwich.

—No.

Sí.

—Tengo entendido que, si la noticia trata sobre ti, no te llega el mensaje.

Lo miro con los ojos entrecerrados.

—No me digas, Sherlock. Ya lo había deducido. Aun así, ¿la gente lo comenta? ¿Se preguntan quién será?

Se encoge de hombros.

—Supongo. No he prestado atención.

Por norma general, sé todo lo que pasa en Niveus. Por norma general, tengo el control. Dispongo de oídos en todas las clases y la gente siempre me cuenta cosas. Sin embargo, esta semana nadie me ha dicho nada. Siento que todos saben más que yo y, por alguna razón, me mantienen al margen. Lo primero fue la renuncia del director Collins, después, por lo visto, todo el mundo sabía que Jamie y Belle estaban juntos, y ahora, Ases. No saber quién será el siguiente ni qué será lo próximo me tiene muy nerviosa.

—Vayámonos de Lola's. Belle quería comer con nosotros hoy.

Intento que no se me note el fastidio en la cara.

—Bueno.

Salimos del salón, miramos alrededor para asegurarnos de que ningún profesor nos vea y volvemos a entrar en la cafetería. Jamie va directo hacia ella, que está sentada a la mesa de los deportistas, en el centro de la sala, con algunas chicas del equipo de *lacrosse* y algunos chicos del equipo de futbol. Lo sigo y arrugo la nariz al verlos a todos comiendo lo que parece ser el especial del día. Pasta verde. Me doy cuenta de que Scotty está en una esquina y le da vueltas a la comida con una mano mientras envía mensajes con la otra. Me sorprende verlo aquí; suele juntarse con la gente de arte dramático.

¿A quién escribirá?

Otra razón por la que prefiero comer a solas con Jamie es porque la mesa de los deportistas siempre es un escándalo, llena de lo que se supone que son hombres adultos con chamarras de beisbol azules que se lanzan comida los unos a los otros.

Alcanzo a mi amigo con intención de decirle que Belle está claramente ocupada comiendo lo que parece vómito, pero es más rápido que yo y avanza hacia ella como un imán. Le da un beso suave y aparto la mirada mientras saco una silla para sentarme frente a ellos.

—¿Qué tal en Lola's? —pregunta Belle.

Saco un botecito de palitos de zanahoria.

—Fascinante, como siempre —dice Jamie, con la boca otra vez llena de sándwich.

Se las arregló para desenvolverlo en el tiempo que ha transcurrido entre besarla y sentarse.

Se hace el silencio y levanto la vista; Belle me mira con expectación.

Me meto una zanahoria en la boca y sonrío de oreja a oreja mientras mastico.

—Muy bien, siempre disfruto cuando estoy con Jamie.

Pone los ojos en blanco y enarco una ceja. «¿Acaba de ponerme los ojos en blanco?»

Oigo el tono de un mensaje y el corazón me da un vuelco. Belle saca el teléfono y me mira a la cara.

—Es mi hermana —dice.

El corazón me vuelve a latir, pero me molesta haberme mostrado insegura.

—¿Qué quiere? —pregunto para disimular, aunque con demasiada dureza.

Duda.

—Es un chiste sobre política. ¿Cuándo veremos otra peli de esas de mutantes?

—¿Qué chiste? —insisto.

Entorna los ojos para mirarme.

—¿Acaso importa? —Jamie responde por ella.

Abro la boca para decirle que sí e inventarme una razón por la que es relevante, pero me interrumpe otra vez.

—¿*X-Men*? —propone, y retoma la conversación sobre los mutantes, porque es sin duda mucho más importante.

—¡Sí! Me interesan mucho —dice Belle.

Jamie me mira.

Me obligo a sonreír.

—Claro. No es que sea una tradición ajena ni nada.

Esta vez es la vibración de mi teléfono lo que me interrumpe. Me apresuro a desbloquearlo y a examinar la pantalla en busca de posibles humillaciones, pero solo es mi mamá, que me envía otro artículo sobre una muerte causada por un cargador de celular.

—Pensabas que era de Ases, ¿eh? —pregunta Jamie con una sonora carcajada mientras aplaude como si fuera divertido.

—No.

—A lo mejor es el hombre del costal —bromea.

Lo fulmino con la mirada.

—No tiene gracia, Jamie —digo.

—Un poco sí.

—No, no la tiene —me respalda Belle, y baja el tenedor, con una clara expresión de fastidio.

—Bueno ya, solo estaba bromeando. Chiamaka está un poco sensible.

La chica ni se inmuta.

—¿Sensible?

¿Por qué actúa como si de repente se preocupara por mí? Necesito tomarme un descanso de esta mesa y de la conversación. No quiero hablar con Jamie cuando se porta como un idiota.

—Voy a tomar el aire —digo, y me levanto de sopetón, lo que hace que la silla arañe el suelo de manera ruidosa.

Algunos chicos levantan la vista, incluido Scotty. Lo miro un instante a los ojos y, sé que no me lo imagino, sonríe. Luego, sin esperar una respuesta de Jamie, me voy.

Me digo que me dan igual. Sin embargo, vuelvo a releer los mensajes de Ases. Apoyo la cabeza en la pared del cubículo del baño en el que estoy mientras asimilo las palabras. Los que hablan de Devon son privados. Muy privados. El tipo de rumores que podrían perseguir a alguien más allá del instituto.

Me pregunto cómo se siente. Creo que me moriría si saliera a la luz algo tan personal sobre mí. Si ya me siento mal y ansiosa todo el tiempo por culpa de trivialidades, ni me imagino cómo estará él.

¿Qué pasaría si se descubrieran secretos más oscuros e invasivos? Podrían arruinarlo todo. La universidad. Mi carrera. Mi vida.

El recuerdo del cabello rubio y ensangrentado se me clava en las retinas cuando cierro los ojos. La imagen es un recordatorio constante de que la abandoné a su suerte.

Durante las semanas siguientes al accidente, llamé a todos los hospitales de la ciudad para preguntar si habían ingresado a una joven rubia. Me quedé despierta todas las noches mientras buscaba artículos en las páginas web de noticias locales, en los foros, atenta a cualquier indicio o mensaje sobre un atropello con fuga, una chica abandonada por unos cobardes que dejaron que se desangrara y muriera.

A una parte de mí, la egoísta, le aterra la idea de que haya sobrevivido y quiera encontrarnos, encontrarme, y contarle a todo el mundo nuestro terrible secreto.

Sin embargo, lo que más me quita el sueño es lo que pasó la noche siguiente. Fui al lugar de los hechos, una calle por la que apenas pasan coches, a unos trescientos kilómetros de mi casa, y la carretera estaba completamente despejada. Busqué por todo el tramo señales de la chica. Manejé arriba y abajo, mientras me convencía de que había memorizado mal el lugar. Pero eso era imposible. Lo tengo grabado para siempre en el cerebro.

No había cuerpo. No había cristales del faro que se rompió al chocar. No había sangre. Nada. Como si todo hubiera sido un producto de mi imaginación.

Sin embargo, sé que sucedió. El árbol contra el que chocamos era prueba suficiente. Doblado, con la corteza desgarrada donde el coche se estrelló. El árbol seguía igual, mientras que el resto de la escena del crimen había sido borrado.

Saqué a relucir el accidente con Jamie unas semanas después, cuando el insomnio ya era insostenible. Cuando le pregunté, me miró asustado, incluso perdido. Como si fuera a llorar. Me di cuenta de que tampoco había dormido mucho. Recuerdo lo pálido que se puso, como si fuera a vomitar.

Aun así, cambió de tema y luego me ignoró durante un día entero.

A Jamie ni siquiera le preocupa la universidad, y ser un Fitzjohn serviría para librarlo de un problema así de grande. Estoy bastante segura de que su familia conoce a la mitad de los jueces. No obstante, no solo es un apellido poderoso, sino que es una carga pesada que hay que mantener. Siempre me habla de lo mucho que le importa ganarse el respeto de su padre, y sé que lo perdería si esto saliera a la luz.

Intenté mencionarlo de nuevo unas semanas después. Seguía sin dormir y tenía ataques de pánico cada vez más frecuentes. Necesitaba un amigo. Me hacía falta hablar de ello, de lo que había pasado y de lo que había visto.

Lo negó rotundamente y me preguntó de qué hablaba. Parecía confundido, y el miedo que había visto la primera vez que se lo había preguntado había desaparecido por completo. No volví a sacar el tema. Conociendo a su padre y sabiendo lo que le ocurriría a Jamie, supuse que se había esforzado por olvidar y lo había logrado.

He visto al señor Fitzjohn varias veces, en fiestas formales y de pasada cuando he estado en casa de Jamie; la tensión en el aire resulta opresiva. Incluso su madre parece encogerse bajo la presión de mantener la fachada de un matrimonio sin amor y la imagen de una familia perfecta. Sé por Jamie que duermen en habitaciones separadas y que siempre «se toma algo» para que le ayude a conciliar el sueño y la distraiga del hombre con el que está casada. Nadie lo comenta; todo queda oculto bajo el suelo de mármol. Ante la gente, los Fitzjohn son perfectos, pero todos están rotos a su manera. Jamie se parece más a su padre de lo que cree.

Mi familia no es así. No tenemos una reputación en Estados Unidos. Si el secreto saliera a la luz, no tendría escapatoria. Me lo juego todo. Y aunque Jamie finja estar tranquilo, tiene que saber que podría ser el siguiente en la lista de víctimas de Ases.

Tal vez aparentar estar bien y racionalizar las cosas sea su forma de lidiar con la posibilidad de ser el próximo objetivo.

Ojalá yo pudiera ser así.

Se me escapa un sollozo y no consigo contener el torrente de lágrimas. Me permito llorar sin control, dejo que me afecte el dolor por la tensión en el cerebro, sin preocuparme por el rímel ni por que alguien me escuche.

Todas las noches sueño con ella.

Sin embargo, ahora, por delante de las pesadillas, las preguntas que me atormentan son «¿Quién está haciendo esto?» y «¿Qué será lo siguiente que va a revelar?».

—¿Chiamaka? —dice una voz suave, junto con el sutil rechinido de la puerta del baño.

Me quedo callada, sentada de lado en el suelo del cubículo, mientras me miro la falda de cuadros azules sobre las piernas extendidas, los gruesos calcetines grises que me cubren la mayor parte de los muslos y los mocasines de tacón cafés apoyados en la pared contraria.

—Soy Belle —continúa.

Abre el cubículo contiguo y el corazón se me acelera un poco. Hay un ligero traqueteo cuando jala mi puerta cerrada. La golpea tres veces. Le veo los zapatos de tacón de ante grises y los calcetines blancos con holanes.

—¿Estás ahí? —pregunta.

No digo nada. No sé por qué se esfuerza en ser amable. Tal vez quiera demostrarle a Jamie que es la chica perfecta, aunque dudo que él se dé cuenta de cómo me trata Belle, y mucho menos que le importe.

Se queda quieta y callada; empiezo a creer que va a rendirse y a irse, pero entonces oigo un roce raro.

Observo la manija mientras la cerradura empieza a girar despacio. Suena un fuerte clic y la puerta se abre.

Me mira con los ojos muy abiertos y el ceño fruncido. Abre el cierre de la bolsa y me tiende un pañuelo doblado.

No lo agarro.

—Es una pregunta tonta, lo sé, pero... —Su voz se desvanece—. ¿Estás bien? Llevas aquí un buen rato. Quedan cinco minutos antes de que suene el primer timbre de aviso, así que se me ocurrió venir a buscarte.

—Estoy bien, gracias —digo en voz baja.

—Bueno. Me alegro.

Sonríe un poco y abre la boca para hablar otra vez, pero se detiene. Se muerde el labio inferior, entra en el cubículo y se apoya en la pared.

—Ases, sea quien sea, es un cobarde que se esconde detrás de una pantalla. Creo que eres valiente por no dejar que te afecte, por venir a clase y dar la cara. Muy valiente —añade.

Me es imposible no mirarla. Los ojos le arden con rabia, como si la hubieran atacado a ella en vez de a mí.

A lo mejor no lo hace por Jamie.

—Gracias —digo, y es en serio.

Mi mejor amigo no se preocupó lo suficiente como para venir a buscarme, pero ella sí.

Ladea la cabeza y sonríe más.

—Me alegro de que estés bien —repite.

Se me acelera el corazón.

Respiro, dejo de mirarla y me concentro en la pared que tengo delante.

—¿Cómo abriste la puerta? —pregunto.

Como el resto de Niveus, los baños están hechos de madera oscura y resistente, y los cerrojos parecen bastante impenetrables.

—Se me da bien forzar cerraduras. Aprendí en el campamento —explica justo cuando suena el primer timbre de aviso. Sale del cubículo—. ¿Vienes?

Niego con la cabeza. Aceptar su amabilidad me hace sentir como si hubiera cedido. ¿A qué? No lo sé. De lo que estoy segura es de que no quiero ser su amiga.

Asiente y los rizos le rebotan.

—Nos vemos luego.

—Adiós —digo mientras me odio por parecer débil y frágil.

La gente se aprovecha cuando eres débil y frágil.

Levanto la mano, saco un trozo de papel higiénico del dispensador y me limpio los ojos. Sostengo el papel entre los dedos y observo las líneas negras de rímel y las manchas de la base de maquillaje café.

Detesto el desastre sin control en el que me estoy transformado por culpa de Ases.

Me he esforzado demasiado para que ahora venga alguien a convertirme en una vergüenza y un hazmerreír.

Jamie y yo no hemos hablado desde la comida cuando llega la última clase: Química. Mientras el profesor, Peterson, explica las reacciones químicas, solo pienso en Ases. Cada vez que suena un teléfono, el corazón me da un vuelco y siento que las entrañas se me van a salir por la boca.

—Cuando se mezclan ciertas sustancias, puede producirse una reacción errónea. Por ejemplo, todo el tiempo aparecen noticias de sobredosis de famosos. No se debe necesariamente a que hayan tomado demasiado de una droga en particular...

Algo se desliza hacia mí. Una nota. La abro y encuentro la letra desordenada de Jamie.

Siento haberme reído de lo de ases.

Respondo:

Me provoca ansiedad. No sé dónde le ves la gracia.

Lo miro con el rabillo del ojo mientras lee la nota.

DE NUEVO, LO SIENTO.

Parece bastante arrepentido. Tomo la nota entre los dedos y extiendo el índice.

—Un apretón de manos y estás perdonado.

Sonríe y me estrecha el dedo como si fuera una mano.

—A veces es la consecuencia de mezclar cosas que no reaccionan bien juntas. Un ejemplo popular es el alcohol y los somníferos, que pueden desencadenar síntomas como somnolencia extrema, pérdida de memoria y, en algunos casos desafortunados, la muerte.

Levanto la vista cuando Peterson dice eso.

—Además —continúa Jamie, en un susurro—, creo que el hecho de que Ases ataque a otras personas es una señal. Sabe que no conviene hacerte enojar.

La cabeza me sigue dando vueltas mientras las palabras del profesor resuenan dentro de mí.

—Tienes razón —acepto, y trato de sacudirme la repentina y extraña sensación que me entra. Como un *déjà-vu*.

Sin embargo, en cuanto lo digo, oigo la malvada risa del universo y, como si se accionara un interruptor, se disparan las notificaciones en los teléfonos. Me meto la mano en el bolsillo, con el corazón acelerado y el estómago hecho un nudo. Examino la pantalla. Un mensaje de Desconocido. Las conversaciones bullen a mi alrededor mientras todo el mundo empieza a diseccionar el nuevo mensaje.

[Una foto adjunta]
¡Tenemos un gánster entre nosotros,
amigos! Devon Richards, mírate,
paseando por el lado malo de la ciudad.
Qué esperar, cuando haces visitas
frecuentes como estas a traficantes de
drogas muy influyentes, por no decir
guapos. Cuidado, Vonnie, a Juilliard no

le gustan los antecedentes penales.
Espero que el chico valga la pena.
Firmado: Ases

Es una foto de Devon junto a un edificio.

Leo el mensaje por encima mientras tamborileo con las uñas en la mesa. ¿Quién estaría interesado en ese chico? Casi parece obra de un ex enojado o celoso.

Toco la pantalla y selecciono un contacto con el que no he hablado en meses.

Hola, Scotty. Soy Chiamaka.

Miro el teléfono y solo levanto la vista para comprobar que Peterson no se fija en mí. Se nos permite usar los celulares en la preparatoria, pero no durante las clases. Al parecer, provocan distracciones. Seguro que los profesores nunca imaginaron algo así cuando establecieron esa norma. ¿Cómo va alguien a concentrarse cuando hay una serpiente suelta?

Arrastro el dedo por la pantalla mientras doy golpecitos en la mesa con impaciencia.

—¿A quién escribes? —susurra Jamie, y me sobresalta.

Le doy un ligero manazo.

—No es asunto tuyo. Concéntrate en la tarea —digo, antes de inclinar un poco el teléfono para protegerlo de sus ojos indiscretos.

Aparecen los tres puntos que indican que Scotty está escribiendo y me tenso.

Cuánto tiempo.

Solo quiero hacerte una pregunta y espero una respuesta directa.

Intento sonar intimidante. Debería haber hablado con él durante la comida, ya que impongo más en persona, pero no me sentía preparada en ese momento.

Dime.

Levanto la vista y capto la mirada del profesor, así que tomo el lápiz y finjo que escribo con una mano mientras con la otra tecleo una respuesta bajo la mesa.

¿Eres Ases?

Hay una breve pausa antes de que vuelvan a aparecer los tres puntos.

Eres la segunda persona que me lo pregunta esta semana. Pensaba que éramos amigos.

Yo no nos llamaría amigos. De hecho, la última vez que hablamos, en algún momento después de nuestra falsa ruptura al principio de tercero, se rio de mis zapatos en el pasillo y yo lo amenacé con cortarle la estúpida cola de caballo. Sin embargo, también creía que estábamos en buenos términos. Es amigo de los amigos de Jamie, así que siempre hemos rondado los mismos círculos.

Yo también lo creía, sin embargo, eres el único que se me ocurre que querría fastidiar tanto a Devon como a mí.

Una pausa.

Como le dije a la otra persona, ¿por qué
iba a implicarme a mí mismo?

Algo dentro de mí sabe que no es él. A pesar de todas las cabronadas que ha hecho, con esto no gana nada.

El teléfono me vibra de nuevo.

¿Temes que Ases hable de esa noche?

Miro el mensaje paralizada mientras intento averiguar a qué se refiere. ¿Sabe lo del atropello? ¿Cómo?

¿Qué noche?

Lo envío.

La espera por la respuesta se me hace eterna, pero por fin siento la vibración.

La fiesta de Jamie a principios de tercero.
Estabas muy peda, ¿te acuerdas? No
dejabas de decirle a la gente que iba mal
vestida. La verdad es que tuvo gracia.

Solo recuerdo algunos fragmentos. Me acuerdo del beso, pero el resto es un borrón. Ni siquiera recuerdo haber bebido tanto, aunque ahora tengo mucho más cuidado con el alcohol cuando estoy rodeada de gente. Quiero ser capaz de recordarlo todo y guardarme los secretos de los demás, no al revés.

¿Por qué iba a darme miedo eso? Lo peor que
podrían hacer es mandarle a todo el mundo un
video mío bailando fatal encima de una mesa.
He sufrido ataques mucho peores.

¿Es todo lo que recuerdas?

Scotty responde casi de inmediato. Espero unos segundos mientras trato de averiguar a qué se refiere.

Sí, ¿por qué?

Apenas recuerdo esa noche y quería reconstruir los hechos por si Ases tenía algo contra mí. Hago muchas tonterías cuando estoy borracho. Solo recuerdo hablar contigo, besar a un tipo y vomitar en los rosales del jardín.

No recuerdo haber hablado con Scotty esa noche. Cierro los ojos e intento recuperar algo, cualquier cosa. Como si me hubieran echado una cubeta de agua helada por la cabeza, un enorme escalofrío me arrastra a un recuerdo.

—¿Te cuento un secreto? —pregunta Scotty, y su voz me sobresalta.

Estoy en una de las habitaciones de invitados. Creía que la puerta estaba cerrada con llave. No sé cómo entró. La música que suena abajo me golpea la cabeza.

—Es sobre ti —dice con una sonrisa de oreja a oreja.

—¿Qué secreto? —pregunto mientras trato de incorporarme; siento que una oleada de pánico me recorre por dentro.

Sonríe con picardía y se sienta en la alfombra a mi lado. Casi derrama la bebida de su vaso rojo.

—Oí que Cecelia Wright no es rubia natural.

Parpadeo.

—Eso no tiene que ver conmigo.

Lo miro.

—No, claro que no. Te llamas Chi, no CeCe.

Se limpia la boca y se acerca. Huele a muerte, por decirlo con delicadeza.

—¿Sabes? Esta noche no debería estar aquí. Me escabullí cuando mi mamá no miraba —confiesa.

Quiero dormir, pero tengo náuseas y tiemblo mucho. Además, me interesa descubrir qué sabe Scotty de mí.

Levanta la vista y me toma la cara entre las manos.

—Qué guapa eres, Chi. Como una muñeca.

Le aparto las manos.

—¿Qué te pasa?

Me froto las mejillas y las siento húmedas. ¿Lloré? ¿Por qué? Había quedado con Jamie en su habitación, pero no estaba...

—¿Por qué te escondes aquí? La fiesta es mucho más divertida. —Scotty arrastra las palabras mientras se balancea y choca conmigo. Ignoró por completo mi pregunta.

—Podría preguntarte lo mismo —digo.

—Vine a buscar a mi novia —asegura, y se ríe al pronunciar la última palabra, como si fuera lo más gracioso del mundo. No sé si debería ofenderme o no.

—Pues está bien, así que ya puedes irte.

Scotty estira la mano y esta vez derrama un poco de líquido, así que se concentra con fuerza en dejarla recta en el suelo. Cuando lo logra, mira el vaso con recelo y levanta las manos como si tuviera poderes mágicos que fueran a hacer que la copa desafiase la gravedad.

Si no era evidente antes, en el momento en que empieza a cantar el estribillo de *Hit Me Baby One More Time* queda más que claro que está demasiado borracho para irse a casa por su cuenta.

—¿Viniste con alguien?

Puedo preguntarle a Jamie si puedes pasar la noche aquí. Es muy posible que sus amigos duerman en las habitaciones de invitados o en una de las salas.

—No, pero tal vez me vaya con alguien. Ya veremos adónde me lleva la noche.

Sonríe con timidez y le pego.

—Eres el peor novio de la historia.

Tenemos una relación falsa porque él está en el equipo de futbol y es más o menos popular, y yo estoy a punto de ser muy importante. Nos necesitamos. Es una estrategia política.

—Lo sé —dice, y echa la cabeza hacia atrás con tanta fuerza que choca con la pared.

Hago una mueca de dolor. Gime y se enreda los dedos en el cabello desordenado mientras se soba el cráneo.

—¿Estás bien? —pregunto cuando desploma la cabeza hacia delante.

Resopla y me inclino hacia él; tiene las mejillas húmedas.

¿Scotty está llorando?

—¿Necesitas una bolsa de hielo?

Niega con la cabeza antes de que termine de formular la pregunta.

—Soy un novio de mierda.

No digo nada. ¿Por eso llora? Porque me da igual esta relación a puerta cerrada.

—Solo engaño, miento y bebo. Soy una puta decepción para Von, para mis padres, para Niveus...

Me parece que no habla de mí.

Llora un poco más fuerte y vuelve a tomar la bebida. Le acaricio la espalda con torpeza. Me siento muy mal. Ya vomité en el baño, pero creo que voy a echar todo el sistema digestivo y morir al lado de Scotty en esta habitación mientras todos los demás se ajustan con normalidad a la vida adolescente en el piso de abajo.

Abraza el vaso como si fuera un peluche. Tiene un agujero en el calcetín. El dedo gordo y pálido le sobresale y me hace gracia, porque cuando está sobrio nunca es así. Siempre anda bien vestido, con la mejor ropa que se podría esperar de un heredero.

—No eres una decepción, Scotty. Confía en mí —aseguro, y me

aliso el vestido—. Por cierto, es mi deber como falsa novia no dejarte morir por un coma etílico.

Le quito la copa de las manos. Se deja caer hacia atrás.

Estamos en silencio durante un rato. Casi creo que se quedó dormido.

La puerta de la habitación de invitados se abre de nuevo.

—Ahí estás. Fui a mi cuarto a buscarte, pero no estabas allí. ¿Está todo bien? —pregunta Jamie.

Asiento, todavía temblando. Ya no tengo lágrimas en la cara. Debo de verme horrible. Me fuerzo a sonreír.

—Todo está de maravilla.

—Bien. —Desvía la mirada hacia Scotty, a mi lado, ahora profundamente dormido—. ¿Quieres ir a hablar a algún sitio? —propone con una sonrisa de suficiencia.

Empiezo a levantarme, sorprendida por cuánto me duele.

Una imagen me viene de repente a la cabeza. Alguien me empuja al suelo, caigo con fuerza, lloro, grito para pedir ayuda...

—Me encantaría platicar un rato —digo mientras me rodea la cintura con el brazo y me roza los moretones de la cadera.

Siento una fuerte punzada en la cabeza; el recuerdo me sacude el sistema nervioso. Respiro con dificultad y me aliso la falda del uniforme. No me encuentro bien. No me molesto en responder el mensaje de Scotty. Tengo la respuesta que buscaba. No es Ases.

Jamie me da un golpecito en el brazo, con una sonrisa y los ojos muy abiertos.

—Estás pensando demasiado. Tus neuronas piden auxilio. «¡Ayuda! ¡Solo quedamos dos!»

Pongo los ojos en blanco.

—Mis neuronas se las arreglan bien —respondo en un susurro.

Levanta una ceja con duda y se voltea para seguir pintarrajeando la hoja de instrucciones que nos dieron. Garabatea números y símbolos por todas partes, como suele hacer para pasar el rato. A veces me pregunto cómo es posible que estemos juntos en las clases avanzadas; nunca presta atención.

Le doy un golpecito en el brazo y vuelve a mirarme.

—El otro día olvidaste una contraseña en mi casa —digo, y miro el grueso marcador negro que tiene en la mano.

Parece confundido.

—¿Cuál?

—1717.

Su sonrisa se difumina en una expresión más sutil.

—Ah, esa. Ya no la necesito.

—¿Cómo es posible que ya no necesites una contraseña? —pregunto.

Se encoge de hombros.

—La necesitaba y luego ya no.

Asiento, sin insistir más. Jamie es así de raro a veces.

Vuelve a escribir en la página.

Todavía me duele la cabeza, así que intento concentrarme en otra cosa mientras espero a que el dolor se me pase. Miro más allá de Jamie y me centro en Belle, que está en una de las bancas cercanas. El cabello le cae a un lado de la cara mientras apoya la barbilla en una mano cuidada. Está roja y me doy cuenta de que agarra el lápiz con tanta fuerza que tiene los nudillos blancos.

Le preguntaría si está bien, pero no somos amigas, así que me callo.

Me imagino su cabello rubio manchado de rojo, la sangre goteando por todo su uniforme y formando un charco en el suelo.

Luego parpadeo y la imagen desaparece.

13

Devon

Viernes

Tenemos que hablar.

Daniel, el *quarterback* rarito de la clase de Música al que de repente le interesa hablar conmigo, tuvo la cortesía de enseñarme el mensaje de Ases cuando entré en el salón esta mañana, antes de preguntarme cuál es mi «nombre de pandillero».

Así que no me cuesta deducir por qué me escribió Dre. Quería que evitara que Ases volviera a mencionarme, pero, por alguna razón, soy lo único de lo que habla. Quiero averiguar quién está detrás de esto, para preguntarle cómo sabe tanto y por qué no me deja en paz. Tiene que ser alguien a quien haya hecho enojar sin querer.

El corazón me late tan fuerte que lo oigo mientras me dirijo al departamento de Dre. Tengo la camisa del uniforme empapada y se me pega a la piel, a pesar del aire frío de la tarde.

Me crie aquí. Justo aquí, con estos chicos. Fuimos a la misma escuela. Hemos sido testigos de cosas que ningún niño debería ver, como soplones apuñalados y tiroteados o padres esposados. También íbamos juntos a la secundaria, hasta que un día un chico mayor, Malik, decidió darme tal paliza después de clase que tuve que cambiar de escuela.

Recuerdo que todo el mundo se reunió para mirar, incluso quienes consideraba mis amigos.

Me insultaron y se rieron mientras yo gritaba y sangraba.

Las palabras «nenita» y «marica» me resonaban en los oídos mientras me daban puñetazos y patadas. Así, los chicos con los que crecí dejaron de ser mi gente. Se convirtieron en la gente a la que tenía que temer.

Si hubiera sabido defenderme, como Dre, mi vida habría sido muy distinta. Él siempre ha encajado bien aquí; es como si tuviera un manual o conociera unas reglas tácitas que yo ignoro.

Ahora estoy en su unidad de departamentos y miro al chico de la puerta, Leon. Otro compañero de secundaria. Los rizos castaños casi le cubren los ojos, pero me clava una mirada pétrea. Lleva con Dre varios años y nunca he parecido caerle bien.

—Soy Devon —digo. Siempre mantengo la cabeza alta delante de ellos.

Desaparece y vuelve unos segundos después con la confirmación.

Las tablas del suelo crujen bajo mis pies. Atravieso el departamento y entro en su habitación, donde lo encuentro, de espaldas, con las manos en los bolsillos y los omóplatos marcados a través de la tela oscura y ceñida de la camiseta. Cierro la puerta tras de mí.

—Hola.

Se estremece.

Hay un largo silencio en el que lo oigo respirar y moquear. Sube la mano para limpiarse la cara y la vuelve a meter en el bolsillo.

—Deberíamos dejar de vernos —dice de repente. Sigue sin mirarme.

Me mantengo calmado por fuera, aunque el pecho me duele como si me hubieran apuñalado.

—¿Qué? —Trago saliva.

—Deberíamos dejar de vernos —repite.

Duele. Noto los ojos húmedos.

«Ya te oí.»

—¿Por qué? —pregunto, aunque lo sé.

Se rasca la cabeza, sigue negándose a mirarme.

—No todos vamos a una preparatoria elegante, Von. No todo el mundo goza del privilegio de no tener que preocuparse por su reputación. Yo la necesito. No tengo nada más y no puedo dejar que la destroces.

Doy un paso hacia él.

—¿Crees que lo hago a propósito, Dre?

Ahora se voltea para mirarme, con los ojos rojos, pero sospecho que es una mezcla de lo que sea que se haya metido y lágrimas. Me acerco aún más. Retrocede como si fuera a lastimarlo.

Intenta hacerse el duro, pero no lo es. Es un osito de peluche que necesita que lo abracen, lo besen y lo quieran.

Lo sé porque lo conozco. Somos amigos desde hace años, a pesar de que mi madre no lo aprobara. Nos gusta la misma música. Así empezó. Tupac y Biggie construyeron nuestra amistad. Rap, R&B, *soul*, nos encanta todo eso.

Pasábamos horas acostados en su cama mientras escuchábamos a los clásicos hasta que se hacía de noche, antes de que su madre lo corriera de casa cuando tenía catorce años.

Recuerdo la primera vez que me besó; demasiado tarde, en mi opinión. En ese momento, llevaba unos meses saliendo con Scotty. Ni siquiera sabía que yo le gustaba a Dre hasta ese momento, ni que él me gustaba a mí.

El recuerdo me nubla el cerebro.

♠

—Salgo con alguien —digo, a pesar de que el corazón se me acelera como si acabara de correr un maratón y hubiera ganado.

Scotty, salgo con Scotty. No debería sentir que de repente no lo quiero.

Se burla.

—Un niño rico blanco, ¿eh?

Se me antoja volver a besarlo.

—Sí, un niño rico blanco —susurro.

—Vete. —La profunda voz de Dre me saca de los recuerdos. Me lloran los ojos mientras niego con la cabeza.

Se me acerca.

—Vete. Por favor, vete.

Más cerca.

Vuelvo a negar.

Aprieta la cara contra la mía y se me clava en el cráneo, pero no me importa. Lo agarro y me da un beso largo y profundo. Lloro y las lágrimas me hacen cosquillas en la barbilla mientras corren por mi cara. Lo abrazo y nos besamos hasta que se aleja y grita.

—Fuera. —Niega con la cabeza y retrocede un poco—. ¡Lárgate, carajo! —grita y se frota la cara con brusquedad.

Salto hacia atrás cuando las puertas se abren de golpe.

Dos de sus matones irrumpen en la estancia. Leon es uno de ellos.

—¿Quieres que nos lo llevemos? —pregunta, y evita mirarme a los ojos.

Vuelvo a mirar a Dre, que tiene los ojos rojos y vidriosos de arrepentimiento.

—Sáquenlo de aquí. Ya no quiero que pase mi mercancía.

El cuchillo que tengo en el pecho se retuerce y el corazón me estalla en pedazos. Cierro los ojos mientras me arrastran y me empujan por la escalera para que tropiece. Lo hacen con tanta fuerza que caigo al suelo.

Siento que muchos ojos me miran. Los chicos de fuera, a los que tengo que temer, están listos, a la espera.

Hay un silencio antes de que ocurra. El viento cruza los árboles cercanos. Un encendedor hace clic. Luego, pasos.

Antes de que ocurra, recuerdo la primera vez que Dre me dijo que me quería. Fue días después de que empezáramos a salir y meses después de la primera vez que nos besamos. Solo unas semanas después de cortar con Scotty. Estábamos escuchando música en su departamento, en el que vivió antes de mudarse aquí. Discutíamos por tonterías cuando lo soltó de repente. Recuerdo que le di las gracias por ser sincero y nos echamos a reír. Le dije «te quiero» horas después y todo era sencillo. ¿Estuvo mal que lo dijéramos tan pronto?

El primer golpe me impacta en el costado y me quejo.

«Te quiero.»

El segundo es más fuerte. Creo que este, combinado con las palabras de Dre, duele tanto como un disparo.

«Te quiero.»

El resto se suceden y me perforan una y otra vez.

Alguien me da un puñetazo en el ojo y grito.

«Te quiero.»

Siento que se hincha. No veo. No veo. No...

—Te quiero —dice, justo después de opinar que soy idiota por pensar que Destiny's Child es mejor que TLC.

—Gracias por ser sincero —respondo, aunque por dentro me muero.

Lo miro y me mira, con las cejas arqueadas de una forma que lo hace muy atractivo, los ojos oscuros y encendidos.

Me sonríe.

—¿Y ya? ¿No me vas a dar nada más?

Le pongo la mano en la nuca y lo acerco.

—Ya te di las gracias.

Hay una pausa y rompemos a reír sin motivo.

Sonríe cuando me besa. Se inclina y me besa. Me siento ligero.

Me siento muy ligero.

♠

No sé dónde estoy. Estaba delante del edificio de Dre y ahora me encuentro en una habitación, acostado en lo que parece una cama.

Rozo con los dedos la tela que tengo debajo.

—Estás despierto —dice una voz profunda e invisible.

El corazón me da un vuelco.

Distingo el brillo de una figura en la esquina. Entrecierro el ojo bueno para intentar distinguir si es alguien a quien conozco, o al menos reconozco. Es alto, de piel morena, con lentes, rastas negras cortas y los lados afeitados. Parece de mi edad. No logro discernir nada más; me duele mucho el ojo.

—Soy Terrell —se presenta—. Terrell Rosario. Vi lo mal que te dejaron y te traje a casa de mi mamá. Espero que estés mejor.

Terrell. Creo que me resulta familiar.

Todo el cuerpo me palpita, como si me hubieran clavado alfileres en los puntos más sensibles. No quiero ni imaginar cómo tengo la cara, cuando ni siquiera puedo abrir el ojo derecho.

Asiento.

—Te dejé agua en el buró.

Señala a mi izquierda. Miro y veo un vaso de plástico azul.

—Gracias.

Siento que me mira y supongo que se pregunta qué hice para que me dieran una paliza.

—Me voy a casa —digo.

Mi madre siempre me advierte que tenga cuidado con la gente que intenta hacerte favores.

Se queda callado y me mira mientras contengo las lágrimas. Me tiemblan los brazos con violencia cuando intento incorporarme. El dolor no es tan fuerte como el de heridas pasadas, pero esta vez la agonía es mayor por culpa de Dre.

—Te traeré más hielo.

Lo miro otra vez y su rostro se aclara cuando se me enfoca la visión. Tiene una expresión afable y preocupada que me hace sentir que este desconocido y yo somos amigos.

Sale de la habitación. Momentos después, vuelve con una bolsa de lo que parecen verduras congeladas.

—Solo teníamos esto. —Levanta la bolsa. Se me acerca con cautela—. ¿Dónde te duele más?

Me señalo el costado derecho y se sube a la cama mientras me mira con una pregunta en la expresión. Asiento, porque supongo que quiere que le dé mi consentimiento o algo así. Me levanta un poco la camisa y coloca la bolsa fría en la parte que le indiqué. Cierro los ojos con fuerza. Arde, pero es soportable.

La habitación se queda en silencio mientras la piel me hormiguea y se adormece. Terrell se queda de pie y me observa con atención mientras recorre con la mirada distintas partes de mi cuerpo.

No puedo evitar fijarme en el pantalón de pijama de Spiderman que trae puesto. Mis hermanos tienen una parecida.

—Conozco a los tipos que te pegaron —dice nervioso. «Como casi todo el mundo.»—. No sé si saberlo te hará sentir mejor, pero fueron blandos contigo.

Supongo que no me sorprende.

—No presencié la pelea. Si lo hubiera hecho, te prometo que no me habría quedado mirando, habría intentado ayudar si así hubiera logrado que salieras un poco mejor parado. —Se muerde el labio y aparta la mirada. Siento que no dijo todo lo que quería.

Hay algo en Terrell que me resulta muy familiar.

—No pasa nada —digo.

El silencio se extiende de nuevo, Terrell se arrastra hacia la cama y me envuelve con cuidado de no rozarme las cortadas y golpes.

Me pierdo en mis pensamientos. La cara de Dre flota en mi mente y la ruptura se reproduce en bucle. No es que me tomara por sorpresa, pero duele. Siempre arde un poco cuando pierdo partes de Andre. Como cuando empezó a traficar después de que su madre y su novio lo corrieran. O cuando empezó a pegarle a la gente por popularidad y respeto. O cuando ascendió de rango en la banda. Perdía partes de él constantemente. Esto tenía que pasar algún día.

Debería haberme preparado mejor para lo inevitable.

—¿Te sientes un poco mejor? —pregunta Terrell.

Casi olvido dónde estoy.

—Sí, gracias —respondo. Solo quiero llegar a casa.

Sonríe al oírlo y unos hoyuelos le aparecen en las mejillas. Se le ven muy bien.

—Me alegro. Estaba preocupado por ti.

Hago una pausa porque quiero que pase un momento antes de insistir en que me voy. Sin embargo, no me da oportunidad de hacerlo, porque habla primero.

—¿Todavía tocas? —pregunta con una sonrisa en los labios, como si me desafiara.

Frunzo el ceño en señal de confusión.

—¿Cómo?

—Recuerdo que tocabas el piano.

Me entra el pánico. ¿Quién es Terrell?

Vuelvo a entrecerrar los ojos para mirarle los rasgos. Sigo sin entender.

—Estás intentando recordarme —afirma.

—Lo siento —me disculpo, y me siento muy mal.

Niega con la cabeza y se ajusta los lentes en la nariz.

—No pasa nada, la memoria es así de rara... Por otro lado, para mí eres inolvidable. —Hace una pausa y desvía la mirada a mi costado—. Se debe de haber derretido ya. Te la quitaré. —Levanta la bolsa congelada y de inmediato extraño el ardor del frío.

Me gustaría que terminara la explicación. Quiero saber por qué no lo recuerdo.

Sale de la habitación y me toco el costado; el tacto me produce una descarga en el pecho.

Echo un vistazo alrededor. El cuarto está limpio, pero es pequeño y viejo, como el mío. El papel tapiz se desprende de las esquinas y hay una silla de escritorio rota con la espuma asomando.

Terrell vuelve a entrar y veo la oportunidad.

—¿De qué te conozco? —pregunto.

—De secundaria —responde, y aparta la mirada—. Hablábamos bastante antes de que te fueras. Llegué nuevo en octavo y tú... fuiste amable conmigo. Y, bueno, también nos besamos una vez. Fue mi primer beso; eso no se olvida.

—¿N-nos besamos? —balbuceo, sin esperarlo.

—Solo una vez —repite, y se calla como si quisiera decir más.

¿Por qué no lo recuerdo?

—¿Tú te acuerdas de mí?

Asiente, como si fuera una pregunta rara.

—Nunca te olvidaría, Devon. Además, cuando entraste en esa prepa de fresas, fuiste la comidilla del vecindario.

Recuerdo los huevos que lanzaron a mi casa cuando me aceptaron en Niveus. El resentimiento genera desprecio.

—Lo siento. Tengo lagunas de esa época, es como si mis recuerdos estuvieran estropeados.

Siento una punzada en el costado.

—La memoria es así de rara —repite.

Sabía que me resultaba familiar, pero siento que debería recordar a alguien a quien he besado.

Tal vez no me conozco tan bien como creía.

La memoria es así de rara.

Terrell no me dio opción y se empeñó en acompañarme a casa, pero lo cierto es que me alegro. No puedo caminar bien sin que me duela, y que me ayude a avanzar a tropezones hace que el camino sea un poco más soportable.

Además, no habla mucho.

Llegamos a la puerta de mi casa unos veinte minutos más tarde; habríamos tardado la mitad si no estuviera herido. Por fin me suelta la cintura y deja que me sostenga por mi cuenta.

—Gracias —digo, y siento que con eso no basta.

Niega con la cabeza.

—No te preocupes. Lo habría hecho por cualquiera que tuviera problemas.

Asiento y me dispongo a darme la vuelta.

—Espera —dice, y me detengo.

—¿Sí?

—No te he dado un abrazo de despedida.

Me es imposible no sonreír un poco.

—¿Un abrazo de despedida?

—No sé cuándo volveré a verte, así que quiero al menos un abrazo para el trayecto.

Un abrazo para el trayecto. Esa es nueva.

—Claro —acepto, y los hoyuelos reaparecen.

Se acerca y me da un abrazo; aunque me duele, intento que no se note.

—Gracias —repito.

Quisiera aún más. Con la semana que he tenido, me cuesta recordar la última vez que alguien fue amable conmigo.

Nos alejamos y vuelvo a respirar. Mis costados están enojados conmigo por haber dejado que alguien los toque.

—¿Quieres que te dé mi número? —sugiero—. Podríamos salir o algo.

Pierdo amistades a diario, así que no me vendría mal encontrar más antes de convertirme en un verdadero rechazado. Al menos, antes podía fingir que Jack y yo estábamos tan unidos como en secundaria, y tenía a Dre para hacerme compañía.

La cara de Terrell se ilumina mientras busca el celular en la sudadera. Le doy el número y mira la pantalla como si buscara algo, luego vuelve a guardárselo en el bolsillo.

—Entonces ¿nos vemos? —dice.

Asiento.

—Sí. Gracias otra vez.

Comienza a caminar hacia atrás y lo miro. Sigue avanzando de espaldas y lo sigo mirando. Entonces sonríe y se da la vuelta; no tarda en desaparecer en la dirección por la que vinimos.

Después de un rato perdido en mis pensamientos, empujo la puerta de entrada. Mi madre está sentada a la mesa de la cocina mientras lee unas cartas a la luz tenue de la lámpara.

No me cuesta adivinar lo que dicen, porque siempre dicen lo mismo. A veces me siento como si estuviera atrapado en un bucle y reviviera el mismo día una y otra vez. Vuelvo a casa y mi madre siempre está cansada, siempre ordena facturas.

—¿Qué tal en clase, don Prefecto? —pregunta sin mirarme mientras sigue organizando los papeles.

Me llama así a menudo desde que se lo conté. Me alegra que la haga feliz. Me hace sentir que logré algo.

No sé cómo responder a la pregunta, así que me limito a decir:

—La canción no va mal y creo que tengo una oportunidad de entrar en Juilliard y de conseguir una beca.

Exhala y se limpia los ojos con el dorso de las manos. Aprovecho la ocasión para acercarme arrastrando los pies e intento que no se me noten las heridas cuando me inclino para besarle la cabeza inclinada.

—Ahora vuelvo, voy por una cosa —digo casi en un susurro, antes de dejar la mochila y subir la escalera hasta mi habitación lo más rápido que puedo.

Odio verla hundida todo el tiempo. No quiere que trabaje porque opina que me distraería de los estudios y supongo que tiene razón. Sin embargo, no soporto quedarme de brazos cruzados mientras se esfuerza sin descanso. Detesto verla llorar.

Cuando creces así, esté en tu naturaleza o no, a veces la supervivencia impide que hagas lo correcto.

Busco en el cajón el sobre lleno de billetes de veinte. Intento no hacer mucho ruido, aunque siento que las costillas se me rompen unas contra otras. Mis hermanos ya están en la cama y no es nada fácil conseguir que se duerman los dos a la vez.

Cierro el cajón en silencio y vuelvo a bajar la escalera cojeando. Me duelen los muslos por la presión desigual que ejerzo sobre ellos. Cuando por fin llego hasta mi madre, le pongo el sobre delante.

Me mira, con ojos cansados y vidriosos. Luego se levanta y me acuna la cara entre sus arrugadas manos oscuras. No dice nada sobre los golpes ni me pregunta qué me sucedió; se limita a acariciarme.

Ya hemos pasado por esto antes.

—Te traeré hielo —murmura.

Niego con la cabeza, porque sé que esta semana no tenemos nada en el congelador.

—Estoy bien —aseguro, con la voz quebrada, pero no por las heridas. Me duele mucho el corazón.

Asiente y aparta la vista de mí para mirar el sobre.

—Vonnie, ¿de dónde sacaste tanto dinero?

—No preguntes, mamá, por favor.

Siempre tenemos la misma conversación cuando empiezan a escasear los ahorros.

Siempre quiere saber de dónde lo saco. Siempre.

Como dije, a veces hay que hacer cosas que no son del todo acordes a tu moral, y yo las he hecho para que tengamos un poco de efectivo cuando nos haga falta. Trato de no pensar en cómo voy a conseguir el dinero la próxima vez ahora que Dre...

Detengo el pensamiento y lo empujo al agujero de mi mente donde guardo todas las cosas de las que no quiero hablar.

Voy a clase, me pongo el mismo disfraz que los niños ricos y finjo durante unas horas. Puedo actuar como si fuera poderoso. Puedo pensar que soy lo máximo y mentirme a mí mismo, pero eso no cambia el hecho de que esta es mi realidad.

Mi madre tiene tres trabajos. Lo hace todo por nosotros. Y yo por ella.

—Gracias, Vonnie —dice—. Te quiero más de lo que puedo expresar, ¿lo sabes?

Asiento.

Lo sé.

14

Chiamaka

Lunes

Me levanto tarde.

Mi papá me tuvo despierta toda la noche con historias del viaje a Italia. No es que me importara mucho. De todos modos, no podía dormir, angustiada por la culpa y la preocupación. Creo que eran las tres de la mañana cuando por fin me metí en la cama.

Cuando proceso la hora que es, ya llego tarde, por lo que tengo que darme prisa con mi rutina matutina.

Tomo la plancha del cabello y me la acerco a los rizos mientras miro cómo pasa el tiempo con ansiedad. Las luces se apagan de repente y la plancha emite un pitido que indica que ya no está caliente.

—¡Mamá! —grito.

Entra corriendo en mi habitación.

—¿Qué pasa?

—¡La luz!

—Los albañiles empezaron las obras abajo. Volverá a funcionar más tarde.

—Pero no puedo ir a clase así.

—¿Por qué no?

—El cabello.

Me mira confundida.

—Lo tienes bien.

Niego con la cabeza.

—No puedo ir así.

Hace una pausa.

—Deberías amar tu cabello, Chi —dice con el ceño ligeramente fruncido.

—Lo sé, lo sé, y me encanta, pero...

No quiero que se repita lo de primaria. No quiero que me miren. Mi mamá me clava las pupilas, como si tratara de averiguar lo que pienso, algo que nunca se le ha dado bien. No quiero que crea que me asquea mi cabello ni nada parecido, porque no es así.

Para nada.

Aparto la mirada. Los rizos me rozan la cara y me recuerdan que están ahí para siempre, me guste o no. Pero sí me gusta. De verdad.

Me obligo a sonreír.

—No pasa nada. Tendré que ir así.

Asiente.

—Date prisa. Llegas tarde.

Eso ya lo sé.

Apenas es lunes y la semana ya es una mierda.

Me peino como puedo y me pongo aceite de coco antes de salir corriendo de casa.

Cuando llego a la Academia, desearía no haberme dado tanta prisa. Esta mañana es muy diferente al lunes pasado. Hace una semana, tenía el control, como si el año fuera a ser todo lo que había deseado. Ahora, todo es incierto, como si el peligro acechase en cada esquina, listo para atacar en cualquier momento. Se me forma un nudo en el estómago mientras camino. Mantengo la cabeza alta y me aseguro de no desprender miedo.

Las zorras huelen el miedo.

No puedo evitar sentir un picor cuando las miradas me siguen. ¿Hubo otro ataque de Ases o es por el cabello?

Me acerco a Jamie, junto a su casillero. El sonido de todas las conversaciones a mi alrededor se eleva hasta un nivel insoportable. Me mira un instante y esboza una sonrisa antes de ponerse a hurgar en el casillero; después voltea la cabeza de golpe para contemplarme el cabello y la cara. Me doy cuenta de que quiere seguir mirándolo.

—¿Acabas de llegar? Te saltaste el registro —dice mientras cierra el casillero.

Asiento.

—Lo sé, me levanté tarde.

Parece sorprendido, y no lo culpo. Nunca había faltado al registro ni me había dormido en un día lectivo.

—¿Quién eres y qué hiciste con mi mejor amiga? —Sonríe y empezamos a caminar hacia la clase de Química.

Busco por el pasillo señales de Ruby o de Ava, pero no están junto a mi casillero.

La gente se aparta cuando pasamos y las miradas recorren mi cara, mi ropa y mi cabello. Me siento incómoda, pero no voy a dejar que se me note.

—¿Ha habido alguna novedad en el festival de «vamos a arruinarle la vida a Chiamaka» durante el fin de semana? —pregunto—. No me ha llegado ningún mensaje anónimo, así que no estaba segura.

No he recibido ningún mensaje de nadie, de hecho.

Daría igual que hubiera dejado el teléfono en silencio.

—No, nada desde la semana pasada. Creo que el poderoso Ases ya acabó contigo —dice con un guiño.

De alguna manera, sé con certeza que eso no es cierto. ¿Por qué iban a publicar lo de Jamie y la tienda de dulces? Parecía un tanteo. Como si quisieran hacerme saber que tenían más cosas bajo la manga. La persona que está detrás de esto tiene algo contra mí, y yo tengo un muerto en el ropero y una posición en la prepa que siempre está bajo ataque. Siento que esto es solo el principio.

—Lo dudo —murmuro mientras nos sentamos.

Para demostrar que tengo razón, un enjambre de vibraciones llena el salón. No siento ninguno en el bolsillo. Me dan ganas de llorar. Primero lo del cabello y ahora esto. Ases está tras de mí de nuevo, como sabía que haría.

—¡Guau! —dice alguien, y las entrañas se me retuercen cuando levanto la vista.

Nadie me mira.

Qué raro.

—¿Lo ves? —dice Jamie, y me pasa el teléfono.

> Academia Niveus, esto se pone cada vez mejor. Se rumora que nuestro estudiante de música favorito hace algo más que «visitar» a su traficante. Ay, Dev, ¿nadie te ha dicho que el éxtasis es una droga muy dañina? Firmado: Ases

El corazón todavía me late con fuerza.

¿Por qué no recibí la bomba?

Me meto la mano en el bolsillo y saco el teléfono.

Está apagado. Debe de habérseme olvidado cargarlo anoche, por culpa de las interminables historias de mi padre.

Exhalo, con el pecho todavía compungido.

—No me sorprende —dice Jamie, que sigue mirando el mensaje.

Hay algo en la forma como lo dice que me pone la piel de gallina.

—¿Por qué? —pregunto.

Se encoge de hombros.

—Da el perfil, ¿no crees? O sea, es de ese vecindario...

—Ya, pero estudia aquí —argumento. No me gusta su tono.

Hace una pausa y me sonríe.

—Tienes razón. Estudia aquí.

Su expresión me dice que no cree del todo que el hecho de que Devon estudie aquí cambie algo. Que no cree que este sea su sitio. Y aunque sí sea el mío, no me parezco a mi padre; no soy blanca y, en días como este, en los que se me esponja el cabello y tengo que resistir las miradas y la confusión, se vuelve muy evidente.

No me alacio el cabello porque lo odie; sino porque todos los demás lo detestan.

«¿Qué eres?», me preguntan. Quiero ser sarcástica y decirles que humana, pero me contengo. Les digo que soy italiana y nigeriana. Levantan las cejas ante la primera parte, como si les sorprendiera que tuviese algo que ver con el mundo blanco. Algunos días me molesta mucho. Otros, no.

Hace que me pregunte si mi parecido con mi madre tiene algo que ver con lo de Ases. Si el aspecto de Devon y el mío son la razón por la que ese canalla se mete con nosotros. Me mareo al pensarlo.

—Chi, no quiero sonar paranoico ni nada por el estilo, pero la gente nos está mirando —susurra Jamie.

Levanto la vista y tiene razón. Me invade una ola de calor y se me revuelven las entrañas.

—Seguro que no es nada.

Niega con la cabeza.

—¿No estabas atenta? De nuevo sonaron un montón de teléfonos, pero el mío no.

Vuelvo a mirar alrededor. Estamos rodeados de ojos críticos.

Quiero fingir que no nos observan. «Actúa normal, sé normal.» Pero no puedo, y me voy a volver loca.

Jamie y yo compartimos muchos secretos.

Me agarro al borde de la mesa y miro hacia abajo, con los ojos húmedos. Intento tomar aire, pero unas manos invisibles se me enroscan en el cuello y me estrangulan. Están frías y duras y me golpean el pecho; retan a mi corazón para que lata más rápido. La chica muerta que me atormenta en sueños me sacude la cabeza y me marea.

De fondo, oigo al profesor pedir calma.

Cierro los ojos y la chica me mira con la boca abierta, el cabello manchado de rojo.

—Pobre Belle —dice alguien.

Me levanto, me dirijo a un compañero al azar y trato de parecer tranquila mientras extiendo la mano. El profesor me grita que vuelva a sentarme. El chico me entrega el teléfono con vacilación.

Belle Robinson, tienes un problema. Deberías preguntarle a tu novio y a su mejor amiga, Chiamaka, qué hicieron este verano. Una pista, implica desnudez y caricias intensas. Parece que al final Chi va a tener pareja para el Baile de la Nieve. Una ladrona siempre será una ladrona. Lo siento, Belle.

♠

Las caras boquiabiertas me siguen hasta la comida. No he visto a Belle en toda la mañana y, desde Química, tampoco a Jamie.

Tres chicas de primero se me acercan, con los ojos excitados y salvajes. Dan miedo.

—¿Qué?

Se miran unas a otras.

—¿Jamie besa bien?

—No lo sé.

Todas levantan las cejas a la vez.

—Ases nunca miente.

—Eso —añade otra.

—Siempre dice la verdad.

«¿Está mal pegarle a una novata?»

—Si Ases tuviera agallas, dejaría de esconderse detrás de una pantalla como un cobarde y vendría a decirme lo que quiere decirme en la cara. De todos modos, todo lo que lean sobre Jamie y yo es inventado.

—¿Ah, sí? —interrumpe una voz.

Cuando me volteo, me encuentro a Belle. Parece enojada, con los ojos entrecerrados y los brazos cruzados.

—¿De verdad es inventado? —pregunta.

—Esto va a estar bueno —oigo murmurar a una de primero.

—Sí —respondo, y miro a Belle a los ojos para intentar mostrarme segura.

—No me digas. Porque Jamie me dijo que es verdad.

El estómago me da un vuelco.

—¿Qué?

Niega con la cabeza y tiene cara de querer pegarme.

—El rumor de que te gustaba y que lo seguías persiguiendo incluso después de que te dijera que no estaba interesado.

¿Perdón?

—Eso no es cierto.

—Entonces ¿no te acostaste con él? ¿No le dijiste que te gustaba después de que te contara que estaba conmigo?

Me doy cuenta de que la gente está escuchando la conversación.

—Belle...

—Vine a decirte que todo eso de Lola's, sus tradiciones, su relación, se acabó. Punto.

No puede hacer eso.

—No puedes hacer eso.

Se frota la cara con fuerza.

—¡Claro que puedo! La novia es mucho más importante que la ex mejor amiga —zanja, y me fulmina una última vez con la mirada antes de irse echando humo por el pasillo.

Me siento entumida. Tengo los brazos paralizados.

—Increíble —suelta una de las chicas—. ¡La puso en su lugar!

Me quedo mirando cómo se aleja con la cabeza inclinada y los hombros encorvados.

Soy una persona horrible. No sabía lo de Belle y Jamie, pero, haberlo sabido probablemente no habría impedido que pasara algo entre nosotros. No me habrían importado sus sentimientos. Solo lo quería para mí, incluso si eso significaba herirla en el proceso.

—Vaya zorra —escucho.

Tal vez, en otro momento, habría pensado en una respuesta inteligente, me habría ido con la cabeza alta o habría encontrado la manera de darles una lección. En cambio, me volteo hacia los tres demonios con sonrisitas falsas tortuosas en sus rostros de querubines y la mano se me mueve sola. Golpea la cara de la del medio con tanta fuerza que me arde la palma. De inmediato, se cubre la mejilla y se queda con la boca abierta.

Oigo gritos ahogados a mi alrededor mientras retrocedo a tropezones. La expresión de la chica se transforma despacio en una sonrisa y la malicia asoma en sus ojos azules y verdes.

Abre la boca y suelta un grito de lo más exagerado.

En ese momento, sé que estoy arruinada.

♠

Ward está sentado detrás de su mesa, frente a mí, y me mira directamente el alma con sus ojitos negros. Tiene los dedos largos y enjutos cruzados unos sobre otros.

—Director Ward, no es típico de mí comportarme así. Nunca me he metido en una pelea. Estoy pasando por un momento difícil. Siento que alguien está tras de mí.

Estoy muy cansada.

—Señorita Adebayo, hay innumerables testigos, la mayoría con un historial intachable, que dicen que estaba acosando a la chica. Creía que usted, como prefecta mayor, sería más inteligente.

—¡Eso no es cierto! —Levanto la voz—. Quieren hacerme quedar mal. Ni siquiera me conocen.

Voltea los finos labios hacia dentro.

—¿Por qué?

Dudo. ¿Me creería si le hablara de Ases? He visto suficientes series de misterio como para saber que nunca se consigue nada bueno al delatar al acosador anónimo.

Suspiro y agacho la mirada.

—Hay una persona, o varias, que envía mensajes a todo el alumnado en los que difunde rumores sobre mí y algunos otros estudiantes; han hecho de la Academia un lugar casi insoportable.

Vuelvo a mirarlo y su cara no ha cambiado. Ni siquiera parece sorprendido.

—Lo investigaré —asegura.

Aunque no es mucho y no parece que le importe, se me quita un ligero peso de encima. Es un cambio.

A lo mejor debería habérselo contado a los profesores desde el principio.

—Tenemos una política de tolerancia cero ante la violencia. Tiene suerte de que los padres de la chica no quieran presentar cargos. Dado que es su primera falta, no lo incluiré en su expediente, pero más vale que no haya otra, o sufrirá las consecuencias.

Me pide que me retire y salgo del despacho; recorro pasillos en los que todavía queda gente merodeando, a pesar de que las clases terminaron hace media hora.

Miro la pantalla apagada del teléfono, sin molestarme en mantener la cabeza alta y fingir confianza. Me siento demasiado abatida para representar ese papel. Sabía que Ases no había acabado conmigo.

Choco con una figura suave. La loción y la familiaridad de la silueta me hacen levantar la vista.

—Ah, hola —digo con torpeza.

Jamie tiene el cabello recogido con una cinta de color rojo intenso, que contrasta con el azul claro del uniforme de futbol.

—Hola, Chi —dice, y evita mirarme a la cara.

—Tenemos que hablar.

—Creo que será mejor que nos distanciemos una temporada. —Mira un casillero que tengo detrás—. Quiero que seamos amigos, pero estoy enamorado de Belle y no quiero perderla. —Enamorado. Vaya—. La convenceré de que ni siquiera te gusto y de que no significó nada.

Me río, más que nada por la incredulidad.

—Claro, después de haberle dicho lo contrario.

Parece sorprendido de que lo sepa. Levanto una ceja y espero a ver qué mentira va a soltar a continuación.

—Me escuchará —asegura con naturalidad.

—No puedes decir una cosa y luego convencer a alguien de lo contrario.

Es lo que hace siempre. Habla de todo lo pasado como si no significara nada. Racionaliza, te fabrica nuevos recuerdos.

«Me gustas mucho, Chi. En serio», dijo esa noche.

El pasado ondea entre nosotros y me jala; la noche de su fiesta parpadea en fragmentos rotos.

Recuerdo llegar, encontrarme con Jamie y sentirme en la cima del mundo. Recuerdo que me dio una bebida, me rodeó con los brazos y me pidió que nos viéramos en su habitación. Recuerdo que pensé que le gustaba mientras se alejaba.

Entonces el tiempo avanza. Recuerdo tropezarme y que me sujetó. Me abrazó y pensé que le gustaba. Nos besamos y pensé que le gustaba. Tenía los ojos todavía húmedos y el corazón me latía acelerado sin motivo.

Siento una punzada de dolor en la cabeza y el recuerdo se detiene de sopetón.

Se porta como si no hubiera pasado nada aquella noche, ni todas las veces que nos acostamos. También me dijo que le gustaba antes de irse al campamento.

¿Cómo va a racionalizar eso?

A lo mejor argumentará que lo malinterpreté. Que no quería decir que le gustaba yo, sino mi cuerpo, mi carne, mis huesos... Seguramente pensó que podía poseerlos, tanto si veía lo nuestro como platónico como si no.

Vaya tonta había sido por malinterpretarlo.

Ahora todo el mundo me mira como si tuviera una A roja gigante bordada en la sudadera de la preparatoria, como Hester en *La letra escarlata*.

Jamie cree que el mundo le pertenece y que tiene derecho a controlarlo. Que puede decirme cómo pensar y cómo sentir, convencerme como si fuera una marioneta. Antes me lo creía y me dejaba llevar. Sin embargo, cada vez me cuesta más ignorar las mentiras y fingir que no es un egoísta, que le importo.

—Pasó, Jamie. No puedes hacer que no pasara. Belle es más inteligente de lo que piensas. No te creerá.

Se ríe.

—Qué ridiculez. Se lo tragará completo.

—¡No! Estoy cansada de que finjas que las cosas no sucedieron. —Me arde la cara. Odio cómo me mira, sin mostrar ninguna preocupación por nada—. Como el accidente.

Su mirada se oscurece y frunce el ceño.

—¿Qué accidente? —pregunta, y cambia el tono; es más profundo que antes.

Me hace callar.

Se acerca y susurra:

—Deberías pensar antes de abrir la boca, Chi. La gente podría empezar a creer que te inventas las cosas para llamar la atención. —Su voz destila veneno.

Nos miramos unos instantes y curva un poco los labios hacia arriba. Casi como si sonriera.

No.

Como si se burlara de mí.

—Nos vemos, Chiamaka —se despide, y su voz vuelve a ser neutra.

Luego pasa a mi lado y miro cómo su figura disminuye mientras se aleja, hasta que dejo de distinguirla. El frío del pasillo se me filtra en el cuerpo.

Hay momentos en los que pasa algo que ensambla las piezas del rompecabezas que antes no encajaban. Tal vez la pieza discordante era pensar que Jamie no era como Ava o Ruby. Que alguna vez me quiso de verdad o valoró nuestra amistad.

Nada de lo que me ha dicho todo este tiempo es cierto. Fui tonta por no haberme dado cuenta antes, cegada por la idea de que alguien fuera a querer de verdad a una persona como yo.

Tal vez lo que creía que era el amor de Jamie nunca lo fue.

Dicen que el amor y el odio son lo mismo, las dos caras de una misma moneda.

Dudo antes de materializar la lista de sospechosos en mi mente y añadir su nombre debajo del de Ruby.

15

Devon

Lunes

Últimamente, estar en casa es lo mejor del día.

Antes de Ases, lo evitaba a toda costa. A pesar de lo mucho que quiero a mi mamá y a mis hermanos, no es agradable que te bombardeen los recordatorios de todo lo malo que ha pasado entre estas cuatro paredes, desde cuando mi padre nos abandonó hasta los apuros que pasa mi mamá. Además, tengo que vivir y dormir en la caja de zapatos que comparto con mis hermanos mientras busco constantemente una salida.

Ahora corro hacia lo malo conocido en busca de consuelo.

Salgo de la prepa, recorro las calles pulidas y paso por delante de las casas perfectas hasta que llego a la parte tosca de la ciudad, donde ya no puedo permitirme agachar la mirada.

Cruzo la calle y me pongo la capucha; no quiero que los chicos que están frente a la casa de Dre me vean de nuevo. Gran parte del dolor y de los moretones del viernes ya disminuyeron. El ojo todavía me molesta, pero es soportable;

además, ando medio drogado con los analgésicos que mi mamá consiguió en el trabajo. Lo adormecen todo.

Excepto a Dre.

No borran el hecho de que terminara conmigo. No me siento como si hubiéramos cortado, sino como si me hubiera desterrado. Como si ya no pudiéramos ser amigos. Ni siquiera necesito besarlo o quererlo si no lo desea; solo estar en su vida. Pero ni siquiera eso es una opción.

Los analgésicos tampoco evitan que me preocupe por lo que dice la gente en la Academia. Por qué será lo próximo que soltará Ases sobre mí y lo que supondrá para mi futuro.

Una figura pasa a mi lado y, cuando alzo la vista, me encuentro con una cabeza rasurada que me resulta familiar, una piel rosada y una mochila verde.

—¿Jack? —digo en voz alta, pero me ignora y cruza la calle.

Lo miro mientras choca el puño con uno de los colegas de Dre, deja mochila en el suelo y se apoya en el coche estacionado delante con ellos. Le envié un mensaje para preguntarle si quería que volviéramos juntos a casa. No respondió.

Jack nunca había querido relacionarse con ellos cuando yo los frecuentaba. Ahora sí.

Me suena el celular.

¿Te gustaría salir?

No había sabido nada de Terrell desde el viernes por la noche, cuando me preguntó si estaba bien.

Miro a Jack, que ahora acepta un churro que le pasan y entrecierra los ojos al reírse demasiado de un chiste que debe de haber contado alguien. Se voltea y se centra en mí. Me quedo clavado en el suelo mientras se le dibuja una sonrisa escalofriante en la cara, con el cigarro entre los labios. Pienso en el mensaje sobre su problema con las drogas y su relación con la gente de Dre y en lo poco que pareció importarle. Tal vez no fuera a él a quien Ases pretendía provocar.

¿Qué más quiere de mí? No lo entiendo. Logró alejar a mis dos únicos amigos, me sacó del clóset en la prepa y me hizo perder el único medio de conseguir un dinero extra para mi familia.

Y ¿para qué? Seguro que no queda nada más. Voy a agachar la cabeza, concentrarme en la música y largarme de aquí.

Desvío la atención de la cara de Jack y le devuelvo el mensaje a Terrell.

Sí, claro. Voy para allá.

Tengo buena memoria. Personas, lugares, situaciones. Por eso los exámenes se me dan bien. Saqué unas calificaciones muy altas en las pruebas de acceso, lo que no creo que demuestre que soy inteligente, sino que sé memorizar un montón de datos básicos, como el camino a casa de Terrell. Sin embargo, por lo visto, no recuerdo las cosas importantes, como quién es. Y cuándo lo besé.

La casa es blanca, con una puerta roja brillante y un 63 grande en la parte superior.

Tiene una valla blanca, pero parte se ha caído y los paneles está agrietados y astillados.

Se oye un crujido de bisagras seguido de un golpe de madera. Levanto la vista y ahí está, con una gran sonrisa, unos lentes circulares y las rastas echadas hacia atrás.

—Tienes cara de cansado —comenta cuando entro y recorremos el corto pasillo con tapiz verde oscuro y suelos alfombrados de negro.

Entramos directamente a la sala. No tuve tiempo de fijarme bien en la casa cuando vine hace unos días. Lo primero que observo son las estanterías, de madera café, llenas de libros y revistas muy gastados. Hay una vieja y voluminosa televisión en el centro, colocada encima de un reproductor de video, rodeado por DVD que abarrotan el poco espacio en la repisa de abajo.

—La escuela es agotadora —le explico mientras sigo escudriñando la estancia.

Ir a Niveus me ha proporcionado el conocimiento no deseado de lo que es bueno, es decir, caro, y lo que no lo es. A pesar de que las cortinas son viejas y oscuras, la mesa del comedor y las sillas de madera están rayadas y desgastadas y nada de lo que hay aquí es ni remotamente de lujo, da la sensación de serlo. Es agradable y hogareño.

Más bonito que cualquiera de mis posesiones.

Terrell se acomoda en el sillón verde y yo en el sofá más grande. Me observa y, bajo su mirada, me siento desnudo.

—¿Quieres contarme? —pregunta, y la forma en que lo hace me da la sensación de que le importa de verdad.

La gente dice cosas así para hacer avanzar la conversación, no porque le interese, pero su expresión muestra verdadera curiosidad. Sin embargo, hoy ha sido un día muy malo. El señor Taylor no estaba, así que no pude usar los salones de música fuera del horario de clase.

—No me gusta quejarme, sé que tengo suerte de estudiar allí. Es que... —Hago una pausa y trato de pensar si vale la pena comentarlo. Por lo general, bloqueo lo malo y sigo adelante. Nunca hablo de lo que me pasa, solo espero que las cosas mejoren por sí solas, lo que a menudo no sucede—. Corren muchos rumores sobre mí.

Terrell asiente. Me pregunto si también los ha escuchado, como Dre. Si ha visto las fotos o el video.

—¿Sabes quién los difunde? ¿Y por qué?

Me encojo de hombros.

—Ni idea.

Vuelve a asentir. Nos quedamos en silencio, dando la conversación por terminada.

—¿Cómo te va con la música? —pregunta, lo que me recuerda que debería saber quién es.

—Voy a solicitar lugar en algunas universidades decentes —contesto.

Se anima, interesado de nuevo.

—¿Cuáles?

Dudo.

—Juilliard es mi primera opción. Quiero optar por una de las becas de composición.

Silba.

—No es nada fácil.

Asiento.

—Lo sé, pero un profesor, el señor Taylor, me está ayudando. Estudió allí.

Terrell me sonríe.

—¿Tienes algún proyecto en marcha?

—Escribí una canción que quiero presentar en el examen de admisión, pero estoy atorado. La tenía muy clara en mi mente durante el verano.

Creo que todo lo que está pasando en la Academia me bloqueó la inspiración.

—A lo mejor necesitas otro par de orejas —sugiere Terrell. Cuando no digo nada, se jala los lóbulos y sonríe—. Las mías siempre están disponibles.

Las suelta y me doy cuenta de lo grandes que son. Es entrañable.

Solo el señor Taylor y Dre han escuchado el tema, y este únicamente porque me puse a tararear la melodía cuando estaba acostado a mi lado.

Parpadeo con fuerza para borrar el recuerdo.

—Gracias. Sería estupendo.

Se produce un silencio en el que Terrell se me queda mirando como si esperara que dijera algo. Me pongo nervioso. Vuelvo a echar un vistazo a la sala de estar.

«¿Y si vio el video?», me susurra una voz. ¿Qué importa? Todavía me habla, ¿no? No piensa que soy una carga, como todos los demás. Tengo que dejar de plantearme estas posibilidades.

—¿Y tú? ¿Qué pretendes hacer después de la prepa? —pregunto. Tengo mucho calor.

—Nada interesante, supongo que buscaré trabajo.

Hace mucho que no escucho una respuesta así. Antes pensaba igual.

—En un mundo ideal, tal vez iría a la universidad. —Se encoge de hombros—. Pero no vivimos en un mundo ideal.

Asiento y de pronto me siento incómodo y privilegiado, aunque no lo soy. Cuento con las becas ya que, si no consigo una, ahí terminan mis estudios.

—¿Te gustaría ver una película? —pregunta.

Se levanta de la silla y se agacha frente a la tele.

—Claro, me gusta cualquier cosa.

Solo veo películas infantiles por culpa de mis hermanos. Dejé de ver cine cuando me di cuenta de que era una ilusión. En la vida real, el baile de graduación no es la mejor noche de tu vida. En la vida real, tu primera vez es con un chico llamado Scotty en la parte trasera del Rolls-Royce de su padre. En la vida real, tus padres no están juntos. Ni siquiera cerca. En la vida real, tu padre, la única persona que tal vez entendería tus esfuerzos musicales, está tras las rejas.

Terrell me mira.

—Pues *¿... y dónde están las rubias?*

Mete el disco y se levanta. Luego pasa por encima de la mesita de centro y se sienta junto a mí, más cerca de lo que esperaba. Huelo su loción, afrutada y a la vez no. Es un aroma difícil de describir.

—¿La has visto alguna vez?

Niego con la cabeza.

—Es divertida, una de mis favoritas.

Me sudan las manos.

—Seguro que me gustará. Soy fácil.

Se ríe.

—Fácil, ¿eh?

Me arde la cara.

—No me refería a eso —replico con una sonrisa, y me recuesto.

—Claro. Cualquier significado me parece bien.

Levanto una ceja, pero no digo nada.

Antes no me había detenido a pensarlo, pero ahora no me lo saco de la cabeza. Terrell se muestra muy abierto en cuanto a su sexualidad y la menciona de manera relajada. No es algo común por aquí.

La manera como me dijo que nos habíamos besado y que había sido su primera vez también fue muy despreocupada. Y rara. Es imposible que haya pasado. Lo recordaría, sobre todo si fue en secundaria. Siempre recuerdo los besos porque todos significan algo.

Mi primer beso con una chica fue con Rhonda White, en tercero de primaria. También fue mi primera novia, y me gustaba mucho. Me parecía que tenía un afro genial. Terminó dejándome por uno de quinto, lo cual entendí. No hubo resentimientos.

Sin embargo, mi primer beso con un chico fue con Scotty, y sucedió al final del primer año de prepa, cuando por fin me di cuenta de que era gay. De hecho, todas mis primeras veces fueron con Scotty. No me arrepiento. No me gusta sentir remordimientos, incluso cuando algo acaba mal.

Un peso en el pie me saca de mis pensamientos y miro hacia abajo. Doy un salto hacia atrás cuando veo una pequeña bola de pelo con garras y cola.

—¡¿Eso es una rata?! —grito, y subo las piernas al sofá mientras aparto la mirada de lo que sea que me haya violado el pie.

—No, Cabrón.

—¡Oye, sentí algo!

Terrell parece divertido por mi incomodidad.

—Sí, lo sé. —Se inclina y se lleva algo al regazo—. Es mi gato, Cabrón. No sabía que andaba por aquí. Perdona.

—¿A quién carajo se le ocurre llamar a un gato Cabrón? —pregunto, con la cara caliente mientras intento distraerme del ridículo que acabo de hacer.

El bicho se sienta en los muslos de Terrell y me mira con unos ojitos de color miel. Maúlla despreocupado, como si no acabara de provocarme un microinfarto.

Terrell se encoge de hombros.

—El nombre le queda.

Pone cara seria mientras acaricia al gato con una mano. Es muy pequeño; creo que le cabría en la palma.

—¿Hay más mascotas sorpresa de las que quieras informarme? —pregunto, y vuelvo a bajar los pies al suelo.

Niega con la cabeza.

—¿Qué pasa? ¿No te gustan los animales?

Miro a Cabrón, que me devuelve la mirada como si no pudiera importarle menos mi existencia. Vuelve a maullar.

—Bueno, sí, supongo.

El gato salta del regazo de Terrell de repente y me vuelvo a asustar.

—Dale tiempo, te acabará cayendo bien —asegura mientras el gato se aleja.

Juro que le veo una sonrisa en la cara peluda.

Eso sí suena a cabronada.

♠

Martes

Las miradas son menos molestas de lo normal cuando entro al instituto, aunque tal vez se deba a que las luces están apagadas.

De hecho, la mayoría de los estudiantes apenas se fijan en mí cuando camino por el pasillo. Unos están distraídos por la falta de luz y otros miran a Chiamaka, que está junto a mi casillero. Tiene en la mano una bolsa fea verde y una taza de Starbucks y lleva el cabello castaño liso sujeto con una diadema a juego.

Cuando llego hasta ella, el foco de atención se desplaza hacia mí. Se me aceleran los latidos, pero cuadro los hombros y trato de demostrar que no van a lograr que me afecte.

—¿Querías algo? —le pregunto, ya que no se ha movido.

Las luces del techo se encienden de repente. Esboza una mueca de dolor cuando me ve la cara bien iluminada. Me imagino el aspecto que tengo, lleno de moretones.

—Solo decirte que le conté a Ward lo de Ases, sus mentiras y bromas pesadas, así que todo debería terminar pronto —comenta en voz baja.

Me mira con absoluta seguridad en los ojos cafés.

No puedo evitar reírme. Hacía mucho que no escuchaba una tontería de este calibre.

—¿Crees que Ward nos va a ayudar? —pregunto, porque estoy perplejo de verdad.

Me mira con extrañeza y creo que es porque no dejo de sonreír.

—Sí, por supuesto.

—Vaya. Pues bueno.

Niega con la cabeza.

—Solo piensa en el bien de sus estudiantes. Ya lo verás en la reunión de prefectos de hoy.

He intentado no pensar en esa reunión. Significa que tendré que pasar más tiempo atrapado en Villa Caucásica.

—De acuerdo, Chiamaka —digo, y miro a propósito el espacio entre su cuerpo y mi casillero, a la espera de que capte la indirecta y se mueva.

Se me queda mirando durante un rato; juro que distingo un destello de algo que describiría como casi humano detrás de sus ojos. Luego, por fin, se mueve para irse.

—Espera —la llamo.

Se da la vuelta.

—¿Qué?

—Creo que deberías tener cuidado —advierto, no sé por qué motivo.

No me gusta que confíe tanto en el director. Pareciera que descuartiza gatitos por diversión.

—No necesito protección. ¿Crees que las mentiras me afectan, Richards?

«Creo que los dos sabemos que no son mentiras.»

Sus ojos me suplican.

Me limito a negar con la cabeza. Parece aliviada, supongo que porque no la desafié.

Me sonríe con tirantez.

—Bueno. Ya perdí suficiente tiempo hablando contigo. Adiós.

Se va.

Por fin abro el casillero y busco entre mis cosas para encontrar el libro de Lengua y las partituras. Noto un destello al fondo, algo morado y plateado.

¿Una USB?

La levanto y me doy cuenta de que está pegada al dorso de un naipe.

Le doy la vuelta. El as de corazones negros.

Miro por el pasillo mientras la multitud se reduce. Creo que el primer timbre de aviso ya sonó. Al darle la vuelta a la carta, distingo el borde de una palabra que asoma por detrás de la memoria. Arranco el dispositivo y descubro un mensaje escrito a mano.

Todo está aquí.
Firmado: Ases

El segundo timbre de aviso me sobresalta y me guardo la USB y la tarjeta en el bolsillo del saco antes de sacar las partituras y el libro para ir a registrarme.

En cuanto suena el timbre de la comida, me dirijo a la biblioteca, mientras una cadena infinita de supuestos se arremolina en mis pensamientos. Me agencio una computadora libre, la enciendo y conecto la memoria. La biblioteca está medio llena y hay estudiantes en los escritorios centrales concentrados en sus tareas. Aunque elegí un asiento en la esquina, donde nadie ve mi pantalla, me preocupa que me estén observando; últimamente siento que no me quitan el ojo de encima. ¿Quién sabe qué contendrá esta memoria?

Suspiro y espero ansioso a que se cargue el dispositivo mientras reboto la pierna sin parar.

Podría sacarla y punto. Nadie me apunta con una pistola a la cabeza. No tengo por qué asustarme.

Se carga y se me tensan los músculos.

Hago clic antes de pensarlo demasiado.

Solo hay una carpeta. «Vida y crímenes de Chiamaka Adebayo.»

¿Qué?

Dejo que el cursor pase por encima de la carpeta.

¿Por qué me siento culpable? Si no somos amigos. No le debo nada. De hecho, estamos lo más alejados posible de la amistad; si omitimos el intercambio de esta mañana, somos básicamente desconocidos.

Vuelvo a hacer clic y la pantalla parpadea mientras se despliegan un montón de subcarpetas. Todas tienen fecha de anoche.

Una que se llama «A dos fuegos» me llama la atención. Hago doble clic e ignoro la culpa. Es una foto de Chiamaka y el tipo con el que siempre anda besándose en una fiesta. Debe de ser de cuando ella salía con Scotty, lo que explicaría el nombre de la carpeta. Me llegó el mensaje en el que la acusaban de involucrarse con el novio de no sé quién.

Parece que le gustan los chicos comprometidos.

Paso el cursor por encima de los otros archivos, pero mi brújula moral me grita que me detenga.

Me pregunto si Ases envió archivos sobre mí a los demás. ¿Significa eso que Jack, Scotty, Chiamaka y su amigo tienen archivos con todos mis secretos? No obstante, yo no tengo archivos ni de Scotty ni de Jack.

Siento un peso en el pecho, que se arrastra y me pica. ¿Por qué nosotros? Chiamaka y yo somos el centro de todo, aunque otras personas se hayan visto afectadas. A ver, está lo obvio... Me veo la piel oscura en el monitor y la miro como si fuera a atacarme. Niego con la cabeza. Llevo años en esta prepararoria y nunca me había molestado nadie. No como en secundaria, donde era el saco de boxeo por excelencia porque soy un blanco fácil: el gay. Incluso cuando trataba de ocultárselo al mundo y a mí mismo.

Vuelvo a mirar la lista de archivos y me detengo cuando veo uno con la etiqueta «Asesina».

¿Cómo? Lo miro con atención y me adelanto en la silla. ¿Asesina?

¿La prefecta mayor y lamebotas profesional de profesores es una asesina?

Si es cierto, ¿me embarraría si abro el archivo? ¿Es lo que quiere Ases? Me alejo de la carpeta con mano temblorosa y cierro la ventana.

Echo un vistazo a la biblioteca. La gente sigue perdida en sus propios mundos, ajena al caos que reina en el mío. Saco el dispositivo del puerto USB y miro cómo los archivos desaparecen de la pantalla uno a uno.

¿Quién es Ases y qué quiere? Me siguió; se metió en mi vecindario, en mi casa y en mi mente.

Y no sé cómo detenerlo.

No he dejado de mirar el reloj desde que entré en la sala de reuniones después de clase.

Me las arreglé para no decir ni una sola palabra hasta ahora; menos mal que los otros prefectos son unos sabelotodo que han acaparado la mayor parte de la conversación con sus pensamientos y opiniones.

Estamos, o más bien están, hablando del legendario Baile de la Nieve benéfico de último año, que se celebrará dentro de dos semanas. Es famoso porque a todos los alumnos que no son veteranos les hablan de las bromas que se hacen en él.

Para los de último año, sus mayores preocupaciones son el atuendo que van a llevar y quién va a ser su víctima, o su verdugo. Lo único en lo que pienso ahora es que el baile sería un momento perfecto para una jugada de Ases. La asistencia es obligatoria, porque forma parte del «espíritu escolar especial de Niveus». Empiezo a plantearme fingir una enfermedad grave.

Ward me mira de repente, como si me leyera el pensamiento.

—Para poner fin a la reunión, les informo que la Academia cerrará un día de las próximas semanas para hacer una revisión básica de las instalaciones del edificio. Debería haberse llevado a cabo durante el verano, pero no se hizo, así que podría afectar algunos eventos como el partido de comienzo de temporada. En la próxima reunión, discutiremos lugares alternativos para el evento. Cecelia, gracias por redactar el acta. Pueden irse. Devon y Chiamaka, esperen un minuto, por favor. —Los ojos del director no se apartan de los míos mientras arrastra las sílabas; cada palabra sale de su boca como burbujas oscuras.

Chiamaka y yo nos miramos. Ella tiene una sonrisita de suficiencia en la cara.

Los demás prefectos salen. Ward cierra la puerta con brusquedad tras ellos. ¿Por qué?

Se da la vuelta.

—Ya encontramos al supuesto «Ases» —nos revela.

¿Qué?

El corazón se me sale del pecho.

Chiamaka se incorpora.

—Gracias por investigarlo, señor. ¿Quién es?

Ward no dice nada al principio.

—Chiamaka —comienza con voz grave—. Cuando vino a verme, creí que se debía a una preocupación genuina. Sin embargo, su retorcido sabotaje mutuo me demuestra que no son personas serias y no merecen los títulos de prefectos.

¿Qué está pasando?

Estoy muy confundido. ¿Intenta decir que nos hicimos esto el uno a la otra?

Chiamaka parece horrorizada.

—¿Qué? —pregunta.

Ward parece aburrido.

—Sé que han recopilado información difamatoria el uno sobre el otro. Lo descubrí hoy mismo, al revisar sus cuentas personales. No toleramos este tipo de comportamiento incivilizado en Niveus, por lo que, Devon, le revoco la insignia durante tres semanas, ya que no tiene antecedentes y saca buenas calificaciones. Chiamaka, en cambio, dado que es su segunda falta, me temo que tendré que destituirla del cargo hasta nuevo aviso. Ambos estarán castigados después de clase, también hasta nuevo aviso, y eso sí se reflejará en sus expedientes.

Mierda.

—No soy la responsable, director... —comienza Chiamaka.

—¡Silencio! —grita Ward, lo que me asusta, porque la voz le cambia por completo—. El castigo comienza mañana a las cuatro; por favor, sean puntuales. Pueden irse.

Chiamaka denota ganas de vomitar.

Siento que la ira burbujea dentro de mí. Esta mancha en mi expediente llegará a oídos de Juilliard y no hay nada que pueda hacer al respecto, porque Ward ni siquiera nos permitirá defendernos. Ya decidió que somos culpables. Quiero irme a casa.

Tomo mi mochila, abro la puerta y salgo. Unas manos me empujan desde atrás y me doy la vuelta deprisa.

—¡Así que eras tú! —grita Chiamaka, con los ojos vidriosos.

—Chiamaka.

—¿Qué clase de desgraciado se dedica a intentar arruinar...?

—Chiamaka.

—Esto saldrá en mi expediente, Yale no me aceptará, me tendré que conformar con una universidad pública donde mis esfuerzos no servirán de nada y no podré entrar en la facultad de Medicina. —Las lágrimas le ruedan por el rostro.

Siento una punzada en el pecho. ¿Remordimiento?

—No fui yo —aseguro con calma.

Me mira con incredulidad.

—¿Por qué iba a filtrar mi propio video sexual, delatarme a mí mismo como traficante de drogas o sacarme del clóset? ¿O fastidiarte a ti, ya de paso? Ni siquiera habíamos hablado nunca. ¿Cómo sé que no es cosa tuya?

No dice nada, solo me observa. Creo que es el tiempo más largo que nos hemos mirado a la cara; no sé cuánto dura, pero lo bastante como para ser significativo. Tiene la cara redonda, bonita y húmeda. Está llorando. ¿Por qué?

Siempre supuse que las personas como Chiamaka, la gente con dinero, podía comprarse el acceso a la universidad. ¿Por qué actúa como si eso no fuera una opción? De todas formas, tendrá un fideicomiso esperándola. Como todos.

Le miro los hombros, que se estremecen como si una brisa fría la hubiera atravesado. Mete la mano en el bolsillo y saca una memoria USB roja.

—¿Tú también tienes una?

¿Por qué me siento como en una película de terror?

—Sí —respondo.

Mira al techo y se limpia la cara.

—Sígueme —dice, y comienza a caminar por el pasillo.

Obedezco. Los tacones de sus zapatos resuenan fuerte contra el mármol, mientras que mis tenis rechinan a cada paso. Cada sonido es ensordecedor. Por fin, entramos en una de las bibliotecas más pequeñas.

Se sienta en una silla frente a una de las computadoras y la miro mientras teclea su nombre de usuario; me mira de reojo cuando no aparto la mirada cuando teclea la contraseña.

Suspiro para mis adentros. ¿Para qué iba a querer su contraseña?

Conecta el dispositivo.

—No me dio tiempo de mirar mucho tus archivos porque tenía clase, pero había muchas carpetas. A lo mejor, si las ves, puedes prepararte antes de que ataquen, o quizá podamos enseñárselo a Ward junto con los mensajes...

—Después de que nos culpó, ¿en serio puedes confiar en él para que atrape a los verdaderos culpables?

Me ignora y se concentra en la pantalla. La computadora emite un fuerte pitido y aparece un mensaje.

DISPOSITIVO NO RECONOCIDO

La saca y la vuelve a meter. Ocurre lo mismo.

Entre todo lo que ha pasado y el ritmo al que me late el corazón, creo que podría morir por causas naturales.

—Dame la tuya —me pide, y extiende la mano.

Me quito la mochila y busco entre libros y papeles, hasta que siento el frío metal de la memoria. La tomo y se la doy.

La conecta y pasa lo mismo.

—¡No! ¡No! ¡No! —murmura.

Golpea la computadora y entierra la cara entre las manos.

—Las memorias USB eran una trampa —explica—. Ases

nos las colocó. Debía de haber algo en el código que destruyera los archivos después de abrirlos.

Trago saliva.

—¿Por qué quería darnos la información?

—¿Para confundirnos? No sé, tal vez para que nos asustáramos de lo que la otra persona vio. —Entrecierra un poco los ojos, como si quisiera leerme la mente para adivinarlo.

Vuelvo a pensar en el archivo titulado «Asesina». Me pregunto si tiene algo que ver con esto.

Se levanta y apaga la computadora.

—No sé por qué, ni cómo, pero... —Hace una pausa y baja la voz—. Creo que alguien intenta que nos expulsen.

—A Scotty y a Jack también —añado.

Chiamaka me mira confundida.

—¿Quién es Jack?

—El otro chico al que atacaron —respondo mientras saco el teléfono y le muestro el mensaje—. Jack McConnel.

Niega con la cabeza.

—No recibí ese mensaje. Ni nadie a quien yo conozca, creo.

Eso no tiene sentido. Aunque, si me detengo a pensarlo, no recuerdo que se produjera el habitual mar de notificaciones cuando lo recibí. ¿Solo me lo enviaron a mí? ¿Por qué?

—¿Qué hacemos? ¿Cómo evitamos que nos expulsen? —pregunto.

Todo esto empieza a volverse muy real. Incluso más que antes.

—No lo sé. —Se pellizca el puente de la nariz y suspira—. Tengo que irme a casa y pensar. Te escribiré.

Luego, pasa junto a mí y desaparece por las puertas dobles de roble oscuro, dejándome con mis pensamientos.

Solo.

Parte dos

La equis marca el lugar

16

Chiamaka

Martes

Belle me atrapa por sorpresa cuando se me acerca mientras me dirijo a casa.

Ahora camino mucho. Desde el accidente, no he sido capaz de manejar sin sufrir un ataque de pánico. Tiene gracia. El año pasado, les rogué a mis padres que me compraran un coche y ahora ni siquiera me atrevo a arrancarlo.

—Hola —saluda.

Me saca de mis pensamientos deprimentes sobre la memoria que encontré en el casillero y el hecho de que Ward me haya quitado la insignia de prefecta mayor.

Al principio no le digo nada, porque temo estar alucinando. ¿Por qué iba a hablarme? Extiendo ligeramente la mano para tocarla y asegurarme de que es real, pero me detengo, por si lo es y cree que estoy loca.

—Hola —respondo.

—Ayer fui un poco dura contigo. Lo siento —se disculpa, lo cual resulta aún más extraño, porque debería ser yo quien le pidiera perdón.

O sea, me acosté con su novio y luego mentí sobre ello.

No sabía que estaban juntos cuando Jamie y yo todavía nos veíamos a escondidas, pero aun así.

—Fui con la intención de pedirte que me contaras tu versión de la historia. Siempre me he dicho a mí misma que, si había otra chica, no sería la típica novia celosa que se lo echara en cara a ella en vez de a él, pero es justo lo que hice.

Tiene las mejillas rosadas por el frío y los rizos rubios recogidos bajo una boina gris. Su mirada es abierta y amable, pero me siento extraña. ¿Por qué de repente quiere hablar conmigo después de todo lo que ha pasado? Sobre todo, ahora que alguien pretende hacer que me expulsen. Belle también va a solicitar lugar en Yale y de todos es sabido que, en toda la historia de la preparatoria, solo ha aceptado a un estudiante de nuestra Academia cada año. Sé que sueno como una acosadora, pero hace meses que investigué a la competencia. No pretendía ser mala onda ni nada, solo necesitaba saber a quién me enfrentaba.

—La verdad... —empiezo, y me detengo a pensar si contárselo empeorará las cosas—. Me gustaba Jamie, lo cual es una tontería porque debería haberme quedado claro que no era más que sexo.

«Ya te pasaste de sincera, córtate un poco.»

—Era mi mejor amigo. Debería haber sabido que no le interesaba tener una relación conmigo.

Belle niega con la cabeza.

—Entonces, ¿por qué se acostó contigo? Me tienta pensar que todo esto es unilateral y echarte la culpa, pero no puedo.

No sé qué quiere que diga.

—Deberías culparme y seguir adelante. Es más fácil así. No sabría explicar nada de lo que hace Jamie.

Intento dejarla atrás, pero me alcanza.

—¿Quién dio el primer paso?

—Él —contesto, y parpadeo deprisa—. Pero participamos los dos, yo quería. No sé cuáles fueron sus razones, pero yo deseaba estar con él, así que ¿para qué negarlo? Creía que las cosas podrían funcionar entre nosotros, luego me contó que estaba contigo y que lo nuestro no significó nada; entonces sentí que yo no significaba nada para él y... —Una vez empiezo, no puedo parar. Siento una presión en el pecho, como si siempre hubiera tenido ese peso ahí—. Así es Jamie.

Me mira, sorprendida.

—Es un cabrón —suelta.

No sé por qué mi primer instinto es defenderlo, pero después de todo lo que acabo de confesar en voz alta, me detengo un segundo a pensar.

Nunca me he cuestionado si el hecho de que Jamie haga cosas malas lo convierte en una mala persona. Todo el mundo tiene errores a veces y toma malas decisiones. Lo sé mejor que nadie.

—Pues sí —acepto.

—Terminé con él.

Me sorprende. Ni siquiera parece arrepentida.

—¿Por qué?

—Porque es un cabrón.

Me doy cuenta de que está conteniendo una sonrisa.

—Tenía un mal presentimiento, así que le puse fin.

Hace una pausa y su vacilación enrarece el ambiente.

—Sé que es raro, pero quería ser tu amiga, Chiamaka. Desde que empecé a salir con él. Aunque pareciera que me odiabas. Supongo que ahora sé por qué. Sin embargo, a pesar de que todo esto es un desastre, pareces más agradable de lo que la gente dice que eres. Además, las dos somos demasiado buenas para Jamie.

No digo nada. No hago nada. Ni siquiera respiro. Las palabras de Belle me confunden. Primero está enojada conmigo y de repente quiere que seamos amigas.

Jamie ha sido mi único amigo «real» en la preparatoria. Todos los demás han sido piezas de ajedrez en el juego de la popularidad. No sé ni siquiera si quiero tener amigos; para lo único que parecen servir es para hacerte daño.

Belle me mira con expectación en sus ojos azules; su cara hace que el corazón se me acelere mientras aparto la mirada.

Sí somos mejores que él.

—Te equivocas al pensar que soy agradable. La gente tiene razón. Soy una zorra —aseguro, lo que solo sirve para que Belle sonría aún más.

—Como todas, a veces.

Tengo los brazos y las piernas muy fríos, y el viento lo empeora. Solo quiero irme a casa.

Vuelvo a mirarla. La reunión todavía me pesa, igual que lo de Ases.

—Me iba a casa a ver *Pasarela a la fama*. ¿Te gustaría venir? —pregunto, como si mi vida no estuviera al borde del colapso.

Asiente.

—Mucho.

Mientras caminamos, vuelvo a pensar en las memorias USB. Le pedí a un *nerd* de la tecnología al que conozco que se cuele en el circuito cerrado de videovigilancia de Niveus para descubrir quién los colocó en nuestros casilleros y que rastree el origen de los bombazos de Ases. Tal vez pueda pedirle que recupere los archivos, en cuyo caso tendré que incluir a Devon en mis planes. No puedo permitir que Ases me quite nada más; cuanto más profundo escarbe, más difícil será volver.

Me niego a dejar que me entierren.

17

Devon

Miércoles

—Tu preparatoria parece el palacio de Buckingham —dice Terrell sentado en su bici de color amarillo chillón.

Ya terminé el castigo de hoy, después de pasar una hora entera raspando chicles de debajo de las mesas, solo. Creo que Ward nos separó a Chiamaka y a mí a propósito. No estoy seguro de por qué. Tal vez temió que intentáramos hacernos más daño, que le abriera la garganta con el filo de la espátula o algo así.

El director no dudó ni un segundo en culparnos. Nos trató como a delincuentes. En todo caso, lo apuñalaría a él primero, antes de pensar en hacerle algo a Chiamaka. Sin embargo, la realidad es que alguien como Ward podría aplastarme como a un insecto. No sé pelear ni aunque me esfuerce muchísimo, pero seguro que no me creería si se lo dijera.

Cuando por fin salí de Niveus, con las manos en carne viva y doloridas, Terrell estaba allí, esperándome fuera. Me había mandado un mensaje misterioso antes:

Tengo que decirte algo.

Ahora, aquí estamos. Yo, en uno de los columpios, y él, sentado en la bici. Venimos hasta un parque cercano. Evito el grande de mi vecindario porque sé que Dre y sus amigos pasan por allí a veces. Se me encoge el corazón al pensar en él.

—Aunque no tiene nada de espectacular —rebato.

—¿No está lleno de blancos y gente rica? A mí me suena a palacio.

Le aparecen los hoyuelos, que me obligan a devolverle la sonrisa. Supongo que tiene razón. Niveus es como un extraño hijo ilegítimo de Estados Unidos e Inglaterra, desde el respeto casi reverencial que se le tiene al director, hasta lo de tener un «registro» en lugar de tutorías, por no mencionar el aspecto del edificio. Cuando llegué por primera vez, se me hizo muy extraño. Me costó acostumbrarme.

—Por lo demás, es un infierno.

—¿Siguen hablando de ti?

Asiento.

—Es todo culpa de Ases. Antes nadie se fijaba en mí.

Terrell levanta las cejas.

—¿Ases?

Se me olvidaba que, fuera de Niveus, ese nombre no significa nada.

—Alguien que envía mensajes anónimos. Nos está acosando a otra chica, Chiamaka, y a mí. Mucho. No deja de difundir rumores sobre nosotros.

Terrell asiente, como si tratara de entender algo.

—¿Esa tal Chikkaka también es negra? —pregunta.

Quiero reírme, pero me contengo. ¿Por qué de repente esta semana siento tanta fidelidad hacia ella? Me molesta.

—Sí.

Recuerdo haber pensado en la biblioteca si el color de nuestra piel tendría algo que ver.

—Y ¿solo están tras de ustedes?

Asiento despacio, mientras espero que no saque a relucir lo de la raza.

Niega la cabeza y me mira con los ojos entornados.

—¿Están ciegos o qué?

Suspiro y me aparto un poco.

—¿Qué?

—¿Hay más alumnos negros?

Sospecho que la pregunta es más retórica que otra cosa, pero niego con la cabeza.

—Así que es un instituto de blancos, en la parte blanca de la ciudad, donde les pasan cosas malas a los únicos estudiantes racializados —enumera, como si descifrara un problema matemático muy complejo.

Quiero intervenir y refutar su teoría, pero no me atrevo a hablar. Me estremezco cuando una ráfaga de viento sopla en mi dirección.

—Creo que es puro racismo. —Me mira.

—No todos son malos, Terrell.

Tal vez no tenga ningún amigo en Niveus, pero la mayoría se han portado bien conmigo a lo largo de los años.

Se baja de la bici y se sienta en el columpio de al lado.

—Nombra a tres personas buenas de allí. No solamente decentes, sino buenas de verdad.

No soy muy sociable, mi círculo en realidad solo incluía a Jack. Aparte de él, todos los demás están bien, son decentes. No, todos son buenos.

—Mi profesor de música, el señor Taylor, Jack y un tipo de mi clase, Daniel.

—¿Jack? ¿El amigo que te abandonó?

Se me olvidaba que se lo había contado.

—Es del vecindario y tiene que pensar en su familia. Solo quiere protegerse mientras sigan apareciendo mensajes. También pueden hacerle daño.

Lo conozco de toda la vida. Si fuera racista, ¿por qué iba a ser amigo mío o fingir que se preocupaba por mí? No tiene ningún sentido.

Terrell sonríe.

—Intuyo que no tiene nada que ver con su familia.

¿A qué se refiere?

—¿Quién es Daniel? —continúa, como si no le convenciera lo que dije.

—Es un tipo popular; es raro y molesto, pero agradable.

—¿Y el señor Taylor?

En él confío ciegamente como ejemplo de una buena persona blanca.

—Es el mejor profesor de música que he tenido. Me deja quedarme tocando todo el día en el salón de ensayos y quiere ayudarme a entrar en Juilliard.

—¿Seguro? —pregunta, con la voz cargada de sarcasmo.

—Sí.

Asiente.

—De acuerdo, suena razonable.

—Parece que no lo crees.

Se encoge de hombros y me da un codazo.

—No confío en los blancos tanto como tú. Claro que no creo que todos sean asesinos, pero sí que todos son racistas.

—¿Todos? —pregunto, con las cejas levantadas.

—Suena raro, lo sé, pero el racismo es un espectro y todos participan en él de un modo u otro. No todos se ponen capuchas blancas o nos insultan. Sin embargo, no se trata de ser amable o desagradable. Ni de ser bueno o malo. Va mucho más allá. Todos vivimos en una burbuja afectada por el pasado. En el momento en el que decidieron que ellos tendrían todo el poder mientras que los negros estaríamos en el fondo, todo cambió. Si no podemos hablar de ello con sinceridad, ¿qué sentido tiene? El año pasado me dio por leer a Malcolm X y estoy de acuerdo con él. Algunos quizá hasta te traten bien, como un dueño a una mascota.

—Qué bestia —digo.

—Sí, lo es. Creo que cualquiera puede ser amable, pero no se puede escapar de una historia así sin que te afecte. Los negros empezamos a odiarnos y los blancos a creer que son mejores que nosotros. Aunque no lo piensen todo el tiempo, está ahí.

Sonrío un poco sin pretenderlo. Me recuerda a un científico excéntrico que explica una teoría. También tiene el cabello alborotado. No sé si estoy del todo de acuerdo con él. No sé si quiero estarlo. Es una forma triste de ver las cosas.

—Deberías ir a la universidad —comento.

Le quedaría estudiar política o alguna otra ciencia social, escribir artículos y hacer enojar a la gente cada vez que abre la boca.

—No vivimos en un mundo ideal —me recuerda.

—¿Y si lo hiciéramos? —pregunto, y giro el columpio para mirarlo.

—Pues muchas cosas serían diferentes. —Me mira—. Tal vez iría a la universidad para estudiar una carrera empresarial o algo así. Quizá me iría bien y me largaría de aquí. Puede que hiciera locuras peligrosas como besar a los chicos que me gustan y lograría todo lo que siempre he soñado. Pero no vivimos en un mundo ideal, así que ¿de qué sirve envenenarse la mente con pensamientos que no llegarán a nada?

Lo entiendo. Soñar puede ser peligroso. No es fácil albergar esperanzas en un vecindario como el nuestro. Sin embargo, mi mamá siempre me animó a hacerlo, y me decía que el cielo era el límite. Tengo miedo de soñar demasiado alto y acabar estampado en el suelo, pero no dejo de intentarlo.

Me duele soñar, pero lo hago a pesar de todo.

Mi madre ha intentado crear ese mundo ideal para mí. Se

gasta mucho dinero en mi educación con la esperanza de que una buena universidad se fije en mí. Sin embargo, ¿qué pasará si no ocurre? ¿Y si fracaso? ¿Y si me expulsan? ¿Y si Ases lo destruye todo?

¿Y si la decepciono? ¿Y si ha desperdiciado el tiempo y el dinero para nada?

Terrell me pone las manos en los hombros y luego me envuelve en un abrazo mientras intento respirar.

—Perdona, me puse a pensar. Me preocupa mi mamá —digo, y me seco los ojos.

—¿Está bien?

Asiento.

—Es que me preocupa no entrar en la universidad y que haya tirado el dinero a la basura por mí.

—Pase lo que pase, su esfuerzo no habrá sido en vano. Aunque entiendo que te preocupes por la lana. Mi hermana está enferma y el dinero escasea. No podemos ayudarla con las cuentas médicas. Sin embargo, no dejes que te absorba demasiado ni que te hunda.

¿Su hermana está enferma?

—Siento lo de tu hermana.

Aparta la mirada.

—No hace falta. Hagamos otra cosa.

Asiento, sorprendido por la brusquedad. Debería preguntarle si está bien. Tengo la sensación de que no hago más que hablar de mí mismo y nunca me intereso por él. Tengo que ser mejor amigo; se ha portado muy bien conmigo. Sin embargo, antes de que me dé tiempo de decir algo, se levanta y corre hacia el parque. Me levanto del columpio, que cruje, y lo sigo. Sube la escalera verde neón, se mete en el tubo púrpura oscuro de la parte superior y no sale.

Espero.

Espero.

¿Y si está atrapado?

Vuelvo a mirar el tubo. Me pareció que cabía bien al entrar.

—¿Terrell? —llamo.

No hay respuesta.

Me pongo de puntitas para mirar el interior, pero el tubo se curva hacia arriba y me bloquea la vista. Suspiro y subo la escalerita despacio. Mi cuerpo todavía no se ha recuperado del todo de la paliza y además estoy bastante seguro de que esto está diseñado para niños; no quiero que a mi mamá le hagan pagar una lana que no tiene por culpa de mi insensatez si lo rompo. Cuando llego arriba, me asomo y lo veo sentado dentro, con la cabeza ladeada como si me estuviera esperando.

—Te lo tomas con calma —comenta.

Pues sí me estaba esperando.

—No voy a entrar ahí —me niego, e intento sonar serio, a pesar de la sonrisa que estoy conteniendo.

—Bueno, pues me quedaré aquí hasta que lo hagas.

—Me parece bien.

Me mira y lo miro. Me siento con la espalda apoyada en el poste junto a la escalera.

—Fuera hace frío —dice.

—¿En serio? No lo he notado.

—¿Seguro?

—Mucho.

—Bueno. Si estás muy seguro...

Se dirige hacia la entrada del tubo, sale y se sienta en la plataforma ligeramente elevada.

—Creo que puedo convencerte para que entres.

Se pasa la mano por las cortas rastas.

Levanto las cejas ante su confianza.

—¿Cómo?

Me sonríe. Se le arrugan las comisuras de los ojos y se le marcan los hoyuelos mientras se mete la mano en el bolsillo de los jeans y luego la saca con el puño cerrado.

—Acércate y te enseñaré lo que tengo aquí. Confía en mí, entrarás cuando lo veas.

No estoy seguro de qué podría persuadirme de hacerlo, pero me acerco y escruto los huecos entre sus dedos en busca de un atisbo de lo que sea que tiene escondido.

—Ya estoy más cerca, abre la mano.

Parece a punto a reírse.

Vuelvo a mirarle los dedos mientras los abre y revela... Nada. Le miro la palma vacía y luego a él.

—Si serás mentiroso —le reprocho, lo que solo consigue que ensanche la sonrisa.

—Y listo —me corrige antes de volver a meterse en el tubo.

Finjo dudar, pero al final lo sigo y me siento cerca de la entrada, todavía un poco preocupado por si se rompe.

El tubo no está tan oscuro como pensaba, pero es más pequeño de lo que esperaba. Tengo que deslizarme un poco hacia abajo para caber.

Terrell, en cambio, tiene que agacharse, ya que es más alto. Cuando estoy dentro, se acerca a mí y se golpea la cabeza, lo que me provoca una risita.

Tiene un brillo en la sudadera que me llama la atención. Un estampado de un alienígena verde metálico en el centro de la prenda.

Es raro, el marcianito se parece a él.

—Te dije que te convencería para que entraras —dice en voz baja.

—Lo hice porque quise —argumento, lo cual no es del todo cierto.

Estoy bastante seguro de que a una parte de mí le gusta

estar tan cerca de Terrell. Además, tenía razón; hacía un poco de frío fuera.

—¿Quién es el mentiroso ahora? —dice.

—Sigues siendo tú —respondo, y vuelvo a temblar.

Nos sumimos en un cómodo silencio. Intento no pensar en cosas malas, como Ases, la universidad o Andre. Intento no recordar que hace dos semanas no me preocupaba que me corrieran de la preparatoria. Probablemente estuviera en casa de Dre. Feliz. En cambio, bloqueo los pensamientos. Creo que ya he llorado delante de Terrell demasiadas veces por hoy.

Lo miro. Tiene la barbilla apoyada en una rodilla y me mira. Cuando me descubre, sonríe.

—¿Tienes frío? —pregunta.

—Un poco —admito tras unos segundos.

Se incorpora y se golpea la cabeza otra vez, tras lo que maldice en voz baja. Observo con las mejillas encendidas cómo se quita la sudadera y me la avienta.

—Póntela —ofrece.

La tomo y me la pongo encima de la camisa del uniforme y la corbata. Es cálida y cómoda y me siento como si me envolviera una gran cobija.

—Gracias.

—De nada.

Me acerco un poco más para alejarme de la fría entrada.

—¿Sabes qué es lo raro? —dice en voz baja.

—¿Qué?

—Tengo claustrofobia —susurra.

Frunzo el ceño.

—Entonces ¿por qué querías entrar aquí?

—No lo pensé bien —contesta, con expresión ansiosa.

Lo veo recostarse y asomarse por el otro extremo del

tubo. Me recuerda a cómo los perros sacan la cabeza por la ventanilla del coche.

—¡Libertad! —dice con un tono exagerado.

Como antes, cuando intenté ignorar todo lo malo, ahora trato de no pensar en la piel expuesta del torso de Terrell. Me concentro en el techo del tubo.

Decide que ya inhaló suficiente aire y se sienta otra vez, así que vuelvo a mirarlo a la cara. Me doy cuenta de que tiene algunas hojas enredadas en las rastas y me echo a reír.

—Tienes hojas en el cabello —digo.

Se levanta y trata de quitárselas sin éxito, así que me acerco y lo ayudo.

—Ya estás bien —aseguro, y me alejo.

Terrell me mira y trago saliva. Me recuerda a la forma en que Dre solía mirarme justo antes de besarnos, tocarnos o hacer más que eso. Le pongo la mano en la cara y lo acerco. Algo me indica que me aleje, pero entonces noto que me rodea con los brazos, ignoro mi cerebro y lo beso.

No espero que me devuelva el beso tan rápido, como si lo estuviera esperando. Por unos momentos, olvido que estamos metidos en un tubo morado; todo está en silencio, siento que tiemblo y el corazón me resuena con fuerza. En las películas, no saben representar los besos. No hay fuegos artificiales ni grandes explosiones. Antes pensaba que cada vez que besara a un chico el mundo estallaría. Con Dre, me sentía como si flotara en un lago de agua fría. Ahora, percibo como si me sumergiera en agua caliente, a la deriva, hundiéndome cada vez más hacia el fondo del océano.

Siento que me ahogo, lo que suele ser tranquilizador, pero en este momento no lo es.

Me alejo y rompo la unión.

Tengo que irme.

Me doy la vuelta y salgo a toda prisa del tubo. Siento

mucho calor, pero no me detengo a pensar; empiezo a bajar la escalera de la estructura de juegos, pero lo que creo que es el último escalón no lo es y caigo al suelo.

—Mierda —susurro.

—¿Estás bien? —pregunta Terrell.

Miro atrás, un poco horrorizado cuando saca la cabeza del tubo.

—Se me olvidó algo en casa —miento, y sé que suena mal y que me veo peor.

Dice algo, pero no lo capto.

Me echo a correr.

♠

Jueves

Hoy me dan igual las miradas indiscretas. Tengo que acabar la composición para grabarla antes de que se abra el plazo de solicitud de admisión a la universidad. Necesito que sea perfecta. Tanto como para asombrar al comité y que me den la beca que me hace falta para salir de aquí. Subo deprisa la escalera hacia el salón de música.

—Señor Richards —me saluda el señor Taylor cuando entro, como si me estuviera esperando. Supongo que así es, ya que vengo a menudo. Sin embargo, es raro; normalmente me llama Devon.

—Buenos días, señor Taylor. Quería ponerme a trabajar en la sección final de mi composición durante un rato.

—Está bien. —Sonríe—. Antes de que empiece, quiero comentarle algo que me preocupa.

¿Algo que le preocupa?

—No me gusta hacer caso de los rumores, pero me llegó uno y quería consultárselo.

Hace una pausa, vacilante, como si no estuviera seguro de cómo formular la siguiente parte de la frase. Tengo el corazón en la garganta. Si me dice algo de Scotty, me muero.

—Dicen que ha estado implicado en el tráfico de drogas. —Me mira confundido, como si fuera la última persona que se esperaría que formara parte de algo así.

Me da un vuelco el estómago.

—No es verdad —miento.

Asiente.

—Solo quería informarle que las universidades son muy estrictas con ese tipo de asuntos.

—Lo entiendo —afirmo, y siento que voy a vomitar.

Me mira como si pudiera desenmascararme a mí y mis mentiras. Entonces, se da la vuelta.

—Bien. Sería una pena que algo así perjudicara sus posibilidades. No querríamos que uno de nuestros alumnos más prometedores cayera en desgracia.

Me siento mal por mentir, pero ¿qué otra opción tengo?

Llevo casi dos semanas sin traficar, por razones evidentes. La misma razón que no responde mis llamadas ni mis mensajes. Extraño el familiar tintineo en el teléfono, personalizado para saber cuándo era Dre el que me escribía y no otra persona. Lo devuelvo a un rincón de la mente y me dirijo a mi sitio habitual del fondo mientras parpadeo para evitar las lágrimas; ahora no quiero pensar en él.

Respiro.

Luego cierro los ojos y me sumerjo.

♠

Aunque no le pedí que viniera, no me sorprendo al ver a

Terrell esperándome en la puerta de Niveus después del castigo. Hoy tampoco he visto a Chiamaka, pero imagino que se largó a toda prisa en cuanto acabó.

Sabía que tendríamos que hablar en algún momento de lo que pasó ayer en el parque, pero no esperaba que fuera tan pronto.

¿Qué le voy a decir?

«Perdona por besarte. No he superado lo de Dre y creo que lo hice porque lo extraño.»

Finjo que leo un mensaje mientras el corazón me late deprisa, consciente de que él está esperando a que salga.

Después de unos segundos de deslizar el dedo por la pantalla sin objetivo, me guardo el celular y bajo los escalones.

Me acerco al portón y lo veo con claridad, esperándome en la bici, con una enorme sudadera gris con capucha y pants.

—Hola —dice, y me mira a los ojos.

Me siento desnudo ante su mirada. Creo que tiene el superpoder de ponerme nervioso.

Me pregunto cuánto tiempo lleva aquí.

—¿Estás bien? —pregunta.

—Lo siento —digo yo al mismo tiempo.

—¿Por qué?

—Por besarte y luego huir. El viernes corté con mi novio. Actué sin pensar y por mi culpa hay un ambiente raro entre nosotros. Perdón.

Me mira y luego baja la vista a la sudadera que llevo puesta, que es la suya. Es más cálida que las mías.

—¿Me dejas que te acompañe a casa? —ofrece.

No esperaba que dijera eso, pero asiento de todas maneras.

Empezamos a caminar y arrastra el artilugio amarillo chillón al que llama bicicleta mientras yo camino a su lado.

—¿Tu ex va a tu preparatoria? —pregunta de repente.

—No. —Ahora lo miro—. Es un chico de nuestro vecindario.

—¿Cómo se llama? Tal vez lo conozca.

Dudo.

—Andre Johnson.

Se calla.

—Entonces ¿la paliza que te dieron fue cosa suya?

Niego con la cabeza.

—Se enojó porque los mensajes de Ases iban a provocar que la gente sospechara de nosotros, así que terminó conmigo.

—No mereces que te traten así.

—Dudo que Dre les pidiera que me pegaran.

Niega con la cabeza.

—¿Y qué? ¿Ya investigó si estás bien?

—No es tan fácil, ha tenido una vida dura —lo defiendo, aunque dudo que eso cambie la opinión de Terrell.

—Todos hemos tenido vidas de mierda, eso no te da derecho a ser un cabrón.

—Su jefe lo destrozaría si...

—¿Así que mejor tú que él? Se queda de brazos cruzados mientras te pegan solo porque no quiere hacerse responsable. Cobarde de mierda —suelta con rabia.

—Lo conozco desde hace años, ¿sí? Quizá hacer lo correcto sea fácil para otros, pero él siempre se arrepiente cuando mete la pata. No pretendo defender a la gente que se comporta como mierda, pero todos tomamos malas decisiones.

No quiero seguir hablando del tema. Me duele demasiado, como si me hubiera picado una avispa en el corazón.

Terrell me mira como si fuera inestable. Luego aparta la vista.

—¿Te ha mandado algún mensaje desde entonces?

La pregunta parece más retórica que otra cosa. Hace días que no escucho las campanitas.

—Sí —miento.

—Eso es bueno, supongo.

Asiento.

—¿Crees que vayan a volver? —dice, con la expresión un poco dolida.

No he dejado de preguntarme lo mismo. Dre parecía hablar muy en serio. Me trago el nudo que se me forma en la garganta.

—No, no lo creo. Andre es casi parte de mi familia, quiero ser su amigo más que nada.

Nos conocemos desde que él tenía doce años y yo once; es decir, desde hace casi siete años, aunque solo empezamos a salir hace uno. Antes, era un muy buen amigo. En días como este, desearía que no hubiéramos ido más allá, para poder hablar con él y que nuestra relación no estuvieran rota y rara.

El silencio se vuelve un poco incómodo a medida que avanzamos. Terrell debe de pensar que soy patético.

—¿Sabes? —empieza—. Eres muy rápido.

—¿Qué?

Sonríe y aparecen los hoyuelos.

—Ayer, cuando escapaste de mí, corriste como un chita. Deberías considerar presentarte a las olimpiadas si alguna vez dejas la música.

Lo empujo y se ríe.

—Cállate —digo, con la cara cada vez más caliente.

—Voy a empezar a llamarte Flash. —Parece muy impresionado con su ocurrencia.

—Pues yo te llamaré Mentiroso —respondo.

—Me parece bien.

Llegamos a mi casa y Terrell me acompaña a la puerta. Me siento mal por no invitarlo a entrar. Nunca invito a nadie.

Me da un poco de vergüenza el aspecto de mi casa por dentro y tengo miedo de que me juzgue, aunque sé que probablemente no lo haría.

—Gracias por acompañarme y perdona otra vez por lo de ayer —digo la última parte en voz baja.

—Soy irresistible, lo entiendo.

—Claro.

Hay una pausa y luego me abraza.

No creo que un amigo me haya abrazado tanto alguna vez. Tengo que admitir que me gustan los abrazos de despedida de Terrell. Siempre son agradables y cálidos.

Más tarde, cuando estoy en mi habitación, mientras mis hermanos duermen y el mundo está en silencio, pienso en lo bonito que es tener a alguien que no me trate como una carga.

Había olvidado lo agradable que es.

Viernes

Anoche, mientras dormía, la melodía se coló en mi sueño y se apoderó de él. Sonó en bucle hasta que me desperté, salté de la cama y me apresuré a llegar a la prepa lo más rápido posible.

¡Por fin sé cómo tiene que sonar la canción de la audición!

Llego tan temprano que hay poquísimas personas por los

pasillos cuando entro a toda velocidad. Subo la escalera y atravieso la puerta de roble del salón de música. Miro alrededor. Ni siquiera ha llegado el señor Taylor, y me alegro. Ahora mismo, quiero estar solo, sin distracciones.

Voy a mi sitio, conecto el teclado, lo veo cobrar vida con su habitual sonido de descarga y luego cierro los ojos. Decido no usar los audífonos, ya que no hay nadie más.

Imagino el mar y las imágenes habituales se filtran en mi cerebro.

Estoy bajo el agua. Me hundo. De repente, estoy en la playa; la gente se ríe y corre por la arena. El sol es cegador. Vuelvo a dirigirme al agua para escapar de los rayos. Unos brazos desnudos me atrapan y me alejan del mar. Lucho, pero no se mueven. Me volteo para ver quién es...

Abro los ojos de sopetón mientras me caigo de la silla, con el pecho agitado. Levanto la vista y Jack está delante de mí.

—¡Qué carajos te pasa!

—¿Qué carajos te pasa a ti? Me dijiste que ibas a solucionarlo.

¿Solucionar qué? Todo lo que le afectaba ya está resuelto. Dre terminó conmigo, sus hermanos están a salvo. ¿De qué demonios me tengo que ocupar? Ya ni siquiera me habla. Nunca.

—Y eso hice.

—Solucionar las cosas es pasar desapercibido. ¡No cogerse al puto *nerd* de Terrell Rosario!

Juro que se me para el corazón.

No puedo soportar más fotos o videos. Quiero vivir sin tener que mirar constantemente por encima del hombro.

—¿Lo conoces? —logro decir.

Niega con la cabeza con incredulidad.

—Claro que lo conozco. Mi hermano me dijo que los vio

yendo juntos a casa. Todo el mundo sabe que es un bicho raro.

Ni siquiera sabía que existía hasta el viernes.

Se me retuercen las entrañas. Al menos fue su hermano el que se lo dijo y no una cadena de mensajes.

—Te estás boicoteando, Devon. Es culpa tuya. Estudiamos, entramos en esta Academia y tuvimos la oportunidad de ser normales. De dejar los hábitos de secundaria atrás, pero no. Prefieres ser igual de raro que Terrell. Te mereces todo lo que se te viene encima.

Jack retrocede.

—Que tengas una buena vida, Devon —escupe. Luego se va.

Me olvido de volver a ensayar la pieza. Me quedo sentado en el suelo y dejo que mi cuerpo haga lo que quiera. No me contengo; no reprimo las emociones en una esquina ni en cajas. Ya no puedo más.

Pienso en mi madre, en todo lo que se esfuerza y en lo impotente que me siento al respecto. En que necesito hacerlo bien, conseguir una beca y entrar en la universidad. Pienso en Dre, que me dijo que me quería y luego me dejó, como si el amor no significara nada. Pienso en que lo quiero tanto que me duele y en que no puedo obligarlo a dejarlo todo por mí como yo lo haría por él.

Pienso en Jack. A pesar de que fuimos mejores amigos durante años y de que lo hacíamos todo juntos, a pesar de que estuve a su lado cuando perdió a sus padres, como nos pasó a muchos, y a pesar de que me dijo que siempre me cubriría la espalda cuando se llevaron al mío, por mucho que no quiera admitirlo, siempre ha odiado esta parte de mí.

Recuerdo la expresión de dolor que mostró la primera vez que le conté que me gustaban los chicos. Recuerdo cómo me entregó el control de la consola y me dijo que tenía que ir a echarles un ojo a las hamburguesas que tenía en el horno. Recuerdo que me sentí fatal, pero tomé el control, terminé el nivel en el que estaba y no volví a sacar el tema. Jack detestó que empezara a salir con Scotty. Siempre estaba de mal humor y yo me convencía de que se debía a que mi novio era un cabrón, no a que tuviera pito. Jack «bromeaba» sobre que debería liarme con una amiga suya, que tenía el cabello corto y los brazos musculosos, como si solo me interesase la apariencia. Luego, se estremecía cuando hablaba de Dre.

Además de todo, está Ases, esa persona, o personas, empeñada en arruinarme la vida.

Me siento perdido.

Tal vez esté maldito o roto. Quizá esto no tenga arreglo.

Sollozo y se me tapa la nariz. Carajo, odio llorar. No puedo respirar y, cuanto más jadeo, más lágrimas me caen, más me duele y se me comprime el pecho.

Quiero irme de este lugar cada vez más y no volver nunca jamás.

18

Chiamaka

Viernes

En todos mis años de estudiante, jamás me habían castigado. Ahora, no sé cómo, voy por el tercer día de condena.

Claro que he hecho cosas punibles, pero nunca me habían atrapado.

Ahora, en el año que más importa, me veo sin mi insignia de prefecta mayor y al lado de Richards mientras nos entregan las herramientas de trabajo.

Por lo general, no nos vemos durante el castigo, ni tampoco en otros momentos. Sin embargo, hoy Ward nos trajo a los dos a la misma clase y le dio a Devon el recogedor de basura para el exterior y a mí la espátula para rascar chicles para el interior. Casi siento pena por él. Llueve a mares.

—Ni una palabra —dice el director, y nos echa una última mirada antes de salir del salón.

Richards se dirige hacia la puerta, pero lo detengo y le pongo la mano en el hombro. Me alivia haberlo atrapado a tiempo. He intentado hablar con él los dos últimos días, pero apenas coincidimos en el instituto. Casi ni se acerca al casillero, tampoco pasa por la cafetería y, cuando lo veo, es como si se muriera de ganas de alejarse de mí.

Me interroga con la mirada, pero me llevo el dedo a los labios, a la espera de escuchar la puerta del despacho de Ward.

Un portazo.

Ahí está.

—¿Qué? —dice por fin.

Lo suelto, me acerco a la puerta del salón y la cierro con cuidado.

Me volteo para mirarlo.

—Vamos a librarnos de Ases.

Frunce el ceño.

—¿Cómo?

—Vamos a acabar con quien quiera que sea. He ideado un plan y esto es lo que tengo claro. Uno, estudia aquí, porque sabe cosas que solo alguien de Niveus sabría y tiene acceso a lugares reservados para los alumnos. Dos, nos ha seguido para observar lo que hacemos y documentarlo. Tres, es inteligente. Mucho. Y cuatro, tiene una razón para querer acabar con los dos.

—Ya me lo imaginaba. Aunque no sabía que fuera lo bastante importante como para querer hundirme.

No voy a mentir, he pensado lo mismo. Objetivamente, la mayoría ni siquiera sabía quién era antes de que todo esto empezara.

—Por lo visto, lo eres. Yo tampoco lo entiendo.

Pone los ojos en blanco, lo cual me sorprende. La mayoría de la gente no se atreve a ser hostil conmigo. Corrección, no se atrevían. Desde que Ases empezó a revelar mis secretos, el resto del cuerpo estudiantil se ha vuelto más valiente. Casi no he visto o sabido de Ava y Ruby, lo cual no dudo que se deba a mi creciente estatus de marginada social.

Lo más deprimente es que podría ser cualquiera. Alguien de mi círculo cercano o gente del pasado, como Scotty, o cualquiera de quien me haya aprovechado para llegar a donde estoy. En el ascenso a la cima, sin duda he molestado a la mayoría de las personas de Niveus. Lo que no entiendo es cómo encaja Devon en todo esto.

—Así que sospechas de todos —dice con un suspiro cansado.

—No seas negativo. He elaborado una lista de sospechosos y hablé con un *nerd* de la tecnología de mi clase de matemáticas avanzadas que podría ayudarnos.

—¿Pretendes que un *nerd* de preparatoria nos solucione el problema?

¿Por qué es tan negativo?

—No es un *nerd* cualquiera. Peter es *hacker*. Va a rastrear los mensajes y descubrir quién los envió. Ya está intentando colarse en las cámaras de seguridad para ver quién nos dejó las memorias en el casillero y recuperar los archivos que contienen. Dicen que rechazó la admisión anticipada en el MIT el año pasado porque un agente lo contrató para *hackear* una base de datos rusa. Es muy bueno. Ahora mismo, es nuestra mejor oportunidad para descubrir quién nos está haciendo esto.

Aunque me aterra lo que pueda haber en los dispositivos USB, necesito descubrir qué más sabe Ases de mí, de nosotros, para evitar que salga a la luz.

Devon me mira durante un rato, sin ningún atisbo de esperanza en la cara. Siempre es agradable tener un compañero que no tiene fe en la misión.

—Bueno —acepta, antes de pasar junto a mí y salir del salón. La puerta da un portazo tras él.

Soy una persona práctica, por eso las materias que más me gustan son las de ciencia. Me encanta que todo se pueda demostrar de forma objetiva, que haya fórmulas y métodos a los que recurrir. Adoro la seguridad.

Me gustaría que Richards confiara en mí, pero es un artista.

Todo lo ve como algo cuestionable y subjetivo. Yo no. Vivo en un mundo de hechos y cifras.

No pienso quedarme de brazos cruzados y dejar que otra persona me robe la corona. Ni en un millón de años.

♠

Llego a casa y me llega el olor a arroz y *efo riro* desde la cocina. Con las agendas que tienen, es raro que mis dos padres estén en casa, así que al principio me sorprende un poco cuando los oigo hablar a lo lejos. Cuando coinciden, les gusta cocinar juntos y estrechar lazos, lo cual está muy bien, pero yo no tengo ganas de arroz ni de platicar.

—Mamá, ¿puedo pedir una *pizza*? —pregunto cuando me acerco a la puerta.

Está de pie y pasa las páginas de un libro mientras mi papá remueve la olla. Lleva puestos los lentes de leer, que se le empañan por el vapor, y se ha dejado crecer la barba, cosa que casi nunca hace.

—La cena está casi lista —responde mientras se quita los lentes para limpiarlos en el delantal. Eso es un no.

No vale la pena empezar una discusión, así que subo a mi habitación, tiro la bolsa al suelo y me acuesto en la cama.

Estoy a punto de enviarle un mensaje a Peter para preguntarle si ya descubrió algo cuando suena mi celular.

> ¿Ya terminaste la sesión de explotación infantil?

Sonrío. Belle y yo hemos estrechado lazos desde que se

enfrentó a mí el martes. ¿Por qué me caía tan mal al principio?

¡Sí, por suerte! Ahora estoy en la comodidad de mi habitación, a punto de ver *La chica de rosa*.

¿Qué es *La chica de rosa*?

Nada, solo una de las mejores películas de la historia.

Entonces ¿por qué no la he visto? Chi, me fallaste como amiga por no obligarme a verla.

Amiga.

Deberías venir.

Debería.

Ahora nos vemos.

Arrojo el teléfono a la cama y me apresuro a recorrer la habitación. Meto la ropa en el clóset y busco todas las posibles imperfecciones antes de bajar corriendo a la cocina, donde mi mamá está picando verduras y mi papá, a su lado, licuando.

—Va a venir Belle —informo.

Mi papá levanta la vista.

—¿Quién es Belle?

—La rubia guapa que vino la semana pasada —le comenta mi mamá antes de que me dé tiempo de responder.

—Ah.

Se miran el uno al otro y despliegan el superpoder que tienen almas gemelas mediante el que intercambian palabras sin hablar.

Mi mamá se ríe.

—Es verdad.

—Mamá, papá, ¿les importa dejar la telepatía por un momento? ¿Puedo pedir *pizza*, ya que viene una amiga?

—¿Por qué no puede comer *efo*, como nosotros? —pregunta mi madre.

La verdad es que no quiero que Belle se sienta incómoda; me da rabia solo pensarlo, porque no es que me avergüence ser nigeriana.

—Cariño, a lo mejor no tolera el picante —dice mi padre.

—Ay, es *oyinbo*. Se me olvida que no todos tienen el paladar tan resistente como tú.

—Soy único. —La abraza por detrás y aparto la mirada para borrarme la imagen del cerebro.

—Chiamaka, el *efo* está casi listo. Seguro que a tu amiga le encantará.

—Estaba buenísimo, señor y señora Adebayo —dice Belle.

Mi padre me mira y su expresión me indica sin lugar a dudas lo que piensa: «¿Lo ves? ¡Te lo dije!».

Pongo los ojos en blanco y sonrío.

—Tu madre y yo nos encargamos de recoger. Pueden subir a tu habitación —dice con su voz de «soy un padre genial».

Belle me sigue hasta mi cuarto, donde de inmediato se acomoda en la cama, como si fuéramos viejas amigas. Me gusta que no nos sintamos incómodas, aunque todavía me agobia que el cuarto no esté bien ordenado.

Su camiseta del campamento Niveus brilla bajo la tenue luz. Es de color burdeos y el anillo plateado del logotipo es lo que más me llama la atención, porque me recuerda que Jamie tenía una igual. También trae unos jeans rotos deshilachados de una forma incómoda que me distrae.

—Y bien..., *La chica de rosa*.

La voz de Belle me saca de mis pensamientos y me doy cuenta de que llevo mucho tiempo mirándola.

Me siento en la cama y abro la laptop.

—Prepárate para que te rompan el corazón.

—¿Y si no pasa?

Levanto una ceja.

—Entonces, no eres humana y esta amistad se habrá acabado.

—Bueno, pero ¿tienes suficiente cinta adhesiva para arreglarlo después?

El estómago me da un vuelco y el corazón lo imita.

Belle se pone muy roja.

—Fue muy cursi, lo siento.

Niego con la cabeza.

—Estoy acostumbrada a lo cursi. La lista de mis diez películas favoritas, si no contamos las de Marvel, podrían describirse como las diez pelis más cursis de la historia —aseguro.

Me sonríe, con las mejillas todavía sonrojadas; hace bastante frío, debería ofrecerme a subir la calefacción.

—Nunca habría adivinado que te gustan las comedias románticas, Chi.

Jamie me dijo lo mismo. He pasado tanto tiempo construyendo un personaje en la prepa, una máscara bidimensional indestructible, que a veces se me olvida que soy la única que conoce quién soy en realidad.

Me gustan tanto la Química, la Biología y la Física que

me casaría con las materias y formaría una gran familia poligámica, y me encantan los programas de investigación criminal y las pelis de mutantes, pero eso no implica que no disfrute también de ñoñerías como *Diario de una pasión* y *Cuando Harry encontró a Sally*.

—Me gustan los finales felices —explico.

Ensancha la sonrisa.

19

Devon

Lunes

Estoy perdido.

La razón es que decidí hacerle caso a la tonta de Chiamaka Adebayo. Después del castigo del viernes, me abordó de nuevo y me obligó a guardar su número. Luego me escribió esta mañana para que me reuniera con ella en el laboratorio 201, que ni siquiera sé dónde está.

Una mano me agarra del brazo y casi grito. Tengo el corazón a punto de explotar cuando me doy la vuelta y me encuentro con la cara de fastidio de Chiamaka.

—Llegas tarde.

¿Cree que no lo sé?

—No sabía dónde estaba el laboratorio 201.

Ni siquiera se inmuta y a mí me da igual. Quiero que Ases me deje en paz, que Dre vuelva a hablarme, entrar en Juilliard y largarme de Niveus para siempre.

Me hace pasar a un salón que supongo que es el laboratorio 201, donde hay un tipo larguirucho sentado a una mesa con una laptop abierta.

Chiamaka me da un golpe en el brazo.

—Dale el teléfono.

La miro y espero que sienta el puñal que le lanzo mentalmente.

—¿Por qué necesita el mío? ¿Por qué no usa el suyo o el tuyo?

Me fulmina con la mirada, igual que mi madre cuando la molesto.

—Peter no tiene celular, lo cual sé que es sorprendente para alguien a quien le encanta la tecnología. El mío ya se lo di, pero como no me llegan los mensajes sobre mí, también necesitamos el tuyo. ¿Te parece bien o quieres que te lo vuelva a explicar despacito?

Debería irme, no vale la pena aguantar su tono condescendiente, pero me quedo. Como un zombi, le doy el celular a Peter, que lo conecta a la computadora.

—¿Lograste acceder a la información de la memoria? Le dije a Devon que trajera la suya.

Peter niega con la cabeza.

—Es imposible. Todos los archivos quedaron inutilizables. Podría revisar los suyos si quieres, pero parecen estar corrompidos a propósito, algo que nunca había visto.

—A ver qué descubrimos del rastreo de los mensajes. ¿Y las cámaras? —pregunta Chiamaka.

—Revisé las grabaciones de la zona junto a sus casilleros en el momento en el que suponen que dejaron los dispositivos USB, pero hubo un corte de luz justo antes. Las cámaras no se reiniciaron hasta justo antes de la primera clase.

Ases siempre parece llevarnos varios pasos de ventaja; también es muy minucioso. ¿Conozco a algún genio de la tecnología que tenga algo contra mí? Ni idea, estoy en blanco.

Peter me devuelve el teléfono. En la laptop aparece una pantalla negra con un montón de códigos.

—Ya está, todo lo que necesito lo tengo aquí —afirma, lo que me pone un poco nervioso.

No es que haya nada incriminatorio, solo mensajes, y dudo que alguno cause más daño que los archivos de Scotty.

—Me pondré a rastrear los puntos de origen, no debería llevarme mucho tiempo —dice Peter.

—¿Para cuándo lo tendrás? —pregunta Chiamaka.

—Tengo que entregar un informe de laboratorio, así que, con suerte, antes del fin de semana.

Le toca el hombro.

—Peter —empieza, y ladea la cabeza—. Es muy urgente, seguro que lo entiendes.

El chico asiente y se pone rojo.

—Bien, entonces ¿cuento con que lo tengas para mañana a primera hora?

Peter parece aterrado y excitado a la vez. Me pone los pelos de punta, lo suficiente como para que sienta la tentación de salir corriendo del laboratorio, pero me quedo quieto por razones que mi consciencia ignora.

—Mañana a primera hora —repite él.

Vaya. ¿Y solo con eso se convence a un tipo hetero?

—Gracias, Peter.

Chiamaka le revuelve el cabello, lo que no parece gustarle mucho, y luego me empuja hacia la salida.

Me dispongo a abrir la puerta, pero me detiene y me pone la mano en el pecho.

Juro que si no deja de tocarme...

—Deja que salga primero, espera cinco minutos y luego te vas. Es mejor que Ases no se entere de que vamos tras su pista, ¿entendido?

Levanto un pulgar.

No sé hasta qué punto le sorprendería al Devon del curso pasado que Chiamaka y yo de repente hablemos con frecuencia, pero sé que me juzga con más dureza que el de este año.

♠

El señor Taylor escucha mi composición a través de mis audífonos. Por fin logré terminar una primera grabación esta mañana, y llevo tres minutos mirándolo hecho un manojo de nervios.

Por fin, se los quita y me mira.

—Es buena, muy buena. Creo que incluso genial, Devon.

Genial no es increíble.

—Voy a escuchar la canción de Tabitha. Buen trabajo. Sigue así.

Suspiro y bajo la vista. ¿Qué hice mal?

—Eh, Devon —me llama Daniel cuando aparece junto a mi escritorio.

Lo miro.

—Hola.

—Tengo que contarte algo muy grueso.

—Bueno, claro.

Para Daniel Johnson, algo «grueso» podría ser desde que hay *pizza* para comer en la cafetería hasta que «contrataron a un nuevo director, ¿te enteraste?».

Mira alrededor y revisa todos los rincones antes de centrarse en mí.

—Sé quién está filtrando tus secretos.

Siento que voy a vomitarle sobre los zapatos de Marc Jacobs.

—¿Quién?

—Tienes que prometerme que no se lo dirás a nadie, podría meterme en un problema.

Ahora sí estoy asustado.

No dejo de darle vueltas en la cabeza. Solo puede ser alguien a quien conozco, o que me haya seguido. La única persona a la que le he confiado toda esa información es Jack. ¿Qué razones tendría para filtrarlo? No lo sé. Y ¿por qué tendría que saber algo de Chiamaka?

—No se lo diré a nadie —aseguro, aunque por supuesto que se lo contaré a Terrell y a Chiamaka.

Se inclina y susurra.

—El FBI.

Exhalo. Se me había olvidado que estoy hablando con Daniel.

—¿Cubres la cámara de la laptop? —continúa.

Niego con la cabeza mientras intento calmarme y deshacerme de la sensación de temor.

Golpea la mesa.

—Son ellos. En serio.

—Gracias, Daniel.

—De nada, lo que sea por mi colega.

Parpadeo un par de veces, sin saber cómo reaccionar. Al final, lo dejo ir, me volteo hacia la partitura y espero que capte la indirecta y se vaya o se calle.

Empieza a llover cuando salgo del castigo. Llevo la mochila por encima de la cabeza para intentar no mojarme, pero no me sirve de mucho. Distingo mi casa a lo lejos, pero, cuanto más me acerco, más siento que se aleja. Me abro paso a través de la llovizna y el viento hasta que por fin alcanzo la puerta principal.

Mi madre está a la mesa con varias cartas. Las pone boca abajo y me sonríe, pero tiene los ojos tristes. No importa la expresión que muestre, siempre sé lo mal que están las cosas cuando la luz de la mirada se le apaga, como ahora.

—Hola, Von, ¿qué tal la escuela?

—Bien, mamá. —Miro la carta que tiene delante—. ¿Qué es eso?

Se encoge de hombros.

—No pagué la factura de la luz el mes pasado, así que me mandaron un aviso.

—Mamá...

—No, hijo, no quiero que te involucres. Soy tu madre y mi trabajo es cuidar de ti, no al revés. —Agacha la cabeza, que es lo que hace cuando no quiere que la vea llorar.

—Mamá, por favor, deja que te ayude. Puedo conseguir el dinero.

Niega con la cabeza.

—Sé lo que pretendes y no quiero que lo hagas. Prefiero que estés en clase, no en la calle. Quiero que te labres una vida, no que la pongas en peligro.

No digo nada.

—Lo solucionaré. Pediré un préstamo o algo así —dice con un hilo de voz.

—El banco no te lo concederá.

—Se arreglará, Vonnie. Dios nunca falla.

Me da risa. ¿Acaso nuestra vida no ha sido un fallo detrás de otro?

Me quedo parado mientras miro cómo la arrastran los papeles y me siento tan impotente como ella. Entonces me inclino y la rodeo con los brazos.

«Te juro que lo haré bien, mamá. Te conseguiré una casa y una vida en la que no tengas que trabajar.»

Me voy a mi habitación, mientras sopeso las opciones. Podría hacerle caso y quedarme en casa, oírla suplicar auxilio cada noche a través de las paredes, rezar a un ente que se aleja cuando más lo necesitamos. O podría ir a ver a Dre y pedirle ayuda.

Entro en mi habitación y dejo la mochila en la cama matrimonial que comparto con mis hermanos, que están viendo caricaturas en la pequeña tele de la esquina. Me uno a ellos y me evado por un momento. Sus ojos son amplios e inocentes. Todavía no tienen que preocuparse por el mundo. No tienen ni idea. Espero que hayan comido.

Mi madre tiene su manera de enfrentarse a los problemas, rezar a un ser al que no le importamos una mierda y trabajar en empleos que no pagan lo suficiente. Siempre me cuenta lo mucho que le habría gustado ir a la universidad, pero no es algo que se pueda pagar así como así ni a lo que puedas aspirar si tus profesores, y por tanto tus calificaciones, son una mierda.

Apenas nos podemos permitir pagar Niveus, ya que la beca no cubre todos los gastos.

Sin embargo, quiere ese futuro para mí. La universidad, un título...

Me pongo una sudadera y saco un paraguas del clóset.

—Voy a casa de Jack —digo cuando vuelvo a entrar en la cocina.

Cruzamos una mirada que compartimos a menudo. «No te creo, pero ten cuidado. No causes problemas. No vayas a las zonas donde hay patrullas. Mantén la cabeza agachada y la capucha levantada.»

—Bueno, Von —dice vacilante—. Ten cuidado.

Siempre me ha dejado libertad, mientras sacara buenas calificaciones y no me metiera en problemas en la preparatoria. Sin embargo, desde que a Nathaniel, el hijo de su amiga Maurice, lo abatió un agente en junio, me mira de forma extraña, como si quisiera quitarme esa independencia para protegerme del mundo.

Vuelvo a enfrentarme a la lluvia, ahora sin que me afecte su ira, mientras me dirijo a toda prisa al departamento de Dre.

El tipo de la puerta duda cuando me ve, pero regresa momentos después con permiso para dejarme pasar. El corazón se me desboca al darme cuenta de que estoy a punto de verlo por primera vez desde hace más de una semana. Sé que no es importante, pero me pregunto si tengo buen aspecto.

Cierro el paraguas y subo despacio los peldaños mientras trato de calmar los nervios antes de entrar en el departamento. Cuando llego al último escalón, exhalo.

Dre sabe que vine. Si no quisiera verme, no me habría dejado entrar.

Abro la puerta. La sala está en penumbra. La cruzo despacio, con miedo de tropezar o chocar con algo, con los dedos en tensión en los costados. La puerta de la habitación cruje con fuerza cuando la empujo y entro.

Está sentado en su escritorio, con la cabeza inclinada hacia arriba y los ojos cerrados, como si soñara. Lleva un *durag* verde. La piel oscura le brilla a pesar de la falta de luz, y la barba le ha crecido un poco. Intenta parecer mayor de edad, quiere que lo tomen en serio. A mí, en cambio, me da miedo crecer.

Creo que los chicos de mi vecindario tenemos tantos problemas que olvidamos que somos menores, niños, a los ojos de la ley. Supongo que, técnicamente, tener dieciocho cuenta como ser adulto, excepto cuando te han robado la mayor parte de la infancia, como le ocurrió a Dre.

—Hola —saludo.

No se mueve.

—¿Qué quieres? —pregunta, y su voz profunda hace que me vibre el corazón.

He extrañado esa voz.

—Hablar.

Abre los ojos y endereza la cabeza. Cuando me mira, me siento como un trozo de carne cruda colgado en la carnicería: examinado y juzgado.

Se levanta de la silla y camina despacio hacia mí, aunque ahora evita mis ojos.

—No quiero hablar contigo —dice.

Se me aceleran los latidos.

—Si eso fuera cierto, le habrías dicho a ese tipo que no me dejara entrar. Ni siquiera habrías respondido.

—Éramos amigos. No quería mandarte a volar y hacerte quedar como un idiota —suelta con una risa forzada.

«Éramos amigos.»

—¿Solo amigos? —pregunto. Ahora me mira, con los ojos vidriosos. Siento una punzada en el pecho—. ¿Besas a todos tus colegas, Dre?

Inhala y se remueve incómodo.

—¿También te acuestas con ellos? —continúo, con la vista borrosa—. ¿Les dices que los quieres?

Me limpio los ojos. Tengo que centrarme. Se queda callado y me mira fijamente, inamovible.

—Sabes que no era eso lo que quería decir.

«No te distraigas.»

—Vamos por caminos diferentes —explica, y vuelve a apartar la mirada—. Yo dejé la prepa, no tengo familia y vivo para sobrevivir. Tu futuro son los estudios, luego un trabajo y cuidar de tu madre. No sabes lo mucho que pienso en ti, Von. Quiero llamarte, pero no puedo, porque nuestra relación tiene fecha de caducidad, ya sea cuando te vayas a una universidad de lujo o cuando te des cuenta de que eres demasiado diferente a mí.

Quiero rebatírselo, pero siento que no puedo.

—Dices que me quieres, pero tus matones me muelen a golpes.

—Porque dejaste de trabajar para mí. Todo el mundo recibe una paliza de despedida —dice, alzando la voz.

Esta conversación lo irrita. Dre suele ser mucho más tranquilo, pero hoy parece estar al límite.

No me interesan las excusas ni disertar sobre los ridículos entresijos políticos de su banda.

—Podrías haberlos detenido, Dre, pero no lo hiciste. Sabías lo que me iba a pasar.

—Quería hacerlo, pero habrían hecho preguntas...

—¿Crees que no saben lo que hacemos cuando vengo aquí? ¿Crees que son idiotas?

Se aparta de mí y se limpia la cara con la manga. Siento otra punzada, pero la ignoro. No puedo permitirme perder de vista lo importante.

«Llora, Dre, no te voy a juzgar por ello.»

—Si eso es lo que le haces a la gente a la que quieres, me alegro de que hayamos cortado.

Niega con la cabeza, todavía de espaldas.

—Lo hice por nuestro bien, por mi supervivencia y por la gente de tu instituto que anda revelando secretos. Esto es todo lo que tengo, pero tú tienes mucho que perder, aparte de mí.

¿Por qué no entiende que es una parte muy importante de mi vida?

Miro alrededor, la oscura y fría habitación, las drogas sobre la mesa, más las que sé que tiene guardadas en los cajones. Me gustaría que no encontrara consuelo en los pasones temporales. Quiero decirle que podría cambiar de camino, pero sería mentira. Gana mucho con esto. Lo ayuda a sobrevivir.

Estaba pletórico cuando tuvo suficiente pasta para rentar

este departamento. Solo quiero que sea feliz, aunque desearía que se dedicara a algo menos peligroso.

Una corriente de aire que se cuela por una ventana abierta hace que la habitación parezca aún más fría. Dre y yo hemos terminado; lo supe cuando me pidió que me fuera la semana pasada, cuando sus chicos me pegaron, y ahora que ni siquiera puede mirarme me queda aún más claro, pero estoy acostumbrado a estar con él y me cuesta mucho aceptarlo.

Hunde los hombros, luego los cuadra y se voltea; las lágrimas han desaparecido.

—¿Puedo darte un beso de despedida? —pido, mientras pienso en Terrell y en sus abrazos.

Andre me mira como si empezara a darse cuenta de lo que significa el adiós.

El viento lo empuja hacia mí, solo un poco.

—Sí, claro que sí —acepta en voz baja.

Ignoro mi instinto, que me grita que me vaya, que no bese a un chico que me ha hecho daño, pero el corazón siempre ha sido más fuerte que la razón. Me acerco sin aplomo y apoyo la frente en la suya mientras aspiro su aroma. Recuerdo que cuando le pregunté qué loción usaba sonrió y me dijo: «Sudor», lo cual era una mentira como un castillo. Ojalá me hubiera dicho la verdad. Me encantaría seguir rodeado de él después de este beso. No quiero alejarme. Los brazos de Dre me atraen, nuestras narices se tocan, y luego nuestros labios. Me acerca tanto que me duele, como si intentara fusionar nuestros cuerpos. Mi corazón se mantiene firme no sé cómo, pero el resto de mí tiembla.

Nos separamos, pero sigo entre sus brazos. Le apoyo la cabeza en el hombro y respiro despacio. Intento no pensar en el momento en que tenga que alejarme, despedirme e irme. Para siempre.

«No te distraigas.»

Sin embargo, ya lo he hecho. Me voy a ir sin decirle que necesito un par de encargos pequeños para ayudar a mi madre. Levanto la vista.

Su rostro húmedo me sorprende. E incluso más que me permita acercarme y limpiarle las lágrimas.

—Voy a extrañar mucho tu compañía, Devon —dice.

—Yo también.

Sigo dentro del capullo de sus brazos, esperando a que se retire. No lo hace. Sé que algún día me voy a arrepentir de esto, quizá dentro de un momento, pero aún no estoy preparado para soltarlo, así que cuando noto que separa los brazos, me asusto mucho y lo vuelvo a besar. Se detiene y vuelve a acercarse. Aunque el corazón me late como si hubiera corrido dos kilómetros, dejo que me guíe despacio hacia atrás, como ha hecho muchas veces antes.

El Devon del futuro niega con la cabeza mientras observa cómo la parte posterior de mis rodillas choca con la cama de Dre y luego cómo retrocedo a toda prisa hasta las frías almohadas, rompiendo por fin el beso para quitarme la sudadera. No obstante, ignoro la censura de mi futuro yo.

Parece que Dre quiere hablar, decirme que me vaya a casa o que no deberíamos hacer esto. Casi oigo sus pensamientos acelerados. Le está dando vueltas, como haría yo si no me esforzara por ignorarme. Su cerebro grita, pero entonces, como si se lo tragara un vacío, se queda en un silencio absoluto. Todas las preocupaciones desaparecen y lo único que importa es el ahora, no las versiones futuras de nosotros que lo lamentarán, solo el Andre y el Devon del presente, que queremos tapar el dolor con besos.

Dre se aleja de la cama y se acerca al cajón del escritorio para sacar unos condones. Aparto la vista de él y miro al techo, mientras escucho el ruido de la lluvia repiquetear en las ventanas y el viento que grita con rabia, dándome permiso para ahogar los pensamientos.

El peso de Dre inclina la cama cuando se cierne sobre mí y vuelve a unir nuestros labios.

Quiero que este momento dure todo lo posible, quiero estar aquí con él todo el tiempo que sea capaz.

Como siempre, es amable y considerado, me hace sentir especial, me besa por todas partes. Entonces, cuando por fin terminamos y estoy en sus brazos, me permito llorar.

Soy consciente de que perdí de vista por completo el objetivo con el que había venido.

Sin embargo, lo más seguro es que me hubiera dicho que no de todos modos.

Me besa los omóplatos y me abraza con fuerza. Sé que pronto tendré que levantarme, ponerme la ropa y despedirme; enfrentarme a mis otros problemas, como la angustia de mi madre y Ases. Sin embargo, por ahora, quiero cerrar los ojos, escuchar el sonido de la lluvia y de la respiración de Dre, y ahogarme.

20

Chiamaka

Martes

—Llegas tarde. Otra vez —le reprocho a Richards cuando entra en el laboratorio.

No dice nada, solo me mira en silencio, como si no le importara. Voy a ignorarlo porque necesito que se involucre y espero que después de hoy lo haga.

Me dirijo a Peter, que está esperando con la laptop abierta en el regazo. Me saca de quicio lo lento que se mueve Devon.

—¿Qué encontraste? —pregunto sin andarme con rodeos.

Peter sonríe y se apoya en el respaldo.

—Diría que todo lo que buscabas. Ya que hice esto por ti, ¿me devolverías el favor?

Es como si todos los años que he pasado ganándome el respeto de la gente se hubieran desvanecido con la aparición de Ases, el cabrón cibernético. Aunque supongo que, ya que me ayudó, sería lo mínimo que podría hacer.

—Depende —digo.

—Escuché que Belle y Jamie terminaron, y que ahora son amigas.

—¿Dónde lo escuchaste?

Sonríe y se encoge de hombros.

—Por ahí.

Estoy segura de que a la gente le habrá sorprendido que, después del bombazo de Ases sobre lo mío con Jamie, Belle y yo pasemos tiempo juntas. Es lo contrario de lo que suele ocurrir. Un tipo se porta como un patán con dos chicas, estas se pelean y él sale impune.

Me alegro de que no haya sucedido así.

—¿Y qué es lo que quieres? —pregunto.

—¿Podrías hablarle de mí y de cuánto te he ayudado? —Me mira, desesperado.

Siento un cosquilleo en el estómago. No me gusta, pero acepto.

Peter vuelve a mirar la laptop.

—Te alegrará saber que solo se utiliza un dispositivo para enviar los mensajes y que es fácil de localizar.

—¿Dónde está? —pregunta Devon, por fin despierto e interesado.

—Aquí mismo, en Niveus. En la biblioteca Morgan, la computadora 17.

Eso me sorprende. ¿Por qué Ases usaría un lugar donde es tan fácil que lo atrapen?

—¿Has sacado las imágenes de las cámaras de seguridad de la biblioteca? —pregunto.

Peter niega con la cabeza.

—Es uno de los pocos puntos de la preparatoria donde no hay. El lugar perfecto para hacer muchas cosas —dice, y mueve las cejas.

Ignoro la burda insinuación, porque sé que voy a vomitar el desayuno si pienso en ella más de un segundo.

Casi nunca me acerco a la biblioteca Morgan. Es famosa por ser un punto de encuentro para fajarse. Además, hay una biblioteca de Ciencias más cerca de los laboratorios que suelo frecuentar.

—Pero hay más —continúa. Richards y yo nos inclinamos—. Los domingos y los lunes, alrededor de las diez, se introducen los datos y se programan los mensajes para que se envíen en momentos concretos de la semana. Han hackeado el sistema central de administración del instituto, por lo que pueden acceder al registro de números de todo el alumnado.

Recuerdo que Ward comentó que se podía rastrear lo que hacíamos en nuestras cuentas de alumnos.

—¿Sabes cuál es la cuenta que se conectó?

Peter se rasca la cabeza.

—Sí. Lo revisé en cuanto logré entrar, pero me temo que no está registrada a nombre de ningún estudiante o miembro del personal. Las cuentas normales tienen un nombre y un código de acceso únicos. El tuyo, por ejemplo, es Chiamaka Adebayo, y la contraseña, 5681...

—¿Te importa bajar la voz? Alguien está tras de mí y tú te pones a soltar mis datos personales a todo el laboratorio —interrumpo.

Peter asiente.

—Perdona. Lo que quería decir es que puedo ver la cuenta de cualquiera. En este caso, sin embargo, no hay nombre, y la contraseña parece cambiarse con frecuencia. Imagino que utilizan un generador aleatorio. Sea como sea, no puedo identificar quién envía los mensajes ni acceder a los archivos. Hay muchas encriptaciones, que tardaría días en descifrar. Solo tengo acceso a lo que se envía desde la computadora y las horas a las que se registran los mensajes.

Ases es mucho más inteligente que cualquiera de los sospechosos que tengo en la lista. Creo que nunca he visto a Ruby usar una computadora.

—¿Me das una copia de todo lo que has encontrado? —pregunto mientras pienso a toda prisa.

Peter parece querer negarse, pero asiente de mala gana.

—¿Te lo imprimo? —propone.

—Envíamelo por correo electrónico —digo antes de darme la vuelta, agarrar del brazo a Richards y jalarlo hacia la puerta.

Se aleja y me volteo para fulminarlo con la mirada. ¿Por qué se comporta como un niño?

—Sea quien sea Ases, según la información de la que disponemos, está claro que sus acciones son premeditadas. Tenemos que pensar con detenimiento y adelantarnos a lo que vaya a hacer a continuación —digo.

No puedo evitar notar que Devon tiene los ojos un poco enrojecidos, como si hubiera pasado toda la mañana llorando.

—Entonces ¿qué hacemos? —pregunta.

—Haremos guardia este domingo. Vamos a atraparlo mientras prepara los próximos mensajes.

—¿Y luego qué?

—Tenemos todos los datos de Peter como prueba. Después de descubrir quién es, no pararemos hasta que no le quede nada. Expondremos todo lo que ha hecho ante la preparatoria y todas las universidades a las que haya solicitado lugar. Arruinaré su futuro como ha intentado destrozar el nuestro.

Devon asiente.

—Cuenta conmigo.

♠

Tengo clase de Química y me siento al lado de Jamie.

Me hundo en la silla y saco el cuaderno. Recuerdo los

días sencillos, cuando podía disfrutar tranquila de mi materia favorita. Debería haberlos atesorado.

—Pónganse por parejas y sigan las instrucciones de la hoja —indica Peterson.

Me estremezco por dentro. Sería el momento perfecto para un cambio de compañero. Cualquiera menos Jamie. Sin embargo, no funciona así. Además, entre que yo no le hablo a él y Ruby y Ava no me hablan a mí, prefiero no probar suerte con nadie más.

Miro a una de las chicas de la banca de al lado, Clara. Siempre me ha odiado y ahora puede hacerlo abiertamente. Me mira con suficiencia antes de apartar la vista.

Me acerco a las mesas laterales para tomar un mechero Bunsen y los materiales.

—Belle terminó conmigo —me cuenta Jamie cuando vuelvo a la mesa.

—Lo siento —digo, aunque no es verdad.

Resopla y me pesa el corazón.

—Me gustaba mucho.

Se hace el silencio mientras lo preparo todo, pero siento que me mira fijamente.

—Perdona por haberte dejado tirada y no estar a tu lado cuando me necesitabas.

¿Por qué de repente decidió ser amable conmigo? Preparo el Bunsen y separo los materiales.

—No pasa nada.

—Claro que pasa. Soy tu mejor amigo y te abandoné cuando las cosas se pusieron feas.

«Estoy acostumbrada», quiero decir. Jamie siempre me ignora cuando algo se complica o no es fácil hablar de ello. Ya no quiero soportar ese comportamiento de mierda.

—Aquí está la lista de elementos que tenemos que probar

—digo, sin tartamudear, de lo que me alegro mucho, porque todavía siento que me mira y me pone nerviosa.

—Bien —dice.

Oigo susurros detrás de mí y al principio me quedo un poco confundida, hasta que me llegan las voces con más claridad.

—No sé cómo Belle se junta con una chica así —comenta alguien.

Levanto la vista. Jeremy me sonríe y me saluda. Le devuelvo el gesto y le enseño el dedo medio. La sonrisa le flaquea y se da la vuelta.

—Vaya zorra, no me extraña que no le caiga bien a nadie.

A veces odio mucho Niveus.

La mejor venganza en este momento es no dejar que mis calificaciones empeoren. Voy a entrar en Yale, luego en la facultad de Medicina, y después seré la mejor doctora del estado, les guste o no.

Jamie y yo trabajamos codo a codo durante el resto de la clase. Incluso me deja acaparar el mechero Bunsen. Cuando terminamos, salimos juntos.

—¿Quieres venir a mi casa hoy, ir al Waffle Palace o algo? —pregunta.

No sé por qué me sorprende. Siempre que pasa algo, pretende que lo olvidemos y sigamos como si nada, que volvamos a ser mejores amigos. No sé si es por Ases, por Belle o por otra cosa, pero por fin empiezo a ver las grietas en la conducta aparentemente perfecta de Jamie.

Siento que valgo más.

—Estoy ocupada.

—Ah.

Caminamos y la gente nos mira, pero mantengo la cabeza alta; los tacones resuenan en el suelo de mármol. Me imagino que les piso la cara a todos. No voy a parecer débil.

—¿Te acompaño a casa?

Me volteo y suelto:

—Tengo piernas, Jamie. Sé caminar solita y seguro que tú también.

Le dedico una sonrisa tensa y luego salgo de la Academia, bajo la escalera y atravieso el portón. Sola.

♠

La casa está vacía cuando llego.

Subo de inmediato, abro la laptop y descargo todo lo que me envió Peter.

Aparece la primera página. Bajo el cursor y observo los datos del dispositivo de origen. Computadora 17. Todos los mensajes enviados están ahí.

> Noticias frescas. Parece que Chi no es
> tan dulce como creíamos. Mis fuentes
> me cuentan que la atraparon intentando
> robar dulces. Cuidado, Chi, no querrás
> que Yale tenga que consultar
> tus antecedentes. Firmado: Ases

Han pasado dos semanas desde que ocurrió. Hace dos martes. Sigo sin entender cómo llegaron los caramelos a mi bolsillo. Me pregunto quiénes serán las supuestas fuentes. Había más personas en la tienda, pero ningún estudiante de Niveus. Solo Jamie. Sin embargo, no tiene sentido que haya fastidiado su relación con Belle al publicar los mensajes sobre nuestro rollo. Nada tiene sentido.

Aparece en pantalla la siguiente página descargada, las fechas y horas de los mensajes.

Como dijo Peter, todos ocurrieron alrededor de las diez.

22:06
22:13
21:57

Todos en domingo y lunes por la noche. ¿Quién tendría acceso a la preparatoria en ese momento? ¿El conserje? ¿Los profesores? Cualquiera podría robar una llave...

Me suena el celular y doy un respingo.

¿Es raro que nunca haya visto *Diario de una pasión*?

Sonrío ante el mensaje de Belle y me siento culpable por alegrarme de que me haya escrito cuando es evidente que Jamie sigue dolido. Una buena amiga intentaría que arreglaran las cosas, pero no tengo por qué ser una buena amiga para alguien que no lo es para mí.

Sí, muy raro. Deberías solucionarlo pronto.

Miro el teléfono mientras espero una respuesta.

Tal vez me pasé .

No quiero que piense que es una sugerencia para que venga, aunque es justo lo que es.

Me arrepiento de haberlo enviado.

¿Estás libre ahora? La tengo en DVD.

Miro la pantalla de la laptop cuando aparece la siguiente descarga.

Registrado a las 22:04 del domingo.

No puede ser.

Muevo el cursor y amplío la página y los detalles. El corazón se me acelera.

¿Cómo es posible que Ases supiera que iban a acusarme de robar caramelos el martes si preparó el mensaje el domingo por la noche?

Mi madre mamá hizo hotcakes.

Miro el mensaje. La sensación de catástrofe inminente en el pecho me hace sentir como si alguien me pusiera las manos alrededor del cuello para cortarme el suministro de aire.

Cabello rubio. Sangre. Asfalto.

En cualquier momento, Ases podría soltar más mentiras o verdades. La policía podría llamar a la puerta de mi casa, esposarme y sacarme a rastras mientras la decepción en las caras de mis papás se me grababa en la mente para siempre.

Tengo que revisar todo lo que me ha enviado Peter y asegurarme de trazar un plan hermético para presentárselo a Devon mañana.

Lo siento, surgió un imprevisto.

Empezaba a tener una amiga de verdad y, como todo lo demás, Ases también me lo estropea.

21

Devon

Miércoles

—¿Qué pasa? —pregunto mientras Chiamaka me pone delante unas hojas de papel con palabras y números que no entiendo. Su bolsa de Prada de color rosa fucsia me distrae un poco.

—¡Esto se registró antes de que me acusaran! —susurra.

Vuelvo a mirar las páginas e intento entenderles sin ningún contexto. Veo filas de números, horas, algunas antes de las diez y otras después.

—¿Qué se registró?

Suspira con dramatismo.

—Por amor de Dios, para ser uno de los mejores de la clase eres muy lento.

—A lo mejor si me lo explicaras lo entendería —espeto.

Me dedica una sonrisa cargada de sarcasmo.

—Peter me envió los documentos ayer por la tarde. Encontré las horas a las que se programaron los mensajes en la misteriosa computadora 17. Mi supuesto robo fue delatado dos días antes de que ocurriera, ¿lo entiendes ahora?

Mierda.

—Entonces ¿te tendieron una trampa?

Pone los ojos en blanco.

—Evidentemente.

Me volteo para mirarla, ahora de verdad, y me alejo del teclado.

—¿Quién?

Se encoge de hombros y niega con la cabeza como si el pensamiento la incomodara.

—Mi amigo Jamie estaba conmigo en la tienda.

—¿Haría algo así?

—¡No! Claro que no —responde, pero no suena nada convencida.

—¿Quién más estaba?

—No vi bien, pero quedan cuatro días hasta el domingo, cuando tendremos la oportunidad de atraparlo. O, al menos, atrapar a quien actúe en nombre de Ases. Mientras tanto, voy a preguntarle al conserje por el corte de energía.

Asiento. Respiro un poco más tranquilo, ya que Ases lleva varios días sin actuar. Sin embargo, sigo con los nervios a flor de piel y odio no saber lo que va a pasar a continuación. Quiero descubrir quién está detrás de todo.

—Te pondré al día cuando pueda. —Hace una pausa y le echa una mirada a mi teclado como si no fuera digno de ella, lo que me recuerda por qué me cae tan mal—. Adiós.

Los tacones de Chiamaka resuenan mientras camina por el pasillo. Me volteo hacia el teclado y tomo la partitura en la que estaba escribiendo antes de que entrara y me cortara la inspiración. Espero que no se acostumbre a visitarme en mi lugar feliz. Demasiada gente lo quiere fastidiar últimamente.

No sé en qué nos convierten estas pláticas, pero para mí es evidente que no somos tan amigos como para invadir los refugios del otro. Yo no me cuelo en sus laboratorios sin avisar, pero supongo que Chiamaka no me ofrece la misma cortesía. Estuve a punto de mencionar la teoría de la raza de Terrell, pero me contuve porque no sé si lo creería y porque la idea de que alguien nos ataque porque somos negros me repugna demasiado para considerarlo siquiera.

Me concentro en la partitura y toco las teclas con la izquierda mientras intento dar sentido al ritmo y que sea perfecto. Ahora mismo, suena torpe e inconexo. Juilliard la rechazaría sin pensar.

Me froto los ojos y me alejo otra vez del teclado. No puedo tocar cuando estoy frustrado, así que le mando un mensaje a Terrell; espero que no le resulte raro que le escriba en horario escolar.

¿Quieres salir después de clase?

El teléfono me suena enseguida.

Claro. ¿Qué tal va el día?

Tenso los labios mientras lo leo. Eso es algo que me gusta mucho de Terrell: siempre responde.

Ahí va. Intento componer y mejorar la canción, pero no me sale nada. ¿Qué tal tú?

Zumbido.

Mis oídos están siempre disponibles, así que tráela luego. Mi día está siendo bastante tranquilo, no tenía ganas de ir a clase, así que me quedé en casa.

Ojalá pudiera «no tener ganas de ir a clase» sin sentirme culpable por malgastar el dinero de mi mamá. Por el contrario, tengo una asistencia perfecta, aunque estos días paso más tiempo en el salón de música que en cualquier otro. Un día libre no fastidiaría todo, ¿verdad?

La llevaré. Gracias. :)

Hasta luego. :)

Apago el teclado, meto todas mis cosas en la mochila y salgo corriendo del salón de ensayo para bajar a secretaría.

—No me siento bien. Necesito irme a casa —informo a la mujer del mostrador.

Levanta las cejas.

—¿Nombre?

—Devon Richards.

Su largos dedos de uñas rojas repiquetean en el teclado de la computadora. Me observa, altiva, y luego vuelve a mirar la pantalla. Deja de teclear cuando la impresora saca un formulario.

El roce de la pluma en el papel cuando firma hace que me estremezca.

—Firma aquí y puedes irte.

Uno de los privilegios que tienen los alumnos de último año es que no hace falta llamar a los padres para informar que estás enfermo. Yo nunca me había enfermado y, cuando intentaba fingirlo, mi mamá siempre se daba cuenta. Firmo la hoja y trato de ignorar la culpa.

«Paso la vida en la preparatoria, esto no es nada.»

Me lo repito una y otra vez mientras me precipito por el pasillo hasta liberarme de la prisión que esconden las puertas dobles y las altas verjas de metal negro.

Casi me siento invencible.

♠

Me acerco a la luminosa puerta de Terrell con el pecho retumbando y las palmas de las manos sudorosas. Tengo la adrenalina a tope y me alegro de alejarme de la música, de darle un respiro a mi cerebro. Paso por encima de algunas hierbas que se enredan junto a la entrada y me aliso el uniforme antes de tocar la puerta. No necesito pensarlo demasiado. No sé por qué le doy tantas vueltas.

No tarda en contestar, con cara de sorpresa y no precisamente emocionado.

—Hola, me dejaron salir pronto, así que se me ocurrió venir —digo.

Me mira y luego vuelve a echar un vistazo al interior de la casa.

—No te esperaba hasta dentro de unas horas. —Hace una pausa—. No es un buen momento.

—¿Todo bien? —pregunto.

Asiente.

—Mi hermana está aquí. Se encuentra un poco mal, así que la estoy cuidando hasta que mi mamá vuelva del trabajo.

Una bola de pelo negra se escabulle por la puerta. Maúlla y pasa junto a mí. Terrell lo mira un instante y luego vuelve a centrarse en mí.

—¿Nos vemos luego? —propone, como si su gato no acabara de escaparse.

Asiento y me siento un idiota.

Sin esperarlo, me envuelve en un abrazo. Luego la puerta se cierra y me quedo allí, sin saber adónde ir.

Me alejo de su casa y vuelvo hacia Niveus, hacia la parte

de la ciudad con vallas intactas, bonitos jardines delanteros y familias felices que nunca tienen que preocuparse por cuándo llegará la próxima comida, por los ahorros para la universidad o por que los desahucien.

Termino en el parque al que fui con Terrell. Dejo la mochila en el suelo, subo la escalera de la zona de juegos y me acomodo en el tubo morado.

Cierro los ojos y al principio solo veo oscuridad. Intento imaginar olas, cualquier cosa que me calme y me haga olvidar todo lo que está pasando. Pronto me encuentro en el agua, nado, pero entonces noto unas manos cálidas. Vuelvo a sentir sus manos alrededor. Me besan, me abrazan, templadas y suaves, piel contra piel, el agua nos envuelve, me arden los pulmones cuando nuestros labios por fin conectan...

Entonces, abro los ojos y me encuentro con la oscuridad del tubo, sin aliento y desorientado.

Hay tanto silencio que casi creo que lo imaginé. Un sonido, un clic. Como el de una foto.

Me incorporo deprisa y me fijo en una figura encapuchada en la esquina del parque, de espaldas a mí. La observo con atención mientras empiezo a salir muy despacio del tubo e intento bajarme sin que me oiga. Se voltea un poco y distingo el borde de algo que le cubre la cara. ¿Una máscara?

Bajo la mirada hasta sus manos. Ojea fotos en una gran cámara. Se me acelera la respiración. ¿Ases?

Doy un paso adelante, sin darme cuenta de que no hay nada más que aire delante de mí, y caigo de la estructura de juegos, clavando las rodillas en el suelo. Se me escapa un fuerte quejido, lo que alerta a la figura, y oigo cómo se aleja.

Me levanto a toda prisa, me limpio el polvo de las rodillas y corro en su dirección. Sin embargo, cuando salgo del parque, miro por la calle y no hay nadie.

No hay ningún cruce en el que haya podido meterse tan rápido, solo filas y filas de casas enormes cerradas.

Es como si se hubiera desvanecido.

22

Chiamaka

Miércoles

Cuando Ward me entrega las herramientas de trabajo, un cepillo de dientes y una cubeta de agua con jabón, es evidente que Richards no va a venir al castigo. En cuanto el director se va, le mando un mensaje.

¿Dónde estás?

En un tubo de plástico morado.

No tengo tiempo para sarcasmos. Debemos asegurarnos de que la guardia salga a la perfección el domingo y quiero ponerlo al día. El conserje dijo que no ha habido ningún corte de luz, pero sí muchos «problemas eléctricos extraños» por toda la preparatoria, y que por eso van a cerrar un día para hacer mantenimiento. No es una coincidencia, lo sé.

La semana que viene a estas alturas, podré concentrarme en Yale y convencer a Ward de que me devuelva el puesto de prefecta mayor. La semana que viene a estas alturas, me estaré preparando para el Baile de la Nieve. Es el acontecimiento más importante del año en Niveus. No solo para los estudiantes, el director invita a los mayores donantes y a exalumnos para que vean cómo se corona al rey y a la reina de la nieve y se les señala como los estudiantes a los que todo el mundo debería prestar atención cuando se gradúen.

La reina del año pasado entró en Harvard, con una poderosa recomendación de una exalumna. Esa corona podría ser lo que me garantizara un lugar en Yale.

¿Por qué no estás en el castigo?

Me enfermé.

Ya, claro.

Ajá. Cuando «te mejores», tenemos que ir a la biblioteca Morgan.

Bueno.

Los chicos son exasperantes.

El plan del domingo aún no es perfecto. Todavía no estoy segura de si llegar a las nueve sería demasiado temprano, las nueve y media demasiado cerca de cuando podría aparecer Ases, y las diez demasiado tarde. Sobornaré al conserje, pero luego, ¿qué? ¿Nos paseamos tranquilamente por la escuela como si no tuviéramos nada que ocultar? Necesitamos un escondite que esté lo bastante cerca para entrar en la biblioteca sin hacer ruido. Tenemos que trazar una ruta de escape rápida. Además, quiero pruebas visuales de quienquiera que se siente en esa computadora. Puedo hacerlo casi todo por mi cuenta, pero necesito saber que Richards no va a meter la pata. O a mentir otra vez sobre su estado de salud.

Doy un respingo cuando suena otro mensaje.

Por cierto, creo que Ases me siguió.

¿Qué quieres decir?

Alguien con una máscara me siguió
a casa, creo. Estaba tomando fotos.

¿Todavía te sigue?

No, creo que no. Intenté perseguirlo,
pero se escapó.

Eso me inquieta. Si nos siguen..., entonces, con más razón, nos hace falta un plan sólido para el domingo.

Más vale que venga a clase mañana.

—Eh —susurra alguien.

Levanto la vista y veo a Belle en la puerta, con los rizos rubios recogidos en una coleta alta y el uniforme de *lacrosse* azul intenso. Bajo la mirada a sus piernas desnudas y luego la aparto mientras me doy la vuelta, me agacho, sumerjo el cepillo de dientes en la cubeta de agua con jabón que tengo al lado y procedo a limpiar la inexistente suciedad de una banca cualquiera.

—Hola —digo. «Talla. Talla.»—. ¿Ya acabaste el entrenamiento?

—No, en realidad iba para allá. Quería ver si estabas aquí, saludarte y tal vez evitar los gritos de la entrenadora por un rato.

Dejo de tallar y me volteo hacia Belle y sus piernas, que por lo visto son muy largas.

—Me alegro de servirte de refugio. —Miro la puerta con

atención—. Pero si entra Ward, le diré que me estabas molestando —bromeo con una sonrisa.

Se ríe.

—¿Me venderías así?

Me encojo de hombros.

—Tal vez sí, tal vez no, depende de cómo me sienta.

Estaba segura de que rechazar la invitación de Belle para ver *Diario de una pasión* empañaría nuestra reciente amistad, pero aquí está, delante de mí, y me pone nerviosa. Es casi como si me gustara más que como amiga. Pero eso es absurdo.

¿O no?

—Y ¿cómo te sientes? —pregunta, con la cabeza inclinada hacia un lado.

—Cansada. Como si tallara la nada hasta hacerla desaparecer —respondo, y señalo las bancas.

—¿Cómo es que te impusieron una condena tan larga?

Es una forma graciosa de describirlo. Sí que es una condena. Me sorprende que no sepa la razón. Supuse que todo el mundo conocería el nuevo escalafón de indignidad que me habían obligado a ocupar.

—Ward cree que Devon y yo difundimos los rumores sobre el otro. Que somos Ases.

—¿Y tú quién crees que es? —pregunta Belle.

Hago una pausa mientras valoro si debo compartir mi lista de sospechosos.

—Podría ser cualquiera —respondo. Cualquiera. Bajo la mirada. Vuelvo a repasar la lista, pero me cuesta creer que alguna de las personas a las que he considerado fuera capaz de todo esto—. ¿Tú que crees?

—Tal vez alguien que tenga envidia de tu aspecto y de tus calificaciones perfectas.

Me arde la piel.

No sé cómo responder, así que me quedo callada.

Permanecemos en silencio durante un rato, interrumpido solo por el tallar y mis suspiros, hasta que los tenis de Belle rechinan cuando se adelanta y se sienta en una de las bancas.

—No quiero ir al entrenamiento de *lacrosse*, prefiero quedarme aquí contigo. ¿Tienes otro cepillo?

¿Por qué querría alguien limpiar sin que lo obligaran?

—No, pero puedes usar el mío —le ofrezco, y se lo tiendo mientras sonrío.

Me mira con una sonrisa en los labios rosados. Luego deja el palo de *lacrosse* en la mesa y se me acerca a zancadas; se queda a centímetros de distancia. Soy más alta que Belle, con o sin los botines de calcetín de Chloé, pero me siento pequeña a su lado.

Mira un segundo a la puerta y luego otra vez a mí. Tiene una expresión traviesa, como si planeara hacer algo que podría meternos a las dos en un problema. Percibo la misma sensación, pero no estoy segura de lo que se le ocurrió. Me quita el cepillo de dientes de la mano y agarra la cubeta con la otra mientras la observo.

El corazón se me acelera más que cuando recibo un bombazo de Ases.

—¿Así que lo mojo, lo sacudo y luego tallo la banca? —pregunta, y se voltea.

No creo que me sea posible responder con el ruido que hay en mi cabeza. Solo pienso en si debería hacerlo, probar la teoría inestable que tengo.

Voltea la cabeza hacia atrás cuando no respondo.

—¿O me equivoco? ¿Hay algún truco secreto para limpiar una banca?

Que Belle sea amable conmigo podría ser solo síntoma de que quiere fortalecer esta amistad que ha surgido de la nada.

O algo más, algo que no encaja en las probabilidades. No se pueden calcular las emociones.

Se acerca. El agua con jabón se tambalea cuando deja la cubeta en la banca. Me agita la mano delante de la cara.

—Tierra llamando a Chiamaka.

Siempre huele a vainilla, con un toque de algo aún más dulce. Me hace querer dejarlo todo y actuar de un modo nada científico.

Me muero por actuar de un modo nada científico.

Sin embargo, ¿qué pasa si pruebo la teoría y me equivoco? ¿Qué sucederá entonces?

—¿Estás bien? —pregunta, y me mira preocupada.

—Estoy confundida. Intento averiguar si somos amigas o no.

Me sorprendo a mí misma cuando se me escapa la verdad.

Belle parece un poco dolida por la declaración, pero no pretendía expresarlo así.

—Yo creía que sí.

—¿Y si no quiero que lo seamos?

No puedo decir el resto en voz alta.

—¿No quieres que seamos amigas? —Está muy dolida, lo que me provoca una serie de explosiones de calor en el cuerpo.

—No.

Asiente y deja el cepillo de dientes.

—Bueno, de acuerdo —dice en voz baja, antes de pasar junto a mí.

Creo que quiero que se vaya, que deje de confundirme, pero al mismo tiempo no. Quiero que se quede y me deje explicárselo.

—Creo que me gustas como algo más. Si eso te molesta, puedes irte. —Me trabo en algunas palabras.

Agacho la mirada y, aunque no la veo, sé que sigue en el salón. No he oído que se cerrara la puerta.

Continúo.

—No creo que pueda ser tu amiga si te molesta o si no sientes lo mismo, al menos por ahora. Fui amiga de Jamie durante mucho tiempo y siempre quise más. No quiero volver a repetirlo —suelto sin respirar.

Me muero de vergüenza.

Cierro los ojos y añado:

—Así que, si no sientes lo mismo, por favor, vete.

Nos llegan los gritos del gimnasio y del terreno de juego, pero hay un silencio absoluto entre nosotras.

El sonido de la puerta al abrirse y cerrarse de golpe rompe algo dentro de mí. Exhalo con dificultad y me doy la vuelta para enfrentarme a la estancia vacía. Sin embargo, me encuentro cara a cara con el olor a vainilla, el cabello rubio y unos labios rosados que me sonríen.

Belle se inclina, cierra los ojos y me besa. En cuestión de nanosegundos, le devuelvo el beso.

23

Devon

Jueves

Me encuentro con Chiamaka en la biblioteca Morgan durante la comida.

Hasta hoy, nunca había estado aquí, pero, al igual que las otras bibliotecas, es enorme y antigua, con estanterías de color café oscuro que llegan hasta el techo, libros que desprenden un ancestral olor a polvo e hileras de computadoras. La 17 está encajada en una esquina. Hay un tipo viendo videos, así que solo puedo mirarlo desde lejos y preguntarme qué esconderá. Cientos de secretos encerrados en la cuenta de Ases.

Chiamaka escribe algo en una libreta pequeña.

—Si nos escondemos detrás del carrito de libros que está junto a la computadora, tendremos la mejor vista y cobertura —dice en un susurro.

Miro hacia allá.

—¿Y si no está ahí el domingo?

Suspira y mira alrededor.

—No se mueven. He venido varias veces a lo largo de la semana para comprobarlo y siempre hay uno junto a la entrada. No obstante, si por alguna razón no está el domingo, entonces nos esconderemos detrás de la primera estantería y esperaremos a que llegue.

Cierra la libreta cuando suena el primer timbre de aviso, que indica el final de la comida. A pesar de la confianza de Chiamaka, todavía me preocupa que algo salga mal.

Nos vamos de la biblioteca por separado, ella unos pasos por delante, para que no parezca que estuvimos allí juntos, y me dirijo a mi casillero. La multitud nos separa a medida que la gente avanza por los pasillos.

Hay un cambio en el ambiente cuando me acerco a los casilleros de los de último año. Algo diferente. Para empezar, está completamente oscuro. En segundo lugar, la gente se mueve más despacio y los murmullos son cada vez más fuertes; al principio no sé a qué se debe ese caos.

Entonces, las luces se encienden y los veo. Carteles pegados en todos los casilleros.

Fotografías de una Chiamaka desmayada con un vestido corto plateado, medias negras y botas de tacón, con el rímel seco en las mejillas y el cabello enmarañado. Algunos tienen escrito «puta» y otros «zorra» en negrita.

Me acerco. Alrededor de su cuerpo hay unas extrañas muñecas rubias idénticas.

Busco a Chiamaka entre la multitud y me trago el nudo en la garganta cuando la veo en mitad del pasillo, paralizada.

El tranquilo caos se ve interrumpido por la música pop que sale por las bocinas mientras una figura vestida de pies a cabeza de negro, con capucha y una terrorífica máscara de Guy Fawkes, aparece de la nada y se precipita hacia delante, cargando con cientos de papeles.

Se me eriza el vello de la nuca y un escalofrío me recorre de repente. Regreso al parque y a la persona enmascarada.

En un rápido movimiento, lanza al aire los papeles que

sostiene. Las hojas caen del techo como gigantescos copos de nieve y la gente salta para atraparlos, como si fuera un juego. Me tapo la cara mientras llueven, pero vislumbro las imágenes impresas. Me agacho y recojo una.

Son nuestras fotos del anuario del año pasado. Solo que nos tacharon los ojos. Es como una puñalada en el estómago.

Sin pensarlo, me abro paso entre la multitud y avanzo hacia la figura de la máscara. Se da cuenta de mi repentino movimiento y me mira a los ojos antes de salir corriendo, esquivando a la gente. Es rápido y los tenis negros le suman velocidad.

Me echo a correr, pero pronto me bloquean los cuerpos y me empujan hacia atrás mientras se agachan para recoger los carteles del suelo. Me abro paso, sin querer perder al enmascarado, pero, para cuando salgo de entre la gente, ha vuelto a desaparecer.

¿Ases?

Respiro con dificultad y me doy la vuelta. Me arde la cara y las extremidades me tiemblan mientras todas las miradas se fijan en mí. Algunas con burla, otras inexpresivas. Busco a Chiamaka en el pasillo, pero desapareció. Vuelvo a fijarme en su foto, expuesta en todos los casilleros. Corro hacia el primero y lo arranco, paso al siguiente y luego al siguiente y al siguiente, mientras me hierve la sangre. Quienquiera que haya sacado esa foto pretendía hacerle daño. Está inconsciente, no sabe que la están fotografiando. Es asqueroso; es una violación de su intimidad.

Veo a Ward al final del pasillo, con uno de los carteles en la mano. Luego lo arruga y lo tira a la basura, antes de alejarse.

Suena el segundo timbre de aviso y los alumnos que me rodean se alejan de sopetón para dirigirse a sus clases. Me quedo de pie en mitad del pasillo, con el cartel de Chiamaka arrugado en la mano, el suelo cubierto de copias de mi foto desfigurada.

♠

El señor Taylor mira los carteles arrugados. Tiene el ceño fruncido y la boca torcida en una mueca mientras escudriña la página.

—Lo siento, Devon. ¿Estaban en el pasillo? ¿No viste quién los puso? —pregunta.

Asiento.

—No vimos quién los colocó, pero alguien lanzó algunas fotos. Llevaba una máscara, así que tampoco sé quién era.

Suspira y me mira.

—Voy a averiguar quién hizo esto, ¿de acuerdo?

Me siento aliviado.

—Gracias.

—Vete a casa y no dejes que todo esto te hunda.

Obedezco. Me voy a casa y trato de no pensar en ello, pero me es imposible.

Estoy en mi habitación, y las rodillas me rebotan como si hubiera tomado demasiado café mientas intento hacer la tarea sentado al borde de la cama, pero no me saco de la cabeza la imagen de los carteles en el suelo del pasillo y la figura enmascarada. Es como si mi mente no comprendiera lo que pasa.

Me siento culpable porque Chiamaka debe de estar sola, lidiando con todo esto por su cuenta. Yo estoy a punto de perder los nervios y el ataque no fue ni la mitad de personal contra mí. No la encontré después de clase en los laboratorios, no contesta el teléfono y no sé dónde vive. Los carteles me hicieron sentir fatal; eran una amenaza para los dos. Nos comunican que alguien va por nosotros y que no parará hasta destruirnos.

Siento un golpecito en el hombro y doy un respingo. Mi hermano James me mira con una expresión muy seria mientras sostiene un dibujo. Llevan toda la tarde viendo caricaturas, como suelen hacer al volver de la escuela. Mi mamá está en la cocina preparando la cena. Normalmente la ayudo, pero en las últimas semanas me he retrasado mucho por culpa del castigo y tengo que hacer tarea.

Examino el dibujo y trato de poner cara de impresionado. Nueve de cada diez veces es un elefante, su animal favorito, pero este es rosa, café y asimétrico.

—Qué bonito, J. ¿Es un elefante? —pregunto, y me lo subo al regazo.

Niega con la cabeza.

—No. Eres tú —dice, y suena decepcionado por mi suposición errónea.

Vuelvo a mirar el dibujo. La cara de la criatura es grande, el cuerpo, pequeño y torcido. James le puso dos orejas y dos pendientes, uno que es una cruz y el otro una bola plana, como los míos. Tiene el ceño fruncido y una lágrima debajo de cada ojo.

—Ya lo veo, es igual que yo —digo, y me siento un poco ofendido, pero eso lo hace sonreír.

Se baja de mi regazo y vuelve a sentarse con Elijah en el suelo, junto a la pequeña televisión de la esquina.

Miro las formas que se mueven en la pantalla por un momento y luego vuelvo a centrarme en la tarea. Siento que vibra mi teléfono y me apresuro a contestar, esperando que sea Chiamaka para decirme que está bien, que lo de los carteles fue una jugada muy retorcida, que sin duda van por nosotros y que tenemos que hacer algo ya, antes del domingo.

Pero no es ella, es Terrell.

Ayer me dejaste plantado.

También me escribió entonces, pero lo ignoré, con la esperanza de que, si fingía no haber visto el mensaje, podría olvidar lo embarazosa que había sido la conversación en su puerta. Después de ese intercambio, decidí irme a casa. Enfrentarme a él directamente me habría resultado demasiado incómodo.

Siento haberme ido. Espero que tu hermana esté mejor.

Me responde de inmediato.

Lo está.

Solo llevamos siendo amigos unos días y ya estoy comportándome de forma dependiente y molesta. ¿Qué demonios me pasa?

¿Te gustaría venir ahora? Puedes traerme la canción.

Veo la tarea. El sonido de las caricaturas ahoga los gritos del ángel bueno sobre mi hombro mientras me pongo los tenis y guardo las hojas.

«De todos modos, soy incapaz de concentrarme», razono mientras tecleo una respuesta.

Llego en 10 minutos.

♠

Diez minutos después, estoy acostado en la cama de Terrell. Es muy cómoda, porque no hay que compartirla con nadie. Extraño los tiempos en los que era hijo único y no tenía que dormir con mis hermanos.

Terrell está sentado frente a mí y escucha mi obra para la audición. Siento náuseas.

¿Y si dice que es mala y que debería desecharla por completo? A veces siento que el tiempo que he dedicado a perfeccionar la canción ha sido inútil. Tal como van las cosas, si en Juilliard se enteran de toda la mierda que ha soltado Ases, no creo que importe lo buena que sea mi composición. No aceptarán a un estudiante que ha sido acusado de todas esas cosas.

Sobre todo, porque ninguna de las acusaciones era completamente falsa. Los hombros de Terrell se mueven bajo el algodón negro de su sudadera y lo observo con el rabillo del ojo. Casi parece que baila. Me dan ganas de reírme, pero no quiero alarmarlo ni cortarle el ritmo.

—Sé lo que le falta —dice, y se voltea hacia mí.

Su voz me sobresalta, pero intento no demostrarlo.

—¿Qué?

—Percusión. —Se quita los audífonos de las orejas y me devuelve el reproductor.

¿Percusión?

—¿En serio? —pregunto, porque me parece raro.

Sé tocar la batería, más o menos, pero no practico desde primero, en los ensayos de la banda, que dejé en cuanto pude. No me gusta mucho trabajar en grupo cuando se trata de música. Tampoco tengo claro si le agradaría al profesorado de composición de Juilliard.

—Es demasiado blanda sin ella, como esa preparatoria de blancos a la que vas.

Le doy un codazo. Me lo devuelve.

Es una obra para teclado y clarinete. Creo que entiendo lo que quiere decir.

—Tal vez tengas razón —admito, con la voz entrecortada.

Vuelvo a pensar en los carteles del pasillo. Mi cara. La de Chiamaka. Es difícil ignorar la ausencia de rostros blancos. Es difícil ignorar la cosa obvia que nos une a los dos: nuestro color de piel.

Tengo demasiadas preocupaciones en la cabeza. No me siento seguro en la prepa, ni en ningún sitio, en realidad, como si tuviera que mirar constantemente por encima del hombro.

De pequeño aprendí a mantener enterrado lo que sentía para lidiar con ello más tarde, por mi cuenta. Se me da bien esconder las cosas en cajas profundas dentro de mi mente. Se me da bien estar bien, casi siempre. Hasta que dejo de estarlo, las cajas se abren y exploto.

—Oye, Terrell —digo en voz baja mientras acerco los dedos a una de esas cajas mentales.

—¿Sí?

Cierro los ojos y siento que floto en algún lugar lejos de aquí. Respiro mientras pienso en qué decir a continuación. Cómo expresarlo.

—Hoy pasó algo raro en clase, algo muy feo.

—¿Qué? —dice, y ya suena preocupado, lo cual es muy típico de él.

Saco el teléfono.

—La persona que anda difundiendo rumores sobre mí y la otra chica colgó estos carteles. Saqué fotos. —Se las enseño.

Mira mi celular, con el ceño fruncido y una expresión cada vez más enojada.

—¿Se lo dijiste a alguien? —pregunta cuando levanta la vista de la pantalla y me mira.

Aparto la mirada de inmediato y me quito pelusas imaginarias de los pantalones para no establecer contacto visual.

—Sí, al señor Taylor, mi profesor de música. Dijo que nos va a ayudar a averiguar quién los puso. Chiamaka y yo vamos a ir a la prepa el domingo para atrapar a quien sea en el acto y detenerlo antes de que todo se ponga peor, si es que es posible.

Terrell asiente despacio.

—Estas fotos... dan escalofríos. —Se interrumpe—. Tú ten cuidado. Quienquiera que sea, podría ser peligroso. ¿Están seguros de que estarán bien? No me importa acompañarlos, si quieres.

Asiento.

—Todo saldrá bien —digo, aunque no me lo creo en absoluto; no quiero involucrarlo.

Lo cierto es que estoy aterrado. Es nuestra única opción, pero siento que la situación está fuera de control, que de repente nos lo jugamos todo. Y no tenemos ni idea de a quién nos enfrentamos.

—Parece un trabajo propio de *CSI* —dice mientras me apunta con los dedos como si fueran pistolas y me los acerca a la cara.

Le giro las manos hacia él, pero les da la vuelta y sonrío sin darme cuenta.

Entierro las cosas. Así las sobrellevo. No las afronto como hace Chiamaka. Siempre existe el riesgo de salir herido y de arrastrar a los demás contigo.

—Chiamaka incluso quiere que me vista de negro, como si fuéramos a robar o algo. —Me esfuerzo por reírme, pero me parece que es una risa forzada.

Levanta una ceja.

—Bueno, si vas a hacerlo, hazlo bien.

Entrecierro los ojos y lo miro.

—¿Pretendes citar a Wham!?

—¿Qué es Wham!? —pregunta Terrell.

—Un viejo grupo de blancos.

—Ah. Lo siento, solo me interesan los chicos negros jóvenes y guapos, como yo.

Me río a carcajadas.

—No eres guapo —espeto.

Le aparecen los hoyuelos en ambas mejillas.

—Esa es tu opinión. Yo creo que soy guapísimo; no tanto como tú, pero estoy bien.

—Lo que tú digas.

Observo la imagen de los carteles en el celular hasta que la pantalla se apaga.

—¿Tienen ya alguna teoría sobre quién puede estar detrás de todo? —pregunta mientras agarra un libro de texto del escritorio y se lo pone en el regazo.

Me encojo de hombros.

—Chiamaka dice que tiene que ser un alumno de Niveus que nos vigila todo el tiempo.

—¿Y si no?

Frunzo el ceño. ¿Qué quiere decir con eso?

—¿Y si es un profesor? ¿Hay alguno que pudiera querer ir por ustedes? —continúa.

Vuelvo a pensar en Ward, en cómo miró los carteles y le importó una mierda. Recuerdo en la prisa que se dio en echarnos la culpa por las memorias USB.

—El nuevo director. Parece que Chiamaka y yo no le agradamos. Tendría sentido. Antes de que llegara, las cosas iban bien. No había Ases; todo empezó en cuanto aterrizó en Niveus.

Terrell asiente.

—Tal vez hayan estado buscando en el lugar equivocado. Deberían acudir al consejo escolar y hacer que lo despidan.

Recuerdo a una profesora blanca que tuve en primaria. Entonces no lo entendía, pero sentía que era malvada. Siempre sospeché que nos odiaba a mí y a los demás niños negros de la clase. Era amable con Jack, pero a mí me hablaba con desprecio, como si hubiera hecho algo malo.

En aquel momento no lo procesé, pero tal vez sea lo que ocurre ahora. Tal vez Terrell tenga razón.

Tendría sentido. Ward tiene acceso a todos nuestros archivos y a la prepa los fines de semana. Sería capaz de manipular el circuito de cámaras, apagar las luces, crear cuentas anónimas... Sin embargo, ¿cómo voy a demostrarlo?

—Creo que necesitamos pruebas más concretas. Espero que el domingo las obtengamos. Si todos los dedos apuntan a Ward, lo atraparemos —aseguro.

Empiezo a hablar igual que Chiamaka.

Viernes

Es viernes, y llegué a la preparatoria un poco antes de lo habitual porque Chiamaka por fin quiso hablar conmigo.

Mientras camino por el pasillo, siento las miradas de la gente, las sonrisas condescendientes que niegan con la cabeza. Como si me importara.

Ya no hay carteles y las paredes están vacías, con la excepción de los pósters del baile al que tenemos que asistir la semana que viene.

Asumo que el conserje se habrá ocupado de limpiarlo, pero, al verlo tan impecable, es como si lo de ayer nunca hubiera sucedido.

Saco el teléfono para revisar si Chiamaka me mandó otro

mensaje. Me quedé en casa de Terrell hasta muy tarde, así que no me acordé de cargarlo hasta esta mañana, que es cuando me escribió.

Cuando entro en el salón de música, donde quedamos de vernos, la pantalla parpadea.

> Bueno, bueno, gente, ¡les traigo un bombazo! Agárrense los cinturones de Gucci y preparen las palomitas mientras les cuento una historia sobre una chica que no logró lavarse la sangre de las manos. Porque si hubiera podido, tal vez no me hubiese enterado.

¿Qué?

> Nuestro desastre con patas favorito, nuestra prefecta mayor, MATARÍA por un poco de atención de Ases. Debe de ser duro pasar de reina a mendiga de la noche a la mañana, así que se me ocurrió ayudarla a volver a escalar posiciones. Ahí va la gran pregunta:
>
> ¿Cuál es la sentencia por asesinato? ¿Diez años? ¿Quince? ¿Cadena perpetua? ¿Alguien puede echarle una mano? Pronto saldrá más información sobre esta historia mortal. Firmado: Ases

Mi mente regresa al archivo de la USB.

La puerta de la sala de música se abre de golpe y salto hacia atrás cuando Chiamaka entra como una tromba, con lágrimas en la cara.

—Devon, creo que me va a pasar algo malo.

24

Chiamaka

Viernes (unos minutos antes)

Los susurros son como serpientes; se te deslizan en los oídos y amenazan con envenenarte la cordura.

«Dicen que Jamie lo sabía.»

«No entiendo por qué no la han expulsado todavía.»

«Espero que Jamie no caiga también, por tener relación con ella.»

Lo veo con los del equipo de futbol junto a su casillero, riéndose. Me acerco a él con confianza y avanzo a zancadas.

—Hola, Jamie —saludo, y le doy un golpecito en el hombro, que tensa de inmediato.

Me doy cuenta de que algunos de sus amigos me miran como si me tuvieran miedo. El temor en sus ojos me desconcierta un poco. Incluso cuando estaba en la cima, nadie me miraba con auténtico pavor, como hacen ahora.

Jamie se voltea y, al verme, su rostro se ensombrece.

Luego mira hacia atrás y dice:

—Nos vemos luego. —Le dan una palmada en la espalda antes de esfumarse por el pasillo—. ¿Qué? —pregunta.

Me cruzo de brazos para ocultar que me tiemblan los dedos. No he dejado de tiritar desde ayer.

—Gracias por lo de los carteles —digo en voz baja.

Escuché que Jamie y otros jugadores del equipo los quitaron. Fue un gesto bonito, aunque aislado. Sigue siendo un imbécil, pero quiero darle las gracias.

—No fue nada. ¿Eso es todo? —responde con frialdad.

¿Por qué vuelve a actuar como si fuera su enemiga, después de la supuesta disculpa del martes?

—Por cierto..., quería preguntarte algo. —Me aclaro la garganta—. La foto es de tu fiesta del año pasado, ¿no? Solo me he puesto ese vestido una vez.

Se encoge de hombros.

—Tal vez.

—¿Sabes lo que pasó esa noche? La foto era muy rara. Tengo muchas lagunas.

Algunas personas entran en el vestíbulo, nos miran fijamente y se alejan deprisa, como si no quisieran estar cerca de nosotros.

—No —dice con brusquedad.

La foto me hace sentir extraña. Nunca la había visto y no tengo ningún recuerdo de ella. Las muñecas... Me recuerdan a las de mis sueños, las que se parecen a la chica.

¿Por qué publicar la foto ahora, si la han tenido durante todo un año? ¿Qué más pasó esa noche?

—¿Ya terminaste con las preguntas?

Niego con la cabeza.

—¿Ha habido más mensajes? A lo mejor estoy paranoica, pero...

—Dijeron lo del accidente —comenta Jamie con soltura.

Siento una puñalada en el estómago.

—¡¿Qué?! —grito.

—Ases lo insinuó.

—¿Te nombró? —Si habló del accidente, no puede ser que me inculpe solo a mí.

—¿Por qué iba a mencionarme, Chi? —dice con indiferencia.

No puedo respirar. El dolor de estómago empeora.

—¿Cómo? —digo un poco más alto—. ¡Yo no hice nada! Jamie estaba allí. Él manejaba; se suponía que miraba la carretera y la atropelló.

—¿No la atropellaste? ¿No abandonaste el cuerpo? Eso se llama atropello con fuga, Chi. La gente va a la cárcel por eso. —Su voz me quema los oídos.

Veo la sangre, los rizos rubios enmarañados, sus ojos muy abiertos, su cuerpo inerte. Quiero llorar.

—¡Tú la atropellaste! ¡Fuiste tú! Te fuiste y me impediste llamar a una ambulancia o a la policía.

—¿Estás segura? —pregunta con una sonrisa y una mirada que me destruye. Es una mirada que siempre he interpretado como traviesa, pero ahora me parece de odio.

La tienda de dulces. Todo lo que sabe Ases. La manera como habla. Antes me parecía imposible, dado que afirmaba estar enamorado de Belle, pero a lo mejor sería capaz de fastidiar su relación solo para hacerme daño. Como he dicho, el amor y el odio son versiones retorcidas de lo mismo. Tal vez su odio secreto hacia mí pesara más que lo que sentía por su novia.

Jamie se da la vuelta, pero se detiene cuando tartamudeo:

—E-eres tú, ¿verdad? —Me tiemblan los dedos cuando me coloco un mechón detrás de la oreja—. Eres Ases. Me tendiste una trampa en la tienda de dulces y has difundido mis secretos en la prepa. Eres el único que podría saber todas esas cosas. Por alguna razón, saboteaste tu relación con Belle. Pero ¿qué te hizo Devon?

Jamie es mi mejor amigo. No, era. A veces los amigos

chocan y se pelean. A veces nos enojamos tanto que se convierte en resentimiento, y este, en odio. Por la forma en que me mira, no me cabe duda de que me detesta. Por alguna razón, Jamie me odia. Pero Devon...

—¿Es porque somos negros?

No hay nada más en el mundo. No hay pasillo. Ni susurros. Solo nosotros.

—¿Me estás diciendo racista? —pregunta.

Al crecer, me di cuenta muy pronto de que la gente odia que la acusen de racista más que el propio racismo. Por eso no me sorprende que haga una pausa, se meta una mano en el bolsillo y empiece a darse la vuelta despacio mientras habla. En su cara hay una sonrisa inquietante que se amplía cuanto más la miro.

Da un paso adelante.

—¿Te habría tocado si odiara a las negras?

Mi cuerpo vibra, la sangre me hierve por la ira y se me nubla la vista. Lo empujo, con fuerza, y se tambalea hacia atrás. Se le escapa una risa de la boca sonriente mientras recupera el equilibrio.

¿Por qué carajos se ríe?

—No soy Ases, pero me tienes confundido, Chi. —Se acerca, un ceño fruncido sustituye a la sonrisa—. ¿No es esto lo que querías? ¿Desde primero?

—¿Qué? —pregunto.

No dejo de mirarlo, la facilidad con la que cambia de una emoción a otra en cuestión de segundos me asombra. Como si tuviera un interruptor en alguna parte de su cuerpo.

—Que la gente supiera tu nombre, que todos hablaran de ti. Ser popular. —La confusión se transforma en lástima—. Ya lo tienes, Chi. —Se acerca otra vez, tanto que me llega el fuerte olor de su loción—. Después de todo esto —hace un gesto para abarcar el pasillo con una sonrisa falsa en la cara—, ¿cómo van a olvidar a la gran Chiamaka Adebayo?

Estira la mano y me toca ligeramente el cabello. Me dan ganas de vomitar y las lágrimas en la garganta lo empeoran. Lo miro. Me contempla el cabello con la misma concentración que cuando trabajamos con los mecheros Bunsen. Como si fuera un experimento científico.

De repente, lo suelta y deja que los mechones que caen de entre sus dedos ásperos me rocen la cara.

Luego, sin decir nada más, se da la vuelta y se va.

La chica que me atormenta los pensamientos me rodea el cuello con la mano y aprieta; su grito me resuena en la mente mientras salgo a toda prisa por las puertas dobles, subo la escalera y entro en el salón de música de Devon, donde quedé de verme con él. Sin embargo, cuando llego, está mirando el teléfono.

También lo vio.

—Devon, creo que me va a pasar algo malo —susurro entre lágrimas, sin poder parar.

Las emociones se amontonan unas sobre otras, el miedo que sentí ayer, el terror que siento ahora. Todo el mundo mirando mi cuerpo desmayado y riéndose de él. Jamie observando mi cuerpo, utilizándolo, burlándose.

—Yale, mi futuro. Voy a acabar en un restaurante de comida rápida, no seré médica después de esto...

—Chiamaka.

Lloro más fuerte.

—Todo terminó...

La voz de Richards me sobresalta cuando la alza.

—¡Chiamaka!

Por fin lo miro bien. Ni siquiera parece que traiga uniforme, con esa sudadera negra de alienígenas y los tenis.

—Chiamaka, lo encontraremos y lo detendremos. A las

universidades no les importará un puñado de rumores sin fundamento, ¿entendido?

Devon miente fatal. Claro que les importará, pero asiento de todos modos.

El plan tiene que salir perfecto; debemos estar bien preparados. Nadie puede saber lo que hice.

♠

Antes de que Ases insinuara que soy una asesina, creía que nada me haría sentir peor que los susurros y las miradas críticas. Me equivocaba. El silencio es mucho peor. Ahora, cada vez que entro en un pasillo o en una clase, todo el mundo se calla, incluso los profesores. El silencio es mucho más ensordecedor y sofocante que las palabras en voz baja.

Apenas fui capaz de superar el día. Me cuesta fingir que estoy bien cuando no lo estoy. Cuando termino el castigo, después de hacer un doble turno por haber faltado al de ayer, Belle me espera fuera. Tiene una enorme sonrisa en la cara, como si no me hubieran acusado de asesinato, como si toda mi vida no se estuviera desmoronando, como si nadie intentara acabar conmigo. No parece afectada por lo que dijo Ases; no sé si eso la convierte en ingenua o en perfecta.

Me abraza, pero no dejo de sentir que es un abrazo de despedida. No dejo de esperar el siguiente mensaje, la historia que van a contar, las pruebas que van a sacar. ¿Qué van a decir? ¿Que era yo quien manejaba, la que atropelló a la chica y la dejó allí? En realidad, como mucho soy cómplice, pero da igual. Lo tergiversarán todo. Además, ¿quién me creería a mí en vez de al perfecto heredero Jamie Fitzjohn?

Nadie.

Mi poder se limitaba a los pasillos, a lo que la gente pensaba de mí. ¿Cómo voy a competir con alguien cuyos padres son exalumnos y donantes de Niveus, gente con poder de verdad?

Belle enlaza el brazo con el mío y la agarro con fuerza mientras empezamos a alejarnos de la prepa.

—¿Te acompaño a casa? —propongo, y espero que diga que sí. No quiero quedarme sola en mi cuarto.

—Claro y, por el camino, te cuento que Jamie vino a explicarme que ha cambiado. Incluso me dijo que ya lo arreglaron. —Las palabras están envueltas en sarcasmo.

Se me revuelve el estómago y recuerdo nuestra conversación. Cómo me miró como si fuera inferior a él. Lo seguro que parecía de que nada de esto iba a salpicarlo. Me había convencido de que Jamie tenía el mismo miedo por su futuro que yo, pero la realidad es que es un hombre blanco, y se les da muy bien salirse con la suya.

—Tiene un concepto de «arreglar» bastante raro.

Belle se ríe.

—No creo que alguien haya podido ser la mejor amiga de una persona así durante tanto tiempo —comenta mientras me mira de reojo.

La empujo sin fuerza y también me río un poco.

—¿Verdad? Y la chica que salió con él... Uf, yo sería incapaz.

—Por suerte no somos nosotras, ¿eh? —bromea.

Entrelaza los dedos con los míos con naturalidad e intento actuar normal.

—Pues sí.

—De todos modos, le dije a Jamie que no me interesa, que me gusta otra persona.

Levanto las cejas, pero intento no parecer esperanzada.

—¿Le dijiste quién?

Niega con la cabeza.

—No sabía si querías que lo supiera.

Me paro en seco y se detiene conmigo.

El miércoles nos besamos, pero entonces entró Ward y tuve que fingir que Belle había venido a pasarme unos apuntes, mientras le rezaba a todos los dioses posibles para que no nos hubiera visto. Belle salió corriendo y no hemos vuelto a tener oportunidad de hablar del tema, sobre todo después de lo de ayer, cuando solo quería estar sola.

Hasta ahora.

Empezamos a caminar de nuevo.

—Siento que el miércoles nos interrumpieran. Quería hablar contigo —dice Belle.

—Yo también.

No tengo claro qué significa ni por qué Belle es la única chica en la que he pensado de esta manera, pero no quiero detenerme a analizar lo que siento, solo quiero que me guste y no pensar en mis padres ni en la gente de Niveus, sus críticas y sus opiniones.

—Soy bisexual —empieza—. Ya salí del clóset, pero no estaba segura de cuál era tu situación; es decir, la gente lo sabe casi todo sobre ti, los chicos con los que has salido y eso, pero no quería asumir nada. Además, me odiabas cuando estaba con Jamie, así que pensaba que lo máximo que podríamos llegar a ser era buenas amigas. Hasta el miércoles.

Dice «miércoles» con una sonrisa traviesa.

—No me di cuenta de que me gustabas hasta entonces. En realidad, creo que estaba en modo negación —digo—. Y que conste que nunca te he odiado.

—Ya, claro —dice tras una larga pausa.

Ya llegamos a la casa de Belle. Nos quedamos mirándonos como si fuera una competencia. Intento no parpadear, por si lo es. Entonces, ella parpadea y yo gano.

—¿Puedo besarte otra vez? No llegamos a terminar lo

que empezamos y me parece muy injusto —pregunta, y se acerca.

—Solo en nombre de la justicia —respondo, y me besa de nuevo, esta vez sin interrupciones.

Por lo que he visto en la tele y en los libros, siempre he tenido la idea de que no ser hetero tiene que ser algo muy grueso que va acompañado de autoodio. Casi me siento rara por sentirme bien porque me atraiga Belle, pero, de nuevo, no le veo nada de raro; es correcto.

Belle se despide y cierra la puerta de su casa. Comienzo a caminar hacia la mía, un dolor de cabeza empieza a formarse al quedarme a solas con mis preocupaciones. No me imagino tener que abandonar el futuro que he soñado, ni ir a la cárcel ni tampoco lo decepcionados que estarían mis padres. Siempre me he esforzado para que estén orgullosos. Pensarían que han desperdiciado todos sus sacrificios en un monstruo.

No me percato de que un coche negro me sigue hasta unas cuantas casas más allá. Se mueve con determinación, se detiene y reduce la velocidad cuando lo hago yo, y acelera cuando apuro el paso. Trago saliva y camino más rápido.

«Soy una paranoica», me digo a mí misma mientras miro la ventanilla. El corazón se me detiene. Aunque los reflejos en el cristal me impiden ver con claridad, distingo unas manos con guantes negros en el volante y la misma máscara espeluznante del jueves sobre el rostro de la persona.

Me echo a correr por la banqueta; respiro con dificultad y los ojos me pican mientras trato de no caerme.

¿Qué está pasando?

Siento los dedos de los pies entumidos dentro de los zapatos de tacón de aguja mientras intento dejar atrás el coche. El ruido del motor al acelerar hace que me ponga a temblar. Veo el portón de mi casa a lo lejos. Cuando lo alcanzo avanzando a tropezones, apenas respiro. Estoy hiperventilando.

Cuando introduzco el código de acceso en el teclado y me apresuro a entrar, oigo cómo se apaga el motor.

Abro la puerta de casa y me meto. La cierro de un portazo y pongo los dos cerrojos.

Me alejo de la puerta como si fuera una bomba a punto de estallar mientras trato de recuperar el aliento, pero me cuesta mucho tomar aire. Distingo un movimiento tras los cristales translúcidos.

«No pueden entrar. No pueden entrar.»

El teclado emite un pitido, una figura se acerca a la puerta y aparecen la sonrisa distorsionada y la piel pálida de la máscara. Grito y retrocedo por el pasillo.

—¡Mamá! ¡Papá! —grito y sollozo mientras miro al cristal.

Nadie responde. No es que me sorprenda. Suelen estar en el hospital a estas horas.

Casi nunca están en casa.

—Que alguien me ayude, por favor —susurro, con la voz quebrada.

De nuevo, no hay respuesta.

Observo cómo la figura se queda ahí, mirándome. Luego veo cómo se abre la ranura del correo y el corazón me rebota en la caja torácica cuando una mano enguantada introduce un sobre. Cae al suelo mientras la solapa metálica se cierra.

No me muevo.

Al cabo de unos instantes, la figura se aleja, una única línea negra que se diluye a medida que avanza.

Permanezco en silencio durante unos minutos. Se me secan las lágrimas, pero los dedos todavía me tiemblan mientras trato de recomponerme y pensar qué hacer.

Me acerco despacio a la puerta, tomo el sobre y lo abro. Está lleno de fotos Polaroid.

La primera es de mi casa, desde el jardín.

La siguiente es una foto mía a través de la ventana de mi habitación.

La siguiente soy yo otra vez, quitándome la camisa.

En la siguiente, se me ve en ropa interior. La foto está sacada a través del hueco de las cortinas.

Recojo con mano temblorosa la siguiente Polaroid.

Estoy en toalla, recién salida de la regadera.

Ya sé qué viene después.

Dejo escapar un suspiro cuando levanto la última.

No es una foto. Solo un mensaje escrito.

Todo saldrá a la luz. ¿Tienes ganas de divertirte?
Firmado: Ases

Esto no son mensajes de texto ni bromas de prepa.

Son mis secretos más profundos.

Es mi casa. Mi hogar. Donde pensaba que estaba a salvo.

Ases debe de hacer sacado mi dirección de los archivos de Niveus, pero no tengo ni idea de cómo entró en mi jardín. Miro alrededor en el vestíbulo vacío.

Me dirijo hacia la escalera.

Hay tanto silencio que mis pasos hacen eco.

Si un árbol cae en un bosque y no hay nadie, ¿hace ruido?

Si una chica sola en una gran pecera grita y no hay nadie, ¿se le oye?

Vibra mi celular.

Siento que revivo la misma pesadilla una y otra vez, y que nunca se detendrá.

[Una foto adjunta]

Veo, veo. ¿Qué ves? Una cosita. Y ¿qué
cosita es? A nuestro estudiante de

música favorito le gusta acurrucarse
en el túnel púrpura, detrás de los
columpios. Firmado: Ases

Devon besándose con un tipo en un parque. Me vuelve a sonar el teléfono.

Tengo más, Chiamaka. Y no me da
miedo compartirlas. Firmado: Ases

¿Qué quiere? ¿Cuál es su objetivo? Siento que todo está fuera de control, incluso yo misma. No me quito de la cabeza la sensación de que va tres pasos por delante y que lo único que hacemos es seguirle el juego. Siento que falta mucho para el domingo, pero no sé qué más hacer.

Miro la pantalla del teléfono y cómo mis dedos se ciernen sobre el 9 y el 1, pero no puedo llamar a la policía. Por muy mal que se pongan las cosas, es inviable, porque Ases sabe lo del atropello. Al menos, no antes de atrapar al culpable. Así que abro la lista de contactos y busco. Dudo un instante antes de pulsar el botón de llamada.

25

Devon

Viernes

—¿De verdad crees que mató a alguien? —pregunta Terrell.

Me encojo de hombros. Chiamaka asusta a la gente, pero no me parece que sea una asesina. No obstante, ha intentado negar muchas informaciones de Ases que ambos sabemos que son ciertas. Además, está lo que había en la memoria USB.

Sin embargo, también sé que Ases pretende tergiversar la información en nuestra contra, así que quién sabe si es verdad, o toda la verdad. Después de ver a la figura enmascarada en el pasillo y los carteles, después de que me haya seguido, tengo miedo de lo que vaya a hacer a continuación. Siento que esta semana las cosas han cambiado. Antes era desagradable, pero ahora es peligroso.

—¿Seguro que no quieres que los acompañe el domingo? Se me da bien pelear y he visto muchas películas de espías —se ofrece Terrell.

—Tranquilo. Te escribiré para que sepas que estamos vivos —digo.

Una llamada entrante me sobresalta y me saco el teléfono del bolsillo. Hablando del rey de Roma...

—¿Sí? —respondo.

—¿Devon? —habla la voz de Chiamaka.

La noto rara.

—¿Todo bien? —pregunto.

Hay una pausa. La oigo sollozar.

—Alguien, supongo que Ases, me siguió a casa, prácticamente me hostigó.

—¿Qué? ¿Viste quién era? —interrumpo.

—No. Llevaba máscara, y además yo estaba corriendo para salvar mi vida. Gracias por preguntar si estoy bien —suelta.

—Lo siento. —Terrell me mira con expresión de desconcierto y yo me levanto de la cama—. ¿Te encuentras bien? ¿Te hizo daño? —pregunto.

—Estoy bien —responde, pero le flaquea la voz—. Metió unas fotos nuestras por la ranura del correo. Nos las sacó a escondidas. Me envió una tuya en un parque de juegos. Parecía personal.

Mi mente regresa al parque. Terrell. El beso.

—¿Devon?

—Perdona, me distraje.

—No pasa nada. Es que... Lo del domingo tiene que salir bien, ¿de acuerdo?

—Sí —asiento.

Parece muy conmocionada.

—Bueno. Tengo que colgar. Vete con cuidado y procura no hacer nada incriminatorio de aquí al domingo.

Estoy confundido.

—¿A qué te refieres?

Suspira.

—Que te lo guardes en los pantalones. A eso me refiero.

Ah.

—Ah. Tú también, supongo —digo.

—Sin problema.

—Bien.

Luego cuelga.

—¿Quién era? —pregunta Terrell. Casi se me olvida que estaba ahí.

No quiero contárselo todo, no me gustaría que se preocupe. El asunto es demasiado peligroso.

—Chiamaka. Tan solo quería volver a repasar el plan —miento.

Me subo a la cama y me siento a su lado, mientras evito mirarlo a los ojos.

—¿Le dijiste que el director podría estar implicado? —pregunta.

Niego con la cabeza.

—Todavía no. Es solo una teoría. Y dudo que se la creyera. Es una lamebotas. Lo que más le preocupa es recuperar su estatus. De todas maneras, si es cosa suya, pronto lo sabremos.

Miro por la ventana, ansioso, preocupado de que haya alguien acechando fuera. Observando, recolectando secretos, conspirando.

De fondo, suenan las caricaturas que Terrell me ha obligado a ver. Tiene el mismo gusto que mis hermanos pequeños.

Desvío la mirada y me fijo en los diplomas y las medallas de plástico que cuelgan de las paredes. Nunca los había visto de cerca. Todos dicen «alumno estrella» o «promedio más alto», son de diferentes años.

Terrell es listo, no me sorprende que saque buenas calificaciones. Aunque no me parece que vaya mucho a clase. A mí tampoco se me antoja volver, quiero escapar de Ases.

Me pregunto por qué no va la preparatoria. ¿De qué escapa él?

Me da sueño. Llevo horas en su casa. Cierro los ojos un instante y empiezo a dormirme.

—Prométeme que el domingo no morirás —dice.

No estoy seguro de si lo soñé o lo dijo de verdad, pero respondo de todos modos.

—Te lo prometo.

26

Chiamaka

Sábado

Estoy sentada entre las piernas de mi mamá mientras me trenza el cabello y vemos reposiciones de *Girlfriends*. Como helado y le acerco la cuchara de vez en cuando, si me siento generosa.

Me encanta que me trencen el cabello; es relajante y un poco doloroso, pero en el buen sentido.

—¿Qué tal la escuela esta semana? —pregunta despreocupadamente, como si fuera una conversación sin importancia.

Pienso en la figura de la puerta. En el sobre que apareció por la ranura del correo. Mi cuerpo, expuesto. Ases acercándose cada vez más. No he abierto las cortinas en todo el día, por miedo a que alguien pudiera estar acechando en las sombras.

—Muy bien —digo.

—En la prepa, parece que el tiempo pasa mucho más despacio, pero te aseguro que todo valdrá la pena cuando estés en la universidad, ya sea Yale, Stanford o la Universidad de Nueva York, da lo mismo.

A mi madre le encanta recalcar que la universidad a la que vaya no importa, pero ¿por qué iban a enviarme a escuelas privadas y a darme las mejores oportunidades para luego esperar mediocridad a cambio?

—Además, la universidad es más divertida y menos estresante. El tiempo vuela. —Chasquea los dedos.

La gente siempre me dice lo mismo, que la siguiente etapa será mejor que esta. Dado como han sido las últimas semanas, ahora mismo cualquier cosa sería preferible.

—Me da miedo no entrar.

—No seas tonta. Tienes las calificaciones, la actitud y las extraescolares —enumera mientras termina con el cabello.

El año pasado, todo eso me hacía sentir segura; antes de Ases.

Ahora, soy una ladrona, una mentirosa, una asesina.

Me miro las rodillas y parpadeo para contener las lágrimas.

—Ya está —dice mi madre, y suspira.

Me levanto y me crujen las articulaciones por haber pasado tanto tiempo sentada. Camino hasta el espejo de cuerpo entero.

En el reflejo hay una chica que se parece a mí, pero diferente. La que suelo ser lleva el cabello alaciado, se maquilla cinco días a la semana y tiene una mirada de confianza inquebrantable. Ahora me encuentro, como siempre, confundida por lo que puede hacer mi cabello. Entrar en este estilo y cambiarme por completo. Ya no soy Chi, sino Chiamaka, hija de una madre nigeriana que ama mi cabello más de lo que yo nunca seré capaz.

—Gracias, mamá, me encanta.

Lo digo en serio. Adoro llevar el cabello trenzado. Sin embargo, nunca salgo así. Es demasiado arriesgado. Prefiero alaciarlo a que me toquen y me miren, a que me acaricien como a un animal y me interroguen. Como Jamie, que ayer me observó como si fuera un experimento científico que le intrigara.

Quiero destacar por ser la más inteligente y la mejor, no por mis rizos.

Mi madre aparece detrás de mí en el espejo y me volteo para mirarla. Me sonríe, como si estuviera muy orgullosa. Si supiera todas las cosas que he hecho... Quién soy de verdad.

—¿Te he contado alguna vez lo que significa tu nombre? —pregunta.

Niego con la cabeza. Nunca me lo había planteado.

Sus ojos parecen tristes.

—Te llamas como mi madre. Ella, igual que tú, era inteligente y preciosa, sabía lo que quería y lo que no. —Ensancha la sonrisa—. Chiamaka significa «Dios es hermoso», y Adebayo, el apellido de mi padre, «la que llegó en un tiempo alegre».

Mi madre nunca habla de su familia, ni siquiera los he conocido, ni he estado en Nigeria. Sin embargo, sé que los quiere. A veces, cocina algo y dice «Este era el plato favorito de mi madre», o me habla de su infancia y del ajetreo de Lagos, donde se crio. «¿Crees que Nueva York está atestada? Lagos sí que es la ciudad que nunca duerme.» No obstante, nunca entra en detalles, solo me ofrece pinceladas de su vida antes de casarse con mi padre. Siempre me siento insatisfecha, como si llevara un año soñando con comer después de pasar hambre y hubiera probado un solo bocado y luego me hubieran arrebatado el plato antes de saciarme.

A veces, me planteo si la familia de mi madre también se sintió decepcionada con ella por haberse casado con mi padre. Me pregunto si alguna vez llegaron a conocerme, si me odiarían por el simple hecho de existir, como la rama paterna.

—¿Tus padres llegaron a conocer a papá? —pregunto, con cuidado, para intentar sacarle lo que pueda antes de que me lo arrebate.

Niega con la cabeza.

—Al igual que nosotros, mis padres venían de mundos diferentes. Aunque ambos eran nigerianos, pertenecían a tribus distintas. Mi madre era igbo y mi padre, yoruba. Fui muy afortunada al crecer con esa mezcla de culturas tan ricas y quería que tú sintieras lo mismo. Pretendía que vieras tu nombre y sintieras la riqueza de tu origen. Quería que supieras que, cuando pronuncio Chiamaka, lo que digo es «Mi hija es hermosa e inteligente, y me da mucha alegría».

Tiene los ojos vidriosos mientras me toma la cara entre las manos y me besa la frente.

Sonrío y siento que se me salen las lágrimas, pero no porque esté triste. Nunca se me había ocurrido sentirme orgullosa de mi nombre, ni siquiera sabía que tenía un significado especial.

—Tengo que ir a prepararme para el trabajo. —Se seca los ojos y se aleja.

Me gustaría que se quedara y me contara más. Ojalá trabajara menos y pasara más tiempo hablándome del mundo en el que creció, sobre quién era antes de que yo naciera. En cambio, la miro mientras se aleja.

—Te quiero —digo antes de que se vaya, y ella alza las cejas con sorpresa. No lo digo a menudo, así que no la culpo por extrañarse.

—Yo también te quiero, Chiamaka. Hay arroz y estofado en la cocina para cenar, por si tienes hambre.

Asiento. Luego me deja, como hace siempre, y sus pasos resuenan por el pasillo.

Una pesadez me aplasta mientras miro la puerta. Inhalo

por la nariz mientras dejo que se me nublen los ojos y observo cómo la habitación desaparece, ahora silenciosa.

El sonido de dos zumbidos, agudos y claros, me llama la atención.

No parece posible, pero juro que el cerebro se me agita como una sonaja dentro de la cabeza. Cierro los ojos y me agarro el pecho mientras mi respiración se calma de nuevo.

Camino hacia el teléfono, lo único que enfoco sobre la cama, y lo levanto como si fuera un explosivo.

Sé que esto es un poco atrevido, pero
tengo la casa sola.

La sensación de temor se desvanece poco a poco. Los restos se me filtran por los bordes de los huesos y otro sentimiento ocupa su lugar.

Me pongo un gorro de lana para cubrirme el cabello y me apresuro a casa de Belle. Llamo a la puerta blanca y me arrastra al interior.

—¿Quieres un jugo o algo? —pregunta. Asiento y me da una bebida verde. Nos sentamos a la mesa de la cocina y nos lo tomamos en silencio. Entonces, dice—: Qué gorro tan bonito. Creo que nunca te había visto con uno.

—A veces lo uso —respondo de forma patética.

Hay más silencio y tamborileo con los dedos en la mesa. Dejo el vaso vacío y me sonríe. Es la primera vez que entro en su casa. Me parece fría y aséptica, pero no tanto como la de Jamie. La de él parece un museo más que una casa; la de Belle es más moderna.

Con el rabillo del ojo, me fijo en un marco. Una foto de

familia. Me llama la atención porque es la única que he visto hasta ahora. Lo normal es que la gente tenga fotos colgadas por todas partes, pero las paredes de Belle están vacías; no hay ningún signo que indique que vive aquí, solo el hecho de que tiene la llave. Sonrío con disimulo, me levanto y me acerco al marco. Ella también se levanta y se pone delante de mí para tapar la foto con el cuerpo. Tiene una mirada de pánico en la cara.

—¡Quiero verte de pequeña! —digo, y trato de vislumbrar algo por encima de su hombro, pero me bloquea de nuevo.

—Era fea y chimuela. ¿Quieres ir a mi habitación? —pregunta, y se le iluminan los ojos; el pánico desaparece—. Tengo un montón de películas que aún no he visto, si te interesa.

Levanto una ceja e intento echar un vistazo otra vez. Todos tenemos fotos de la infancia que nos avergüenzan. Sin embargo, Belle me pone una mano en la mejilla y me besa. Entonces, antes de darme cuenta, estamos en su habitación, con los labios pegados, mis dedos en sus rizos rubios y sus brazos en mi cintura.

Me quité los zapatos cuando entré en la casa, así que siento la suave textura de la alfombra a través de los calcetines; aprieto los dedos de los pies y luego los relajo. Huelo su perfume, rosado y ligero, como ella.

De repente, la boca de Belle se aleja de la mía y sus mejillas se sonrojan. Sus brazos me sueltan y retrocede, despacio, para sentarse en la cama, sin apartar los ojos de los míos. No hace frío, pero un temblor me recorre y se me eriza el vello, se me pone la piel de gallina en el cuello, en los brazos y en las piernas.

Belle es lo único en lo que pienso y lo único que veo. La sigo hasta la cama y coloco la mano en sus pálidas mejillas para levantarle el rostro y que su azul se mezcle con mi café.

Apoyo la cabeza en la suya y vuelvo a inhalar su aroma, que me hace querer disolverme para siempre y olvidarme de todo. La misión de mañana, el miedo que siento, que mi futuro penda de un hilo.

Nuestros labios se tocan y se mueven, cada vez con más profundidad, y noto que caigo hacia delante. Ella también se mueve y entonces chocamos; su espalda rebota en el colchón.

Rompo la conexión cuando siento que sus manos me rozan el cuero cabelludo.

¿Dónde está el gorro? Me asusto y me aparto un poco.

—¿Qué pasa? —pregunta.

—El gorro —digo con un hilo de voz.

—Aquí hace calor, no lo necesitas. Además, me gusta tu cabello, es bonito. Yo también me hago trenzas francesas, pero nunca había visto unas tan pequeñitas —comenta mientras lo inspecciona.

Trenzas francesas. Me río.

—No son trenzas francesas, son *cornrows*.

El rosa vuelve a espolvorearle las mejillas.

—Ah. Lo siento, no lo sabía.

Niego con la cabeza.

—No pasa nada, de verdad.

«Me alegro de que no me mires como si fuera otra», pienso, pero no lo digo, porque no estoy segura de si lo entendería.

Belle asiente, con una sonrisa socarrona en los labios, mientras se lleva la mano a la camisa y empieza a desabrocharla.

—¿Quieres que sigamos sin hablar? —pregunta.

El amarillo de su brasier me provoca un cosquilleo por todo el cuerpo.

—No hablar es lo que más me gusta hacer —respondo.

27

Devon

Domingo

Sabía que iba en serio cuando me dijo que viniera vestido de negro, pero no esperaba que también pretendiera que pareciera un criminal.

Chiamaka me saluda con la mano junto a la entrada trasera de la preparatoria, con un juego de llaves en la mano y un pasamontañas tapándole la cara. Entré por el portón de atrás, que se suele dejar abierto para los de la limpieza. Es uno de los pocos puntos de Niveus donde no hay cámaras. No he dejado de mirar por encima del hombro durante todo el trayecto, en busca de temibles figuras enmascaradas con cuchillos afilados dispuestas a matarnos a los dos. Sin embargo, las calles estaban vacías, sin señales de que nadie me siguiera.

Me acerco a Chiamaka, que examina mi atuendo con mirada crítica. Entonces, se levanta ligeramente el pasamontañas y revela una expresión de indiferencia.

—¿Qué fachas son esas? —susurra.

Estoy vestido de negro. No entiendo por qué le da tanta importancia.

Traemos básicamente lo mismo, salvo porque ella se puso unas botas de tacón con la suela roja y yo unos Converse. Por lo menos, mis zapatos no van a chasquear y alertar a Ases y al resto de las personas anónimas que van por nosotros de que estamos aquí.

—¿Qué? —digo.

Niega con la cabeza y se baja el pasamontañas con brusquedad.

—Nada, ven a mirar por la ventana conmigo.

—¿Adónde da? —pregunto, y me acerco a la puerta trasera y a la ventana que hay al lado. Casi no veo nada con la cabeza de Chiamaka en medio.

—A la biblioteca.

Ideal.

—¿Ya hay alguien dentro?

—Obviamente no. ¿Crees que no te avisaría y me quedaría mirando cómo juega con la computadora?

Miro hacia el cielo oscuro.

«Dios, por favor, dame paciencia.»

—Pensaba que íbamos a entrar y a escondernos detrás del carrito junto a la computadora 17.

Suspira con fuerza.

—Entremos.

Mete la llave en la cerradura con mucho ruido, la abre con mucho ruido y entra. Con mucho ruido.

No soy un ladrón, pero sé evitar que me maten o me descubran. Chiamaka está claro que no. La sigo y observo cómo intenta ir de puntitas y fracasa. Accedemos a la biblioteca. La sala está fría, silenciosa y vacía. Miro alrededor y me centro en la computadora 17, en la esquina, inmóvil. Intacta. Amenazante.

—Mira —indica.

Sigo su mirada hacia una de las paredes adornadas con

lo que parecen cientos de fotografías enmarcadas en blanco y negro, todas con los años bien etiquetados en el marco. Primero, segundo, tercero y último año de cada generación. Es un poco espeluznante que se guarde todo esto en la biblioteca Morgan, precisamente. Como si a los chicos les gustase fajar mientras los exalumnos de Niveus los miran.

Estoy casi seguro de que las fotos no estaban aquí cuando vinimos el jueves.

Busco en la pared la de nuestro primer año y me agacho un poco para enfocarla. Somos muchos. En cualquier otra prepa, mi rostro se desdibujaría y se mezclaría con el resto de la clase, pero no me cuesta nada encontrarme. La piel oscura, prominente como la de Chiamaka, destaca de manera cómica en el mar de blanco.

Con el rabillo del ojo, me fijo en una foto de segundo de 1963, en la que dos desconocidas de rostro negro me devuelven la mirada. Veo cómo han cambiado en la siguiente foto, la de tercero, en la que una de las chicas parece más alta. A veces se me hace raro ver fotos en blanco y negro de personas racializadas. La televisión me hizo creer que no habíamos existido hasta los ochenta.

—Deberíamos escondernos hasta que llegue. Van a dar las nueve y no quiero que me atrapen y morir vestida de poliéster —comenta Chiamaka.

Comienzo a caminar hacia el carrito que hay junto a la computadora 17, pero me empuja en dirección contraria, hacia las computadoras 6 y 7.

—Métete debajo y arrastra la silla para ocultar tu cuerpo —susurra, abandonando por completo el plan que tanto insistió en que siguiéramos.

No obstante, hago lo que pide, me siento junto a ella en el suelo, debajo de la mesa, y arrastro la silla para cubrirme.

Me asomo un poco y tengo la computadora 17 justo delante. Quizá este plan sea mejor.

Nos sentamos en silencio durante un rato. Me restriego el sueño de los ojos y me apoyo en la pared, pero me golpeo la cabeza contra la mesa.

—¡Shhh! —dice Chiamaka, que parece molesta porque me lastimé.

No confío en lo que podría decir en este momento, así que no respondo.

—Por cierto, ¿por qué tardaste tanto en llegar? —susurra, y me da un manotazo en la cabeza.

Se quitó el pasamontañas y lo tiene en el regazo.

«Dios, por favor, paciencia. Gracias.»

¿Por qué tardé tanto? La verdad, estaba con Terrell en una heladería cerca de su casa.

—Estaba cenando —digo, porque el postre es técnicamente parte de la cena.

Noto que pone los ojos en blanco. Resulta que ahora comer también es un crimen.

—La próxima vez que no se te ocurra hacerme perder el tiempo. Tenemos que atrapar a un acosador.

—Lo siento. Si lo prefieres, me muero de hambre y me desmayo delante de Ases.

Me pellizca la pierna.

—¿Qué pasa? —digo casi gritando, y la miro.

Abre mucho los ojos y me pone la mano en la boca.

—¡Veo unas piernas! —susurra, y voltea la cabeza hacia la figura.

Los oídos me palpitan cuando vislumbro un movimiento.

Carajo.

Me inclino hacia delante y miro por los huecos entre las patas de la silla. Hay una persona vestida de negro, con una sudadera muy ancha con capucha que le envuelve el pequeño cuerpo, jeans negros y unas Docs brillantes. Camina con pesadez y las botas arañan la alfombra; las manos enguantadas le cuelgan a los lados mientras se acerca a la computadora 17.

Ya está.

—Mierda —susurro sin pensar, y provoco que la figura se detenga de sopetón.

Me paralizo un momento y juro que se me detiene el corazón; el cuerpo me vibra mientras retrocedo muy despacio. La persona se voltea hacia nosotros y escudriña la sala. Veo la sonrisa aterradora de la máscara del jueves, la que me ha atormentado desde entonces, con la expresión pálida y vacía que la vuelve monstruosa y escalofriante. Deja de mirar alrededor y continúa avanzando.

A través del pequeño hueco, veo cómo arrastra la silla frente a la computadora 17, se sienta, cruza las piernas y toma el ratón.

El corazón me late muy deprisa. La respiración de Chiamaka se vuelve superficial. Se apoya en la pared y se hace un ovillo. Mueve los labios, pero no salen palabras; parece muy asustada.

Observo las piernas de Ases mientras se menea en la silla.

Chiamaka se levanta despacio y me pasa la cuerda que, de alguna manera, le cupo en el bolsillo de la sudadera. Va a abordarlo, luego yo lo ataré y le sacaremos una foto. Una prueba contundente e innegable. También tomaremos fotos de la cuenta y de todo lo que haya guardado en la computadora. Lo planeamos, pero, ahora que estamos aquí, siento que nos estamos precipitando.

Antes de que me dé tiempo de prepararme, Chiamaka se pone de pie y se lanza hacia delante.

—¡A ver quién eres, zorra! —grita, lo que supongo que es la señal para que me ponga en marcha.

Empuja a la figura al suelo e intenta quitarle la máscara de la cara. Unos rizos rubios se escapan de la capucha. Me acerco, solo un poco. No quiero manchar de sangre la sudadera de Terrell. Levanto la cuerda y me preparo para saltar y atarle las manos. Chiamaka por fin le arranca la careta, pero, en lugar de sujetar a quien no tardo en darme cuenta de que es una chica, se aleja de ella a tropezones mientras tiembla visiblemente. La mira, paralizada, y la chica se levanta, se da la vuelta y se va corriendo.

¿Qué carajo acaba de pasar?

Aviento la cuerda y corro hacia las puertas de la biblioteca, que se balancean con fuerza. Luego corro por el pasillo, pero no hay nada. No hay nadie. Ni sonido de pies ni movimiento en la oscuridad. Ni siquiera sé por dónde salió. Me acerco a algunas de las puertas de los salones cercanos pero todas están cerradas con llave.

Me quedo un momento mirando y esperando, antes de volver a la biblioteca.

—¿Qué carajos pasó, Chiamaka? ¡La dejaste escapar! —grito cuando abro las puertas, pero no parece escucharme.

Parece haber visto un fantasma. Perdió el color de la cara y tiene la boca abierta.

Antes de que diga algo más, ella también sale corriendo.

Después de tantas pláticas sobre querer acabar con la «zorra», Chiamaka huye cuando más la necesito.

Cuando me agacho para recoger la cuerda, capto el brillo de la pantalla de la computadora 17.

Me asomo. La chica dejó la computadora encendida en una página con símbolos de picas negros por los bordes.

Me siento y me desplazo hasta la parte superior de la página.

SOCIEDAD SECRETA DEL AS DE CORAZONES NEGROS

Generosidad, elegancia, osadía, sinceridad, desinterés, nobleza, excelencia, respeto y presteza.

¿No son esos los valores escolares?

Una animación de un tipo que sonríe mientras reparte cartas me mira desde la esquina. Aparece un mensaje en pantalla. «¡Presiona enter para divertirte!» Aunque siento que me va a dar un ataque al corazón, lo hago. Los valores de Niveus dan vueltas por pantalla y giran sobre sí mismos hasta reorganizarse en línea. «Vuelve a presionar enter», me dice la pantalla, y lo hago. En un instante, la mayoría de las letras desaparecen, dejando solo la primera de cada palabra, como un acróstico.

N
E
G
R
O
S

D
E
P

Siento un escalofrío.

¿Negros D. E. P.?

¿Cómo?

Hay una flecha que apunta hacia abajo en la parte inferior de la pantalla, así que desplazo el ratón, con el corazón en un puño. Aparece una carpeta titulada «Jaque Mate». Hago doble clic y aparecen tres carpetas más, con los nombres «Torre», «Alfil» y «Caballo». ¿Piezas de ajedrez? Hago clic en «Torre» y sale una pequeña tabla con nombres, algunos que reconozco y otros que no. En una fila, veo el de Jack McConnel, una marca de verificación a su lado y una breve frase que tengo que releer para entender.

Distribución de mensajes de DR.

Distribución de mensajes de DR.

DR.

Devon Richards.

Los mensajes. Todos los secretos que Ases ha difundido. La pantalla se desdibuja y cierro los ojos para contener las lágrimas. Jack envió los mensajes sobre mí. Por eso Dre se enteró de todo. Por eso terminó conmigo. Por eso me falta el aire cada vez que entro en el instituto.

Me limpio los ojos y arrastro el ratón hacia abajo, viendo cómo aparecen más nombres conocidos. Incapaz de procesarlo, no siento nada cuando retrocedo para entrar en la carpeta «Alfil». Como antes, hay filas de nombres, con frases cortas que detallan más tareas al lado de cada uno, todas marcadas con una palomita. Las listas de archivos no son lo bastante largas como para incluir a todas las personas de Niveus, pero reconozco a muchos estudiantes. La ira burbujea en mi interior cuando leo nombres que me son familiares, como Mindy Lion y Daniel Johnson, y otras personas con las que he compartido conversaciones, con las que me he sentado en clase durante casi cuatro años. Todos forman parte de esto.

¿Qué es esto?

Salgo de «Alfil» y paso el cursor por encima de la siguiente carpeta, «Caballo», asustado por lo que me encontraré. Todos los archivos parecen ser listas de nombres y tareas, nada más. Decido salir de la carpeta «Jaque Mate» para buscar algo más. Algo que me diga qué carajos pasa. Hay otra flecha debajo de la carpeta. Me desplazo y encuentro otras dos más.

Una se llama «Chicas» y la otra «Chicos». Selecciono primero «Chicas». Aparece una lista de carpetas con nombres y fechas antiguas.

Dianna Walker, 1965.
Patricia Jacobs, 1975.
Ashley Jenkins, 1985.

Cada carpeta tiene una foto de una chica negra. Al final, está el nombre de Chiamaka y la imagen del anuario. La misma de los carteles del jueves.

Hago clic en «Dianna Walker, 1965» y abro un documento titulado «Ases 1». Me tiemblan las manos.

De inmediato, aparecen unas fotos escaneadas de notas manuscritas.

Parece que nuestra negra favorita no trama nada bueno.
Firmado: Ases

¿Qué carajo es esta mierda?

Me vuelvo a limpiar los ojos y hago clic en el documento «Ases 2» del archivo de Walker. Aparece ella, acostada en una cama, sin ropa y con los ojos cerrados. La foto está en blanco y negro y algo borrosa. Hay algo en la imagen que da la sensación de que no ha habido consentimiento. La forma como se tomó la foto me da náuseas. Me recuerda a los carteles de Chiamaka pegados en los casilleros.

Se me revuelve el estómago y cierro el archivo; tengo ganas de vomitar.

De repente, se oye un chasquido. Los gráficos de la pantalla empiezan a desvanecerse lentamente. Me meto la mano en el bolsillo y saco el teléfono para tomar fotos de todo lo que he visto. Subo y bajo por la pantalla, con las manos temblorosas, mientras se pone cada vez más oscura y, antes de que me dé tiempo de registrarlo todo, un fuerte estallido me hace retroceder de un salto.

Me alejo de la computadora como si fuera una bomba a punto de estallar. Me protejo la cabeza y retrocedo, frenético, con la respiración alterada y el corazón desbocado. Hay más chasquidos, como los sonidos que hacían los videojuegos antiguos, y la pantalla parpadea. La carta del as de corazones negros aparece y luego desaparece, el fondo se vuelve de un blanco deslumbrante.

Las palabras «¿Empezamos el juego?» se materializan en negrita.

Me levanto del suelo y corro hacia la puerta. Las manos me tiemblan mientras miro la pantalla. El corazón me da varios vuelcos cuando se apaga con un último chasquido y vuelve a su estado oscuro y ominoso.

Me pasan muchas cosas por la cabeza. Tengo la cara húmeda y el cuerpo tenso. Esto es mucho más grave de lo que habíamos imaginado. Muchísimo más. Detrás de Ases no hay una persona, ni siquiera un grupo pequeño. Es mucha gente. Los Ases. Y hay muchos archivos que no llegué a ver. Mi mente trabaja a toda velocidad.

Sin embargo, un pensamiento destaca por encima de todo el ruido.

¿Quién era la chica de la máscara?

Parte tres

Votos o balas

28

Chiamaka

Domingo

No dejo de correr hasta que estoy lo bastante lejos del instituto como para sentirme segura. Las lágrimas me nublan la vista y el frío me escuece en la cara.

Miro la calle. Está silenciosa y oscura. Siento que soy la única persona que queda en el mundo. Aunque sé que no es cierto, porque la vi. Estaba ahí. Me palpo los bolsillos con manos temblorosas en busca del teléfono. Empiezo a entrar en pánico cuando no lo encuentro.

Se me debe de haber caído en alguna parte, pero no me di cuenta. Tampoco es que estuviera prestando mucha atención a nada más que a salir corriendo. Respiro y me caen más lágrimas. Me estremezco cuando el frío se me cuela en el cuerpo. Entrecierro los ojos y vislumbro un teléfono público en la distancia.

El hecho de que ya me sepa su número me da un poco de vergüenza, pero siempre he tenido buena memoria. Cuando llego al teléfono, meto algunas monedas de la cartera, presiono con desesperación los desgastados números y escucho el agudo pitido mientras miro a través del cristal, alerta por si veo una máscara o, peor aún, su cara, observándome.

—¿Diga? —La voz de Belle suena insegura, supongo que porque llamé desde un número desconocido.

—Belle, soy Chiamaka. ¿Estás libre ahora mismo? —pregunto, y contengo un sollozo.

—Ah, hola. ¿Qué le pasó a tu celular?

No sé si estoy preparada para hablar de lo que sucedió.

—No lo encuentro.

Un perro ladra a lo lejos y doy un respingo; vuelvo a mirar alrededor, esperando ver su cara.

—¿Estás en la calle? —pregunta Belle.

—Sí. Sa... salí a correr. ¿Podemos vernos? —le pido mientras me castañean los dientes.

—¿Estás bien?

—Sí, es solo que no quiero estar sola —digo.

Tengo la sensación de que, si vuelvo a casa, me estará esperando allí. Si ella es la persona que manejaba el coche que me siguió el viernes, entonces sabe dónde vivo. Y mis padres no están.

—¿Estás segura? Chi, sabes que puedes contarme lo que sea, ¿verdad?

Asiento y cierro los ojos.

—Es que... —Se me quiebra la voz—. No puedo estar sola. ¿Puedo ir? —imploro.

Hay una pausa. La oigo pensar.

—He estado enferma, así que mi habitación es un desastre, pero el Waffle Palace debería seguir abierto. Nos vemos allí —dice.

Siento cierto alivio.

—Ahora te veo —digo, antes de colgar y salir de la cabina de cristal.

Vuelvo a mirar alrededor, con el corazón acelerado.

El grito de la chica resuena en mi cabeza mientras rememoro lo que pasó el año pasado, cuando estaba segura de haberla visto tirada en el suelo mientras nos alejábamos, desangrándose, con los ojos muy abiertos, sin moverse en absoluto. Sin embargo, esta noche, cuando le arranqué la máscara, la chica muerta me devolvió la mirada.

Viva, sonriente y con sed de venganza en sus ojos azules.

♠

Media hora más tarde, estoy en el Waffle Palace y observo el cielo por la ventana mientras cambia del azul oscuro a la oscuridad total, sin estrellas ni luz. Trato de dejar de pensar en lo que pasó.

Acabo de darme cuenta de que dejé a Devon solo en el instituto. Espero que esté bien. Ojalá pudiera enviarle un mensaje para comprobarlo. Miro el color café oscuro del chocolate caliente, con las manchas de crema aún visibles en la superficie. Esa es la única parte que se me antoja.

Belle suspira al sentarse y deja la cartera en la mesa.

—Pedí un helado enorme para compartir. Pensé que una bomba calórica te animaría —dice con una sonrisa; suena congestionada.

Está enferma, pero aun así vino a verme. Intento no sentirme demasiado culpable por ello.

—No necesito que me animes, ya te dije que estoy bien. Solo quería verte —miento entre dientes.

—Pues cualquiera lo diría. —Me toma la mano y la aprieta—. Parece que no has dormido ni comido en años.

Me mira con preocupación. Sin embargo, la expresión le cambia en cuanto el mesero deja el gigantesco tazón de cristal frente a nosotras.

Belle da una palmada y se le iluminan los ojos. Está tan

contenta que también sonrío un poco mientras examino el postre. Siete bolas grandes de helado, copos de chocolate en cada esquina, virutas y mermelada de fresa de un rojo intenso. Se me revuelve el estómago y me asalta una oleada de náuseas.

Sin esperarlo, me vienen a la cabeza imágenes de sangre y me mareo cuando miro a Belle, que me pregunta si estoy bien. Su rostro se transforma en el de la chica.

La persona a la que Jamie y yo dejamos tirada en la carretera. La que no está muerta.

Las lágrimas me arden en los ojos y trato de respirar hondo, pero no consigo introducir suficiente oxígeno. De pronto, Belle está a mi lado y me rodea con los brazos.

—¿Está bien? —oigo que pregunta alguien.

«No lo sé», respondo en mi cabeza, y cierro los ojos.

Para cuando logro calmarme, el helado ya se derritió y se lo llevaron. Belle me mira como si me hubiera brotado una tercera cabeza.

Me duele el pecho mientras las imágenes siguen parpadeando y se confunden con la realidad. La pesadilla ha cobrado vida, como siempre sospeché que sucedería.

—Sé que lo estás pasando mal en el instituto —empieza—, pero quiero que sepas que puedes confiar en mí.

La miro y siento que puedo contarle cualquier cosa. Estoy agotada, los secretos me pesan en la conciencia. Confío en ella. Aprieto los párpados.

—Ases tenía razón. Soy una mala persona y no lo niegues, porque lo soy. He hecho muchas cosas horribles. Ahora todo está saliendo a la luz y no puedo impedirlo.

Belle guarda silencio durante unos instantes. Al principio evito sus ojos, estoy demasiado asustada de que me mire como si fuera un monstruo. Sin embargo, cuando abro los párpados, está extrañamente tranquila.

—Tengo miedo —confieso en voz baja, y sollozo—. De lo que está pasando y de lo que va a pasar.

—Todo va a salir bien —asegura, y vuelve a tomarme las manos—. Todos tenemos secretos.

Siento calor y espero que no le asquee el sudor de mis palmas. Me mira como si no fuera la persona que creo que soy. Me pregunto cuántos secretos tendrá ella.

Todas las caras del local parpadean y se transforman en la de la chica. ¿Es un truco de la luz? ¿O el cerebro vuelve a engañarme? Me siento rodeada.

Miro a Belle; tiene el cabello enmarañado de sangre y le cambian los rasgos. Siento que me pierdo. Las paredes de lo que me quedaba de cordura se agrietan y se rompen.

—Chi —dice con suavidad—. Pase lo que pase, siempre me tendrás, ¿sí?

Oigo un leve estallido en la cabeza, como si alguien chasqueara los dedos, y todas las caras vuelven a la normalidad, incluida la suya.

No es mucho, pero estar aquí con Belle me ayuda a sentirme mejor.

Oírla decir esas palabras me da un poco más de seguridad.

♠

Lunes

Me sorprende haber dormido anoche. En lugar de la secuencia de sueños habituales, que comienza al lado de la carretera junto al cadáver y termina en una habitación oscura rodeada de muñecas rubias, mi cerebro por fin deja que la oscuridad me consuma.

Cuando vuelvo a Niveus me siento como si regresara a la escena de un crimen. Al igual que los culpables de las series policiacas, me da la sensación de estar metiéndome en una trampa. Un paso en falso y se acabó. De alguna manera, una chica a la que no conocía antes del accidente está detrás de Ases y quiere arruinarme la vida. Pero ¿quién es? ¿Por qué lo hace? Y ¿cómo? ¿Es una venganza por lo que pasó aquella noche del año pasado? ¿Descubrió quién soy y quiere que sufra como ella?

A primera vista, podría parecer que la decisión inteligente sería quedarme en casa, pero mis padres estarán fuera todo el día, y existe la posibilidad de que la chica venga por mí, que espere a que me quede sola para atacar, de modo que no tuve más remedio que volver a la seguridad de un edificio abarrotado de compañeros que me odian.

Me arrastro por el pasillo e intento mantener la cabeza alta cuando veo a Ruby, Ava y Cecelia Wright junto al casillero de la primera. Hace tiempo que no les dirijo la palabra. No hay nada de lo que quiera hablar con ellas.

Siento que tengo una diana en la espalda. Anoche fallé, no logré detener a Ases, como había planeado, y hoy podría pasar cualquier cosa.

Belle está en casa con resfriado y no tengo ni idea de dónde dejé el teléfono, así que ni siquiera he podido escribirle en los descansos entre clases. Me veo obligada a acercarme a mis «amigas» para no quedar como la rechazada que siento que soy.

A pesar del agotamiento, me fuerzo a sonreír.

—Hola, chicas —digo, y me centro en Cecelia.

A CeCe nunca le he caído muy bien; lo dejó claro en segundo cuando me dijo: «Algún día alguien te derribará del trono». Me reí y le solté que siguiera deseando lo imposible.

Ahora me repasa de arriba abajo y se detiene en mis pies.

Hoy traigo unos zapatos de piel de cocodrilo verde oscuro de Jimmy Choo.

—Bonitos zapatos —comenta, con una cara tan inexpresiva como su voz.

Sonrío.

—Gracias, es verdad que lo son.

No me molesto en devolverle el cumplido falso.

Ava se mira los zapatos y Ruby me observa a mí.

—Hace unos días que no te veo. Quería saber cómo estabas, pero imaginé que estarías preocupada —dice esta, con el ceño fruncido.

—Han sido unas semanas bastante difíciles, pero solo ha sido un bache. Pasará y pronto todo volverá a la normalidad —aseguro, y me encojo de hombros.

Esto hace que Ruby sonría; se le nota el fuego en la mirada, el humo me llega a la nariz mientras arde detrás del verde de sus iris.

—Me alegra que seas positiva después de todo. Es una gran cualidad. —Me mira también los zapatos—. ¿Son Jimmy Choo?

Asiento despacio y trato de buscar el doble sentido.

—Hola Ruby, CeCe y Ava —dice una voz detrás de mí, y me volteo. Es la chica de segundo. Creo que dijo que se llamaba Miranda—. Pasé por Starbucks y les traje tres *chai lattes,* tal como les gustan. Sé que estás a dieta, CeCe, así que les dije que te pusieran un vaso pequeño, los de Ava y Ruby son los grandes.

—Gracias, Molly —dice la última mientras todas toman las bebidas.

Siento una pequeña grieta dentro de mí y el corazón se me acelera mientras intento no parecer molesta. La de segundo se va y Ruby se da la vuelta para guardar la bolsa en el casillero. Me siento estúpida ahí plantada, como si la estuviera esperando.

Justo cuando estoy a punto de decirles que ya nos veremos, para hacerles creer que tengo un sitio más importante a donde ir, alguien me llama por mi nombre.

—Chiamaka, hola —dice Devon, sin aliento, con aspecto de estar un poco agitado.

Me alegra ver que sigue vivo. Esta mañana crucé los dedos para que no le hubiera pasado nada. Tampoco pude comprobar cómo estaba; no tenía forma de hacerlo. No lo culparía por enojarse conmigo.

—Hola, Richards —respondo con la mayor neutralidad posible.

Espero que no pretenda entablar una conversación ahora mismo, precisamente aquí. Ya quedé como una tonta delante de las chicas y esto solo empeorará la situación.

—No me has respondido a los mensajes. Tengo que hablar contigo en privado. Ahora —dice lo último en susurros.

No muestra la más mínima preocupación por las tres chicas que están a mi lado.

CeCe da un sorbo al té con su habitual cara inexpresiva, pero Ruby se dio la vuelta otra vez, con las cejas levantadas y un renovado interés.

Por lo general, la gente se traba al hablar cuando se dirige a nosotras y nos mira como si les asombrara el hecho de que respiremos el mismo aire. Desde luego, no muestran la indiferencia de Richards. Sé que a Ruby le molestará, y a mí me hace gracia; me gusta. Cualquiera que haga que esa pretenciosa deje de creerse mejor que los demás, sobre todo que yo, es alguien a quien admirar.

Me aclaro la garganta, lo miro y luego a las chicas.

—¿De qué?

—No me vengas con tonterías, Chiamaka. Ya sabes de qué.

Nos miramos. Por una vez, se muestra tan decidido como yo a terminar con esto. Tiene razón. Sé de qué quiere hablar, de por qué hui y lo dejé solo. Sin embargo, no sé cómo contarle lo que vi. De todas formas, tengo que decírselo; se nos acaba el tiempo. Algo me indica que la chica es peligrosa, lo que significa que podría hacernos daño como yo se lo hice a ella. Anoche tal vez fuera nuestra única oportunidad de detener este complot y lo fastidié.

Tengo que contárselo, aunque crea que perdí la cabeza por completo.

Antes de que tenga la oportunidad de responder, Devon se me acerca.

—Necesito hablar contigo ahora.

Pero bueno, ¿con quién se cree que trata? Empiezo a sentirme molesta.

—¿No has oído hablar del espacio personal?

Ruby suelta una risita y se tapa la boca; Devon parece querer partirme el cuello. Algo en la forma en que me mira me hace reflexionar. Nunca es tan directo. Le miro las manos. Está temblando.

¿Qué ocurrió anoche?

—Nos vemos en cinco minutos, laboratorio 201 —digo en voz baja.

Parece un poco sorprendido, pero asiente y me echa una última mirada antes de darse la vuelta e irse.

—Vaya, está enojado. Pensaba que iba a matarnos o algo —comenta Ava mientras lo mira atravesar las puertas dobles.

—¿Por qué? No es violento —respondo con naturalidad.

Aunque pareciese que quisiera romperme el cuello, sabía que no lo haría. Devon no es así.

—¿No es el que salía en el video ese con Scotty? —pregunta Ruby, y me encojo de hombros, porque no quiero hablar de eso con ellas—. Era terrible. Parecía que se hubiera grabado con una *webcam*. Cuando grabe mi video sexual, usaré una cámara de verdad —añade.

—Tengo que irme, pero estuvo bien ponernos al día —la interrumpo, sin esperar una respuesta antes de darme la vuelta e irme por el pasillo.

Una chica aleja bruscamente de mí, supongo que por miedo a que la asesine a plena luz del día con la punta afilada de uno de mis tacones.

Abro el casillero y guardo la bolsa despacio. Dejo que el cabello me caiga hacia delante y me oculte la cara mientras parpadeo y sollozo en silencio.

Siento un golpecito en el hombro y doy un respingo. Me limpio la cara a toda prisa, dispuesta a gritarle a quien sea, pero me detengo en seco cuando veo a Jamie.

Llevaba sin verlo desde que se puso en plan Thanos conmigo el viernes.

—¿Sí? —pregunto, y retrocedo un poco.

Ya no me siento segura cerca de él, ni siquiera en un pasillo lleno de gente. Parece enojado y dispuesto a pegarme, como todos los demás. ¿Ahora qué? ¿Qué salió a la luz? Estoy muy cansada.

—¿En serio, Chi?

—¿Qué?

Silencio.

—¿Belle y tú? No se te ocurra negarlo. Vi las fotos.

¿Qué fotos?

—Y Ases no miente, ¿verdad? —escupe.

Entrecierro los ojos. Hay un pensamiento al que no dejo de darle vueltas. Me pregunto si sabe que la chica está viva. Me pregunto si lo ha sabido desde el principio.

—¿Quieres que me disculpe por besar a una chica con la

que ni siquiera sales? ¿Pretendes que te diga que lamento haber roto el código de los mejores amigos? No, espera, no somos mejores amigos. Ni siquiera somos amigos. ¿Quieres que te pida perdón por que me guste alguien sin que me des tu puto permiso?

Abre los ojos como platos, pero antes de que diga algo, continúo. Es lo que pasa cuando llevas mucho tiempo conteniéndote.

—No te pareció bien que saliera con Scotty ni con Tanner. Tampoco con Georgie ni con Paul. Odias que esté con otras personas porque te crees con derecho a controlarme, a controlar mi cuerpo. Pues no es así, Jamie.

¿Cómo se atreve a pensar, después de todo lo que ha pasado, que todavía tiene voz sobre lo que yo haga?

Me mira los pies y luego vuelve a levantar la vista.

—Tienes papel higiénico pegado en la suela del zapato.

Siento que me arde el cuello, pero no digo nada. En cambio, cierro de golpe el casillero, lo que lo hace retroceder de un salto. Después me doy la vuelta y me alejo, sin importarme adónde ir.

La gente se aleja, las aguas se separan, con el miedo dibujado en los rostros pálidos.

Cuando entro en el laboratorio 201, Devon está sentado al fondo, esperándome. Sabía que el salón estaría vacío y que podríamos hablar a solas. Parece fuera de sí, como si su peor pesadilla también hubiera resucitado y aparecido anoche.

Supongo que está enojado porque salí corriendo y fastidié el plan. Yo estaría echa una furia. Por eso se merece una explicación. Voy a soltarlo sin más. No me importa cómo reaccione.

Me siento frente a él y respiro hondo antes de confesar mi secreto más oscuro.

—Tengo que decirte algo —empieza él.

Asiento.

—Yo primero. Siento haberte dejado solo anoche y haber fastidiado la misión. Pero tengo un buen motivo —digo, y lo miro.

Da la sensación de que no le importa mucho lo que tenga que decirle. Ignoro su cara y continúo.

—Cuando Ases me llamó asesina, no era una mentira descabellada. —Levanta las cejas. Sabía que eso le interesaría—. Hace más o menos un año, Jamie y yo volvíamos en coche de la casa de la playa de sus padres cuando atropellamos a una chica. Fue grave; había sangre por todas partes y pensé que estaba muerta. Jamie me obligó a que nos fuéramos y a no contárselo a nadie. He vivido con esa culpa desde entonces. Anoche, cuando derribé a esa chica al suelo y le quité la máscara, era ella. La que pensé que habíamos matado.

Devon se queda con la boca abierta.

—¿Estás segura de que era ella? —pregunta.

Asiento.

—Segurísima. Jamás se me olvidaría su cara.

—Mierda.

—Sí.

Enderezo la espalda y me inclino un poco hacia delante.

—¿Qué crees que significa? —pregunta.

No dejo de darle vueltas a lo mismo.

—No tengo ni idea. —Siento ganas de vomitar—. No sé cómo encaja la chica en todo esto, con Ases. En fin, ¿qué querías decirme?

Saca el teléfono y lo desbloquea.

—Pasé toda la noche intentando contactar contigo —explica—. Cuando la chica salió corriendo, dejó abierta la página en la que había entrado. Así que revisé los archivos.

Ahora es mi turno de sorprenderme.

—¿Qué encontraste?

Hace una pausa, navega por el teléfono y luego me lo tiende.

—Mucho. Cantidad de cosas que son aterradoras. Sin embargo, no sé cómo conectarlo con la chica; no es alumna de Niveus y desconozco lo que iba a hacer con la computadora —dice mientras escudriño la pantalla.

La imagen está pixelada pero todavía se distingue la mayor parte. Paso los primeros segundos tratando de encontrarle sentido hasta que me fijo en un acróstico formado con las primeras letras de los valores escolares. Siento como si me hubieran dado una puñalada en el estómago. Deslizo el dedo y aparece otra imagen. Una lista de nombres junto a... ¿tareas? «Vigilar a CA en Química y colocar USB en su casillero», con información sobre el salón en el que estaría en la fecha específica en la que tenía que llevarse a cabo la misión. Es escalofriante. Escaneo la lista unas cuantas veces en busca de nombres conocidos. Personas en las que no es que confíe, pero que nunca imaginé que fueran a hacer algo así. Busco a mis «amigas» y, como era de esperar, encuentro tanto a Ruby como a Ava, y sus tareas en negrita. Ambas tienen la misión de «Recopilar información sobre CA». Parpadeo. Sabía que Ruby no dejaría pasar la oportunidad de hacerme daño. Ava tampoco.

Me alivia no ver el nombre de Belle. Deslizo la imagen. La última foto es un archivo con el nombre «Dianna Walker, 1965».

Vuelvo a mirar a Devon.

—¿Eso era todo? —pregunto, temblando.

Niega con la cabeza.

—Había muchos archivos, solo me dio tiempo de ver algunos antes de que la computadora se apagara y únicamente pude sacar esas tres fotos. Debía de tener un temporizador o algo así. No lo sé. —Se frota los ojos—. Lo que había allí da a entender que la Academia entera está metida en esto, que va mucho más allá de una persona o dos que nos atacan porque quieren vengarse o porque no les caemos bien. Es más grande.

Asiento, entumida. Todo tiene sentido, pero al mismo tiempo no. Vuelvo a mirar el teléfono.

—¿Quién es Dianna Walker de 1965?

—Había una lista de antiguos alumnos; creo que son víctimas de Ases. Supongo que Dianna estudiaba aquí en el 65. No me dio tiempo de ver mucho, pero parece que todo empezó con ella. Había una foto, como la de tus carteles.

Mierda.

—¿La buscaste? ¿Dónde está ahora?

Niega con la cabeza, luego recupera el celular y teclea su nombre en el buscador. Lo miro mientras estudia los resultados durante un rato, hace clic en diferentes páginas web, fotos, perfiles de redes sociales, empresas, foros. Pero no hay nada. No encontramos a nadie que coincida con los escasos datos que tenemos.

—Vi otro nombre —murmura Devon.

Miro la pantalla mientras teclea «Patricia Jacobs 1975». Navega por los resultados, filas y filas de texto e imágenes. «Patricia Jacobs Niveus», escribe a continuación. «Patricia Jacobs Ases.» «Patricia Jacobs acoso.» «Patricia Jacobs deja los estudios.»

—Es como si no existieran —digo, y siento un dolor sordo en el pecho.

—Sí —responde, con cara de abatimiento y ansiedad, imagino que igual que la mía. Ya no sé ni qué pensar.

El timbre de aviso suena con fuerza.

—Vamos a tener que ir a clase y actuar con normalidad. Nos vemos a la hora de la comida en la biblioteca Morgan para seguir hablando y tal vez reunir más pruebas —intento no sonar tan asustada como me siento.

Contengo el resto de lo que quiero decir, aunque sé que él probablemente piense lo mismo.

Los ataques de Ases tienen que ver con la raza y alguien con poder dentro de la prepa se ha propuesto la misión de crear un grupo para deshacerse de Devon y de mí.

Y van ganando.

Tengo más preguntas que respuestas, como quién era aquella chica y qué conexión tiene con todo este complot racista. ¿Cuántas personas están involucradas? ¿Hasta dónde llega esto?

¿Estamos más seguros aquí, donde las figuras enmascaradas acechan tras las esquinas, con las caras de nuestros antiguos amigos debajo del plástico, o en casa, donde hay silencio y cualquiera podría hacernos daño?

Me asalta un último pensamiento mientras salimos del laboratorio por separado.

Podría ser nuestra última semana en la Niveus.

29

Devon

Lunes

Suena el timbre y no he hecho nada durante la primera hora. Me senté ante el teclado, con la mirada perdida, dándole vueltas en la cabeza. Anoche no dormí, así que me tomé un café barato de una máquina expendedora, pero solo sirvió para ponerme más nervioso. Más ansioso.

Terrell me llamó anoche para preguntar cómo nos había ido, y quería contárselo, pero no pude. Pensaba que Chiamaka debía ser la primera en escucharlo. Esto me está afectando. Tiemblo todo el tiempo, como si un monstruo enmascarado me acechara y vigilara mis movimientos.

—¿Devon? —La voz del señor Taylor se cuela en mis pensamientos.

Me vuelvo para mirarlo.

—Estaba a punto de irme, me duele la cabeza.

Asiente y duda antes de decir:

—Me he dado cuenta de que no has tocado nada. ¿Todo bien?

Una de las leyes no escritas con las que crecí fue no ser

un soplón. Aunque cada parte de mi cuerpo se resiste, respondo:

—Es que están pasando muchas cosas.

El Devon que se esconde tras una capucha le da una bofetada al chico de colegio privado que se encuentra sentado en esta silla.

Me digo que el señor Taylor no es como otros profesores. Me siento seguro con él y siempre ha querido lo mejor para mí. El viernes le pregunté si había descubierto quién estaba detrás de los carteles y me dijo que no, pero que se mantendría alerta.

—¿Qué ocurre? —Acerca una silla y se inclina.

Me froto la cara.

—Creo que sé quiénes pusieron los carteles. Siguen difundiendo rumores sobre mí y... una amiga. Creía que lo soportaría, pero se pone peor. Sospecho que estamos en peligro y que necesitamos que alguien nos ayude antes de que sea demasiado tarde.

No debería haber venido a clase. Lo que vi me indica que, de alguna manera, la propia Academia es el centro de todo, pero Chiamaka no contestaba al teléfono y tenía que decírselo. Debería haberme ido después de contárselo. Y habérmela llevado conmigo.

En lugar de hacer caso al sentido común, terminé vagando hasta la clase de música, como un zombi. Incluso vi a Daniel. Me dedicó su gran sonrisa de chico guapo, pero lo único que vi fue su nombre en la lista y cómo fingió ser amable mientras intentaba arruinarme la vida a mis espaldas.

No puedo «actuar con normalidad» cuando sé que está pasando algo tan retorcido y peligroso. No debería haberle hecho caso a Chiamaka. No debería haberme quedado.

Las arrugas le pueblan la frente al señor Taylor.

—Yo también fui adolescente. Los chicos a veces son horribles, así que me imagino por lo que estás pasando. —Algo en sus ojos cambia; es apenas un parpadeo, pero lo noto. Quiero pensar que es simpatía, pero parece otra cosa—. Sobre todo ahora que se acercan las solicitudes para la universidad. Sé lo estresante que puede ser —termina.

Asiento.

—Juilliard es lo único que me mantiene cuerdo ahora mismo.

La canción va tomando forma, más o menos. Creo que Terrell tenía razón sobre la percusión. Mejorará la obra, pero ¿y si sigue sin ser lo bastante buena?

Miro al señor Taylor, que tiene una sonrisa en la cara. No sé por qué.

—¿Vas a solicitar lugar en Juilliard? —pregunta, lo cual es muy raro, porque es evidente que sí. Lo hablamos largo y tendido al final del año pasado. Es para lo que me estoy preparando desde entonces.

No me siento capaz de responder, estoy muy confundido. Aun así, asiento despacio.

—En serio... —Se le escapa una risotada, luego otra, y rompe a reír a carcajadas—. Lo siento. Es que la cara que pusiste... Ay, no puedo más —dice entre jadeos mientras se ríe como si le hubiera contado un chiste muy gracioso, y se golpea la rodilla con exageración, prácticamente gritando—. Devon, no vas a ir a Juilliard.

Se limpia los ojos y siento que el suelo se hunde.

¿Qué? Ya sé que es difícil, pero... el señor Taylor nunca diría algo así. Es la persona más optimista que conozco; nos anima a todos a hacer lo que nos propongamos. Me ha apoyado desde que entré en Niveus.

—¿Qué? —logro decir. Me arde la garganta—. ¿Por qué?

Se adelanta y toca el si bemol del teclado.

—Solo aceptan a los mejores estudiantes.

—Saco diez en todas las clases —argumento.

Baja la voz.

—No he terminado. —Se levanta y se impone sobre mí. Mete la mano en el bolsillo de su pantalón gris—. También son bastante estrictos con la asistencia, y, si no me falla la memoria, la tuya es más bien escasa.

¿Cómo?

—Creía que a los de último año se les permitía faltar a clase —digo sin aliento.

—Por supuesto. Con la firma de un profesor —puntualiza, como si eso no fuera exactamente lo que dije.

Él me dio permiso, me dijo que podía, que no pasaba nada...

—¿N-no se había encargado usted? —tartamudeo.

—Nunca dejes tu destino en manos de otra persona —dice el señor Taylor, y da un paso atrás. Sus ojos, que eran de un azul claro y suave, ahora parecen una tormenta gris.

—Me dijo que no me preocupara. —Es verdad, me lo dijo—. Que podía ensayar siempre que quisiera. —Levanto la voz y la bilis me sube por la garganta, instándome a que le vomite sobre el traje.

El señor Taylor vuelve a acercarse a su piano y acaricia las teclas con los dedos mientras suena un patrón de notas discordantes.

—Cierto. Pero, tranquilo, no pasa nada. —Da unas palmaditas en el aire, como si me consolara desde lejos—. No todo el mundo debería ir a la universidad. —Sonríe de oreja a oreja—. Hay personas que no son aptas para la educación superior. Sobre todo los de tu clase. A los tuyos no les hace falta estudiar.

Quiero gritar para pedir ayuda, pero se levanta de repente y se coloca frente a la puerta para bloquearla. De todos modos, ¿quién va a venir en mi auxilio?

El señor Taylor es uno de ellos.

—¿Por qué? —susurro—. ¿Por qué hace esto?

Su cara se transforma y muestra confusión. Como si la respuesta resultara obvia y yo no fuera capaz de verla. Se apoya en el marco de roble.

—Porque puedo.

Se da la vuelta y se va. La puerta del salón se cierra tras él con un estallido, como un disparo.

No me parece real. No puede serlo. El señor Taylor, Jack, Daniel. Personas a las que conozco desde hace años y que quieren arruinarme la vida. Pero sé que es cierto. Está pasando.

Guardo las cosas en la mochila y salgo corriendo. Bajo la escalera tan rápido que casi tropiezo y me caigo. Me da miedo cruzarme con el señor Taylor. Me aterra que todos me estén observando. Tengo que irme, necesito salir de aquí, pero debo llevarme a Chiamaka conmigo.

Marco su número y espero que ya haya recuperado el teléfono. Sale el buzón de voz. Le llamo de nuevo. Nada.

Corro por los pasillos y reviso salones al azar, las bibliotecas e incluso el baño de las chicas. No aparece por ninguna parte. Supongo que estará en clase. Deberíamos habernos ido antes. Deberíamos haber sacado conclusiones con rapidez y haber encajado las piezas del rompecabezas.

Me froto los ojos con fuerza. Tengo que irme. Debo buscar ayuda.

Atravieso las grandes puertas de entrada y salgo al aire libre.

—¡Eh! ¡Quieto ahí! —grita una voz profunda

Siento un picor en la nuca. Me recuerda a las pesadillas que tenía de pequeño en las que estaba atrapado dentro de una especie de celda y gritaba pidiendo ayuda, pero nadie escuchaba mis súplicas por encima del sonido de la risa del malvado monstruo.

Corro lo más rápido que puedo hacia el portón negro y

golpeo con fuerza el botón de apertura que está junto a los escalones.

Tengo que salir de aquí.

La puerta comienza a abrirse y rechina despacio, hasta que de repente se detiene. Quiero gritar, tengo que correr.

Tambaleante, me volteo hacia el director, que sostiene un control en los huesudos dedos. Miro el hueco entre las puertas; es pequeño, pero funciona. Me cuelo por él justo cuando empiezan a cerrarse y paso la mochila justo instantes antes de que el metal choque.

Me volteo una última vez. Ward está en lo alto de la escalera, inexpresivo mientras me observa.

Da un paso delante y el corazón casi se me sale del pecho. Me echo a correr y no me detengo.

30

Chiamaka

Lunes

Se me hace raro estar en clase y tomar apuntes como si no hubiera pasado nada. Me pica la nuca por las miradas y clavo la punta del lápiz en la página; lo agarro con todas mis fuerzas mientras las palabras del profesor flotan sin que las entienda.

Golpeo la silla con la pierna mientras espero con desesperación a que suene el timbre.

Por fin.

Recojo mis cosas mientras las voces se entremezclan con la campana, las sillas rozan el suelo, las bancas se mueven y la gente sale del salón. Oigo el tintineo de unos cuantos mensajes, pero ya salí por la puerta, con la cabeza agachada, y atravieso el pasillo en dirección a la biblioteca Morgan. Necesito enseñarle a Devon lo que descubrí en la biblioteca el domingo, antes de verla a ella. También quiero recuperar el teléfono.

Empujo las puertas, que crujen con fuerza. El corazón me late deprisa cuando se cierran tras de mí y cortan el bullicio de fuera. Escudriño la sala, me agacho y busco debajo de los escritorios en los que nos escondimos anoche. Localizo la funda plateada de mi celular y suspiro aliviada.

—Gracias a Dios —murmuro, y alargo la mano para recogerlo.

Me sorprende que no se le haya acabado la batería. Tengo un millón de mensajes de Devon y uno de Belle.

Siento no estar contigo hoy, aunque te
extrañaré. Besos.

Sonrío al leerlo.

El instituto es una mierda sin ti. Mejórate
pronto para poder mirar tu cara siempre que
me sienta mal. Besos.

Ja, lo intentaré.

Miro el mensaje durante unos instantes antes de guardar el teléfono en el bolsillo. Siento que Belle es lo único bueno en mi vida ahora mismo. Tengo miedo de que Ases también me quite eso.

Las estanterías están llenas de todos los libros conocidos por la humanidad, lo cual no es una exageración. Una vez leí que a Niveus se le envía un ejemplar de cualquier título que se publique a nivel nacional, lo cual admito que es bastante impresionante. Me fijo en los de la fila inferior.

Esta sección de la biblioteca está vacía. No hay nadie en las computadoras. Observo la 17. Me vigila, como si en cualquier momento fuera a transformarse en la chica, tirarme al suelo, quitarse la aterradora máscara y sonreír.

Una risita suave me distrae y me arden las mejillas cuando distingo el familiar sonido de dos personas al besarse. Me agacho porque no quiero que la pareja se percate de mi presencia. Arrodillada, saco uno de los anuarios, el de 1965, y me siento en el suelo, junto a las estanterías, mientras recorro con los dedos el duro lomo azul marino antes de llegar al marcado contraste rojo de la bandera en la parte inferior. La confederada.

Contemplo la pared de fotos espeluznantes, cientos de caras blancas que me devuelven la mirada. En alguna que otra imagen, asoma algún rostro negro, inexpresivo y con el cabello alaciado, como el mío. No están en todas las fotos. Era de esperar. La mayoría de los centros de élite no admitían a personas como yo y, cuando lo hacían, era con cuentagotas. No me imagino cómo habrá sido su vida, con manifestantes delante de la prepa todos los días y padres que se quejarían por su mera presencia. Como si fueran delincuentes peligrosos solo porque su piel era oscura en vez de pálida.

Los miro a todos con detenimiento y trazo sus caras en cada fotografía.

Un segundo.

Repaso las fotos una y otra vez; el zumbido que noto en la caja torácica me pone nerviosa.

1965. 1975. 1985. Los estudiantes negros desaparecen. En su último año.

Abro el anuario para buscar sus caras oscuras y aterrizo en una sección titulada «Campamento Ases, 1965. Cien años después, vivimos con orgullo el legado de nuestros antepasados», leo. Hago las cuentas, se referiría a 1865. El final de la Guerra Civil. La que precedió a la abolición de la esclavitud.

Con el corazón acelerado, escudriño la gran foto de hombres con uniformes de Niveus antiguos. Todos llevan en la mano la misma carta: el as de corazones negros.

Un escalofrío me recorre la espalda. Me detengo cuando

la cara de un estudiante que me resulta conocido me sonríe en una esquina de la página. El cabello grasiento y negro como la noche peinado hacia atrás, la cara demacrada, los dedos enjutos y huesudos enroscados en el naipe.

Se parece a...

¿Ward?

No puede ser...

Saco el teléfono y le envío un mensaje a Devon.

¿Hola?

Más vale que aparezcas.

Devon, no es el momento de dejarme plantada.

Tienes diez minutos para venir antes de que me enoje de verdad.

Estoy a punto de enviarle otro mensaje de amenaza cuando siento que el teléfono vibra. Es una notificación de Facebook.

Belle Robinson publicó una foto nueva.

Es una imagen antigua de un lago con un cocodrilo al fondo del plano. Me gusta y deslizo la pantalla para comentar, pero me detengo cuando aparece un comentario de Martha Robinson. «Con ese bicho se podría hacer una bonita bolsa.»

Hago clic en el perfil de la chica. La página se carga despacio y aparecen primero los datos. Es unos años mayor que nosotras y tenemos dos amigos en común: Jamie Fitzjohn y Belle Robinson.

Belle apenas menciona a su familia. Claro que yo tampoco hablo nunca de la mía, aunque al menos ella los conoce.

Una parte de mí se pregunta si cree que no soy el tipo de persona a la que presentas a tu familia. Está claro que Jamie conoció a Martha. Él sí gusta a los padres, incluso a los míos. Al igual que yo, no ven más allá de su fachada, no saben que el encanto es fingido y que debajo de todo eso se encuentra una persona aterradora.

Vuelvo a actualizar la página porque quiero chismear un poco más. Martha debe de ser su hermana.

La página por fin se carga por completo y las fotos de Martha aparecen una a una.

Cabello rubio.

Empiezo a temblar.

Piel blanca.

Siento un dolor punzante en el estómago.

Un grito desgarrador.

Se me entumecen las manos.

Sangre por todas partes.

31

Devon

Lunes

Estoy sentado en la cama de Terrell. Me duele el pecho mientras me mira.

—A ver si lo entendí bien. —Tiene una mirada de científico loco—. ¿Crees que cada diez años admiten a dos estudiantes negros y luego los acosan y tratan de arruinarles la vida?

Asiento.

—Y ¿quiénes son Ases?

—Un montón de gente de la prepa. Alumnos... Había una lista de nombres, incluso de personas a las que conozco. —El recuerdo del nombre de Jack me produce punzadas por todo el cuerpo—. Creo que los profesores también están involucrados. —La risa del señor Taylor resuena en mi memoria. Todavía sigo asustado—. Parece que todos tienen tareas asignadas. Supongo que nos presionan hasta que no nos queda otra que dejar el instituto con el futuro arruinado o... algo peor.

—Mierda. —Terrell se aleja de la cama y se sienta frente a la pantalla de su vieja y maltratada computadora—. ¿Has investigado alguna vez? —pregunta mientras teclea «Niveus» en el buscador.

Cabronazo está en la mesa junto al ratón y me mira como si hubiera invadido su espacio. A lo mejor tiene razón.

—Bueno, sí, más o menos, cuando mi madre me propuso lo de la beca, pero no a fondo.

—¿Sabías que *niveus* significa «blanco» en latín?

Niego con la cabeza. Qué sorpresa...

Terrell teclea «Academia Niveus» y pulsa enter.

—Esta gente es bastante ingeniosa, pero tampoco tanto —dice con voz tranquila mientras se concentra en la pantalla—. Es casi como si quisieran que encontráramos toda esta mierda. Como si se sintieran orgullosos. O sea, aquí mismo dice que la Academia la fundaron algunos de los mayores peces gordos de la esclavitud, propietarios de plantaciones, comerciantes y banqueros que financiaban sus negocios. Está todo aquí, no hace falta indagar muy a fondo.

La cabeza me da vueltas y desconecto, porque la conmoción me impide asimilarlo. Terrell sigue hablando de los fundadores, pero cierro los ojos y pienso en el dinero que mi madre ha invertido allí para sacarme adelante. Todo para nada. Nos hemos esforzado todos los putos días para nada.

—Von.

Me espabilo y lo miro.

—¿Sí?

—El instituto se fundó en 1717. ¿No es mucha coincidencia que la computadora que utilizan para todo esto sea el 17?

Ya. Qué coincidencia...

El corazón se me acelera cuando lo miro. Se le agita el cabello mientras teclea, concentrado.

—Terrell —digo con cautela—. ¿Cómo lo sabes?

Me mira.

—¿Qué? ¿Que la escuela se fundó en 1717? Lo dice aquí mismo.

Niego con la cabeza. Me tiemblan los órganos, la mente, todo.

—¿Cómo sabías lo de la computadora 17? No te lo conté.

Hace una pausa y entonces le aparecen los hoyuelos cuando se encoge de hombros.

—Seguramente me lo dijiste.

No lo hice. Sé que no.

Omití a propósito detalles como ese. No quería involucrarlo. Me preocupaba que le pasara algo.

—Qué raro. No recuerdo habértelo dicho.

—La memoria es muy extraña, ¿verdad? —dice después de una larga pausa, con la voz un poco vacilante.

La única forma como podría saberlo sería... que estuviera metido en el asunto. Es muy conveniente que apareciera justo cuando todo empezó y me dijera que me conocía. Tal vez lo pusieron a vigilarme como si fuera una rata de laboratorio, quizá Ases le pagara para que fingiese que le gustaba.

He sido muy estúpido. Confié en un completo desconocido que, a pesar de todo, es muy probable que trabaje para ellos. Las fotos del tubo púrpura. Las de delante del edificio de Dre. Todo lo de Dre. Tal vez por eso Jack también conoce a Terrell. Posiblemente trabajen juntos para arruinarme la vida y hacerme daño, por la razón que sea.

«¿Por qué no te recuerdo, Terrell?»

Saco el teléfono e intento no mostrarme asustado.

—Mi mamá me necesita en casa —miento, lo que llama su atención.

Me levanto de la cama al mismo tiempo que él de la silla.

—¿Quieres que te acompañe? —pregunta.

Fuerzo una sonrisa y niego con la cabeza.

—Prefiero estar solo.

Asiente.

—¿Sabes qué vas a hacer con lo de Niveus?

No digo nada, no soy capaz. Lo veo intentar descifrar mi repentino cambio de humor. Me mira sin parpadear, como si quisiera decirme algo.

Quiero irme, así que me despido:

—Nos vemos, ¿sí?

Nos miramos a los ojos, su cara está confundida y un poco triste.

Me quedo sin aire cuando me doy la vuelta y salgo corriendo de su habitación, bajo la escalera y atravieso la puerta principal. Me llama, pero no me detengo, ni me volteo, ni lo escucho. Me echo a correr.

♠

Cuando llego a casa, mi madre está frente a la estufa, hirviendo papas. Me mira con amor y abre los brazos para abrazarme.

Dejo la mochila en el suelo, lanzo la sudadera de Terrell sobre ella y me acerco. Por fin me permito llorar, porque sé que mi madre no es un fraude, como todos los demás.

—Cariño, ¿qué pasa? —pregunta, y no sé qué decirle.

«El instituto que necesitas tres trabajos para poder pagar es la más retorcida y racista.»

«Filtraron mi vida al mundo sin mi permiso.»

«El novio al que no conoces terminó conmigo. Ah, sí, mamá, soy gay y no te lo dije antes porque te quiero mucho y no podría soportar que me rechazaras, así que, por favor, no lo hagas.»

Eso es lo que pasa, todo eso y más. Pero no puedo hablar, porque si lo hago, se lo contaré todo y entonces me odiará.

Así que lloro y me aferro a ella. Cada vez hay más burbujas en la olla.

—Vonnie, dime qué pasa. Sabes que puedes contármelo todo, ¿verdad?

Niego con la cabeza. Eso dice ahora, pero no habla en serio. Si tuviera problemas de faldas, podría confiar en ella, pero con este tema no.

—No quiero perderte.

—No me voy a ninguna parte. Jesús tiene a bien mantenerme viva y sana. Dime qué pasa. —Se aleja y me obliga a mirarla.

—Odio el instituto. —El eufemismo del año—. Has trabajado muy duro para que vaya. —No puedo respirar, ni mirarla—. Lo odio muchísimo. Me desprecian y hablan de mí.

Lloro tanto que me tiemblan los huesos y me resuena la caja torácica. Tengo la nariz tapada y me siento atrapado en mi propio cuerpo.

—Vonnie, solo te faltan unos meses. Deberías habérmelo dicho hace años, te habría sacado de allí si hubiera sabido que serías más feliz en otro sitio.

—Empezó hace poco. No dejan de difundir rumores sobre mí.

—¿Qué dicen? —pregunta, con los ojos vidriosos y preocupados.

No puedo. Siento que voy a vomitar. Hace años que sé que soy gay. Estoy cómodo con ello, pero, en momentos así, cuando sé que la vida sería más fácil si mi sexualidad fuera distinta, desearía no haber nacido con esta carga.

—¿Conoces a un tal Terrell? —pregunto, porque no quiero tener que contarle que los rumores que detallan mi vida sexual con un chico blanco y rico y con el traficante al que me pidió que no me acercara son ciertos. No quiero romperle el corazón, ni hacerle daño.

Parece sorprendida.

—¿Te acuerdas de él? —pregunta.

¿Mi mamá lo conoce?

—Sé quién es, pero no lo recuerdo.

Se da la vuelta y apaga la estufa, antes de dirigirse al comedor y sentarse en una de las sillas de jardín. Me quedo donde estoy.

Me mira. Directamente a los ojos.

—Quería que me hablaras de tu sexualidad cuando estuvieras preparado. Después del incidente, no te acordabas y no quise sacar el tema.

¿Mi sexualidad?

Corro hasta el bote de la basura en la esquina y vomito. Mi cuerpo por fin hace lo que lleva amenazando desde hacía horas. Solo es agua, porque hoy no he comido. La silla de jardín roza el suelo y mi madre aparece a mi lado para frotarme la espalda.

Odio sentirme de esta manera. ¿Qué recuerda ella que yo no?

—No tenemos que hablar si no estás listo, Von.

Niego con la cabeza.

Ya tiré la bomba. No hay vuelta atrás.

Las lágrimas se mezclan con el goteo de mi nariz mientras me agacho sobre la basura e intento respirar.

—Soy gay —confieso con la respiración entrecortada, mientras se me clavan dagas en las tripas y me sacuden por dentro. No estoy seguro de si lo dije lo bastante alto para que me oiga.

—Sí, lo sé —asegura, y algo me invade. No sé si es alivio.

Las lágrimas se mezclan con los mocos asquerosos. Estiro las manos hacia la mesa en busca de pañuelos y mi madre me pasa algunos.

Me limpio la cara con fuerza.

—Mamá, ¿qué pasó con Terrell? ¿Por qué no lo recuerdo? —pregunto.

Me duele la garganta y la noto seca cuando me volteo para mirar a mi madre. Me evita la mirada y se acerca al refrigerador para sacar una botella de agua y dármela.

—De casi todo me enteré por Jack. —Se limpia la cara con las manos secas y arrugadas—. Lo único que sé con certeza es que volviste de clase empapado, con un enorme chichón en la frente y cubierto de sangre.

Se me pone la piel de los brazos de gallina cuando una imagen mía hundido en el agua parpadea; un chico que se parece mucho a Terrell me saca a rastras y unos gritos me agrietan las paredes del cerebro.

—Le pregunté a Jack qué había pasado, por qué estabas mojado, ensangrentado y golpeado. No suelo involucrarme, sé que no te gusta, pero eres mi hijo y estabas herido. —La voz se le quiebra al final, pero me mira con firmeza, como si no quisiera mostrar debilidad. Incluso tiene la espalda rígida—. Jack me dijo que Terrell Rosario y tú se besaron y que los descubrieron —revela. Se me encoge el pecho.

Otra imagen aparece, borrosa, como un video casero antiguo. La cara de Terrell, con el cabello más corto, sin rastas, solo rizado.

—Espera —dice.

Retrocedo y frunzo el ceño.

—¿Qué? —respondo. Tengo que irme a casa para ayudar a mi mamá con la cena.

Se acerca y mira alrededor con cautela.

—¿Recuerdas que me dijiste que a veces pensabas en tomar a chicos de la mano? —Extiende la suya y enreda los dedos con los míos—. En tocarlos. —Se acerca y se me corta la respiración; el corazón se me acelera—. En besarlos. Solo quería decirte que yo también lo pienso. Sueño hacerlo contigo. Todo el tiempo —termina.

♠

—Lloré y recé por ti, Von. —La voz de mi madre desgarra el recuerdo y la película en sepia se deshace en mi mente—. Recé para que estuvieras bien —continúa—. Pero sabía cómo era este vecindario y estaba convencida de que la prepa sería demasiado venenosa, sobre todo si lo que decía Jack era cierto. Después, no quisiste hablar, te escondiste en tu habitación y, al final, supuse que lo habías olvidado.

Así fue.

Me frota la cara. Me limpia las lágrimas, los mocos y todo lo demás.

—¿No te importa que sea gay? —pregunto, porque es lo que más me asusta.

Me siento un poco mareado mientras niega con la cabeza.

—No te drogues, no te metas en líos, estudia y sal con quien quieras. Es lo único que te he pedido siempre.

Vuelvo a llorar y mi cuerpo se sacude mientras las lágrimas se derraman. Me atrae hacia su pecho. Nunca pensé que la conversación se desarrollaría de esta manera.

—Te quiero mucho, solo espero que seas feliz —dice en voz baja.

«Tú también, mamá. Quiero que seas muy feliz.»

Reviso los mensajes en el celular cuando llego a mi habitación, después de haber pasado con mi madre lo que me han parecido horas. Me acomodo en la cama con mis hermanos, que están viendo caricaturas y discutiendo. El ruido de los manazos y los gritos me altera.

Revisé tus mensajes cuando estabas dormido, así descubrí lo de la computadora 17. Lo siento, solo pretendía ayudar.

No pasa nada.

No estoy seguro de si es cierto, y ya no sé si confío en él o si me creo la excusa, pero estoy demasiado cansado para enojarme. Además, es el único amigo que tengo ahora mismo.

Lo siento, de verdad.

Rememoro la escena en el patio de secundaria una y otra vez, luego el beso y lo bien que me sentí. Terrell me sostuvo la cara y me besó como si fuera algo bueno. Después, un dolor cegador que el cerebro no me permite recordar por completo. Pero veo los puños, los oigo gritar. Sé en ese momento que besarse es malo, muy malo. Me siento sucio. Me han hecho sentir asqueroso.

Entonces estoy en la playa. La arena se me cuela en los tenis y las olas me llaman. El agua rompe con violencia y me tiende los brazos. El mar es perfecto, me hace sentir en paz, pero en realidad no es así. Es caótico, se traga vidas y personas. Las olas gritan, golpean y asolan la arena, como si esta fuese una abominación. Aunque el mar es un monstruo, me atrae su caos. Así es como crecí. Rodeado de caos. Es lo único que conozco.

La gran cagada de mi padre y las de mi madre, sus novios complicados y maltratadores que nos abandonaban en cuanto la ropa se le reventaba por el vientre abultado. Mis propias cagadas. Constantes.

Así que me metí en el mar y permití que me arrastrara. Me dejé envolver por ese abrazo familiar y retorcido.

Me suena el teléfono y aparece el nombre de Chiamaka.

¿Dónde estás?

Salgo del chat con Terrell y entro en el suyo. Me ha mandado muchos mensajes.

Mis hermanos me empujan mientras se pelean.

—Si no se están quietos, se lo diré a mamá y se van a llevar una buena regañiza —amenazo, y se detienen de inmediato, como siempre.

Mi madre no da miedo y casi nunca nos pega. Sin embargo, tiene una mirada que te hace pensar que podría darte una paliza sin pestañear.

Vuelvo a centrar la mente en devolverle el mensaje a Chiamaka.

Me fui antes de que terminaran las clases.
Intenté llamarte, pero no respondiste.

Porque se me cayó el teléfono en la Morgan anoche y no lo pude recuperar hasta la hora de comer. En fin, descubrí la conexión entre la chica de ayer y Ases. Voy a enviarte una dirección. Nos vemos allí. Tenemos que hablar, pero primero tengo que hacer una cosa.

Ha sido un día duro y, si he de ser sincero, no me quedan

energías para hablar de esto ni de nada, pero supongo que no tengo otra opción. No hay tiempo que perder. Además, quiero descubrir las lagunas de esta loca realidad y cómo todo está conectado.

Entender lo que está pasando es la única manera de detenerlo.

De acuerdo.

Le envío el mensaje y me olvido de preguntarle cuándo quiere que vaya. Empiezo a teclear otro, pero me interrumpe un nuevo zumbido del teléfono, seguido de un tono de notificación que hace que se me encoja el corazón y que el cerebro me dé vueltas.

Unas campanitas de viento.

32

Chiamaka

Lunes

Me dirijo a casa de Belle después de clase y me salto el castigo. Ya no importa nada, ni el instituto ni el castigo. Se acabó, dejé los estudios de manera extraoficial, porque no puedo volver allí después de lo que descubrí hoy. Es lo que querían, que lo dejáramos, que desapareciéramos. No tengo ni idea de lo que implicará para mi futuro académico, pero tenemos que lidiar con Ases. Con Niveus.

Tengo la cara y el pecho tensos por las lágrimas que he derramado cuando llamo a la puerta.

Belle abre con una gran sonrisa, aunque parece un poco confundida por mi presencia. No me molesto en devolverle la sonrisa porque no vine para mostrarme alegre ni para reírme de sus chistes ni para ver una comedia romántica y fingir.

Vine por respuestas.

—Bueno, no sabía que ibas a venir. Habría limpiado un poco —comenta, todavía algo congestionada.

Me fijo en que trae una pijama de seda rosa y se ve horrible. Al menos no mintió sobre estar enferma. Atravesamos el vestíbulo y entramos en la cocina. Es más grande que la mía, con mármol blanco por todas partes y tecnología de punta. Mi padre se queja a menudo de las cocinas modernas y de lo tecnológicas que son. «Ya ni siquiera se puede abrir un refrigerador con normalidad», dice. Lo cual es una exageración; si quiere abrir el refrigerador, siempre puede comprar el modelo que seguro tiene Richards.

—Voy a hacerte algunas preguntas y quiero que me digas la verdad —espeto.

Me acerca una silla, pero me quedo de pie.

Belle pasea la mirada entre el asiento y mi cara.

—¿Qué preguntas?

Lo dice como si no tuviera ni idea. Le creería si fuera capaz de volver a confiar en alguien.

¿Cómo empiezo a darles forma a las preguntas incoherentes que llevan circulando por mi cerebro desde anoche? Información que he tratado de conectar. Preguntas que me abofetean hasta la conciencia, que me impiden cerrar los ojos y me sacuden el pecho hasta que lo noto lastimado y dolorido. Incógnitas que me acosan con el rostro conocido de una chica muerta.

—¿Crees que...? —Hago una pausa—. ¿Crees que la muerte es permanente? —pregunto.

Belle abre los ojos como platos.

—Chiamaka, ¿estás bien?

—Sí —aseguro, y resoplo—. Responde.

—¿Qué clase de pregunta es esa?

—Una en la que no dejo de pensar y que sé que no tiene sentido, al menos para una persona inocente, pero creo que tú podrás esclarecérmela.

Nos miramos, su cara deliberadamente inexpresiva, sus ojos apagados, pero decididos. ¿Cómo pude no haberme dado cuenta antes?

He perdido facultades.

—Te voy a contar una historia que seguro ya conoces. Hace casi un año, Jamie y yo volvíamos en coche de la casa de la playa de sus padres y atropellamos a una persona. —Las imágenes, claras como el día, pasan ante mí como siempre; mi cabeza golpea el tablero y la peor noche de mi vida comienza una vez más—. Belle, el domingo por la noche fui a la Academia, esperé en la biblioteca Morgan junto a la computadora 17 y tiré al suelo a una muerta. Una chica a la que pensaba que habíamos atropellado y abandonado para que se desangrara como un animal. Así que te lo vuelvo a preguntar. —Me tiembla la voz y tengo el rostro húmedo por las lágrimas que me manchan la piel—. ¿Crees que la muerte es permanente? ¿O acaso los cadáveres saben revivir, salir de las tumbas y llegar hasta Niveus?

Se queda sentada muy tranquila, con las piernas cruzadas, como si lo que acabo de contarle fuera equivalente a anunciar que va a llover o a decir que son las cuatro cuarenta y cinco. Todo mi cuerpo se estremece.

Las tablas del suelo crujen sobre nosotras y miro arriba.

—Chiamaka, puedo explicarlo —dice, con la voz plana.

«He perdido facultades, porque de lo contrario habría visto sin dificultad que es una zorra mentirosa.»

—¿Explicar qué? Que tu maldita hermana es...

—Chiamaka, por favor... —Tiene lágrimas en los ojos.

El problema con los mentirosos compulsivos es que, a menos que seas como ellos, es muy difícil saber cuándo dicen la verdad. El parecido con su hermana es sorprendente. No entiendo cómo pude no darme cuenta antes. Ahora, cuando la miro, solo la veo a ella.

—Desde que vi a Martha, se me han ocurrido cientos de teorías descabelladas. He culpado a Jamie, he creído que había perdido la cabeza. Lo fascinante es que ni una sola vez se me ocurrió que tú tuvieras algo que ver.

Ni una.

—Luego empecé a reconstruir los hechos. Lo cierto es que es culpa mía por no sospechar más cuando viniste a verme ese día después de clase. Después, al hablar con Richards y enterarme de que Niveus es una institución malvada, empecé a recordar cosas, como lo raro que es que unos cuantos vayan de campamento todos los veranos. Nunca me había planteado el sentido de ir de excursión para estar con las mismas personas a las que ven en clase, pero entonces me encuentro con el Campamento Ases en un antiguo anuario y las teorías empiezan a cobrar sentido. Les hace falta para organizar sus juegos retorcidos. Es el lugar donde planear cómo arruinarme la vida. Y a Devon. —Levanto la voz, lo que me sorprende. Odio lo vulnerable que me siento.

—Besarte fue real, Chiamaka —dice, con una pausa, que ahora estoy segura de que es calculada, entre las dos últimas palabras.

Niego con la cabeza. ¿Cómo he podido ser tan irracional? He permitido que me gustara alguien a quien ni siquiera conozco. Aunque, por otra parte, pensaba que conocía a Jamie y también terminó por demostrarme quién era en realidad. Son tal para cual.

—¿Por qué lo hiciste?

Es una pregunta con doble sentido. «¿Por qué me devolviste el beso? ¿Por qué no te fuiste y te olvidaste de mí?» Pero también «¿por qué formas parte de esto? ¿Qué es Ases?»

Belle aparta la mirada.

—No es tan sencillo. Tengo que explicártelo todo...

—¿Por qué lo hiciste, Belle? ¿Qué sentido tiene todo esto? Tengo teorías, pero no quiero creerlas. Me cuesta asimilar que haya gente así de perturbada. Sin embargo, las pruebas no me dejan muchas opciones. Quiero que me lo digas, ¿por qué?

Las tablas del suelo de arriba vuelven a crujir. ¿Quién más está aquí? El corazón se me acelera.

Belle mira al techo y se limpia los ojos.

—No tenía elección. Es una tradición familiar. Mi mamá, mi papá, mi hermana. Todos han ido a Niveus. Todos han participado en sus... tradiciones. Porque es lo que siempre se ha hecho. Vamos al campamento, aprendemos cosas del pasado y nos cuentan que el futuro podría ser igual si lo planificamos bien. Sonaba inofensivo. Hacer que dos chicos dejen los estudios y después seguir con nuestras vidas, olvidarlo.

Me siento mareada.

Por supuesto que tenía elección. Siempre la hay.

—No es solo Niveus. Se hace lo mismo en muchos otros lugares.

Sigue sin poder mirarme.

—¿Y qué es lo que hacen exactamente? —pregunto, e intento sonar calmada.

Belle está pálida y las lágrimas le ruedan por las mejillas. Detesto sus mentiras y su falso llanto. No debería ser ella quien llorara.

Esta vez, el crujido proviene de la escalera. Miro hacia allí, con el cuerpo en tensión, porque espero ver surgir una figura enmascarada.

—Lo llaman eugenesia social. —Se le quiebra la voz. Las palabras se me clavan en el pecho.

Eugenesia social.

—No pretendía hacerte daño. —Solloza—. En cuanto te conocí, me arrepentí de todo. Quería cambiar el sistema, arreglarlo para ti, pero es muy complicado. Hay mucha gente involucrada.

Me limpio los ojos.

—Te alegrará saber que no me hiciste daño. Solo me lo pueden hacer las personas que me importan.

Se estremece.

—Tampoco vas a conseguir arruinar mi futuro. Está en mis manos, no en las de Niveus, ni en las tuyas, ni en las de tu familia de psicópatas.

Suena el timbre.

—Es para mí —digo, y me alejo.

La silla araña el suelo y Belle me agarra del brazo.

Me volteo para mirarla.

—Suéltame.

—Por favor, confía en mí.

Sus ojos parecen cristales sumergidos en veneno azul. El labio inferior le tiembla y agita las pestañas con la cara enrojecida.

Un gato blanco observa la escena sentado a la mitad de la escalera. Cuando se da cuenta de que lo miro, vuelve a subir de un salto y la madera cruje por el movimiento repentino.

La miro otra vez.

—¿Confiar en ti? —Tomo aire, con el pecho hinchado—. No quiero volver a verte.

Aparto el brazo y abro la puerta.

Richards está esperando. Me mira a mí y después a Belle.

Ya no quiero estar aquí. Necesito irme y no tener que verla ni pensar en ella nunca más.

—Vámonos. El olor a zorra mentirosa me da náuseas.

Cuando llegamos a mi casa, espero que esté vacía, como casi siempre a estas horas entre semana. Sin embargo, encontramos a mi padre en la cocina preparando la cena.

—¿Chiamaka? —llama.

—¿Quieres que espere aquí? —pregunta Devon.

Niego con la cabeza.

—Ven conmigo —indico—. ¡Ya voy, papá! —grito, y me dirijo hacia la cocina, donde lo veo con un delantal, revolviendo una olla.

—Ven a probar esto —pide, y me tiende una cuchara.

Hago una mueca.

—No tengo hambre.

Levanta las cejas, pero asiente y se lleva la cuchara a la boca.

—Le falta sal —murmura.

Luego hace una pausa y se fija en Devon, que está detrás de mí.

—Invitaste a un amigo —comenta, y suena sorprendido.

No suelo traer a gente nueva. Se limpia las manos en el delantal y se acerca a Richards, que se tensa de forma evidente. Mi padre le ofrece la mano y él se la estrecha con timidez.

—Hola, soy la cuenta del banco de Chiamaka, en ocasiones conocido como «papá» —dice con una gran sonrisa.

Richards parece aún más incómodo. El humor de mi padre solo le hace gracia a él. Tiene los lentes empañados y parece un científico loco, con el humo que sale de las ollas y todo eso.

—En fin, Devon y yo tenemos que hacer un proyecto para clase —explico mientras lo agarro del brazo y lo arrastro hacia la escalera.

—Bueno, pero deja la puerta abierta —ordena mi madre mientras nos vamos.

—¡Lo haré! —grito, aunque no tiene nada de qué preocuparse.

Subimos hasta mi habitación y entorno la puerta tras nosotros, dejándola solo un poco entreabierta.

—Bueno —comienzo, y voy directa al grano mientras Devon se sienta sobre mi cama—. Cuando fui a la biblioteca, encontré un anuario de 1965. Lo había visto el domingo mientras estábamos escondidos, pero no había tenido oportunidad de revisarlo. Había una fotografía del Campamento Ases.

Abro la foto que tomé y le pongo el teléfono en las manos.

La examina y parece no sorprenderse.

Hago *zoom* en un rostro joven.

—¿No se parece a Ward? —pregunto.

Levanta las cejas.

—Mierda.

—Eso no es todo. Descubrí la conexión con la chica «muerta». Es la hermana de alguien a quien estaba muy unida. Belle Robinson, en cuya casa acabamos de estar. Por lo visto, toda su familia ha ido a Niveus y forma parte de Ases. De alguna manera, organizaron el accidente de coche. Todo esto se creó para arruinar nuestro futuro: invitan a inscribirse a dos estudiantes negros con un potencial excepcional para luego destrozarlos. Impedirles que lleguen a donde deberían.

Devon se queda mirando el teléfono con una expresión vacía en el rostro. Es como si no estuviera del todo presente. Sigue temblando, no tanto como esta mañana, pero parece un chihuahua de tamaño humano.

Chasqueo los dedos delante de su cara.

—¿Hola?

Levanta la cabeza, con los ojos vidriosos.

—Perdona. Sí, es una locura —dice.

Es más que eso. Esta gente es malvada. Sin embargo, entiendo que ha tenido que asimilar muchas cosas en las últimas veinticuatro horas y no debería esperar que esté al cien por ciento. Creo que ni siquiera yo lo estoy, aún no lo he procesado todo.

Me siento cansada.

—¿Estás bien? —pregunto.

Se encoge de hombros, aparta la mirada y me devuelve el teléfono. Me acomodo a su lado.

—Yo también. Me siento fatal —respondo a su silencio.

Nos quedamos callados durante unos minutos. Necesito saber cómo salir de este problema y dejar de sentirme estancada.

He crecido en este mundo.

En el que mi cabello es motivo de burla y de asombro, me lo tocan y me lo jalan y está prohibido por el código de vestimenta escolar. Así que me lo alacié para amoldarme, para asegurarme de que no me acariciaran como si fuera una mascota.

He sacado buenas calificaciones para parecer inteligente, porque una parte de mí siempre se ha sentido tonta. Me he hecho respetar y me he portado como debía; pensaba que lo estaba haciendo bien. Creía que entraría en Yale sin problemas.

Toma problemas.

No importa lo que haga, da igual cuánto me planche el cabello que me brota del cuero cabelludo y cuánto me esfuerce, siempre seré la otredad para ellos. Nunca seré lo bastante buena para el lugar al que he intentado llamar hogar toda la vida.

Puedo «arreglar» las rarezas de mi cabello, pero no este sistema retorcido que nos odia a mí, a Devon y a todos los que se nos parecen.

Un sollozo me saca de mis pensamientos. Lo miro. Intenta ocultar el rostro, pero veo que se limpia los ojos con la manga de la sudadera de alienígenas.

Está llorando.

Hago como que no me doy cuenta y espero a que sea menos evidente antes de intervenir.

—¿Por qué no hablamos mañana, cuando los dos hayamos descansado? Tenemos mucho que asimilar. Podríamos vernos a primera hora para pensar una estrategia que les demuestre que no nos dejaremos aplastar.

Me mira con los ojos desorbitados.

—¿Qué quieres decir?

—No hemos llegado hasta aquí solo por llegar, ¿no? No vamos a dejar que ganen, así que mañana pensaremos en la forma de vencerlos. Ninguno de los dos tiene las ideas claras esta noche —digo.

Asiente, despacio.

—¿Nos vemos como a las doce? —propone—. Tengo que ir a un lugar antes.

No lo dirá en serio.

—¿Es más importante que Ases? —pregunto.

—Necesito ver a un amigo —explica, y se levanta. Me pongo de pie también.

—Bueno, nos vemos a las doce. ¿En tu casa?

—De acuerdo —acepta.

Solo lo propuse por cortesía. He oído hablar del vecindario en el que vive, aunque no he estado nunca, ni quisiera visitarlo. Esperaba que dijera que no.

Bajamos la escalera y Devon murmura una despedida antes de irse.

—¿Ya se fue tu amigo? —pregunta mi padre cuando entro en la sala.

Está leyendo un libro y tomando un plato de sopa, con los lentes cerca de la punta de la nariz.

Asiento.

—Sí, no se sentía bien, así que quedamos de continuar mañana en su casa —comento, y pienso en lo agotado que parecía.

—¿Todo bien en la escuela? —quiere saber, y pasa la página.

Me gustaría que los padres no hicieran tantas preguntas. Sobre todo cuando la verdad podría hacerles daño y provocar que te odien. Si le dijera «No, fatal. De hecho, no creo que vaya a volver, porque todo el instituto es racista y me odia, papá», no lo entendería. No comprendería nada de lo que le dijera, porque jamás ha tenido que lidiar con ello. Lo único con lo que se quedaría es con el hecho de que me acusaron de robo, de asesinato y de andar fornicando por ahí. Creería que soy repugnante. Ya me odio lo suficiente por los dos.

Además, aunque se lo contara todo, sé que no haría nada. Mi papá ni siquiera fue capaz de defenderme cuando su familia me soltaba comentarios racistas de niña. Se limitaba a mirar en silencio cómo la abuela se burlaba de mí y de mi aspecto. No dijo nada cuando se negaron a que mi mamá y yo fuéramos de visita. ¿Por qué iba a defenderme ahora?

Así que le digo:

—Todo genial, papá.

Luego suelto otra mentira: que estoy cansada y que me voy a mi habitación para intentar dormir. En realidad, solo la veo a ella.

Imágenes de Martha en el suelo después del atropello. Secuencias de sueños, aunque ahora creo que son recuerdos, en los que estoy borracha e irrumpo a tropezones en una habitación, mientras la música de una fiesta suena de fondo. Entro en pánico porque hay muñecas rubias ensangrentadas por todas partes. Entonces me fijo en una figura que se voltea hacia mí, y es ella.

Grito, pero nadie me oye. Lloro y no dejo de llorar. La música está a todo volumen. «¡No eres real!», grito, y se ríe. Me veo en el espejo a su espalda; mi vestido plateado reluce en la habitación oscura y los tirantes me cuelgan de los hombros. Me veo horrible.

Soy un desastre.

Grito muy fuerte, pero nadie me oye.

Grito muy fuerte, pero nadie me ayuda.

Durante un año, mi subconsciente me ha atormentado con una noche traumática que no era real. No he dormido y nada era verdad. Personas a las que conocía y en las que confiaba me hicieron creer que había perdido la cabeza. Estoy enojada y me siento perdida. ¿Cómo se deshace un recuerdo falso?

Mi cerebro no es capaz de dejarlo ir, de comprender que es una farsa.

Por la noche, cuando el mundo se vuelve negro, a pesar de todo lo que he descubierto, la nebulosa secuencia de sueños y recuerdos de la fiesta que Jamie organizó en tercero vuelve a empezar.

33

Devon

Martes

La primera vez que entré en una cárcel tenía diez años.

También recuerdo la fecha exacta, el 9 de septiembre.

Aunque era sombría, oscura y gris, me emocionaba estar allí. No creo que nadie en la historia se haya emocionado por ir a una cárcel. Yo sí. Extrañaba a mi papá y, después de dos años, por fin había aceptado hablar conmigo. Antes de eso, había rechazado las solicitudes de mi madre para ir a verlo. Luego, fue mi madre la que se negó a visitarlo. Me acompañó hasta allí, pero no entró.

Había cambiado mucho desde la última vez que lo había visto. Para empezar, llevaba un uniforme. Era blanco brillante y destacaba sobre su piel oscura. Se había dejado crecer la barba y el cabello. Tenía el mentón apoyado en las manos cruzadas y, tras la pantalla de cristal, parecía muy distante. Recuerdo que me quedé mirándolo un rato, congelado; asustado sin saber por qué.

Al final, reuní fuerzas para avanzar; los tenis me quedaban grandes porque mi mamá siempre me los compraba unas cuantas tallas de más para que me duraran varios años.

Tomé asiento frente a él y por fin levantó la vista, como si no se hubiera dado cuenta de que había llegado hasta ese momento. Movió la cabeza hacia un lado y seguí la dirección hacia el teléfono gris. Me fijé en que también había uno en mi lado.

Descolgó el suyo.

Yo también el mío.

—Hola, hijo. —Su voz ronca me produce un escalofrío. Hace dos años que no lo oigo hablar.

—Hola, papá —digo.

Sonríe y los ojos se le arrugan en las comisuras, como a los ancianos. A pesar de que solo tiene treinta y dos años y siempre había aparentado su edad, ahora parece viejo, con canas en las trenzas y arrugas en la frente.

—¿Cómo está mamá?

—Bien. Trabaja de cuidadora en el comedor del colegio, así que la veo cada día y me deja repetir —comento.

Cuando se llevaron a mi padre, tardé días en ser capaz de comer sin vomitar, pero ya recuperé el apetito y me pone muy contento que mi madre me dé más pasta que a nadie.

Se pasa la mano por la cara y bosteza un poco.

—¿Estás cansado? —pregunto.

Tiene los ojos un poco rojos, como los de mi madre cuando está agotada.

—Sí, pero esta noche voy a dormir bien —responde. Me mira fijamente a través del cristal—. ¿Cómo estás?

Me encojo de hombros. Jamás me había preguntado eso.

—No sé.

Sonríe.

—Claro que lo sabes. Dime lo que te ronda por la cabeza.

No sé cómo me siento. No lo entiendo del todo.

—El único tema de conversación de los chicos de mi clase son las chicas que les gustan. Las invitan a salir y hablan de ello todo el día —empiezo, y hago una pausa para comprobar que me sigue escuchando. Asiente, así que continúo—. Pero yo no pienso en ese tema. No quiero salir con chicas, ni besarlas.

Mi padre asiente de nuevo, luego mira al techo antes de volver a centrarse en mí.

—Yo tenía once años cuando empecé a interesarme por las chicas. Lleva tiempo, no te preocupes; serás un rompecorazones como yo enseguida. ¿Te contó cómo nos conocimos tu madre y yo?

Niego con la cabeza. Aunque ella ya me ha relatado su versión de la historia, me gustaría escuchar la suya. Las historias mejoran cuando escuchas cómo las vivieron los demás.

Se queda callado y luego dice:

—Nos conocimos en la preparatoria, en el último año. Tardé dos años en fijarme en ella. Estaba centrado en la música, pero, cuando por fin dejé el saxo, la vi y supe que era la indicada para mí. Nos besamos, te tuvimos y nos casamos. Así que, como ves, era mucho más mayor que tú cuando senté la cabeza con una chica. No te preocupes por eso, hijo. La mujer de tu vida está esperando a que la descubras.

Asiento y me siento un poco mejor. Es solo cuestión de tiempo.

—Papá, ¿cuándo vas a salir de aquí? Tienes que volver a casa. Mamá está triste sin ti.

Mira hacia abajo, en silencio. Empiezo a pensar que la línea se cortó, pero entonces lo oigo respirar.

—Mira, hijo... —Se limpia la cara otra vez—. Hice algo que no le pareció bien al Estado, algo de lo que no me arrepiento. Los hombres de verdad no tienen remordimientos, ¿entendido?

Asiento.

—A los federales no les gusta ese tipo de cosas, por eso me metieron aquí. Asumir el control de lo que importa es importante. Pero no te preocupes por eso, ni por que esté aquí, ¿sí?

Asiento despacio, sin entender a qué se refiere. Mamá se niega a explicármelo. Mi papá me mira con una expresión que me hace sentir que nada está bien y que me intenta ocultar la verdad.

Quiero contarle que sueño con que volvemos a ser una familia, pero no creo que quiera oírlo. Además, no éramos exactamente una familia. Él nunca estaba en casa.

—Escucha, Von, me alegro de que hayas venido —dice.

Eso me llena como un globo de helio, de esos con forma de caricaturas que venden en el centro comercial, inflados y brillantes. Me encantaría decirle que me alegro de que me haya invitado, pero parece que no ha terminado de hablar y no quiero ser maleducado ni nada por el estilo.

—Pero no quiero que vuelvas, nunca. No volveremos a vernos —concluye.

El globo estalla y lo destroza todo. ¿Qué? ¿Por qué no quiere verme?

—¿Por qué? —pregunto, justo cuando la línea se corta.

Un guardia le da unas palmaditas en el hombro y le hace un gesto para que se levante, pero a mí el corazón me late muy rápido. Necesito saber por qué, necesito convencerlo de que me deje volver.

—¡Papá! —grito, pero ya está de pie y mira a través de mí como si no estuviera.

Entonces, se da la vuelta y se aleja. Cruza la puerta verde que tiene detrás, que se cierra de golpe.

Me quedo mirando la puerta, esperando a que vuelva corriendo para decirme que era una broma.

Pensaba que sería como en las películas, cuando en el último momento, hay un final feliz; la gente se reencuentra y nadie llora. Esas en las que una familia —ambos padres, tres hijos y un perro— van juntos a la playa solo por diversión y chapotean en el agua como si los abrazara como hacen sus padres.

Mi padre nunca me había abrazado.

Las lágrimas se me posan en las pestañas hasta que se vuelven pesadas y me obligan a parpadear para dejarlas escapar. El corazón se me acelera y me siento un poco mareado.

Aprieto los párpados.

Me imagino el mar. Las olas rompen, pero no con violencia, sino de forma agradable, como si su ruido tuviera un propósito. Camino hacia él, me arrodillo, lo toco, aspiro la sal, luego me acuesto, me dejo llevar, me abraza.

El corazón se me ralentiza. Vuelvo a estar tranquilo, pero me niego a abrir los ojos. He memorizado el camino. No quiero volver a ver este lugar, ya no me emociona.

Así que sigo caminando, con los ojos cerrados y una mano en la pared, mientras las olas me arrastran.

♠

El sonido de un timbre me saca del último recuerdo que tengo con mi padre. Mi madre me dijo que ella tampoco quería que lo viera, así que no volví. Aun así, a veces siento curiosidad. Me pregunto cómo estará, si me reconocerá todavía.

Me acerco a la silla frente a la mampara de cristal cuando se abre una conocida puerta verde y aparece Dre con un uniforme naranja. Casi suelto un grito ahogado. Su cara.

Tomo asiento deprisa y descuelgo el teléfono. Se me queda mirando durante un rato, baja los ojos un momento hacia mi uniforme y luego vuelven a subir a mi cara. Se sienta con pesadez en la silla y se apoya en el respaldo. Descuelga el teléfono gris con desgana, como si no tuviera límite de tiempo.

—Dre, ¿por qué carajo estás aquí? ¿Por qué me llamaste? —susurro, porque no he dejado de darle vueltas desde que recibí el mensaje ayer, y luego la llamada.

Miro de reojo a los guardias; no estoy seguro de si mencionar que me llamó desde su teléfono le traerá problemas.

Se encoge de hombros.

—Quería una visita conyugal. —Tiene la voz desgastada, como si hubiera gritado hasta quebrársela.

Lo fulmino con la mirada.

—No tenemos mucho tiempo, deja de hacerte tonto.

Tiene los ojos muy rojos y de un púrpura azulado en los bordes, con unas ojeras exageradas.

Sorbe por la nariz y se limpia con el dorso del brazo.

—La policía hizo una redada en mi casa, encontraron de todo.

—¿Cómo? —pregunto.

Ninguno de los suyos es un soplón. Al menos, eso creía yo.

—Alguien tuvo que llamarlos y decirles dónde buscar.

Alguien...

¿Ases?

El corazón se me acelera y siento náuseas.

—¿Te pusieron fianza? —pregunto, y me trago la culpa.

Si la paga puede salir, ¿no?

—Demasiado dinero.

—¿Te dijeron hasta cuándo te van a tener aquí?

—Hasta el juicio.

¿Juicio?

Apoyo la cabeza en la mano. Dre no puede ir a juicio, y menos a la cárcel.

Todo es culpa mía. Si hubiéramos entendido antes las señales, si hubiéramos abandonado y hecho lo que querían, Ases no habría ido por Andre.

Oigo unos golpes y levanto un poco la vista.

—Está bien..., estoy bien —dice, con el ceño fruncido.

Pone la mano sobre el cristal. La miro primero, luego a él.

—No estás bien, Dre.

Pongo la mano en el cristal sobre la suya. Son similares

en tamaño, pero muy diferentes al mismo tiempo. Sé que las suyas son más ásperas que las mías, más gruesas.

—Tienes la cara hecha un desastre.

Mira nuestras manos.

—Está bien.

—¿«Bien» significa «hecha una puta mierda»? Dre, mírame. ¿Quién te hizo esto?

Me mira y se me calientan las mejillas, porque me está mirando de verdad, no solo la cara, sino los ojos, la boca... Parpadea.

Suspira con fuerza.

—Unos tipos. Se enteraron de lo nuestro. —Se le contorsiona el rostro cuando empieza a llorar en silencio—. Me pegan todas las noches, dicen que quieren hacerme entrar en razón.

Me gustaría abrazarlo, pero el estúpido cristal nos separa. Se limpia los ojos con dureza, luego baja la mano y endereza la espalda.

—¿Cómo estás? —pregunta, con la voz un poco quebrada.

Lo primero que se me ocurre es que estoy estresado. Estresado y cansado.

—Bien —digo.

—Bien —repite.

Siento que voy a morir de hiperactividad cardiaca. El corazón me late deprisa y me retumba en los oídos y en el cerebro. Me vibra la garganta y me cuesta tragar, mientras muevo los dedos como si hubiera vuelto a tomar demasiado café.

—Tienes que salir de aquí —digo—. Necesitas un buen abogado.

Asiente despacio.

—Ya se están ocupando de ello.

«Se están ocupando de ello» puede significar muchas cosas. Una es usar el dinero de la droga. Pero tiene que hacer lo que sea para salir de aquí, así que no voy a juzgarlo, sobre todo porque yo hice lo mismo para ayudar a mi madre.

Parece muy pequeño con el uniforme naranja, como si se ahogara dentro de su propia ropa. También lo tiene arrugado. Recuerdo que a mi padre el overol le quedaba como si fuera una segunda piel. El blanco se le pegaba a los voluminosos brazos.

—No quiero hablar más de esto, solo quería verte, ponernos al día. —Mira alrededor. No hay nadie más en la sala, aparte de los guardias, a pesar de que hay otras cabinas—. Solo quería decirte que, a pesar de todo, te quiero. Siempre te querré.

El corazón me martillea como si no hubiera un mañana. Me quedo sin aliento y un poco sorprendido. Una gran parte de mí ansía que Dre me quiera, pero esa misma parte no creía que lo siguiera haciendo.

—¿De qué quieres hablar? —me fuerzo a decir, y trato de sonar despreocupado, pero estoy convencido de que oye cómo me late el corazón.

Se encoge de hombros y me atraviesa con la mirada.

—De cualquier cosa.

¿Cualquier cosa?

Casi me lanzo a hablarle de Ases, pero no creo que tengamos tiempo para eso.

—¿Por qué traes un overol naranja? —pregunto en cambio.

Lo mira.

—Todos los novatos los traen. Se usan diferentes colores según el delito. Depende.

Asiento y lo miro entre los ojos para fingir contacto visual.

—¿Qué significa el blanco?

Dre levanta mucho las cejas.

—¿El blanco?

Asiento.

—Ajá.

—Lo usan los condenados a muerte —responde, y siento como si recibiera varios disparos, todos en el mismo punto, que me perforan los órganos vitales.

Me quedo en silencio unos instantes mientras intento encontrar una respuesta.

—¿Estás seguro?

Dre frunce el ceño.

—Estás llorando.

Me limpio los ojos y niego con la cabeza.

—No puede ser.

Guarda silencio mientras intento procesar lo que significan sus palabras. ¿Mi padre recibió la pena capital?

¿Cuánto tiempo pasa alguien en el corredor de la muerte antes de...? He desperdiciado muchos años sin visitarlo, haciendo lo que tanto él como mi madre me pedían. Me enojé mucho cuando me dijo que no quería verme más, así que ni siquiera insistí. Carajo, ¿cuánto tiempo le queda? ¿Cómo lo impedimos?

—¿Estás bien? —pregunta Dre.

Asiento.

—Me pongo triste al pensar en eso.

—Lo entiendo, es... —Su voz desaparece cuando se desconecta la línea.

Se queda mirando el teléfono. La expresión de su rostro es devastadora.

Dos guardias se acercan por detrás, altos, musculosos y de aspecto frío. Uno le toca el hombro y Dre se levanta.

La mirada que me dirige antes de desaparecer, como mi padre, me hace pensar que está a punto de llorar. Está dolido y perdido.

Sé que, si yo estuviera en su situación, tendría a mi madre y a mis hermanos. A Terrell.

Dre no tiene a nadie. Ni una madre que se preocupe por lo que le pase. Ni padre.

No sé cuánto tiempo me quedo ahí, pero los guardias no me dicen que me vaya.

Me pierdo en mis pensamientos. Me duele pensar en Dre y en que esté en un lugar donde lo golpean porque le gusten los chicos.

No vivimos en un mundo ideal.

En este mundo, nuestro mundo, las casas están igual de marchitas que las personas que las habitan. Gente rota por cómo funciona el mundo. Sin trabajo, no hay dinero; si vendes droga, consigues dinero. Así es el mundo, así funciona.

No quiero que mi vida sea así. No voy a quedarme aquí.

Tampoco quiero que Dre esté en la cárcel. No tiene a nadie. Su mundo es solitario y miserable.

Al cabo de un rato, cuando siento las mejillas agarrotadas y las lágrimas se secaron, me levanto sin pensar y me dirijo a la recepción.

Hay una mujer detrás del mostrador, la misma que me registró al llegar. Tiene la piel morena, trenzas rojas y unos lentes gruesos. Está sentada detrás de un cristal que nos separa. Me limpio la cara y le doy un golpecito al vidrio, lo que hace que levante la vista con brusquedad.

—¿Sí? —pregunta, con una ceja levantada.

Parece un poco molesta, como si hubiera interrumpido algo importante.

—Lo siento... Quería preguntarle por un preso. Es mi padre. Solo quería saber si todavía acepta visitas. Si podría verlo hoy... o a lo largo de la semana —digo, con la voz entrecortada.

Siento que las lágrimas vuelven a brotar. Intento con desesperación alejar la abrumadora necesidad de llorar, pero me cuesta.

Hace una pausa y me mira con gesto más comprensivo.

—¿Cómo se llama?

Me limpio los ojos.

—Se llama Malcolm Richards —respondo, y la miro mientras escribe en un papel.

—¿Puedes anotarme aquí algunos datos para ayudarme a encontrarlo más deprisa? Su fecha de nacimiento, el año en que llegó.

Desliza el papel por debajo del cristal y asiento, aunque no recuerdo muchos detalles. Era prácticamente un desconocido para mí. Un desconocido al que he convertido en un padre en mi mente.

Me siento mal por desobedecer a mi madre y por querer verlo de todas formas, pero me mintió y no sé cuánto tiempo me queda para hablar con él, para evitar que lo maten. Una parte de mí siempre ha tenido la esperanza de que algún día volvería y sería la persona que siempre imaginé, y eso no me lo pueden quitar. No se lo permitiré.

Solo sé el año en que lo metieron aquí, no la fecha exacta, lo que no es muy útil, pero al menos me sé su cumpleaños. El 4 de julio, como el mío.

—Tenga —digo, y le devuelvo el papel.

Sonríe y empieza a meter la información en el sistema informático. Me concentro en el sonido de los pasos y los portazos de fondo.

El tecleo es sustituido por un chasquido de lengua y un silencio total durante un largo momento.

—¿Visitaste a alguien hoy? —pregunta mientras tamborilea en la mesa con sus largas uñas y me mira.

Me desconcentra.

Asiento.

—Sí, a un amigo.

—¿Un buen amigo? —pregunta.

«El mejor», pienso.

—Sí —digo en cambio, con el pecho encogido.

Odio las conversaciones triviales, sobre todo en este tipo de situaciones. Solo quiero saber cuándo podré volver a ver a mi padre.

—Seguro que le hizo mucha ilusión que hayas venido a verlo. Eres un buen chico —dice.

Asiento despacio y observo la computadora con impaciencia.

—Disculpe, ¿encontró algo? —pregunto.

Parece incómoda.

—Sí. El Malcolm Richards que coincide con nuestros registros... falleció hace bastante tiempo. Lo siento.

¿Falleció?

—¿Mi padre está muerto? —pregunto, y me siento entumido cuando asiente—. ¿Cuándo?

No sé en qué me ayuda preguntar eso.

Vuelve a mirar la pantalla.

—Hace unos siete años, el 9 de septiembre.

Hace una pausa y me mira, como si quisiera ver mi reacción antes de continuar.

Ese fue el día en el que lo vi. Cuando tenía diez años. Fue la última vez que nos vimos.

Estoy quieto, tranquilo, aunque siento que las piernas me flaquearán en cualquier momento. Noto la cara caliente y tengo ganas de gritar, pero no lo hago. Si empiezo, no pararé.

Me duele, pero al mismo tiempo no siento nada. Nada en absoluto.

—Sabías que estaba en el corredor de la muerte, ¿verdad? —dice con cautela—. Por lo general, intentamos informar a los familiares con anticipación, para que vengan a ver a los presos ese día. Les dejamos una habitación y algo de tiempo para despedirse.

No tuve nada de eso. No sabía que sería la última interacción que tendría con él. No me concedieron una habitación, ni tiempo. Estaba aquí y luego ya no. Si lo hubiera sabido, no habría hablado tanto de mí, le habría preguntado todo lo que necesitaba saber. Me habría interesado por si estaba bien, si todavía quería a mi madre, si me quería a mí.

Aunque ya conozco la respuesta. Por supuesto que no me quería.

Si me hubiera querido, habría estado a mi lado, no habría acabado en la cárcel. No me habría dejado pensar que no quería verme.

No habría desperdiciado todos estos años pensando en que vendría a rescatarme de los abusadores del instituto y de los de dentro de mi cabeza. Los que me dicen que no soy suficiente y nunca lo seré. Los que me obligan a sentir que me ahogo para estar en paz, que dejo que el mar me lleve, para siempre.

—¿Estás bien? —pregunta la recepcionista.

Asiento.

—Gracias —digo.

—Debes de estar conmocionado, lo siento mucho...

Niego con la cabeza y la interrumpo.

—Estoy bien. De todos modos, nunca tuvimos una buena relación. Me daba igual. Solo sentía curiosidad.

Me duele todo.

Asiente, poco convencida.

—De acuerdo. Bueno, cuídate —comenta, pero ya me dirijo a la salida.

Quiero escapar y desaparecer en algún lugar muy muy lejano.

Camino tan rápido que es casi como si corriera. Siento

que las lágrimas empiezan a rodar con libertad mientras los sollozos se me escapan y el pecho se me encoge. Me cuesta respirar.

Me siento perdido y fuera de control.

Andre, mi padre, Niveus, Ases. Todos ellos y sus recuerdos me estrangulan.

—¡Oye! —grita alguien, y me volteo. Es la recepcionista.

De repente, olvido que no puedo respirar y el pánico se desvanece un poco.

Tiene en las manos mi teléfono, mis llaves y la identificación falsa que utilicé para entrar, ya que soy menor de edad.

—Olvidas tus cosas —dice, y me las entrega.

No soy capaz de hablar, así que las tomo sin más.

Me mira como si quisiera decirme algo, así que espero.

—Cuídate, ¿sí?

La miro mientras vuelve al interior del edificio.

Cuando miro el celular, me doy cuenta de que me tiemblan los dedos, tanto que casi parece que el aparato vibra aunque está apagado. Lo enciendo y me encuentro con varios mensajes de Chiamaka.

Habíamos quedado en mi casa para hablar de los próximos pasos.

No estoy seguro de por qué accedí, nunca llevo a nadie a casa. La única persona a la que dejé entrar fue a Jack, porque era prácticamente de la familia. Con todos los demás, nunca me he sentido lo bastante cómodo para mostrarles dónde vivo.

Ir a Niveus ha hecho que el sentimiento empeore.

Le mando un mensaje a Terrell mientras salgo del estacionamiento y me dirijo a la parada del autobús.

Hola. ¿Estás en clase?

Todavía me duele todo, pero recuerdo la promesa que le hice a Chiamaka y a mí mismo de encontrar una forma de detener a Niveus.

No.

¿Te parece bien si
voy a tu casa y llevo a Chiamaka?

Pregunto y espero con egoísmo que no esté con su hermana.

Claro.

Me vuelvo a limpiar la cara con la manga por la millonésima vez hoy, guardo el teléfono y me siento en la parada. Le dije a Chiamaka que nos veremos en una heladería de mi vecindario para que no se presente en mi casa. Aparto todos los sentimientos que vuelven a surgir y los guardo en una de las cajas de mi mente para más tarde, cuando tenga tiempo de pensar en mi padre y en Dre.

Ahora mismo, lo que más importa es Niveus.

34

Chiamaka

Martes

Me encuentro con Devon en una heladería destartalada de su vecindario.

El local está prácticamente desierto, salvo por un tipo en una esquina que bebe café y lee un periódico. Richards aparece unos minutos más tarde, con el mismo aspecto agotado de la noche anterior. Tiene los ojos rojos, el cabello desordenado y una expresión hosca en la cara.

—Hola —digo.

—Hola —responde.

Me levanto.

—Y bien, ¿vamos a tu casa? —pregunto, con la ligera esperanza de que haya cambiado de opinión y no le importe caminar hasta la mía.

Asiente, muy a mi pesar, y salimos del local.

Lo sigo por la calle mientras observo mi alrededor. Las casas son pequeñas y están maltratadas; algunas tienen las ventanas destrozadas y grafitis en las paredes.

Parece que hubo un apocalipsis.

Llegamos a una casa con una puerta roja y un gran 63 encima.

Espero a que saque las llaves, pero en vez de eso llama al timbre y levanto una ceja.

¿Por qué llama en su propia casa?

Hay un ruido dentro y por instinto doy un paso atrás. La puerta se abre y se asoma un desconocido de piel morena, con lentes, una sonrisa y unas rastas cortas echadas hacia atrás, lo que hace que su cabeza parezca una piña. Pasa la mirada de Devon a mí y de nuevo a él.

Hay una tensión incómoda en el aire.

Devon entra y desaparece, pasa por delante del desconocido sin decir nada.

Está claro que hay algo que se me escapa. Varias cosas.

—¡Hola, soy Terrell! —se presenta el chico.

—Chiamaka —respondo.

Sonríe más.

—Lo sé, entra.

Se aparta para dejarme entrar y me quedo quieta un segundo. Espero que Devon no me haya traído a una trampa mortal. Paso por encima de algunas hierbas de la entrada y me dirijo al interior de la casa. Cruzo el pasillo hasta una pequeña sala. La tele está en silencio y reproduce unas caricaturas. La estancia me da claustrofobia, casi no hay espacio suficiente para respirar bien.

Devon se sienta en uno de los sofás de aspecto antiguo. Me acomodo junto a él en el borde.

Terrell entra, agarra el control de la mesita y apaga la tele.

—Bienvenidos a mi humilde morada. ¿Quieren algo? Fui a la tienda antes de que vinieran, así que hay de todo si se les antoja. La cocina está ahí.

—Un momento, Devon. Me dijiste que íbamos a tu casa.

¿Quién es este y por qué estamos aquí? —interrumpo, cada vez más molesta.

—Terrell es mi amigo, lo sabe todo y se le da bien descifrar cosas. Pensé que nos vendría bien su ayuda para planificar. De todas formas, mi casa no es apta para recibir visitas —responde. No entiendo qué quiere decir con eso.

Si me hubiera avisado, podríamos haber vuelto a mi casa.

—Pero me dijiste que íbamos a tu casa —insisto.

—Bueno, pues te mentí. Lo siento. —Se echa hacia atrás—. ¿Seguimos, por favor? Hay que decidir qué carajos vamos a hacer ahora.

Suspiro.

—Después de que te fuiste, me puse a pensar en cómo acabar con Niveus. Sin embargo, tras hablar con Belle, me di cuenta de que son demasiado poderosos para que nos enfrentemos a ellos solos —digo.

—¿Quién es Belle? —pregunta Terrell.

Odio mucho a Devon por no consultarme antes de invitar a un completo desconocido a participar en el plan.

—Es una chica a la que conozco de la prepa y que también está metida en el asunto. Cuando me enfrenté a ella, me contó que su familia está involucrada y que Ases es una tradición a la que llaman eugenesia social. Algunos chicos de la Academia, herederos, aquellos cuyas familias tienen dinero y poder, van a un campamento todos los veranos. Allí es donde planean cómo fastidiar nuestro futuro y, por lo que me dijo, Niveus no es la única institución que lo hace.

Terrell abre los ojos como platos.

—¿Eugenesia? —pregunta.

Asiento.

—Mierda —resopla.

Y tanto.

—¿Necesitas que te ponga al corriente de algo más antes

de seguir? —pregunto, y espero no sonar demasiado sarcástica. Supongo que quiere ayudar.

—A ver, por lo que he deducido hasta ahora y lo que me ha contado Devon, su instituto acepta a dos estudiantes negros cada diez años. Luego, el grupo este de los Ases se dedica a acosarlos en su último año. Difunden rumores, secretos y mentiras que han recopilado, hasta que abandonan los estudios y se quedan sin perspectivas universitarias, traumados y con todas las posibilidades de conseguir lo que Villa Caucásica les había prometido aplastadas —resume Terrell.

Así que lo sabe todo.

—Sí, eso es a grandes rasgos lo que creemos que está pasando. Por eso no creo que podamos solucionarlo sin ayuda externa. Propongo que vayamos a la prensa, contemos lo que sabemos y ofrezcamos destapar lo que ocurre en la Academia Niveus. ¿Qué te parece, Devon? —pregunto.

Yo creo que es un plan brillante.

—Creo que es una estupidez —suelta—. ¿Cómo vamos a confiar en alguien más que en nosotros mismos después de esto? Si esta experiencia me ha enseñado algo, es que estamos solos en esta lucha.

—¿Cómo propones entonces que acabemos con ellos? Ya que te gusta ser cínico e irracional.

Me cruzo de brazos y espero escuchar una idea mejor. No dice nada. Sonrío triunfal.

—Exacto. Es un buen plan. Solo tienes que confiar en mí. No me votaron prefecta mayor sin motivo —digo.

—Te votaron porque eres una lamebotas, y yo no soy irracional —murmura Devon.

—Ah, ¿no? Lo dice el chico que salió con Scotty, alias la peor persona que alguien podría elegir como pareja, ¡y con un traficante de drogas!

—Tú también saliste con Scotty, y no deberías hablar de cosas que no entiendes —levanta la voz.

—¿Quién es Scotty? —pregunta Terrell.

Me froto las sienes.

—No tenemos tiempo para discutir por tonterías. O confías en mí o no. Hablaré con la prensa por mi cuenta si es necesario. No solo es una buena idea, sino que es nuestra única opción. Terrell, convéncelo.

Nos mira a los dos y luego asiente.

—Tiene razón, Von. Es la única opción, y la idea no es del todo mala.

Sonrío.

—Entonces ¿te apuntas o vas a seguir de terco? —pregunto.

Devon se frota los ojos.

—Como quieras.

Me siento un poco mal porque es evidente que está molesto, pero no hay tiempo para paranoias. Tenemos que derribar a Ases antes de que nos devuelva el golpe con más fuerza.

—Tengo el número de Central News 1 y de *US This Morning*. Voy a probar con la primera, a ver qué me dicen —informo, y saco el teléfono para llamar.

Marco el número antes de mirarlos a los dos.

—¿Alguna objeción? Si es así, hablen ahora o callen para siempre.

—Llama de una vez —suelta Devon.

Y eso hago.

35

Devon

Miércoles

Anoche no dormí nada. Me quedé despierto pensando en todo.

En mi padre, que ya no está, y en mi madre, que lo sabía y no me lo dijo. En Andre, encerrado en una celda fría y oscura, solo y asustado. En que no termino de confiar en que el plan vaya a funcionar.

Chiamaka llamó ayer a Central News 1 y logramos concertar una reunión con una periodista para hoy. Quedé de verme con Chiamaka en su casa, pero me da miedo. Estoy cansado de tener fe en que las cosas saldrán bien para que luego mis esperanzas terminen destrozadas.

Oigo una vibración que no termino de procesar hasta que miro el buró y veo la pantalla encendida, un foco que ilumina la oscura habitación. Tomo el teléfono. Ya son las cinco de la mañana.

El tiempo vuela cuando tu vida va cuesta abajo. Es un mensaje de Chiamaka.

¿Estás despierto?

Sí.

Me parece un eufemismo. Estoy despierto, pero no porque sea madrugador, sino porque cada vez que intento cerrar los ojos y soñar, todo se tuerce. Las imágenes se vuelven monstruosas y violentas. Me da miedo dormir. Así que estoy aquí tumbado, ahogándome, mientras la lluvia que cae fuera suena más fuerte por culpa de la ventana abierta y mis hermanos roncan a mi lado.

¿Cómo estás?

No lo sé.

Respondo con sinceridad. Me siento perdido y enojado.

Yo tampoco.

Unos segundos después, vuelve a sonar.

Todo saldrá bien. El plan funcionará. Solo
tenemos que imprimir las pruebas.
Asegúrate de traer los carteles.

Le respondo que «de acuerdo», aunque no lo creo. «Todo saldrá bien.» Nada nos sale nunca bien, y esto no va a ser la excepción. Y ya estoy cansado de todo, de vivir así.

Mientras la lluvia golpea la ventana y el frío entra a raudales, escudriño la angosta habitación y de repente veo mi vida con ojos nuevos. Las extrañas alfombras verdes con motivos florales, que antes no me importaban, hacen que sienta picores y náuseas, los grandes clósets oscuros con ropa que se desparrama, el papel tapiz amarillo brillante despostillado, la televisión maltratada que tanto les gusta a mis hermanos. Ahora miro alrededor y me duele pensar que la vida podría no mejorar. Me siento abocado a dejar los estudios y a quedarme aquí, en esta casa, en esta habitación, mientras mi madre reza a un Dios que se tapa los oídos cuando lo llama.

Siempre me he dicho que esto no era permanente, que algún día viviría en una casa donde no tuviera que compartir la cama con mis hermanos y donde los muebles hicieran juego. Pero a quién quiero engañar.

Los chicos como yo no tienen finales felices.

Las historias que me contaron sobre trabajar duro y lograr cualquier cosa no son más que eso: historias. Mentiras. Sueños peligrosos.

Cierro la conversación con Chiamaka y navego por el teléfono sin pensar, en busca de un juego, y por las redes sociales, cualquier cosa con la que distraerme antes de tener que levantarme, ponerme el uniforme y fingir ante mi madre. He decidido que no puedo contárselo todavía, pero lo haré pronto, cuando hayamos puesto en marcha el plan. Lo cierto es que, si funciona, lo verá por sí misma.

Navego por Twitter, hecho un ovillo, mientras deslizo el pulgar arriba y abajo por la pantalla de cristal. Entonces, como si me hubieran dado una bofetada, se me ocurre una idea.

«Nuevo tuit.» El cursor parpadea, a la espera de que escriba algo. Con todo lo que ha sucedido, he permitido que mucha gente le cuente al mundo quién soy. He dejado que Chiamaka me diga lo que debemos hacer. Solo quiero, por una vez, decir algo y que alguien, quien sea, me escuche. Aquí puedo hacerlo.

Sin embargo, ¿qué voy a decir? No es que tenga muchos seguidores, casi no uso la cuenta.

La pantalla brilla y me duelen un poco los ojos. Muevo los pulgares y leo por última vez las palabras.

> @DLikesTunes: #AcademiaPrivadaNiveus al descubierto. Este instituto sabotea a los estudiantes negros. Todos los que han asistido desde 1965 han sido objeto de ataques hasta que se han visto obligados a abandonar los estudios. He sido una de las víctimas más recientes. Aquí las pruebas.

Adjunto las imágenes que saqué de la computadora 17, el acróstico, los nombres y la lista de tareas. Luego las fotos de Chiamaka y mías del anuario con los ojos tachados.

Todavía siento náuseas cuando lo miro, pero por fin he tomado el control de algo, aunque no sirva de nada.

Pulso «enviar» y el tuit desaparece.

Me arrastro hasta la regadera y luego bajo la escalera. Mi madre come un pan tostado en la cocina, vestida con la ropa de trabajo, como cada mañana.

—Buenos días, cariño —dice cuando me ve.

—Buenos días, mamá —la saludo, y me acerco a la barra para prepararme también un poco de pan.

—¿Cómo dormiste? —pregunta.

—Bien —digo.

—Bien.

Hay un silencio mientras espero que la tostadora acabe.

Las rebanadas saltan y les pongo mantequilla antes de sentarme frente a mi madre. Seguimos en silencio mientras mastico despacio e intento bloquear los pensamientos que me han mantenido despierto toda la noche.

La observo y me pregunto por qué me mintió y cómo le resultó tan fácil. No creía que ella me guardara secretos, pero supongo que todos lo hacemos.

¿Es egoísta por mi parte enojarme? ¿Querer respuestas?

¿Decirle que, mientras ella se esforzaba por mantener un techo sobre nuestras cabezas, yo fantaseaba con alguien que nunca se preocupó por nosotros? ¿Que su ausencia duele de verdad, aunque no quiera?

Se levanta y deja el plato en el fregadero antes de caminar hasta mí y darme un fuerte abrazo.

—Voy a levantar a Eli y a James para ir al colegio. ¿Te vas temprano hoy? —pregunta, y todavía me sostiene la cara. Siento que las lágrimas vuelven a brotar sin motivo.

Asiento.

—Bien. —Deja caer la mano y enseguida extraño su calor—. Te quiero —dice mientras se dirige a la escalera.

La observo hasta que se pierde de vista y me quedo en la oscura cocina, otra vez solo.

Llego a casa de Chiamaka a la una en punto. Llamo al timbre del portón de fuera y lo atravieso cuando se abre. El sonido agudo de los tacones y el cierre de la puerta principal hacen que me concentre en ella. Nos encontramos a mitad de camino y me sobresalta cuando me estampa la bolsa en las manos.

—Sujétame esto un momento, tengo que colocarme la correa del zapato.

Parece como si acabara de despertarse y salir corriendo. No es que sepa mucho sobre el cabello o la ropa de las chicas ni cómo debería ser, pero su aspecto sin duda clama a gritos que se levantó así.

—Gracias —dice, y recupera la bolsa—. Sube al coche. La sede de la cadena no está muy lejos, a media hora como máximo —dice mientras avanza hacia el elegante coche negro como si nada. La veo abrir la puerta y meter la bolsa.

Camino hasta el lado del pasajero, pero me detiene su mano en mi brazo.

—¿Qué?

Niega con la cabeza.

—Nada, es que creo que deberías manejar tú. —Duda antes de entregarme las llaves—. Toma.

—¿Quieres que lleve tu coche? —pregunto estupefacto.

—Sí —dice, como si no hubiera nada raro en sugerirlo.

—No puedo. —Le devuelvo las llaves.

Parece molesta.

—¿Y eso por qué?

—No tengo licencia.

Suspira de forma exagerada.

—Pero sabes manejar, ¿no?

Aprendí a los doce años. Fue para llevar a mi madre al hospital, cuando todavía teníamos coche. Iba a dar a luz a mi hermano menor, Eli. A veces, agarraba el coche de Dre para hacer entregas.

—Sí, pero...

—Sube.

Empezamos un corto concurso de miradas. Ahora distingo a la perfección sus ojeras y el cabello enmarañado. Parece muy cansada.

Suspiro.

—Bueno, está bien.

—Gracias a Dios —murmura, y me lanza las llaves otra vez; por poco no me da en la cara.

Estoy a punto de hacer un comentario al respecto, pero pienso que no vale la pena que me insulten de nuevo. Además, es evidente que no está bien, así que me limito a abrir el coche en silencio mientras observo cómo se sube al asiento del copiloto y cierra la puerta de golpe.

Subo, cierro y me abrocho el cinturón de seguridad. Pulso un botón y el motor se pone en marcha. Si fuera otro momento, otro día u otro contexto, comentaría lo bonito que es el coche.

—Espera —me pide. La miro y veo que el pecho le sube y le baja deprisa. Se calma después de unos momentos—. Bien, arranca.

Pongo las manos en el volante de piel y los pies en los pedales.

Aunque tengo poca fe en el plan, no puedo evitar pensar que todo va a terminar. Por fin va a llegar a su fin.

Piso el acelerador y el vehículo se acerca al portón. Se abre de inmediato y, antes de darme cuenta, bajamos por la calle, llena de vallas blancas, grandes puertas de metal negras y tejados perfectos con familias perfectas debajo de ellos.

—Vamos a repasar el plan —dice.

—Vamos a Central News 1... —empiezo.

—Vamos a Central News 1, hablamos con el recepcionista y le decimos que tenemos una cita con la periodista a la que llamé ayer —me interrumpe—. Le enseñamos los archivos, las impresiones, la foto del anuario y los carteles. Le mostramos los mensajes... Espera, tienes los carteles, ¿verdad?

En la mochila, a salvo.

—Sí.

—Bien. ¿Por dónde iba? Se lo enseñamos todo y luego planeamos la ofensiva contra el instituto con su ayuda, luego ya veremos. Hoy es el último día que Niveus nos controlará —termina.

—Sí —respondo, e intento sonar tan convencido como ella.

Con el rabillo del ojo, veo una patrulla.

—¿Qué es lo peor que podría pasar? En serio, todo saldrá

bien —dice Chiamaka, sospecho que más para sí misma que para mí.

—Sí —respondo mientras sigo mirando las luces del coche que nos sigue.

Espero que las señales no sean para nosotros. Lo último que quiero ahora mismo es hablar con un policía.

—Si en Central News 1 no quieren publicar la historia, iremos a cualquier otra cadena a la que sí le interese —continúa, ajena al coche y a lo agitado que estoy.

Sigue con las luces puestas.

Creo que quieren que pare.

El sudor se me acumula en el cuero cabelludo. Tengo las manos resbaladizas. No me queda más remedio, tengo que detener el coche.

Estoy a punto de vomitar en la tapicería de piel.

—Chiamaka, creo que tengo que parar. Esa patrulla nos lleva haciendo señas desde hace un rato.

Ella se da la vuelta para mirar y luego fija la vista al frente de nuevo.

—Tenemos que cambiar de asiento —dice, y se desabrocha el cinturón de seguridad.

Sigo su ejemplo y me quito el mío.

Intento recordar las palabras de mi madre.

«Si te hacen preguntas, responde con educación. No saques el teléfono, no te toques los bolsillos. Por favor, haz lo que te pidan y pon las manos donde las vean. Te quiero.»

—Estaciónate ahí, tenemos que cambiarnos antes de que nos vean. Esperemos que los cristales tintados impidan que se den cuenta —dice mientras paro con las manos temblorosas. Me pega en el brazo y susurra—: Deprisa.

Nuestras extremidades se enredan. Por fin llego a su asiento y doy un respingo cuando oigo unos golpecitos en la ventanilla.

Chiamaka la baja y dice:

—Buenas tardes, oficial.

El policía me mira a los ojos. Desvío la mirada.

—¿Eres consciente de que ibas a sesenta en un carril de cincuenta?

¿En serio?

—Lo siento, oficial, parece que no sé leer bien —dice.

Ignoro el pellizco que me da.

—¿Te quieres pasar de lista? —pregunta el poli.

Chiamaka niega con la cabeza.

—No, señor —asegura.

Nos mira con indiferencia.

—Licencia y los papeles del coche, por favor —pide, y saca una libreta.

Chiamaka mete la mano en la guantera y le muestra algo. Lo toma y lo escudriña despacio. Es el estereotipo de policía que todos imaginamos cuando visualizamos cómo será la pistola que nos apunte a la cabeza en una situación demasiado habitual.

Es grande, ancho, con barba rubia y ojos saltones.

—Pareciera que deberían estar en clase y no en la carretera —comenta, sin dejar de mirar los documentos.

—Vamos a la universidad —miente Chiamaka.

—¿Tienen alguna identificación que lo pruebe? —pregunta.

¿Por qué carajo le importa?

—Con el debido respeto, agente, no estamos obligados a enseñárselo —dice Chiamaka.

Está claro que sus padres no le han dado «la plática». Las manos le tiemblan visiblemente encima del volante.

O tal vez es que sabe, como todos, que los polis nos matan en su propio juego de eugenesia social.

El agente la atraviesa con la mirada en silencio y la frustración se le arremolina en los ojos. Se me revuelve el estómago.

Escribe algo en la libreta y le devuelve los papeles.

Por fin vuelvo a respirar cuando se aleja, pero, en ese mismo instante, se da la vuelta y se apoya en el coche. Es como una pesadilla. Los monstruos me atacan y me persiguen, pero no puedo correr ni esconderme porque siempre saben dónde estoy.

—Chico —dice con brusquedad.

Levanto la vista, con el pecho palpitante y dolorido.

—Sí, señor —respondo, y espero que me vea las manos en el regazo desde donde está.

—Ponte el cinturón.

Se fija en mi ropa. Miro abajo, igual que él.

—Sí, señor —asiento, sin querer moverme demasiado para no darle una razón para «defenderse».

Me tiemblan las manos, me arde la cara y sudo mientras lo encajo muy despacio; no aparta la mirada de mí.

Por fin, da un golpecito en el coche y vuelve al suyo. Respiro de nuevo, aunque me duele todo.

Odio que el sistema y toda la mierda institucional me afecten. Odio que tengan el poder de destruir mi futuro, de matarme. Tratan mi piel negra como si fuera una pistola, una granada o un cuchillo peligroso y letal, cuando en realidad ellos son los malos. Están en la cima y tienen todo el poder.

Si no es Niveus, cualquiera podría acabar con nosotros.

Son los de arriba quienes son bombas y explosivos, matan a millones y se salen con la suya.

—¿Necesitas un momento? —pregunta Chiamaka.

Asiento mientras empiezo a sollozar sin poder contener las lágrimas que se me escapan ni los gemidos que me salen por la boca. Me pongo un brazo en la cara y me dejo llevar.

La mano de Chiamaka se desliza entre las mías y las aprieta.

Aunque odio admitirlo, me alegro de que esté aquí.

Estamos en el estacionamiento, rodeados de pocos coches, y observamos el edificio de Central News 1 como si estuviéramos esperando que viniera hacia nosotros y no al revés.

—Tengo miedo —admite Chiamaka.

Yo también.

—Como dijiste, no hay nada que temer —respondo. Esta es la única opción que nos queda.

—Exacto. Nada.

Sin embargo, hay mucho que temer. Quién sabe qué pasará ahí dentro.

Esperamos en silencio a que el otro haga el primer movimiento.

Es el momento.

Seamos libres.

36

Chiamaka

Miércoles

Entramos juntos en el edificio. Respiro hondo y lidero la marcha por las puertas abiertas. Es el momento.

Hay una mujer en la recepción cuyos ojos azules se clavan en nosotros cuando levanta la vista.

—Hola, ¿en qué puedo ayudarles? —pregunta.

Su piel nervuda me hace sentir un poco incómoda.

—Tenemos una cita con la señora Donovan.

—¿Cómo se llaman? —Teclea algo en la computadora.

—Chiamaka Adebayo y Devon Richards.

El tecleo se ralentiza y vuelve a mirarnos.

—Bien, tomen asiento. Enseguida los atenderá.

Suspiro. Gracias a Dios. Me preocupaba que nos hubieran cancelado la reunión o que ni siquiera la hubieran programado. Ya me acostumbré a que todo salga mal.

Nos sentamos en los asientos en el lado opuesto de la sala. Miro a Richards. Tiene los ojos cerrados, como si durmiera. Desearía relajarme, pero lo único en lo que pienso es en que esto salga bien.

Ya metí la pata una vez, en la biblioteca, cuando salí corriendo; me niego a volver a fastidiarla. Le mostraremos a la periodista los hechos y escribirá una historia que expondrá a Niveus. Tiene que hacerlo. ¿Qué clase de persona vería lo que está pasando y no se indignaría?

—¿Devon? ¿Chiamaka? —llama una voz suave, y levanto la cabeza en su dirección.

Hay una mujer con unos tacones altos y baratos, una falda de tubo negra y una blusa con holanes. Nos sonríe, lo que resulta un poco intimidante con sus grandes ojos azules, su cabello rubio perfecto y sus labios rojos.

Me recuerda a las chicas con las que he ido a clase toda la vida.

—¿Sí? —digo mientras Devon despierta y mira en la misma dirección.

—Síganme, los llevaré el despacho de Alice.

Ese es el nombre de pila de la señora Donovan. Nos levantamos y seguimos a la muñeca Barbie por el largo pasillo. Las paredes están en su mayor parte desnudas, blancas, con zonas en las que el papel pintado se está despegando. Parece una clínica, como los hospitales en los que trabajan mis padres.

Nos detenemos y llama dos veces a una puerta en la que dice Donovan.

—¡Adelante! —grita una voz grave.

La mujer empuja la puerta y se hace a un lado para dejarnos pasar. Entro primero y Devon me sigue. Hay otra mujer detrás de una mesa, que teclea algo en un teléfono y no nos mira todavía. A diferencia de la que nos trajo hasta aquí, tiene el cabello grueso y castaño y está bronceada. Tiene al menos cuarenta años. La puerta se cierra de golpe detrás de nosotros y doy un respingo.

El ruido la distrae del celular y por fin nos mira.

—Deben de ser Devon y Chiamaka. Siéntense, por favor,

estaba anotando una cosa en la agenda —explica, y escribe un poco más antes de bloquear la pantalla y dejar el teléfono sobre la mesa, boca abajo.

Se inclina hacia delante y apoya la barbilla en las manos cruzadas mientras sonríe.

—Bueno, ¿en qué puedo ayudarles?

Antes de permitirme tomar la palabra, Devon responde a su pregunta.

—Ayer hablamos por teléfono. Bueno, habló con Chiamaka, pero yo también estaba allí. Tenemos pruebas de que una asociación de nuestro instituto se dedica a sabotear a los estudiantes negros y queríamos que saliera a la luz —dice.

La periodista levanta las cejas.

—Sí, me acuerdo de la conversación. Recibo muchas llamadas y a veces me hace falta que me refresquen un poco la memoria, pero me acuerdo. ¿Cómo olvidar una historia tan interesante? Un acosador anónimo racista que persigue a los dos únicos estudiantes negros de un instituto privado que al final resulta ser un complot en el que está implicado todo el centro. Vaya historia —dice, y luego nos mira sin pestañear como si esperara algo—. ¿Tienen pruebas físicas? No puedo denunciar nada sin ellas —termina.

Asiento.

—Sí, aquí están.

Abro el cierre de la bolsa y saco la carpeta con todo lo que he encontrado mientras Devon hace lo mismo con su mochila. La señora Donovan toma mi carpeta y hojea las páginas, con los ojos cada vez más abiertos y ansiosos.

Si me contaran esta historia, dudo que la creyera. Incluso con las pruebas. Parece demasiado retorcida para ser cierta. Pero Niveus es así, ahora lo sé.

—Esto es...

La periodista empieza a ojear otra página.

Trago saliva y hago rebotar la pierna, con miedo a que diga que es mentira o que nos lo inventamos.

—Es horrible. Jamás había visto una historia así —dice, y vuelve a mirarnos—. Lo deben de haber pasado muy mal, lo siento.

Me siento aliviada y me lloran los ojos, pero parpadeo para alejar las lágrimas.

Nos cree.

—¿Publicará un artículo? ¿Lo sacará en el periódico? —pregunto.

Niega con la cabeza, y la sensación de hundimiento vuelve a aparecer. ¿Cómo que no?

—Haré algo mucho mejor. —Donovan se echa hacia atrás, con una expresión seria en el rostro mientras se lleva los dedos a la barbilla—. La gente ya no lee el periódico, al menos la mayoría ¿Quieren que los escuchen? Tenemos que retransmitirlo en vivo por televisión.

—¿Cómo? Ya dejamos el instituto. Volver para atraparlos en el acto podría costarnos la vida —dice Devon, nada convencido por el plan de la periodista.

—No es necesario atraparlos *in fraganti*, basta con grabar un reportaje en el que se enfrenten a ellos. Acorralarlos, dejarlos sin escapatoria posible de la verdad sobre lo que han hecho, lo que están haciendo —dice.

Tiene razón. Tenemos que tomarlos desprevenidos y exponer la verdad para que el mundo la vea. Creo que suena muy bien, aunque Devon no parece convencido todavía.

—¿Hay algún evento escolar pronto? ¿Un baile, por ejemplo, en el que podamos grabar? —pregunta.

Asiento.

—Hay una gala benéfica. El Baile de la Nieve. De hecho, es mañana.

—¡Perfecto! Es perfecto —dice, y anota algo en un cuaderno.

—¿Y qué quiere que hagamos exactamente? —pregunta Devon.

Sigue mostrándose insolente y hostil. ¿Qué mosca le picó? Sé que no estaba del todo convencido de hablar con la periodista, pero está aquí. No tenía por qué venir.

A la mujer no le molesta su tono.

—Dar un discurso y explicar cómo se sienten y lo que les han hecho. Lo emitiremos en todas las cadenas de todos los estados del país. Llevaremos seguridad, por supuesto, nos aseguraremos de que no les hagan nada. ¿Les parece un buen plan? —pregunta.

Asiento. Me parece brillante.

Es el tipo de final explosivo que necesitamos si queremos acabar con Niveus y recuperar alguna esperanza de cumplir nuestros sueños.

—Bien —dice la señora Donovan con una amplia sonrisa—. Hablemos de estrategia.

37

Devon

Miércoles

Llegamos a casa de Terrell alrededor de las cuatro.

Durante todo el viaje de vuelta, Chiamaka no ha dejado de hablar de lo emocionada que está por todo lo que nos espera en Niveus, con el nuevo plan que ideó la periodista.

Confía en ella ciegamente. La reunión hizo que se reafirmara en la convicción de que tenemos una oportunidad de vengarnos. A mí solo me generó más dudas.

Es complicado y arriesgado. No quiero depositar mis esperanzas en algo tan peligroso. Sin embargo, incluso si decido no participar, ella seguirá adelante.

No dejaré que lo haga sola. Podría acabar muerta. No creo que fuera capaz de vivir con la culpa sabiendo que podría haberlo evitado.

En un principio, íbamos a ir a casa de Chiamaka, pero le pedí que me dejara en casa de Terrell y aceptó. Me dijo que quería contarle el plan y lo bien que nos había ido hoy, en su opinión. Es raro, pero parece que se llevan bien.

La pintura roja y brillante se ve más sombría bajo la lluvia. Oigo movimiento en el interior. La cerradura cruje y la puerta se abre de par en par.

Trae unos pants grises para correr y una camiseta de Black Panther y nos enseña sus característicos hoyuelos.

—Pasen, podemos subir a mi habitación —dice.

Chiamaka entra y empieza a subir de inmediato la escalera.

—Hola —me saluda Terrell con una sonrisa.

—Hola —respondo, y se la devuelvo.

—¿Todo bien en la reunión? —pregunta.

Me encojo de hombros.

—Chiamaka está contenta.

Como si fuera una señal, esta grita:

—¡¿Vienen o qué?!

—Será mejor que subamos —dice Terrell, y asiento.

Lo sigo hasta su habitación. Cuando entramos, Chiamaka está sentada en la cama y revisa el teléfono, así que me acomodo a su lado. Terrell se sienta frente a nosotros, en la silla junto al escritorio.

—¿Cómo les fue? —quiere saber.

—Bien, tenemos un plan sólido. Sé que va a funcionar, lo presiento —responde ella.

Parece muy segura. Casi ingenua. Aunque es inteligente y, por lo visto, la racional del grupo. Tal vez me equivoque.

—¿Cuál es el plan? —pregunta Terrell, y hace girar la silla de lado a lado con el pie.

—Mañana se celebra el Baile de la Nieve para los alumnos mayores. Invitan a los donantes y a representantes de las mejores universidades, es una oportunidad para demostrar... —Pierde la voz al final—. Vamos a colarnos —añade tras una breve pausa.

—¿Colarse? ¿Van a volver a Niveus, después de todo? —pregunta con las cejas levantadas.

A lo mejor Terrell se da cuenta de lo peligroso que suena y me apoya por una vez.

—La periodista y su equipo nos acompañarán para grabarlo. Les contaré a las cámaras lo que ha hecho Ases y se retransmitirá por todo el país.

—Carajo, es una genialidad —opina Terrell.

—¿Verdad? —responde Chiamaka.

Bueno, pues se ve que los dos han perdido la capacidad de usar el sentido común. No sirve de nada discutir. El plan se va a llevar a cabo, me parezca bien o no.

—Tengo que volver a casa y planificar la estrategia —dice Chiamaka, y se levanta de la cama.

—¿Tienes vestido? —pregunto.

Me mira ofendida.

—¿Quién crees que soy? Por supuesto. Lo elegí antes de empezar las vacaciones de verano del año pasado. ¿Y tú? ¿Tienes *smoking*?

Niego con la cabeza.

—Ven a mi casa antes del baile, mi papá tiene unos cuantos sin estrenar. Tienen una complexión similar. Estrechos y huesudos. Alguno te servirá.

—Gracias —digo.

No sé si ofenderme o no por la descripción que hizo de mi cuerpo.

—¿Seguro que no quieres quedarte a dormir? Mi mamá está en casa de mi hermana y no vuelve hasta el sábado. Podría construirte un fuerte con las sábanas de recambio o algo así —ofrece Terrell.

—Es muy amable de tu parte, pero, con todo el cariño del mundo, prefiero morir a dormir aquí en un fuerte —dice Chiamaka.

Terrell asiente como si no acabara de insultar su casa.

—Te acompaño hasta la puerta.

—Nos vemos mañana —se despide de mí.

Murmuro un adiós y los dos desaparecen hacia el pasillo.

Oigo cómo arrastran los pies por la escalera. Chiamaka se ríe de algo que dice Terrell y luego la puerta de entrada se cierra de golpe.

Él vuelve poco después.

—¿Estás bien? —pregunta, antes de dejarse caer de nuevo en la silla.

—No estoy seguro.

—¿Es por el plan de mañana?

—En parte, creo que estoy en *shock*. Intento gestionar demasiadas cosas a la vez.

—¿Cuáles? —pregunta Terrell.

Me recuesto, con una sensación de pesadez.

—Siento que la herida sigue abierta. Incluso si el plan sale bien, hay personas a las que conozco desde hace años y que han sido mis amigos de las que todavía quiero respuestas. Estoy muy enojado.

No estoy siendo del todo sincero No son personas, en plural, sino solo una.

—Pues vete a cerrar la herida —aconseja Terrell.

—¿Cómo? —pregunto.

Se desliza hacia delante en la silla y se detiene a centímetros de mí.

—Si estas personas significan mucho para ti, diles cuánto la han cagado y haz que escuchen cómo te sientes —dice con suavidad.

Asiento. Tengo que enfrentarme a Jack.

—Das buenos consejos —digo.

—Gracias, Flash —responde.

Miau.

El sonido me sobresalta y recorro la habitación con la mirada en busca del diablo encarnado.

Miau, miau.

El gato cruza el suelo. Da la sensación de que surgió de las sombras y se acurruca junto a los pies de su dueño. Lo asesino con la mirada.

—Hola, Cabronazo —dice Terrell con ternura.

—Creo que me voy a casa —digo, y me levanto.

Alza la vista mientras acaricia al gato con una mano.

—Deja que te acompañe abajo.

Vamos juntos hasta la puerta y me da un firme abrazo de despedida. Se lo devuelvo con fuerza.

—Cuéntame cómo te va mañana —pide cuando me suelta.

Asiento y le prometo que lo haré.

Paso la mayor parte de la tarde en mi habitación, desconectado y pensando en todo lo que está mal en el mundo. Recuerdo que Jack era la única constante en mi vida.

Estoy acurrucado en la cama, con la cabeza entre las rodillas, e intento calmarme, dejar de sentirme perdido y fuera de control. Intento ahogarme, pero parece que ya no me funciona. No logro mantener la cabeza bajo el agua, algo me mantiene a flote y me obliga a enfrentarme a los pensamientos que normalmente mantengo encerrados.

Alguien abrió la caja de Pandora. No dejo de preguntarme por qué Jack formó parte de Ases.

¿Por qué, después de todo lo que hemos pasado, querría hacerme daño?

Terrell tiene razón. Tengo que cerrar la herida.

Inhalo por la nariz y busco el teléfono en el buró. Son las once.

Me guardo el celular en el bolsillo de la sudadera de alienígenas. No sé en qué estoy pensando, pero me pongo los tenis y salgo a escondidas de la habitación, bajo la escalera y salgo de casa tras asegurarme de cerrar la puerta con cuidado. Mi madre tiene el sueño ligero y, en las raras ocasiones en las que me escabullo, debo hacer poco o nada de ruido.

El vecindario nunca está tranquilo por la noche, siempre hay alguien haciendo algo sospechoso en las sombras, música a todo volumen y alguno que otro disparo al cielo.

El tío de Jack vive en la zona a la que a mi madre nunca le ha gustado que vaya, pero, como era mi amigo y lo conocía desde siempre, me permitía ir a su casa. A veces, cuando no podía dormir o me aburría por la noche y Dre estaba ocupado, le hacía alguna visita.

Hay un agujero en el lateral de la parcela y, si lo atraviesas, apareces en su patio trasero. La habitación de Jack está en la planta baja y tiene una enorme puerta de cristal por la que se ve todo.

Como esperaba, las luces están encendidas.

Está sentado en el suelo haciendo la tarea, con los ojos concentrados en las páginas. Recuerdo que, cuando intentábamos entrar en Niveus, quería demostrarse a sí mismo y a sus hermanos que valían más que este lugar, este vecindario, esta vida. Yo solo quería ir a un sitio donde no me pegaran todo el tiempo.

A veces nos quedábamos despiertos hasta las tres de la mañana y nos preguntábamos la lección el uno al otro, todo para entrar en una preparatoria que nos cambiaría la vida. Creo que es lo más unidos que hemos estado en la vida. Siento que las lágrimas me hacen cosquillas en la barbilla cuando el recuerdo flota por encima del ruido y me limpio la cara con el dorso de la mano.

Antes venía hasta aquí, llamaba a la puerta y él me dejaba entrar. Jugábamos videojuegos o hablábamos de cosas que no le contábamos a nadie más. A veces discutíamos por tonterías, como que la Tierra es plana. «¿Y si nos han hecho creer que es redonda cuando no lo es?», decía Jack, y yo le respondía que era idiota y que incluso los aviones que vuelan alrededor del planeta lo demuestran. Entonces, con toda la seriedad del mundo, me decía: «¡La teoría del comecocos! A lo mejor los aviones reaparecen en el mismo punto». Yo me reía con lágrimas en la cara, una risa que me revolvía el estómago.

Otras veces, hablábamos de temas serios.

«Algunos días, me resulta muy difícil respirar. Me siento abrumado, ¿sabes?», decía Jack, y yo asentía, porque lo comprendía. A él tampoco le ha tocado la lotería en la vida. Sus padres no están, su tío es un borracho y prácticamente ha tenido que criar a sus hermanos. Negaba con la cabeza mientras apretaba los botones del control del juego, con los ojos vidriosos mientras exhalaba y las mejillas húmedas. «Pero tengo que seguir adelante, por mis hermanos —susurraba—. No tengo otra opción.»

En días así, dejaba el control y le acariciaba la espalda. A veces, pausaba el juego y nos olvidábamos del mundo y de las reglas tácitas sobre que los chicos no deben hablar de sus problemas ni abrazarse. Él me apoyaba la cabeza en el hombro y lloraba.

Todo esto fue antes de que las cosas cambiaran. Antes de que saliera del clóset con él, antes de que empezara a verme con Scotty. Hubo un tiempo en el que pensé que siempre nos tendríamos el uno al otro.

Las palabras de la computadora 17 me apuñalan los pensamientos. Su nombre en negrita. «Distribución de mensajes de DR.»

Inhalo por la nariz, miro al cielo e intento evitar que me caigan más lágrimas. Me limpio la cara con la manga y entonces, como he hecho tantas veces antes, llamo a la puerta de cristal.

Jack voltea la cabeza y entrecierra los ojos; noto que me reconoce por la expresión de su cara. Abre los ojos como platos, como si hubiera visto un fantasma. Miro cómo me observa durante unos instantes, inmóvil, como si esperara que entrara y le hiciera daño.

Después, despacio, se pone de pie. Trae una camiseta negra y unos shorts. Me trago el nudo que me aprieta la garganta cuando abre la puerta.

No me muevo y lo miro, sin molestarme en limpiarme las lágrimas de la cara.

—¿Qué quieres? —pregunta, en voz baja.

—Sé lo de Niveus.

Silencio. Tiene la piel pálida y manchada mientras mira hacia otro lado.

—¿Qué pasa con Niveus?

—Ya sabes qué. Descubrí lo de Ases y todo lo que me has hecho.

Jack se remueve un poco mientras sigue evitando mirarme.

—Tengo tarea...

Intenta cerrar la puerta, pero la bloqueo con el cuerpo.

—Cuando no tenías a nadie, estuve ahí para ti, Jack. Cuando quisiste intentar entrar en Niveus, mi mamá nos pagó los exámenes. Te alimentó y se aseguró de que estuvieras bien, porque te quiere como si fueras su propio hijo. Luego dejaste de venir a casa y dio igual, porque pasaba los días enteros trabajando y apenas se daba cuenta... —Se me escapa un gemido y ya no puedo parar. Jack me mira inexpresivo, como si quisiera estar en cualquier sitio menos aquí—. ¿Qué te hice para que me odies tanto?

Jack inhala con fuerza, sin decir nada al principio. Luego se desahoga.

—Me esfuerzo mucho para conseguirlo todo. Tú habrías entrado por la discriminación positiva o una beca para negros, mientras que yo tengo que trabajar el doble. —Niega con la cabeza y se limpia los ojos—. No te he arruinado la vida.

Lo dice como si recitara un guion prejuicioso que le hubieran hecho memorizar. Como si recordase unas líneas que no llega a comprender, pero que se cree de todos modos.

—La vida no funciona así, Jack. No me dan las cosas gratis, y que digas eso demuestra que no me conoces en absoluto.

Quiero decirle que las personas como él, los blancos, nunca trabajan el doble. Los chicos como él no tienen que cargar con el peso de generaciones y generaciones de odio y discriminación.

Sin embargo, no sé ni cómo empezar a explicarlo. No conseguí la beca sin esfuerzo, sino todo lo contrario, y la necesito solo para seguir esforzándome el doble que el resto. De todos modos, la beca era una maldición disfrazada. Me ayudó a entrar, me hizo creer que podía soñar y romper el ciclo, pero luego destruyó mi vida, poco a poco.

Había sido un cáliz envenenado, bueno al principio, pero que me fue carcomiendo hasta que no quedaron más que trozos de carne y huesos maltratados.

—Y claro que lo arruinaste todo. No puedo volver a la prepa, ni graduarme, no puedo hacer nada. Lo sabías, durante Dios sabe cuánto tiempo, ¡y los ayudaste, carajo! —grito—. ¿Qué te hice yo? Eras mi mejor amigo. Te quiero... Te quería.

Jack vuelve a apartar la mirada y agarra el cristal con los dedos, con tanta fuerza que se le ponen los nudillos blancos.

—Deberías irte —dice.

Niego con la cabeza.

—No, no te lo permitiré.

Doy un paso adelante mientras intenta cerrar la puerta de nuevo. Siento el cristal en el hombro, aplastándome. Cuando se da cuenta de que no voy a ceder, me empuja hacia atrás y tropiezo. Me quedo aturdido durante unos segundos antes de devolverle el empujón y entrar en su cuarto.

—Vete —dice, con el pecho hinchado.

Lo miro y pienso en que, por mucho que creamos que conocemos a alguien, no es cierto. Las personas que se supone que te quieren te abandonan, como Jack, mi padre..., Andre. Siento que me tiemblan los dedos y las entrañas cuando pienso en la cantidad de gente que se va y no deja de irse. Como si hubiera algo malo en mí, como si no fuera lo bastante bueno.

Jack sabía lo duro que trabajaba mi madre y contribuyó a que todo esto sucediera.

Antes de que me dé tiempo de calmarme y pensar en las consecuencias de lo que quiero hacerle, vuelvo a empujarlo y, de nuevo, se tambalea hacia atrás. Le doy un puñetazo y no se defiende. Deja que lo golpee una y otra vez, hasta que me duelen los nudillos y le sangra la cara. Se me nubla la vista y su cara se convierte en un puñado de manchas blancas, moradas y azules. Los dos lloramos. Jack está en el suelo y yo encima de él.

Llaman a la puerta y levanto la vista.

—Jack, ¿todo bien? —pregunta su tío.

Me levanto rápidamente y me alejo temblando de su cuerpo. Jack me mira y luego se da la vuelta.

—Sí —responde con voz ronca—. Todo bien.

Sin añadir nada más, me doy la vuelta y, por última vez, abro la puerta de su casa y me adentro en la noche.

♠

Jueves

Al día siguiente, me despierta el teléfono. Afuera hay mucha luz y la cama está vacía, no hay rastro de mis hermanos por ninguna parte. Tengo la mano dolorida y los nudillos lastimados. Me sorprende haber dormido.

Es como si lo único que me hubiera hecho falta para dormir bien era enfrentarme por fin a Jack.

Extiendo la mano para tomar el celular. Tres llamadas perdidas de Chiamaka.

¿Por qué me llama? ¿Qué hora es? Lo miro y me levanto como un resorte.

Pasan de las dos.

¿Cuánto tiempo dormí? Mi madre suele despertarme si parece que no voy a levantarme, sobre todo en un día lectivo. ¿Por qué no lo hizo?

El teléfono me vuelve a sonar. Me froto el sueño de los ojos y acepto la llamada de Chiamaka.

—¿Dónde estás? Te llevo escribiendo toda la mañana —dice, con la voz ligeramente elevada.

—Me quedé dormido, lo siento.

Espero que me grite o me insulte, en cambio, me dice:

—Bueno, ¿cuándo vas a llegar? Ya comencé a prepararme. El evento no es hasta dentro de unas horas, pero es mejor que vengas pronto para revisar si los trajes de mi papá te quedan bien. Si no, tendré que llamar a un sastre de emergencia.

Alguien ajeno a la burbuja de Niveus pensaría que está siendo sarcástica, pero, después de salir con Scotty, sé que cosas como los «sastres de emergencia» existen de verdad. Los tienen guardados en favoritos justo después del 911.

—Llegaré en una hora —digo, y trato de contener un bostezo. ¿Cómo es posible que siga cansado?

—Bueno, pues nos vemos pronto.

—Hasta entonces —digo antes de que la línea se corte.

Busco algún mensaje de mi madre con una explicación de por qué, por primera vez en años, me dejó quedarme en casa en lugar de ir a clase, pero no hay ninguno. Decido escribirle de todos modos.

Te quiero, mamá.

Sé que no lo verá hasta que esté en el descanso, que debería ser en cualquier momento, pero necesito decírselo antes de lanzarme a esta misión suicida.

Dejo el teléfono, me doy un baño y tomo la mochila antes de irme.

En cuanto salgo, me pongo los audífonos y la música clásica me llena los oídos, una composición de Chopin. Actualizo el chat con mi madre. Todavía no ha llegado nada. Intento no sentirme culpable por todo lo que le he ocultado. Cierro los mensajes y busco otra aplicación en la que perderme mientras camino hasta casa de Chiamaka. Hago clic en Twitter y me desplazo despacio por la página de inicio. Sigo sobre todo cuentas de admisiones universitarias y a alguno que otro famoso, así que no hay mucho que ver, hasta que me sale el tuit de ayer.

No sé cómo se me ocurrió publicarlo.

Iba a seguir navegando, pero me detengo en seco cuando me fijo en las cifras que aparecen debajo del tuit. Camino más despacio y hago clic para abrirlo y revisar que los números son correctos.

24 000 me gusta

A la mierda.

Hay gente que comenta que es una canallada, etiqueta a otras personas y me dice que no estoy solo.

No reviso las redes a menudo y no tengo las notificaciones activadas. Tengo las aplicaciones en el celular, ocupando espacio de almacenamiento, sin otro propósito que el de dar un «me gusta» de vez en cuando a un tuit de una página de admisiones.

Tengo muchísimos mensajes. Qué raro. Hago clic en uno.

@neenaK77: Vaya puta locura, espero que los denuncies.

@ty_blm: Tienes todo mi apoyo, no es justo que estas cosas sigan pasando. Pensaba que este tipo de mierdas se habían quedado en los cincuenta.

Hay muchos más que me llenan la bandeja de entrada, antes vacía.

Si la gente lo vio y me creyó, a lo mejor esta noche escucharán lo que tenemos que decir. Respondo a @neenaK77.

@DLikesTunes: Gracias, eso hemos hecho. Esta noche iremos por ellos.

Tal vez Chiamaka tenga razón.

A lo mejor podemos derrotar a Niveus.

El teléfono me vibra y aparece un mensaje de mi madre.

Yo también te quiero, espero que hayas dormido bien.

¿Por qué no me despertaste?

Sé que hace días que no vas a clase.

Hablamos más tarde, ¿de acuerdo? Te quiero, Von.

Sabe que no he ido al instituto. ¿Está al corriente también de lo de Ases o es que tiene activado al máximo el detector de mentiras especial de madre?

Sea como sea, tendré que confesar. Si el plan sale bien, será mucho más fácil de explicar.

Espero que salga bien.

38

Chiamaka

Jueves

Devon llega a las tres y media. Lo arrastro hacia el piso de arriba.

—A ver, tenemos cinco opciones que creo que te quedarán bien. Elige la que más te guste y me iré para que te cambies —explico cuando entramos en mi habitación.

He colocado los trajes en la cama. Todos son un poco diferentes. Uno es de terciopelo y otro está bordado en oro. Le escogí una gama de estilos diferentes para que elija, ya que no lo conozco bien y no sé qué tipo de traje le gustaría. Sobre todo porque su sentido de la moda diario no es que me diga mucho. Se viste como si quisiera hacer apología de las prendas feas. No es fácil adivinar el traje que se pondría alguien que usa todos los días la misma sudadera con capucha, los mismos pantalones y los mismos tenis.

Toma el primero. Es el más sencillo, con solapas negras y moño a juego. Debería haberlo visto venir.

—Es un poco soso —comento.

—Si no querías que lo eligiera, ¿por qué lo pusiste como opción? —pregunta.

—No es que no quiera que lo elijas, es que me parece aburrido. O sea, vamos a salir en la televisión, delante de toda la gente que nos ha hecho daño. Pensé que querrías vestirte bien por una vez.

Me mira sin pestañear durante unos instantes, antes de volver a dejar el traje en la cama y tomar el de al lado. Ese es el más llamativo.

El saco es dorado, con solapas de raso, moño negro y pantalones del mismo color. Sonrío y le doy una palmadita en el hombro.

—Mucho mejor. Voy a cambiarme, vuelvo en un momento —digo, antes de salir de la habitación y recorrer el pasillo hasta mi vestidor.

Ya me maquillé y me dejé rulos en el cabello. Lo normal cuando hay un evento importante como este es que contrate a alguien para que me arregle, para estar perfecta, como todo el mundo espera. Sin embargo, ¿qué sentido tiene ya? No esperan nada de mí. Tal vez nunca lo hicieron. Solo era una ilusión.

El vestido cuelga en el centro del clóset. Es un Elie Saab original, traído de Milán. Lo elegí porque parece hecho para una reina, algo que nunca fui. Más bien un experimento social, una pieza de ajedrez en un juego enfermizo.

Es uno de los vestidos más bonitos que he visto en mi vida. Tiene un pronunciado escote corazón, sin mangas, y una silueta acampanada, con una lluvia de bordados dorados en la parte superior y un tul liso de color oro rosado en la parte inferior. Llevo todo el día mirándolo mientras me sentía un fraude por querer usar algo bonito y perfecto para el baile.

Me quito la bata y me acerco al vestido. Dudo antes de acariciar la tela.

Tampoco es que nunca haya sido digna de usarlo. Tendré

que fingir, como siempre. Solo que esta vez, no serán los alumnos y los profesores de Niveus los que deberán creerse el personaje. Será todo el país.

Saco el vestido del gancho con cuidado y bajo el cierre lateral antes de ponérmelo por primera vez desde que lo compré este verano. Lo subo despacio y jalo un poco más fuerte en el centro, donde se atora. Siempre me ha quedado un poco ajustado. Los vestidos de Elie Saab no se adaptan a ti: o eres perfecta o no lo eres. «No se arregla un Saab original, te arreglas tú», me dijo Ruby al enseñarme su vestido para el baile de fin de curso del año pasado, junto con su dieta. Sé que es una filosofía de mierda. Creo que las marcas de moda lo hacen a propósito.

Cuando subo el cierre, abro la puerta del lado de la habitación donde guardo los zapatos. Las paredes están llenas de mis pares favoritos, desde McQueen hasta Saint Laurent, todos preciosos. Sin embargo, hoy no se trata solo de estar guapa, necesito unos zapatos de batalla. Los que usaré para pisotear a mis enemigos.

Me agacho y busco un par concreto, mis Jimmy Choo dorados. Nunca te equivocas con unos Jimmy Choo. Cuando los encuentro, me vuelvo a sentar en la silla del centro de la habitación y deslizo los pies en su interior. Ya me siento más fuerte que antes.

Tampoco es que tenga elección. Debo estar preparada para demostrarle a Ases que no me ha derrotado y que nunca lo hará.

Como dice mi mamá, «con fuego, por la fuerza». Esta noche será la última que Niveus consiga hacer que la gente como nosotros se sienta pequeña y sin valor.

♠

Cuando vuelvo a la habitación, Devon está vestido y sentado en la cama, mirando el teléfono.

Alza la vista cuando entro y levanta un poco las cejas.

—Estás muy guapa —dice.

Lo miro. Le hace falta peinarse y, si no fuera por el traje, la imagen que da es un poquito sosa. Incluso lleva puestos los dichosos Vans que lleva siempre a clase.

—Gracias. ¿Y tus zapatos? —pregunto.

Se mira los pies.

—Los traigo puestos —dice con naturalidad.

—No piensas llevar eso.

—¿Por qué no?

—No combinan con el traje.

Hace una pausa, como muchas veces durante nuestras conversaciones. Siempre me pregunto qué se le pasará por la cabeza, por qué su expresión se vuelve tan intensa. Doy por hecho que se da cuenta de que tengo razón y valora la forma de agradecerme mi sabiduría.

—¿Qué número calzas? Voy a ver si mi papá tiene algo que te sirva. Debería tener unos mocasines sencillos o...

—Estoy cómodo. No quiero ponerme los zapatos de tu papá —espeta.

¿Por qué es tan terco?

Por fortuna, uno de los dos tiene el aspecto adecuado para esta noche, eso es lo que cuenta.

—¿Me dejas al menos que te arregle el cabello? —pregunto.

Asiente.

—Bien.

Entro en el baño y saco del clóset un cepillo sin estrenar, un peine y gel fijador. En un rincón, me fijo en un lápiz de ojos negro, así que lo saco también, antes de volver con Richards, que sigue sentado en la cama. Empiezo a echarle un poco de gel en el cabello y lo moldeo lo mejor que puedo.

No soy una experta, pero me peino lo bastante a menudo para saber qué hacer para que quede medio decente. Parecía que había venido en cuanto se levantó de la cama, lo cual no me sorprendería.

Cuando termino con el cabello, saco el lápiz de ojos y me acerco a sus párpados. Se echa un poco hacia atrás con la mano levantada, como si se protegiera la cara.

—¿Qué carajo haces? —pregunta.

—Delinearte los ojos —respondo.

—¿Por qué?

—Son bonitos. Pensé que te quedaría muy bien. No te mentiría —explico.

Parece que no le hace ninguna gracia la idea y al principio pienso que va a negarse, pero al final baja la mano y se queda sentado con la cara seria. Lo interpreto como una señal para que continúe y presiono el grueso lápiz sobre su párpado derecho.

—¿Va a venir Terrell? —pregunto mientras trazo una línea.

—No, ¿por qué? —dice en voz baja.

Me encojo de hombros.

—Pensaba que sería tu acompañante. Supongo que me equivoqué.

—¿Por qué iba a ser mi acompañante?

Le echo una mirada, con una ceja levantada. Cree que se le da bien disimular y no es así. Ya vi cómo se miran.

—¿No están saliendo? O al menos tienen sus ondas.

Se queda en silencio un rato y siento que me pasé de la raya. En fin.

—No estamos saliendo —asegura.

Así que tienen sus ondas.

—Siguiente párpado.

Le inclino ligeramente la cabeza hacia un lado. Tiene la mandíbula tan tensa que cualquiera diría que lo estoy torturando.

—Me cae bien. Ojalá lo hubieras traído. Es mejor compañía que tú —digo. Devon no responde, así que termino de aplicarle el delineador en silencio—. Ya está.

Cuando termino, doy un paso atrás para admirar mi obra. Sonrío. La verdad es que tiene muy buen aspecto. Mucho mejor que antes. Le paso un espejo y se mira en silencio.

No sé qué piensa.

—¿Te gusta? —pregunto.

Se encoge de hombros.

Lo tomo como un sí.

—Antes de que se me olvide, nos compré máscaras. Me pareció que sería raro ser los únicos que no las llevaran —digo mientras busco en un cajón.

Le paso un antifaz negro. El Baile de la Nieve siempre ha sido una mascarada. Otra tradición de Niveus.

Me siento a su lado y miro la hora en el teléfono. Acaban de dar las cuatro. El evento empieza a las seis.

La periodista de Central News 1 nos dijo que le enviemos un mensaje cuando estemos a punto de salir para que les dé tiempo de llegar y preparar el equipo. Devon y yo entraremos por la puerta trasera, la misma que usamos para colarnos en la biblioteca Morgan el domingo, donde no hay cámaras de seguridad. Dejaremos la puerta abierta para que puedan pasar los de la tele.

Entonces, subiremos al escenario y empezarán a grabar.

—Lo cierto es que estoy muy emocionada por lo de esta noche —comento—. Tengo muchísimas ganas de despertarme mañana y no tener que mirar por encima del hombro ni sentir que estoy perdiendo la cabeza. Me muero por volver a concentrarme en Yale y en la Facultad de Medicina. Sé que crees que no va a funcionar, pero yo sí. Estoy convencidísima.

Devon se mira los zapatos en silencio y, tras unos instantes, vuelve a levantar la vista.

—No te creía al principio, ni a la periodista, así que publiqué en Twitter lo que nos han hecho...

—¿Cómo dices?

—Escribí un tuit y...

—Ya te oí. Si alguien de la prepa lo ve, podría mandarlo todo al diablo. ¿En qué estabas pensando? Bórralo —ordeno, y siento un poco de pánico.

Me mira con culpabilidad.

—¿Qué pasa? —digo, porque es evidente que hay algo que no me ha contado.

—Se volvió viral. Acabo de verlo cuando venía hacia aquí. Tiene más de veinticuatro mil me gusta. Mucha gente nos cree.

Abro mucho los ojos. ¿Veinticuatro mil? Vaya.

—Además, ¿no te enfrentaste a la chica esa que te contó todo lo que pasaba? ¿No crees que les habrá dicho que ya lo sabemos todo? Ya se había ido todo al diablo —dice Devon.

Trago saliva al pensar en Belle. Ni siquiera lo había considerado. No había vuelto a pensar en ella, ni en el hecho de que la veré esta noche. Se me encoge un poco el pecho.

Necesito un trago.

Me levanto rápidamente.

—¿Quieres beber algo?

—¿Te refieres a alcohol? —pregunta Devon.

—Sí, me refiero a alcohol —confirmo.

Asiente.

—Vamos al sótano.

Me sigue por los dos tramos de escalera hasta el sótano. Está decorado como un bar subterráneo, con taburetes y todo. Abro uno de los gabinetes de bebidas y saco una botella de Chardonnay, que dejo en la isla.

Saco dos copas de vino y sirvo un poco. Le paso una a Devon.

Ni siquiera me gusta el sabor, pero sé que me ayudará a relajarme. Solo lleno la mitad para que no nos desconcentremos demasiado, lo justo para imbuirnos un poco de valor líquido. Tomo la copa y la levanto.

—¿Por qué brindamos, Richards? —pregunto.

Mira hacia arriba un momento antes de alzar también la suya.

—Por la destrucción de la Academia Niveus —propone.

—Por la destrucción de Niveus —repito.

39

Devon

Jueves

Llegamos a la entrada trasera de la prepa, con las máscaras puestas.

A lo lejos, se oyen gritos y risas de los estudiantes que acceden al edificio.

Chiamaka saca la llave de la puerta, la abre a toda prisa y ambos entramos. Acordamos meternos en la biblioteca Morgan y esperar allí a la periodista y al equipo de cámaras. Elegimos la Morgan porque Chiamaka quería tomar el anuario de 1965 para mostrarlo como prueba física y también por la comodidad de que no haya vigilancia.

Nos dirigimos hacia allí. Chiamaka se acerca a la primera estantería y se agacha para sacar un libro azul de tapa dura del estante.

—Lo tengo —dice mientras lo abre y hojea algunas páginas.

Lleva una bolsa pequeña bajo el brazo, donde guarda los carteles y las páginas impresas para cuando tengamos que exponernos delante de todos.

Trago saliva, nervioso, mientras escudriño la enorme biblioteca. Siento que alguien nos observa.

—¿Puedes esperar a los de la tele fuera, junto a la entrada de la puerta? Dice que ya están aquí —me pide Chiamaka.

Asiento.

Cuando llego a la puerta, huelo humo. La diversión y los juegos ya comenzaron. A la gente le encanta beber, fumar, hacer bromas y luego contárselas a los de los años inferiores para que se emocionen pensando en el día en que se conviertan en veteranos y hagan lo mismo. Es extraño que sea eso lo que les entusiasme, como si no hicieran lo mismo en casa todo el tiempo: beber, fumar y meterse en la vida de la gente. Supongo que hacerlo en la prepa, delante de las caras de los profesores y de los donantes, resulta emocionante.

El teléfono me vibra en el bolsillo y lo saco.

Llamada entrante de Terrell.

¿Por qué me llama? Sabe que hoy es el baile.

—¿Sí?

—¿Ya estás en el instituto? —pregunta.

—Sí, estoy esperando a los periodistas, ¿por qué? —bajo la voz.

—Estoy aquí —dice.

—¿Qué? ¿Por qué?

—Hola —me saluda, solo que la voz no proviene del teléfono.

Me doy la vuelta y ahí está, vestido de negro, como si hubiera acudido a un funeral. Camisa negra, jeans negros y tenis negros. Creo que nunca lo había visto llevar tan poco color.

—¿Qué haces aquí? —pregunto, todavía sorprendido.

No me parece real.

—Necesitaba decirte algo. Había pensado en contártelo después, cuando todo se calmara o estuvieras menos abrumado, pero no sería justo. No te culpo si me odias cuando te enteres, ¿de acuerdo? Solo quiero que sepas que lo siento mucho.

—¿Terrell? ¿De qué me hablas? —pregunto, y me falta el aire.

—Debería habértelo dicho hace mucho tiempo, pero tenía miedo.

Lo miro de cerca. Tiene los ojos vidriosos, como si estuviera a punto de llorar.

—¿Qué ocurre? —pregunto. Se me acelera el corazón.

Aparta la mirada un momento.

—Los ayudé. Ayudé a Ases a espiarte.

40

Chiamaka

Jueves

Donovan me manda un mensaje para decirme que ya llegaron, así que escribo a Devon.

Ya están aquí.

Me levanto de la silla y me dirijo hacia la puerta, pero, en ese momento, comienza a abrirse.

Doy un paso atrás y busco un lugar donde esconderme rápido. Aparto una de las sillas para meterme debajo del escritorio, pero la máscara se me cae con las prisas justo cuando se abre la puerta y entra Jamie.

Muestra una expresión fría en su bonita cara. Lleva el cabello más corto que la última vez que lo vi, un traje de un azul oscuro y nítido y un moño negro en el cuello.

—Hola, Chiamaka —me saluda, con la voz cargada de veneno.

Saca del bolsillo su encendedor favorito. Cuando lo presiona, aparece una suave llama y luego desaparece.

—¿Qué haces aquí? —pregunto, orgullosa de mí misma por no tartamudear ni retroceder.

Me quedo plantada, con los brazos cruzados, y lo miro de la misma manera que él a mí.

—Debería preguntarte lo mismo. Tienes prohibido entrar aquí.

Me río.

—¿Quién te nombró Dios? Mis padres pagan la colegiatura, puedo entrar si quiero —digo.

Se adelanta y vuelve a apretar el encendedor, dejando que la llama aparezca igual que se esfuma. Tiene su nombre grabado en la carcasa de oro. Lo aprieta con fuerza, como si tuviera miedo de perderlo.

Me recuerda a un niño malcriado con su juguete favorito. Siempre había pensado que su fascinación por el fuego había surgido en el campamento, pero no me cabe duda de que ese retorcido deseo de ver las cosas arder y convertirse en cenizas empezó mucho antes. Mientras otros niños jugaban con muñecas y camiones, Jamie seguro que se dedicaba a esto. Miraba cómo la llama cobraba vida y luego se apagaba, una y otra vez, hasta que se convirtió en una obsesión.

—No tienes derecho a estar aquí —vuelve a atacar, con la voz cada vez más amenazante—. No los entiendo. Incluso después de perseguirlos, de mostrar sus fotos. —Hace clic con el encendedor y la llama destella—. Después de lo de Martha. —Clic—. Después de darles todas las oportunidades de desaparecer, siguen insistiendo. No creas que no vi el tuit de tu amigo. ¿Te crees muy lista? La pequeña prefectita. Esperaba que al menos tuvieras el sentido común de no aparecer por aquí, pero parece que no sabes captar una puta indirecta.

Se ríe de forma retorcida y hace girar el encendedor. Su risa me provoca un escalofrío.

—¿Estás enamorada de mí? ¿Es eso?

Me di cuenta de que lo que sentía por Jamie no era amor, ni siquiera un encaprichamiento. No me importaba. Solo sabía que quería estar en la cima, a cualquier costo. Incluso si eso significaba dejar que un deportista sudoroso y descerebrado me tomara de la mano y le dijera a todo el mundo que era mi novio, o que un perturbado como Jamie me tocara con sus dedos babosos siempre que quisiera.

Lo que sentía era desesperación por ser poderosa en un mundo que no permite que las chicas lo sean. Sobre todo las que son como yo.

La única vez que sentí amor o algo parecido fue con Belle. No creo que ningún chico en el que me haya fijado se acerque siquiera a lo que experimenté con ella.

Así que, ¿estoy enamorada de él? Ya quisiera.

—Te odio —digo.

Ensancha la sonrisa.

—No, de eso nada. —Se acerca aún más. Me mantengo firme—. Me quieres, pero yo a ti no. ¿Quién iba a quererte? Eres una puta. Todo el mundo lo sabe. Por eso te besé en la fiesta. Sabía que al final te acostarías conmigo. Te tirarías a cualquiera. —Inclina la cabeza y se acerca—. Nunca me has gustado, pero sentía curiosidad. Quería probarlo y lo hice.

Tengo el corazón en la garganta. Me siento asqueada. Intento no llorar.

—Eras decente. Belle era mucho mejor —añade, y chasquea el encendedor una vez más.

Me lo acerca peligrosamente a la cara. Noto el calor en la piel. Parpadeo y se me escapa una lágrima. Pero no me muevo. No me atrevo.

—Voy a darte una última oportunidad para salir de aquí, donde nadie te quiere. De lo contrario, verás de lo que soy capaz.

Lo enciende una vez más, tan cerca que una chispa me quema el cabello. Me echo un poco hacia atrás y, mientras apago el fuego con la mano, la risa de Jamie resuena en la biblioteca.

No pienso permitir que sus palabras me hagan daño. No le daré ese poder sobre mí. Soy la maldita Chiamaka Adebayo, no necesito que un imbécil me diga quién soy ni quién debo ser.

—¿Ya terminaste con el discursito? —pregunto, sin esperar una respuesta antes de continuar—. Llámame puta, me da igual. Tú sacaste el tema, Jamie, porque sí te importa.

Levanta una ceja.

—Te importa que una chica como yo haga lo que quiera y que le dé lo mismo lo que tú o cualquiera tenga que decir al respecto. Te importa que te haya gustado, porque tus padres racistas y este instituto de mierda te asignaron una tarea, acercarte a mí y luego apuñalarme por la espalda, pero lo disfrutaste. Te encantó besarme.

—Cállate —gruñe.

—Te gustó el sexo, vernos a escondidas.

—¡Dije que te calles! —grita.

Me envalentona más.

—Te da rabia que haya besado a tu novia. —Sonrío, aunque me duela—. Y que hayamos hecho algo más que besarnos.

Me empuja con fuerza contra la pared y me río en su cara mientras me caen más lágrimas. Pero no son de tristeza. Me siento libre. Como si volara.

—Eres un perdedor, Jamie. Un fracasado. Una decepción. No lograste rebajarme a tu nivel y eso te mata.

Me envuelve el cuello con las manos para callarme y aprieta. Tiembla mientras me estrangula, y resoplo, río y jadeo.

No puedo respirar, pero no dejo de sonreír.

Sigue apretando, con la cara roja y temblando de ira mientras me mira.

No quiero que la cara de Jamie sea lo último que vea antes de morir, así que reúno todas las fuerzas que me quedan y le doy una patada en la entrepierna.

Se tambalea hacia atrás y me suelta. Toso. Me duele la garganta y el pecho. No tengo tiempo de recuperarme antes de volver a patearlo. Esta vez cae al suelo. Gime con fuerza y el encendedor cae con él.

—Zorra de mierda —masculla.

Me froto el cuello y ladeo la cabeza para mirarlo. Es patético, ahí tirado, retorciéndose en el suelo. Hundo el tacón donde sé que le va a doler más y grita.

Siento una retorcida sensación de alegría al verlo llorar. Sabía que había elegido los zapatos adecuados.

—Púdrete en el infierno, Jamie —escupo, antes de alejarme, tomar la máscara y dirigirme hacia la salida de la biblioteca.

Cuando salgo, noto que me tiemblan las piernas y que el corazón me palpita en los oídos. Me toco el mechón de cabello al que acercó la llama. Está crujiente y quemado.

Todavía huelo el humo. Aún siento sus manos en el cuello.

A pesar de todo, siento que recuperé un poco de poder. El que solía inundar mi cuerpo cada mañana cuando entraba en el instituto y sabía que me había ganado el puesto en la cima. Ahora me siento poderosa porque recuperé mi voz y dejé de permitir que Jamie me aplaste hasta convertirme en la imagen que tiene de mí. La de una chica débil a la que puede manipular y herir sin consecuencias.

Esa chica no existe. Nunca existió.

41

Devon

Jueves

—¿Qué carajo quieres decir? —pregunto, y me alejo de Terrell.

—No quería hacerte daño. Nunca lo haría a propósito. Un viejo vino a mi instituto y me dijo que pagaría las cuentas médicas de mi hermana si te vigilaba y lo mantenía informado.

Me siento mareado. Esto no puede estar pasando.

—Fue después de que nos vimos por primera vez, y al principio lo consideré. Solo quería que mi hermana se pusiera bien. Estaba desesperado, así que lo pensé. Lo rumié durante más o menos un día, pero enseguida me di cuenta de que no podía. Le dije al tipo que no lo haría. Que era incapaz. Entonces, empezaste a hablarme de tu instituto y no te lo conté porque no quería que me odiaras y porque el hombre me amenazó con que, si lo mencionaba a él o nuestro trato, las cosas empeorarían para ti, así que traté de ayudarles lo mejor que pude...

Me vibra el teléfono y aparto la vista de Terrell para leer el mensaje de Chiamaka.

Me envió otro hace unos minutos para decirme que los periodistas habían llegado.

Se las arreglaron para entrar por la
puerta principal. Estamos en la entrada
trasera del salón de baile. Date prisa.

—Tengo que irme —digo, y me siento demasiado mal como para mirarlo.

—Von...

—¡Cállate! ¿Sí? —grito.

No quiero estropear el maquillaje que me puso Chiamaka en los ojos, así que parpadeo para contener las lágrimas y me doy la vuelta. Entro en el edificio y dejo a Terrell solo fuera.

Me convierto en una sombra. Camino deprisa, con la cabeza agachada y la máscara puesta, hasta que llego por fin a la parte de atrás del salón de baile, donde está Chiamaka.

—¿Dónde están? —pregunto.

—En sus puestos.

Se baja la máscara. Me doy cuenta de que tiene unos moretones alrededor del cuello que parecen dedos. ¿Pasó algo?

No me da tiempo de respirar y mucho menos de hacer preguntas. Entrelaza los dedos con los míos y abre la puerta.

Antes de que me dé cuenta, la atravesamos y entramos en el salón de baile juntos.

42

Chiamaka

Jueves

Nadie se da cuenta de que nos colamos. Hay una cortina junto a la puerta de atrás que les tapa la vista. Por una rendija, los veo a todos. Están sentados en grandes mesas redondas y platican entre ellos. El salón está precioso, como siempre había imaginado. Techos altos, candelabros de diamantes y pintorescas ventanas que dan al mar. Es perfecto. Como en una película.

Ese salón se construyó específicamente para este evento, y el Baile de la Nieve se ha celebrado aquí durante décadas. Las puertas se mantienen cerradas durante todo el año, excepto hoy. He soñado con esta noche desde que entré en Niveus.

Creía que, cuando llegara por fin, sería un momento feliz. Otro indicador de triunfo.

Imaginaba que me coronarían reina de la Nieve. Es lo que más deseaba después de ser la mejor estudiante y la prefecta mayor.

Sin embargo, al contemplar las coronas en los cojines de color rojo intenso en la parte delantera del salón de baile, me doy cuenta de que no es más que una tontería. La insignia de prefecta, la corona. Trozos de metal a los que he vinculado una gran parte de mi autoestima.

Tomo aire y doy un paso adelante. Atravieso la cortina. Las voces se apagan, los murmullos crecen y las caras se voltean para mirarnos.

Estoy en la parte delantera y observo la sala mientras intento no temblar. Hay mesas llenas de caras que me son familiares, con los rostros cubiertos por máscaras brillantes.

Me odian. Todas las personas de esta sala me detestan, y saberlo me da confianza para abandonar el poco orgullo que me queda, caminar hacia los cojines y tomar una de las coronas. Devon me mira con extrañeza mientras me coloco el metal inútil en la cabeza.

La gente me mira sorprendida y divertida, dispuesta a ver qué hago a continuación.

Una figura se cuela por una de las puertas del fondo. ¿Terrell? ¿Al final Devon lo invitó?

Me alegro. Nos verá derribar Niveus. Nos ayudó a planear los detalles, así que me parece justo que esté presente. Además, ahora sé que hay una persona en el público, aparte de Devon, que creo que no me odia.

Busco por la sala a Donovan y al camarógrafo. Están vestidos de meseros y se mezclan con el resto del personal. No veo a los de seguridad, pero supongo que están escondidos en algún rincón, esperando para intervenir si es necesario. La periodista empieza la cuenta atrás desde cinco con los dedos y el operador nos apunta con la cámara. Entonces, Donovan me enseña el pulgar levantado y empiezo a hablar con claridad al pequeño micrófono que me dio para que me lo enganchase al vestido.

—Me llamo Chiamaka Adebayo y este es mi amigo Devon Richards. De manera premeditada, somos los únicos estudiantes negros en la Niveus. Cada diez años, aceptan a dos chicos afroamericanos. Luego esperan hasta su último año para atacarlos y poner en marcha una campaña de abuso psicológico y físico con el objetivo de forzarlos a abandonar los estudios y arruinar así sus esperanzas de futuro. Es un juego al que llaman eugenesia social.

Abro el anuario de 1965.

—Esta es una foto del Campamento Ases, un lugar creado para que los estudiantes herederos de la institución y sus familias tramen cómo destruir las vidas de los alumnos negros de Niveus. Desde que se inició el proyecto, todos los afroamericanos han abandonado la Academia antes de la graduación. No hay ninguna explicación sobre qué ha sido de ellos. Simplemente desaparecen. Porque Niveus los obliga. Por eso estamos aquí. Vamos a romper el ciclo y a contarle a todo el mundo lo que pasa en esta preparatoria. Vamos a desenmascarar a la institución, a sus alumnos, a sus profesores y a sus donantes.

Despliego los carteles de la bolsa, le paso a Devon el que tiene nuestras fotos de anuario tachadas y sostengo una de las imágenes menos incriminatorias que me metieron por el buzón. Aparto la vista de la cámara y los miro a todos.

—Hemos recibido amenazas físicas, nos han seguido y nos han tendido trampas. Han invadido nuestra intimidad y han filtrado fotos e información personal por todo el instituto. Pero ya basta —termino.

Estoy aquí, como siempre soñé. Al frente, la reina de todos. No se parece en nada a lo que había imaginado. Ni en lo más mínimo. Sin embargo, me siento poderosa.

Me volteo de nuevo hacia la periodista. Frunzo el ceño, confundida, mientras busco entre la multitud. ¿Adónde se fue? El camarógrafo también desapareció.

La gente empieza a removerse en los asientos. Pronto me

doy cuenta de lo que hacen. Se cambian las máscaras por otras idénticas. La del pasillo. La que me persiguió hasta casa.

Todo el mundo la lleva puesta.

Siguen sentados.

Sé que hay silencio, pero solo oigo cómo la sangre me corre por los oídos.

Esto es Ases. Todas las personas con las que he pasado los últimos cuatro años. Gente a la que he mirado a los ojos. Compañeros con los que me he sentado en clase. Con quienes me he cruzado en el pasillo. Personas que, desde el principio, han querido humillarme, ver cómo me esforzaba para llegar a la cima solo para derribarme. Gente que sabía que podía esconderse detrás de las máscaras, ya fuera en línea o en la vida real, como ahora. Una secta que lo único que busca es vernos fracasar a Devon y a mí.

—¿Ya terminaste la actuación? —dice una voz profunda y amenazante detrás de mí.

Me volteo con brusquedad y me encuentro con un cabello negro azabache que me resulta familiar, un rostro arrugado e inexpresivo y unos ojos sin luz que me miran fijamente.

—Les dimos la oportunidad de irse con un poco de dignidad, pero está claro que prefieren el tratamiento de Dianna Walker —dice Ward.

—¿Qué le hicieron? —pregunta Devon, que suena aterrado.

Esto es una pesadilla.

—No nos asustas. Lo grabamos todo y se está emitiendo a lo largo y ancho del país —digo.

—¿Ah, sí? ¿Dónde están las cámaras? —pregunta Ward.

Vuelvo a mirar hacia el mar de Ases. Sigue sin haber ni rastro de Donovan ni del camarógrafo. ¿Qué está pasando?

—Alice, ¿es eso cierto? ¿Estos dos herejes van a destruirnos a todos? —continúa el director, y se voltea hacia la multitud mientras una figura se quita la aterradora máscara blanca de la cara, revelando a una sonriente Alice Donovan debajo.

No.

—Mierda —susurra Devon.

«Mierda», pienso.

No puede estar sucediendo esto. ¿Cómo es posible? ¿Cómo es que está involucrada?

Recuerdo las palabras de Belle, cuando me enfrenté a ella el lunes.

«No es solo Niveus. Se hace lo mismo en muchos otros sitios.»

Central News 1 forma parte de esto.

Dios sabe quién más.

«Tenemos que salir de aquí», pienso, justo cuando oigo una especie de zumbido sordo. Pasos y gritos.

Retrocedo cuando las puertas del salón se abren de golpe y, de repente, entra una avalancha de gente. Gente de fuera. Corean algo, pero desde el escenario no lo entiendo.

Algunos se suben a las mesas y pisotean la lujosa vajilla. Otros se limitan a gritar y a poner música a todo volumen con los celulares y bocinas que llevan en las manos.

¿Manifestantes?

Por fin entiendo lo que dicen.

—¡Sin justicia no hay paz!

Una y otra vez.

Muchos rostros cafés que irrumpen en un océano blanco.

Están muy enojados.

Creo que vinieron a luchar por nosotros.

Miro a Devon, que tiene los ojos muy abiertos.

Antes de que pueda hacer algo, una mano grande me

agarra y me arrastra al otro lado de las cortinas. Miro atrás e intento zafarme del poderoso lazo cuando siento la presión de un frío metal en la frente.

Una pistola.

43

Devon

Jueves

Hay manifestantes por todas partes. La música rompe el silencio. La gente grita.

Es un caos. Lo que más extraño se me hace es que creo que nunca he visto a tantas personas negras fuera de mi vecindario.

Desde luego, jamás en Niveus. Durante todos estos años, solo estábamos Chiamaka y yo.

Vinieron a luchar, y parece que por nosotros.

Prefería haberme equivocado con los periodistas. Quería que fueran buenos. Sin embargo, me ha tocado aprender que hay muy pocas cosas buenas en el mundo.

Me volteo y espero ver a Chiamaka a mi lado, pero no hay nadie. Siento un asomo de pánico, el mismo miedo que cuando pierdes a tu madre en el supermercado de niño. Oigo un ruido detrás de mí y me dirijo hacia la entrada por la que vinimos. Hay dos figuras. Al acercarme, las veo con claridad.

Junto a las puertas está Chiamaka. Parece horrorizada y paralizada mientras Ward le apunta con una pistola a la cabeza.

Me quedo helado mirando a mi exdirector a punto de disparar a mi amiga.

Me acerco a la gruesa cortina mientras tiemblo como una hoja e intento apartarla sin que se dé cuenta. Si actúo deprisa, tal vez pueda empujarlo, agarrar el arma y evitar que haga algo.

Una parte de mí se pregunta si esto es lo que le pasó a Dianna Walker. La primera chica a la que atacaron, en 1965. ¿Y si la mataron?

Ward empieza a decirle algo, pero solo distingo las palabras «salón» y «muévete». Está aterrada. Tengo que detenerlo. Se dirigen hacia la puerta mientras la agarra del brazo con fuerza.

Trago saliva. Empujo un poco la cortina y doy medio paso adelante. Chiamaka me mira un segundo.

Ward la hace retroceder un poco más y estira la mano para agarrar el pomo de la puerta, pero lo suelta sobresaltado

Aprovecho el momento para atacarlo él y me abalanzo con la esperanza de tirarlo al suelo. Sin embargo, no esperaba que fuera tan fuerte. Se tambalea, pero no se cae.

Se voltea para mirarme, con una clara expresión de asco. Hay gritos de fondo y la gente corea.

Chiamaka se acerca a Ward.

—¿Qué le hicieron a Dianna? —pregunto, respirando con dificultad—. ¿La mataron?

Chiamaka se saca algo de la bolsa.

Ward levanta una ceja.

—¿Por qué no lo comprobamos? —dice, y me apunta con el arma justo cuando Chiamaka le clava algo en el cuello.

El director se paraliza y se desploma. La pistola cae con él.

Chiamaka la recoge con un pañuelo y la desliza lejos.

Estoy sin aliento.

En la mano, lleva una especie de pistola eléctrica.

—¿Estás bien? —digo, mientras me pregunto de dónde la habrá sacado.

Se limpia los ojos.

—Sí. Tenemos que salir de aquí.

Asiento y atravesamos las cortinas, pero saltamos hacia atrás cuando se produce un fuerte estruendo.

Miro arriba. Sale humo del techo.

¿Humo?

La gente también mira alrededor, buscando el origen.

El corazón se me acelera y, justo cuando agarro la mano de Chiamaka, hay otra explosión.

Me agacho por instinto.

Entonces, como en una película de catástrofes, partes del techo se hunden y cae madera del cielo.

Mierda.

Los gritos comienzan a llenar el aire. Chiamaka me agarra del brazo y me jala hacia la salida. Nos abrimos paso entre la multitud mientras todo el mundo intenta escapar y el humo envuelve el salón de baile.

Cuando por fin cruzamos las puertas de la parte delantera, nos encontramos con más humo en el pasillo. La gente se tapa la boca, tose y corre, desesperada por encontrar una salida.

Corremos tan rápido que casi me caigo un par de veces al tropezar con el largo vestido de Chiamaka. Suenan más explosiones cuando llegamos a la entrada. Bajamos los escalones a toda velocidad y salimos al aire fresco y frío de la noche. Toso, sin aliento y desorientado.

El aire me sale de la boca en volutas, como fantasmas, antes de desintegrarse.

Miro Niveus, que antes era un edificio alto e imponente,

pero que ahora se desmorona ante mí, abrasado por furiosas lenguas de fuego.

Es extraño. No lo pienso hasta este momento. Sin embargo, cuando me doy cuenta, cuando por fin lo asimilo todo, me viene el pensamiento más evidente.

La preparatoria arde.

La Academia Niveus está en llamas.

44

Chiamaka

Jueves

Por fin salimos al exterior y observamos cómo Niveus es consumida por las llamas.

Se oyen sirenas que vienen de la parte de atrás y los bomberos corren al interior del edificio, que se derrumba. Sé que suena horrible, pero a una parte de mí se le antoja reírse.

Es posible derribar incluso a los más poderosos. Y todos estamos siendo testigos.

Todos presenciamos la caída de la gran Academia Niveus. Por fin.

—Hay gente dentro. Es imposible que salgan ilesos —dice una persona llorosa.

Me pregunto cómo empezó el fuego, si fue un accidente. ¿Quién lo provocó?

Siento que se me encoge el pecho.

¿Se habrá quedado atrapado alguno de los manifestantes?

Me muerdo el labio inferior y me paralizo cuando un pensamiento me cruza la mente. Terrell se encontraba entre el público.

¿Era real?

¿Me lo imaginé?

Espero que sí. Por favor, que lo haya imaginado.

Miro a Devon. Parece fuera de sí, en trance, mientras ve cómo arde nuestro antiguo instituto.

—Devon —digo en voz baja, pero lo bastante alto como para que me oiga.

—¿Sí? —responde de forma monótona.

—¿Dónde está Terrell?

—¿Qué? —pregunta, y ahora voltea hacia mí, con cara de horror.

—Lo vi dentro. Creo... ¿Vino? ¿Estaba aquí?

Espero que me diga que no. Pero antes de que responda, otra explosión estalla y un gran pedazo del techo se derrumba.

45

Devon

Jueves

Vuelvo a recordar el momento en el que Terrell me confesó haber formado parte de esto.

Está aquí.

Ahí dentro.

Me siento mareado.

Tengo que encontrarlo.

No sé qué me empuja, pero me echo a correr hacia el edificio.

Es culpa mía. Todo. No debería haberlo dejado solo.

Siento que Chiamaka me arrastra hacia atrás y empiezo a gritar su nombre, como si fuera a escucharme desde ahí dentro.

Las llamas crecen y devoran Niveus. Quiero gritar.

—¡Terrell! —grito.

No hay respuesta, como era de esperar.

No puedo perderlo a él también. No soportaría perder a más gente. Me siento débil, como si estuviera a punto de desmayarme.

—¿Devon? —dice alguien. Estoy casi seguro de que me lo imaginé.

Me volteo y está ahí. Delante de mí, con una expresión de preocupación similar en el rostro. Me siento tan aliviado que corro hacia él y lo abrazo. Olvido todo lo que ha pasado. Solo lo estrecho entre mis brazos, feliz de que esté bien. Me devuelve el gesto con fuerza y entierro la cara en su hombro, con lágrimas en los ojos.

Pensaba de verdad que lo había perdido. «Gracias a Dios que estás bien, Terrell», susurran mis pensamientos.

Siento cómo le martillea el corazón.

Después de unos momentos me alejo y me limpio las lágrimas de las mejillas.

—Creía que estabas adentro —digo.

—Estoy bien —asegura. Sus ojos se centran más en Chiamaka que en mí—. Me alegro de que ustedes también estén a salvo.

—Pensaba que habías muerto —dice ella mientras se limpia los ojos.

Me sorprende. Apenas lo conoce y, sin embargo, llora como si hubiera estado a punto de perder a un buen amigo. Lo que me alucina aún más es que lo abrace.

Las sirenas suenan en la distancia y me volteo hacia el sonido. Las ambulancias se estacionan junto a los camiones de bomberos.

—Deberíamos irnos antes de que llegue la policía —propone Terrell.

Asiento.

—Tienes razón.

Lo último que quiero hacer ahora es lidiar con ellos.

Poco después, llegamos a la habitación de Terrell.

Prepara un fuerte de sábanas y nos deja ropa para que nos cambiemos. Me pongo una de sus camisetas de Superman y una sudadera. Chiamaka les dijo a sus padres que está bien y que se va a quedar en casa de una amiga. Se puso una pijama de cuadros que, al parecer, es de Terrell, aunque nunca lo he visto usar nada tan normal, aparte del conjunto de esta noche.

Nos sentamos dentro del fuerte para hablar de lo que pasó, sobre los manifestantes, el incendio y la periodista tramposa. Me abstengo de soltar un «Se los dije». Sabía que era demasiado bueno para ser verdad, demasiado fácil. Estaba claro que no debíamos confiar en una desconocida. Niveus puede comprar a cualquiera, cómo no.

Deberíamos habernos dado cuenta. Pero al menos ahora lo sabemos.

Como mínimo tenemos eso.

Estoy agotado. Me gustaría dormir para siempre, pero nos quedamos hablando hasta la una. Llegamos a la conclusión de que los manifestantes debieron de acudir por mi tuit y el mensaje que envié sobre el baile. Espero que ninguno haya resultado herido. Sin ellos, no sé si estaríamos aquí ahora.

Quizá Ward habría terminado lo que empezó.

—¿Cómo creen que se inició el fuego? —pregunta Chiamaka.

Parecía grave. Tendrán que reconstruir muchos de los edificios. Me encojo de hombros.

—Puede haber sido cualquier cosa —comento.

—¿Significa que la cerrarán? —pregunta Terrell.

—Es posible —supone ella.

Nos quedamos en un sombrío silencio durante unos momentos.

Le doy vueltas a qué le pasará ahora a todo el mundo. A Ward. A Ases. ¿Quedará todo enterrado en los escombros?

Como si Chiamaka me leyera la mente, murmura:

—Estoy cansada. Me voy a dormir. ¿Dónde está el baño?

—Al final del pasillo, a la izquierda —indica Terrell.

Sale del fuerte y nos deja solos. Silencio.

—¿Podemos hablar? —pregunta.

Asiento, porque con él no hay forma de esquivar las conversaciones. Es directo y le gusta afrontarlo todo en el momento. Al menos, eso creía. Pasó varias semanas mintiéndome de maravilla.

—Lo siento. Lo último que querría sería herirte. Nunca habría aceptado. Jamás te haría daño. Eso fue lo que le dije al tipo.

—Bueno.

Parece nervioso.

—¿Me odias?

Lo miro. Por mucho que quiera enojarme, es como si hubiera algo en él que me lo impidiera. Me siento herido, pero no lo odio. No creo que pueda.

Niego con la cabeza.

—No —contesto.

—Gracias por no odiarme —dice.

—De nada —respondo.

No sé cuánto tardaremos en estar bien, pero sé que llegaremos a estarlo.

Hay un sonido extraño en la distancia y al principio creo que es Chiamaka, pero entonces Terrell se levanta.

—Tengo que darle de comer a Cabronazo, se pone de mal humor cuando me retraso.

—Creo que no le caigo bien a tu gato —comento, y me recuesto un poco hacia atrás.

Levanta una ceja.

—No le gusta compartirme. Ya se acostumbrará.

Me resulta difícil de creer. El bicho me mira como si quisiera matarme. Si no fuera imposible, estaría convencido de que Cabronazo también está metido en el asunto de Ases.

—Lo dudo —murmuro.

Terrell sonríe, lo que me hace devolverle la sonrisa, y luego nos miramos en silencio durante unos segundos. Es el primero en romper el contacto visual y se sube los lentes mientras se levanta y sale del fuerte. Lo oigo hablar con el gato y regañarlo por interrumpir la conversación.

Saco el teléfono y busco noticias sobre el incendio, preocupado por quién podría haberse quedado atrapado. Me pregunto si Jack estaba allí.

Deslizo la pantalla. Los artículos no dicen mucho. Solo que hubo un incendio en el instituto. Causa desconocida.

Levanto la vista de nuevo. En el pasillo, Terrell echa alimento en un tazón. Lo observo acariciar a Cabronazo mientras come.

Vuelve a entrar en el fuerte. Se sienta frente a mí.

—La comida de gatos huele a rayos —comento, y arrugo la nariz.

Se ríe.

—Menos mal que no tenemos que comérnosla, ¿no?

Chiamaka vuelve con el ceño fruncido y los brazos cruzados.

—¿Qué pasa? —pregunto.

—¿Dónde duermo?

—En la cama. No me importa dormir con Devon aquí —responde Terrell.

Me siento acalorado, pero ignoro qué intención tenía esa frase.

Chiamaka sonríe.

—Gracias, Terrell —dice, antes de meterse en la cama,

como seguramente pensaba hacer de todos modos, tanto si le decía que sí como si no.

—Supongo que solo nos queda el fuerte. ¿Quieres que traiga más almohadas o cobijas? —pregunta.

Niego con la cabeza. Estoy bien.

Me acuesto y miro las sábanas que tengo encima. Ignoro a Terrell y su proximidad cuando se recuesta también.

Nos quedamos en silencio y me da sueño. Entre el estrés de hoy por el baile y el hecho de estar emocionalmente agotado, empiezo a quedarme dormido.

—¿Buscas estrellas? —me pregunta.

Me volteo hacia él, confundido.

—¿Qué?

—Estás mirando hacia arriba con mucha intensidad, pensaba que buscabas estrellas en mis sábanas —comenta.

Asiento.

—Exacto. Hay millones de estrellas en el cielo esta noche —digo, y señalo a la nada.

—Las veo. También sé cómo se llaman algunas.

—Ilumíname —digo, y observo cómo se acomoda para mirar hacia arriba.

—Esa de ahí se llama Tupac, por la leyenda, claro. Los científicos dijeron «Esta estrella es muy brillante, la llamaremos Tupac».

Me echo a reír y Terrell me sonríe.

—Tal vez deberías considerar dedicarte a enseñar a la gente a decir tonterías —me burlo.

—Tal vez —responde.

Pasamos el resto de la noche así. Hablando, Terrell bromeando y haciéndome reír.

Lo último que pienso antes de que el sueño me alcance es:

No más Niveus.

No más Ases.

46

Chiamaka

Viernes

Hemos tenido puestas las noticias en la televisión de Terrell desde que nos levantamos esta mañana.

Él está sentado en el suelo y bebe café junto a Devon, que tiene cara de sueño. Los dos atienden en silencio mientras la pantalla muestra los restos de Niveus, así como imágenes del incendio de anoche.

Informan que la causa fue un cortocircuito eléctrico. Una tragedia inevitable.

Todo parece un sueño, pero ha ocurrido de verdad. Nuestra preparatoria se quemó.

Ahora estoy sentada con una taza de café preparada por mi nuevo amigo Terrell mientras veo las noticias.

Siento un gran alivio al ver el edificio en llamas. Me parece el final perfecto para toda esta historia.

La Academia Niveus reducida a cenizas.

Los titulares en negrita parpadean en la pantalla.

SE CONFIRMA QUE HUBO VÍCTIMAS MORTALES AL ENCONTRARSE LOS CUERPOS DE TRES ESTUDIANTES EN EL LUGAR DE LOS HECHOS.

¿Murió gente?

La noticia hace que me maree un poco. Los alumnos de Niveus formaban parte de una máquina racista, pero los conocía. Es difícil no sentirse al menos un poco triste por personas con las que te has relacionado durante años.

Aparece la primera cara, una foto del anuario. Siento una puñalada en el estómago.

—CeCe —digo en voz baja.

—¿La conocías? —pregunta Terrell.

Asiento.

—Era una chica popular —añade Devon.

Una chica popular.

—No éramos muy amigas. Lo cierto es que siempre fue un poco zorra conmigo —admito. Aunque tampoco es que yo fuera muy amable con ella, y eso no hace que sienta menos náuseas.

CeCe y yo éramos iguales. Inteligentes, dispuestas a cualquier cosa por defender nuestros títulos y deseosas de estar en la cima.

Ahora está muerta, resignada a ser siempre «una chica popular en la prepa» y nada más.

Aparece otra cara, lo conozco de vista. Me encuentro mal.

—¿Y a este? —pregunta Terrell.

Niego con la cabeza.

—Estaba en mi clase de música —comenta Devon.

—Lo siento —digo.

Seguimos en silencio mientras esperamos la tercera imagen. De repente, estoy ansiosa. No sé por qué. Esta gente quería arruinarme la vida, a los dos. Les daba igual que viviéramos o muriéramos.

Entonces, ¿por qué me siento mal?

—Otro chico —dice Terrell cuando sale la tercera imagen.

Me quedo helada.

Siento que Devon me mira, pero no dice nada.

Se me empieza a nublar la vista. No sé cómo debo sentirme o reaccionar, así que no pienso. Me quedo sentada y dejo que pase.

Tengo la cara húmeda y me odio por llorar. No se lo merece.

—Necesito un poco de aire —digo, y dejo la taza en el suelo antes de levantarme y salir de la habitación de Terrell.

Noto que más lágrimas se acumulan mientras bajo corriendo la escalera y salgo al exterior.

El frío de la mañana me envuelve y me siento débil. No lo puedo creer.

Levanto la muñeca y me limpio los ojos de nuevo. No dejo de llorar.

No puedo creer que Jamie esté muerto.

—¿Chiamaka? —dice una voz desde atrás.

Me volteo y me limpio los ojos otra vez.

—¿Sí? —respondo mientras miro a Richards.

Me contempla con pena.

No debería. No hay nada que lamentar. Solo soy una chica que llora por su ex mejor amigo muerto, que era una malísima persona.

—¿Quieres salir de aquí? —pregunta.

Levanto una ceja. «Sí, por favor.»

—¿Adónde vamos?

—A un sitio más tranquilo.

Asiento. Es justo lo que necesito.

Llegamos a la playa un rato después. Decidimos ir caminando, ya que ninguno de los dos está en condiciones de manejar.

Me puse una camiseta de Terrell sin dibujos de superhéroes raros, y Devon lleva la pijama de la noche anterior. Terrell se quedó a preparar el desayuno.

Cuando llegamos a la playa, me doy cuenta de lo tranquila que es. Hay paz de verdad. Como si el mundo entero hubiera desaparecido.

Las olas chocan contra la arena y Devon se sienta en el suelo.

He vivido en esta ciudad la mayor parte de mi vida, pero nunca había estado aquí. Creo que ni siquiera sabía que existía.

—¿Cómo descubriste este lugar? —pregunto, y me siento a su lado.

—Venía mucho cuando era más pequeño, cuando las cosas en casa y en la escuela me superaban —me explica.

Asiento.

Lo entiendo. Es muy tranquilo. Cruzo las piernas.

Estoy a punto de decirle lo bonito que es este lugar, pero vuelve a hablar.

—Intenté suicidarme aquí, hace años —confiesa.

Lo miro. Qué... sorpresa.

—Ah —digo, porque es lo único que se me ocurre como respuesta.

—Pensé que estaría bien morir ahogado en mi lugar favorito. Ahora he encontrado otras formas de lidiar con todo —dice.

—¿Qué te detuvo? —pregunto.

Al principio no responde.

—Alguien me siguió y me sacó —dice en voz baja.

—Parece una buena persona.

—Lo es.

Nos sentamos en silencio y miramos las olas.

—Es normal estar triste, ¿sabes?

Supongo que habla de Jamie.

—No estoy triste —aseguro.

Devon asiente.

—Bueno, si quisieras estarlo, no sería nada malo. Solo eres humana —dice.

—De acuerdo —respondo, porque quiero dar por terminada la conversación sobre Jamie.

Es difícil separar al chico que me gustaba, a mi mejor amigo desde los catorce años, del verdadero Jamie. El que era un cobarde racista, al que nunca le importé de verdad, que siempre tuvo en mente un plan para fastidiarme la vida.

Sin embargo, de alguna manera voy a tener que olvidarme del falso Jamie. Me niego a llorar por alguien que habría celebrado mi muerte si la situación fuera al revés.

Siento un peso en la mano cuando Devon desliza los dedos entre los míos y los aprieta. No me lo esperaba. Le dedico una mirada extraña, pero no se da cuenta.

No aparto la mano.

Muchas veces me he sentido sola en el mundo, lleno de gente y caras que no se parecen a mí. Mis padres pasan la vida trabajando. Mis amigos solo eran actores traicioneros. Mis relaciones nunca han sido reales.

Pero ahora mismo, con Devon, no me siento sola.

En absoluto.

47

Devon

Viernes

Más tarde, cuando estoy solo, vuelvo a mirar el tuit.

Los apoyos se han multiplicado desde la última vez que lo revisé. La gente habla de la protesta y del texto que lo desencadenó. Mucha gente nos apoya.

Espero que las cosas salgan bien y que la verdad permanezca sin enterrar. Espero que nos recuperemos de todo esto.

Entro en la bandeja de entrada y vuelve a estar llena. Un mensaje de una cuenta verificada me llama la atención y lo abro.

Es de una periodista negra.

> @CindyIsHere47: Vi tu tuit y me encantaría hablar. Dime si te interesa.

No me gustaría confiar en nadie que forme parte de una institución a la que Niveus pueda sobornar sin despeinarse. Sin embargo, cuando entro en su perfil, abro los ojos como platos al ver la empresa para la que trabaja.

Son peces gordos, famosos por publicar artículos sin pelos en la lengua y por asumir posiciones sin miedo. Dan visibilidad a las vidas de personas como nosotros, a las que el sistema ha agraviado.

Le enseñaré el mensaje a Chiamaka. Le mostraré de quién es, a ver qué piensa.

Por el momento, salgo de Twitter.

Vuelvo a estar en mi habitación, en mi casa.

Cierro los ojos y finjo que es el futuro y que estoy en otro lugar, viviendo una vida muy diferente.

Soñar es peligroso. Pero esta vez me lo permito.

Creo que nos merecemos un final feliz.

Epílogo

Dieciséis años después

Una carta de la Sociedad Subterránea

Estimada señora Johnson:

Nos hemos enterado de que planea inscribir a su hijo, Rhys Johnson, en la Academia Pollards. Le escribimos para aconsejarle que no lo envíe a esta institución, ya que en ella se acosa de manera sistemática a los estudiantes negros y se practica una forma de eugenesia social.

A esta carta se adjuntan pruebas que se remontan a 1965, cuando tuvo lugar el primer caso de eugenesia social en la ahora clausurada Academia Niveus, que le costó la vida a la primera víctima de la institución, según se detalla en los documentos. Desde 1965, la Academia ha causado todo tipo de perjuicios injustificados a todos los estudiantes negros inscritos, incluyendo, entre otros, acoso emocional y físico y graves traumas mentales, así como intentos de sabotear los expedientes académicos, las solicitudes universitarias y las posibilidades de encontrar empleo.

Para garantizar que su hijo no sea víctima de una experien-

cia similar en Pollards, nos encantaría invitarlo a inscribirse a la Academia Ruby Bridges. Se trata de una escuela creada por la Sociedad Subterránea, una fundación cuya finalidad es hacer frente a la desigualdad sistémica en los centros educativos de todo el país.

Niveus no era la única institución que practicaba la eugenesia social y todavía estamos tratando de desenmascarar a todas aquellas que tuvieran una conexión con los hechos, al mismo tiempo que ofrecemos una solución alternativa a los estudiantes a los que identificamos como objetivos de estos centros. Nuestro fin es reformar el sistema, empezando por la educación. Esperamos que considere nuestra oferta.

Atentamente,

Doctora Chiamaka Adebayo
y profesor Devon Richards
Cofundadores de la Sociedad Subterránea

Devon

Lo miro dormir sin hacer ruido. Su pecho sube, baja y vuelve a subir. Tiene la barba algo crecida y desaliñada, pero la cabeza bien afeitada, siempre. La habitación está a oscuras, a pesar de que es mediodía. Tengo que ir a un sitio, pero me absorbe su belleza y me encuentro atrapado.

Me permito recorrerle la espalda desnuda con la mirada, donde tiene mi tatuaje favorito, el de los números. Le paso los dedos por la fecha escrita en su espalda, luego me inclino y la beso.

—Si vas a tocarme, al menos hazlo en un lugar más interesante —murmura con voz somnolienta.

—Ya quisieras, T.

Los hoyuelos aparecen cuando se ríe.

—¿Por qué te levantaste tan temprano? —protesta él.

—Para empezar, son las doce y media. Para continuar, tengo cita en el médico a la una.

—Solo es una excusa para verla —dice, y voltea hacia mí con los ojos entrecerrados—. Carajo, nunca me canso de mirarte la cara —reflexiona en voz alta.

El corazón me late deprisa y con fuerza.

—Yo tampoco me canso de mirarme —respondo, y me inclino para darle un beso rápido.

—¿No me digas? —suelta mientras me rodea los hombros con los brazos y me atrapa.

—Ajá —mascullo mientras lo beso de nuevo.

Cuando estoy con él, siento que me vuelvo a enamorar.

Nunca me cansaré de él. Es una de las pocas cosas de las que estoy seguro.

Sé que, si no me voy, acabaré perdiendo todo el día, así que me levanto antes de que logre volver a acostarme.

—Mi madre te hizo el desayuno —informo, y me pongo el saco.

Sonríe.

—La quiero más que a nada en el mundo.

—Entonces cásate con ella en vez de conmigo —bromeo, y salgo de nuestro dormitorio.

Bajo la escalera hasta el vestíbulo y me dirijo a la cocina. El chongo de mi madre está salpicado de espirales grises. Me sonríe sentada en un taburete mientras hace sudokus, su gran adicción, y lo que hay en la olla burbujea.

Hubo un tiempo en el que sentí que esto no era suficiente. Incluso le guardé rencor por haberme ocultado lo de mi padre, no respondía sus llamadas y no iba a verla. Cuesta perdonar cuando algo te duele. Sin embargo, ya no. Ahora sé que era la única familia que necesitaba. Si puedo despertarme cada día con la cara de Terrell al lado mientras mi madre hace sus pasatiempos, no me hace falta más.

—Me voy al médico, mamá —digo, y la abrazo por detrás antes de besarle la frente.

—¿Ya se despertó Terrell?

Asiento.

—Le dije que preparaste el desayuno.

—Que tengas un buen viaje —me desea.

Salgo corriendo por la puerta principal, bajo la escalera de la casa y me meto en el coche.

No tardo mucho en llegar al hospital, donde paso junto a la recepcionista, para su evidente disgusto, subo la escalera y me dirijo a su despacho, en cuya puerta de color castaño luce su nombre en una placa.

Llamo y grita:

—¡Adelante!

Abro y la encuentro detrás de la mesa, buscando entre papeles. Me lanza una rápida mirada y sonrío. Me acerco y la abrazo por detrás.

—Richards, a no ser que te esté dando un infarto, tienes que respetar la lista de espera.

Pongo los ojos en blanco.

—No hay tiempo, tengo que dar una clase de música. Solo quería pasar a saludar.

Levanta una ceja.

—¿Me trajiste café?

Me siento en la silla frente a la mesa.

—No soy tu becario.

Entrecierra los ojos detrás de los lentes. Trae el cabello recogido en un chongo y un abrigo deslumbrante y entallado.

—Cualquiera lo diría. Desde luego, te vistes como si lo fueras —murmura para sí misma, con una pequeña sonrisa en los labios.

La mayoría de los días paso por aquí. Cuando no está ocupada, salimos a comer. Está claro que hoy está muy ocupada. Vuelve a mirar los papeles como un zombi sin cerebro y firma uno de vez en cuando con tinta negra. Suena el teléfono y lo observa un instante, luego desvía la mirada.

—¿Qué tal Mia? —pregunto con una sonrisa.

—Está bien. Embarazadísima, pero bien —responde, y

sigue sin mirarme—. Lo cierto es que quería comentarte algo —añade, sin dejar de buscar en los papeles—. Me enteré de que un chico negro, Rhys Johnson, solicitó lugar en Pollards. Logré que unos miembros de la sociedad hablen con su familia para que lo reconsideren, pero quieren lo mejor para él, y en esa ciudad Pollards es la única opción.

—Entonces ¿qué? ¿Dejamos que lo inscriban sin más? —pregunto.

Chiamaka asiente.

—Lo vigilaremos. Le asignaremos a alguien para que lo cuide. Desde dentro. Lo que sea con tal de asegurarnos de que ningún otro adolescente negro sufra en manos de instituciones como Niveus.

Chiamaka

Es tarde cuando salgo del despacho para ver al último paciente del día.

Saludo con la cabeza a una enfermera que lleva a una mujer embarazada y sonrío mientras el olor a desinfectante del hospital me llena las fosas nasales.

Mis zapatos rechinan contra el suelo y se me escapan algunos rizos del chongo, que me caen en los ojos y me tapan un poco la vista. Pero aún veo perfectamente el número de habitación en la distancia.

Pienso en Rhys. En cuánto sufrimiento injustificado podría tener que soportar en esa preparatoria. Como nosotros. Como nuestros antepasados.

Se me viene a la mente el espíritu de tantas personas negras aplastado por la supremacía blanca y las mentiras. En cuántos hemos sido experimentos. Cuerpos sin valor en un juego retorcido.

Pienso en Henrietta Lacks, cuyo cuerpo utilizaron, maltrataron y desecharon, pero que cambió la medicina para siempre. Ella nunca se vengó de cómo le robaron sus células, como si fueran de su propiedad. Porque era negra y mujer, y con esa combinación, para ellos, no significaba nada.

Para mí, ella y todos los demás espíritus rotos por el mundo y sus sistemas son la razón por la que me levanto y me enfrento al mundo cada día.

Entro en la habitación.

Ahí está, mi último paciente. Con la cara hundida y enferma. Venas verdes y azules por los brazos y el cuello. Acostado de espaldas, mirándome.

Se muere.

Cierro la puerta tras de mí y sonrío.

Nos miramos a los ojos y avanzo para acercarme a la cama. Echo un vistazo al ritmo cardiaco en el monitor.

Oigo el pitido de la máquina mientras las líneas zigzaguean despacio.

Tamborileo con los dedos sobre la pantalla y volteo hacia él. Mueve la boca para hablar, pero no sale ninguna palabra.

No hace falta.

La sorpresa en sus ojos es evidente.

—Hola, director Ward —digo.

Nota de la autora

A ti, que me lees:

Escribí *As de corazones negros* en un momento muy oscuro. Acababa de empezar la universidad, un momento difícil por muchas razones. No tenía amigos y me odiaba mucho a mí misma, aunque poco a poco empezaba a salir de ese pozo y a darme cuenta de lo mal que estaban las cosas para las personas como yo. Empecé a leer más libros y hablar con más gente, y me di cuenta de que las circunstancias en las que había crecido no habían sido un accidente, sino la consecuencia de un sistema creado para perjudicarme.

Me crie en el sur de Londres, en un lugar al que llamábamos *ends*, que podría traducirse como «los barrios bajos». Es un lugar famoso por su diversidad y por tener una gran población de ascendencia africana. En mi instituto, había al menos un 90 por ciento de estudiantes negros y no fue hasta que llegué a la universidad, en Escocia, cuando comprendí lo importante que era para mí mi comunidad.

Cuando empecé la carrera, pasaba días enteros sin ver a otra persona racializada. Caminaba por el campus y sentía que la gente me miraba, como si supieran algo de mí, y me ponía nerviosa. Por primera vez, me hacían preguntas raras, como si mi cabello era real, y me pedían tocarlo. En las salas de conferencias, todo el mundo volteaba para mirarme en las clases sobre la esclavitud y la colonización de África.

Sentí que ocurría algo turbio y, aunque en teoría nadie pretendía acabar conmigo como Ases, había algo siniestro. Algo que escapaba a mi control y que tenía que ver con los sistemas violentos existentes que notaba cada vez que iba a clase o incluso cuando paseaba por el campus.

Sistemas que hacían que fuera raro que la gente con mis orígenes llegaran a la universidad y prosperasen sin obstáculos.

En primero, también acababa de empezar a ver *Gossip Girl*, y me obsesioné muchísimo; vi todas las temporadas en cuestión de semanas. Cuando terminé la serie, recuerdo haber deseado que hubiera más personas negras. Me encantaba Blair Waldorf y su caracterización, y me pareció una pena que casi no hubiera series destacadas como esta y *Lindas mentirosas* en las que esas protagonistas femeninas divertidas y malvadas fueran interpretadas por actrices que no fuesen blancas.

A partir de ahí, empezó a formarse la idea de *As de corazones negros* y, antes de darme cuenta, había comenzado el segundo semestre y tenía un primer borrador.

Esta novela trata muchos temas importantes, como el clasismo, el racismo y la homofobia. También es alegórica en muchos sentidos, que espero que captes cuando las leas. Sin embargo, estaba empeñada en mantener una ambientación lo más neutral posible. Con las historias, es muy difícil situar a los lectores sin especificar una ciudad o un vecindario, por lo que, aunque se mencionan sitios que resultan vagamente familiares, la intención es que el libro no tenga vínculos concretos con ningún lugar.

Quiero que al leerlo la gente no interprete los temas que se tratan como algo que solo afecta a unos pocos, sino que entienda que el racismo es, de hecho, un problema global, que no se puede reducir o atribuir a un solo país o grupo.

Empecé *As de corazones negros* como una universitaria de primero de dieciocho años, sola, deprimida y con muchas preguntas sobre el mundo y sobre mí misma. Al escribir el libro, me sentí capaz de guiar no solo a mis personajes en sus viajes, sino también a mí misma. Escribir esta novela me sirvió como una especie de terapia y espero que tenga el mismo efecto para las personas negras que lo lean.

El universo funciona de forma extraña y casi parece cosa del destino que *As de corazones negros* se publique al final de mi último año. Siento que he crecido y madurado junto a mis personajes y ¡tengo muchísimas ganas de que los conozcas!

Espero que al leer esta historia entiendas que, a pesar de la oscuridad que nos rodea y que a menudo parece ineludible, los finales felices para las personas negras no solo son posibles, sino que nos los merecemos.

Con cariño,

Faridah

Agradecimientos

Tengo que darles las gracias a muchas personas y no hay suficientes árboles en el mundo para expresar la gratitud que siento, pero me esforzaré al máximo e intentaré gastar la menor cantidad de papel posible.

En primer lugar, quiero agradecer a mi madre todo lo que ha hecho por mí. Siempre me ha animado a ser creativa, a pesar del clásico dicho nigeriano: «Si no eres médico, abogado o ingeniero, eres una decepción». Ella, en cambio, ha valorado mi felicidad por encima de todo. Con mi madre a mi lado, nunca me he sentido una decepción. De pequeña, la vida a veces me parecía difícil, pero ella siempre me consolaba con un cuento. A la hora de dormir, me recitaba historias del folclore nigeriano o se inventaba una aventura increíble; así aprendí a amar la literatura.

Gracias a mis hermanas, Maliha y Tamera, por apoyarme y por escuchar mis ideas (con un poco de soborno).

Quiero dedicarles un agradecimiento especial para The Bent Agency por hacerme sentir tan a gusto.

Gracias a Molly Ker Hawn por apoyarme a mí y a este libro durante una época muy difícil.

Muchísimas gracias a mi maravillosa agente, Zoë Plant,

que me acogió y nos ha defendido a mí y a mis libros desde entonces; también agradezco que respondieras a todos mis correos electrónicos nocturnos.

Muchísimas gracias a mis editoras, Becky Walker, Foyinsi Adegbonmire y Liz Szabla, no solo por creer en *As de corazones negros*, sino también en mí. Habría sido imposible encontrar un hogar más perfecto para mis historias que en manos de unas editoras así de increíbles.

Gracias a Feiwel and Friends. A Jean Feiwel por acogerme con los brazos abiertos. A Molly Ellis, Elizabeth Clark, Dawn Ryan y a todo el equipo de Macmillan por ayudarme a cumplir un sueño.

Gracias a Adekunle por ilustrar una portada maravillosa. Has dado vida a mis personajes de una manera increíble.

Gracias a mi prima Ade por sacarme del pozo. Sin ella, este libro no se habría escrito y es muy posible que yo misma siguiera en un lugar muy malo.

Gracias a todos los que me han apoyado a lo largo del viaje. Ya saben quiénes son. Si empiezo a enumerar nombres, no acabaré nunca. Además, como dije en la introducción, no hay papel suficiente.

Por último, gracias al hervidor de agua que tengo en mi habitación. Lo nombré *Steve*. Me has calentado muchos tés y me has apoyado en momentos muy duros.

Gracias.